Für Marlies

HERA LIND | *Herzgesteuert*

HERA LIND

Herzgesteuert

Roman

Diana Verlag

FSC
Mix
Produktgruppe aus vorbildlich bewirtschafteten Wäldern und anderen kontrollierten Herkünften
Zert.-Nr. SGS-COC-1940
www.fsc.org
© 1996 Forest Stewardship Council

Verlagsgruppe Random House FSC-DEU-0100
Das für dieses Buch verwendete
FSC-zertifizierte Papier *Munken Premium Cream*
liefert Arctic Paper Munkedals AB, Schweden.

Herstellung | Helga Schörnig
Satz | C. Schaber Datentechnik, Wels
Druck und Bindung | GGP Media GmbH, Pößneck
Printed in Germany

ISBN 978-3-453-29064-8

www.diana-verlag.de

1

Nebenan ist die Schlange viel kürzer.

Die genervte Kassiererin schreit: »Kasse drei, bitte auch anstellen!«

Aber niemand will sich bei Kasse drei anstellen.

Ich auch nicht. Und ich kann auch sagen, warum: Das männliche … Wesen, das da an Kasse drei steht, ist ein … wie soll man so eine Kreatur beschreiben?

Vagabund. Clochard. Sandler. Und das ist noch nett ausgedrückt. Graue zerlumpte Fetzen hat er an, mehrere Schichten übereinander, vor Dreck starrende Strickhandschuhe, von denen die Fingerspitzen abgerissen sind, auf dem Kopf eine Wollmütze undefinierbarer Farbe und Form, der Mantel, den er trotz des relativ milden Wetters über seinen vielen Klamotten trägt, könnte auch ein Altkleidersack sein, und die Schuhe stammen wahrscheinlich aus den Überresten der Heilsarmee. Und wenn ich ganz genau hinsehe, glaube ich sogar zu bemerken, dass rechts vorne aus dem Loch eine grauschwarze Socke rausschaut. Oder ist das die große Zehe? Grauenvoll.

Und das in meinem Lieblingssupermarkt.

Dem mit der Delikatessen-Frischetheke.

Dass der sich hier reintraut!

Der Penner. Entschuldigung, dass ich das so krass sage.

Einer von der Sorte, die ihren Einkaufswagen gleich mitnehmen. Nach »Hause«.

Der Einkaufswagen *ist* ihr Zuhause. Unwillkürlich rümpfe ich die Nase. Was der da alles drin hat! Plastiktüten, die auch schon mal bessere Zeiten gesehen haben, Rucksäcke, Taschen, Beutel, vollgestopft bis zum Platzen. Überall hängen Fetzen heraus: Stofffetzen, Papierfetzen, Zeug, halt überflüssiger, dreckiger Kram.

Und dieser Mann – kann es sein, dass dieser merkwürdige Geruch, der mir schon die ganze Zeit in die Nase steigt, von ihm ausgeht? Und ich hatte noch gedacht, in der Gemüseabteilung sei ein Wirsing am Faulen.

Das ist ja widerlich!

Peinlich berührt versuche ich, woandershin zu schauen. Auf das Zeitschriftenregal, zum Beispiel. Auf den Titelblättern sind nur schöne strahlende Menschen zu sehen. Fernsehstars und Dancing Stars und Filmstars, und alle sind proper und gepflegt und nicht nur sauber, sondern rein.

Bis auf Britney Spears vielleicht. Die macht ja gerade ihre sensationelle zweite Weltkarriere als Struwwelliese. Das ist ja auch schon wieder schick, irgendwie. Jedenfalls verkauft es sich gut.

Die Arme. Und dann diese Entzugskliniken!

Meine Supermarktkassenschlange ist leider lang genug, dass ich mir das alles durchlesen kann. Ich seufze.

Wie gut, dass wir alle in so geordneten Verhältnissen leben! Wir Saubermänner und -frauen, wir! Na gut, ein paar Sorgen hat jeder. Vielleicht auch ein paar größere, wenn ich mir diesen Penner so anschaue … Andererseits hat der wahrscheinlich überhaupt keine mehr. Sorgen, meine ich.

In meiner Schlange wird gedrängelt.

»Ja, geht denn da nichts weiter?«

»Warum machen die denn nicht noch eine Kasse auf?«

»Das sehen Sie doch!«, empört sich eine Dicke, deren Hutrand mir fast in die Augen sticht, als sie sich abrupt zu meinem Hintermann umdreht.

»Dieses verkommene Pack! Dass so was hier überhaupt reindarf!«

»Tja, zu meiner Zeit wäre das nicht passiert«, grummelt der glatzköpfige Lodenträger hinter mir. »Da herrschte noch Zucht und Ordnung!«

»Genau!«, entrüstet sich die Dicke unter ihrem Federhut. »Zu Hitlers Zeiten wären die alle im Arbeitslager verschwunden!«

Na ja, das finde ich jetzt schon sehr krass.

Nicht dass ich was gegen Spießer hätte.

Oder gegen Penner.

Selbst gegen Britney Spears habe ich nichts.

Ich bin da wahnsinnig tolerant, hüben wie drüben.

Es muss solche geben und solche. Meine altkluge Halbschwester Christiane, die bei uns gegenüber wohnt, sagt immer, jeder soll nach seiner Fasson selig werden.

Aber jetzt fühle ich mich unwohl.

Mit meinem frischen, knusprigen Lieblingsbiobrot, das noch warm ist, und dem Vollwertaufstrich, den meine Tochter Fanny so mag, werde ich des Schlangestehens bald überdrüssig.

Meine Güte, ich hab's eilig! Nun macht doch hinne!

Heute ist sowieso nicht mein Tag. Ich könnte platzen vor Stress. Keinen einzigen Termin konnte ich pünktlich einhalten, mein Auto steht im Halteverbot, meine Tochter tobt wahrscheinlich vor der Schule, weil ich nicht wie versprochen um Punkt eins dastehen werde, und ich trete ungeduldig von einem Fuß auf den anderen. In zehn Minuten ruft bestimmt der neue Kunde an und will sofort einen Besichtigungstermin für die Villa am Hang, die ich gestern in die Zeitung gesetzt habe! Ich bin Immobilienmaklerin. Das bedeutet, ich stehe ständig unter Strom, habe keine einzige freie Minute.

Schon überlege ich, ob es das frische Brot wert ist, hier meine kostbare Zeit zu verschwenden, ob ich es nicht irgendwo in die Ecke legen und von dannen eilen soll. Hastig greife ich nach meinem Handy und rufe meine Sekretärin an, die heimlich »Trockenpflaume Claudia« genannt wird.

»Claudia, ich bin's. Hör zu. Die Eigentumswohnung an der Hellbrunner Allee. Die muss unbedingt noch vor Anzeigenschluss in die Zeitung. Die wäre was für die Frau Dr. Stein. Schreib: Wunderschöne helle, lichtdurchflutete Penthousewohnung mit großer Sonnenterrasse und herrlichem Blick auf die umliegenden Berge, inmitten einer ruhigen Wohnsiedlung Nähe Hellbrunner Allee – hast du das? So, den integrierten Aufzug in die Fitnessetage, wie formulieren wir das? – Ach ja, und ruf bitte die Nachbarin von unten an und sag ihr, dass das Kinderfahrrad und der ganze Kram aus dem Treppenhaus verschwinden müssen, ja? Wir haben ab sofort Besichtigungen. Danke, lieb von dir, Bussi, baa baa!«

Wieder ein halber Schritt nach vorn. Mir hängt der Magen dermaßen in den Kniekehlen, dass ich am liebsten auf der Stelle in dieses ofenwarme Brot beißen würde.

»Aber heute bekommt so was auch noch Unterstützung von Vater Staat«, grollt der glatzköpfige Hirschhornknopf-Rentner dicht hinter mir, und der pompöse Hut vor mir nickt und zittert vor Empörung. Ich lehne mich ein bisschen zurück, aber da pralle ich auch schon mit dem selbstzufriedenen Lodenträger zusammen.

»Immer Geld in der Tasche«, stichelt der. »Betteln tun sie trotzdem. Mitten in der Fußgängerzone! Und den anständigen Bürger belästigen!«

Der federgeschmückte Hut vor mir kann gar nicht aufhören zu nicken.

»Und da gehen solche Vagabunden noch schick einkaufen!«, zischt die Dicke, die eine Menge Süßigkeiten in ihren Einkaufswagen geladen hat. »Natürlich nur Schnaps und Bier!« Sie rümpft die Nase und zeigt auf den Clochard, der soeben ein paar belegte Brote, eine Packung Vollmilch und eine Tageszeitung auf das Fließband legt. Ist das die FAZ? Kaum zu glauben. Bestimmt hat er die Zeitung nur aus dem Abfalleimer geholt und versteckt darin Schnaps und Drogen.

Seine Fingerspitzen, mit denen er nun ein paar Münzen abzählt, sind rau und verdreckt, und seine Nägel haben tiefschwarze Ränder.

Armer Kerl, irgendwie. Aber mein Problem ist er nicht. Zum Glück.

Während ich warte, kann ich schnell noch die Verkäuferin der Stadtwohnung am Neutor informieren, dass ich am Wochenende mit einem Interessenten komme. Sie soll BITTE diese schrecklichen Mülltonnen aus dem Eingang entfernen und, wenn es geht, auch die komischen Buddhafiguren, Räucherstäbchen und die künstlichen Blumen. Nicht alle Interessenten sind auf dem Esoteriktrip.

Je neutraler eine Wohnung präsentiert wird, desto höher sind meine Chancen, sie an den Mann zu bringen.

Danke, Bussi, baa baa.

Mein Blutzuckerspiegel ist im Keller. Bitte, so kommt doch in die Gänge! Ich bin doch nicht zum Vergnügen hier! Der Penner schickt sich an zu zahlen.

Die Kassiererin schiebt seine spärlichen Einkäufe mit spitzen Fingern über das Band und würdigt ihn keines Blickes: »Sieben Euro fünfundvierzig.«

Der Penner klaubt seine Habseligkeiten mit stoischer Gelassenheit zusammen und verstaut sie in seinem überladenen Einkaufswagen. Als hätte er alle Zeit der Welt, kramt er in den Tiefen seiner ausgefransten Manteltaschen und zählt ihr die Münzen hin.

Die Liegenschaft am Attersee. Fast vier Millionen Euro wollen die Besitzer dafür. Die werden sie nicht kriegen, denke ich, denn das Haus und der gesamte Park haben keine Abendsonne. Die Führung muss also unbedingt am Vormittag stattfinden.

Trockenpflaume Claudia soll den Termin auf zehn Uhr legen. Ich schicke ihr hastig eine SMS.

Die Kassiererin nimmt die Münzen mit einer Geste des Ekels und lässt sie schnell in die Kasse fallen.

Dann steht sie eilig auf und schreitet von dannen, wahrscheinlich um sich die Hände zu waschen.

Der Penner schiebt seinen Hausrat zwei Meter weiter, bleibt im Eingangsbereich stehen und macht sich umständlich an seinem Hab und Gut zu schaffen. Jetzt schlägt er seelenruhig die FAZ auf und beginnt zu lesen. Wahrscheinlich die Immobilienseite, oder was!

Nein, das war zynisch, Juliane, rufe ich mich zur Ordnung. Jetzt könnte ich eigentlich schnell vor die leere Kasse ausscheren, und wenn die Kassiererin wiederkommt, bin ich die Erste.

Warum tue ich es dann nicht?!

»Eine Schande ist das. Eine Schande für unser Land! Viel zu gutmütig sind unsere Politiker«, mäkelt der Lodenmantel hinter mir, während die dicke Frau mit dem Federhut gar nicht aufhören kann, ihm bestätigend zuzunicken.

»Diese Landstreicher sollten alle im Steinbruch arbeiten! Alle selber schuld! Der ist doch noch jung! Hat doch gesunde Hände!«, schnaubt sie vor sich hin.

Ich trippele von einem Bein aufs andere und schaue unauffällig auf mein Handgelenk. Dieser Einkauf kostet mich über eine Viertelstunde Zeit. Nur weil Fanny diesen Aufstrich so mag, stehe ich jeden Mittag hier. Töchterlein ist nämlich auf dem Gesundheitstrip. Kein Fleisch, keine Wurst, nichts aus Chemie, das ganze alternative Programm. Und ich als Vollwertmutter (ich bemühe mich, Leute, ich BEMÜHE mich!) nehme das natürlich ernster als alle meine geschäftlichen Termine.

Nein, ein Uhr wird knapp, und den Besichtigungstermin mit dem neuen Kunden kann ich auch nicht wahrnehmen. Ich werde Stefan Stör schicken, meinen Mitarbeiter.

Warum stehe ich eigentlich genau zwischen diesen beiden grauenvollen Spießern und komme nicht vom Fleck?

Weil ich auch nicht an der Pennerkasse stehen will.

Darum.

Natürlich habe ich einen saftigen Strafzettel am Auto. Mein knallroter Kleinbus mit der Aufschrift »Immobilien Glücksgriff – Leben im Paradies« – ist stadtbekannt. Der blöde Polizist hätte mich auch verschonen können! Sechzig Euro! Teures Vollwertbrot! Verdammt! Heute ist einfach nicht mein Tag.

Es ging schon damit los, dass Fanny heute Morgen die Nummer ihres Fahrradschlosses nicht mehr einfallen wollte. Diese kleine Hexe! Arbeitet mit sämtlichen Tricks! Gestern Abend hatten wir beide noch gefunden – also besonders ich, aber sie hat es natürlich eingesehen –, dass es jetzt im Frühling gesund, preiswert und praktisch sei, wieder mit dem Fahrrad in die Schule zu fahren. Und gut für die Figur ist es auch, das hat sie voll eingesehen.

Natürlich hat sich Prinzessin Pubertät daran gewöhnt, jeden Morgen von der gestressten Mama bis vor das Schulportal gefahren zu werden. Trotz Stau und Smog. Wie alle zwölfjährigen Prinzessinnen, die dabei noch schnell die Schulaufgaben nachholen, während die berufstätige Mutter vor der roten Ampel ihre ersten Schweißausbrüche bekommt, weil sie um Viertel vor acht im Büro sein muss. Das ist doch das organisierte Chaos, Morgen für Morgen! Wenn jedes Kind laufen oder radeln würde, gäbe es kein Übergewicht und kein Aufmerksamkeitsdefizit-Syndrom und wie diese ganzen neumodischen Firlefanzkinderkrankheiten alle heißen.

O nein, meine altkluge Halbschwester Christiane wird nicht recht behalten.

Ich bin *nicht* inkonsequent und bequem. Ich habe eine *klare Linie* in der Kindererziehung. Und zwar erst recht, seit ich alleinerziehend bin! Ich nehme mir Zeit und bin für mein Kind da, aber ich verweichliche und verwöhne es nicht. Was angeordnet wird, das wird gemacht! Und zwar ohne Diskussion!

Fanny und ich haben also heute früh um kurz nach sieben – ja, im sonst so wundervollen Österreich beginnt die Schule um Viertel vor acht!! – im Stockdunkeln im Vorgarten vor dem dreifach verschlossenen Fahrrad gesessen, das wir aus dem Winterschlaf geholt hatten, und alles versucht.

Wirklich alles. Sämtliche vierstelligen Kombinationen. Die Uhr tickte unaufhaltsam weiter. Und alle dreißig Sekunden ging in der Garage das Licht aus. Ich habe geflucht und geschimpft und ihr gedroht, dass sie ab sofort zu Fuß geht, wenn ihr die verdammte Zahlenkombination nicht einfällt. Aber sie hat natürlich erreicht, was sie wollte: Am Ende habe ich sie mit dem Auto in die Schule gefahren. Wie ich das hasse! Dieser barbarische Brauch, kleine, unschuldige Kinder und deren noch viel unschuldigere (jawohl!!) Mütter zu nachtschlafender Zeit bei völliger Finsternis aus den warmen Federn zu jagen, nur damit um Viertel vor acht ein missmutiger Lehrer mit dem Unterricht beginnen kann, den sowieso niemand zur Kenntnis nimmt, da alle armen, kleinen, unschuldigen Kinderchen sich noch die Augen reiben und blass und verstört aus der Wäsche gucken, weil sie mit ihrem Traum noch gar nicht fertig waren!

Welcher Feldherr in römischen Zeiten auch immer mit diesem unkultivierten Unsinn angefangen hat: Man könnte doch mal wieder damit aufhören, jetzt, wo wir schon weit im 21. Jahrhundert sind!

Ich meine, wir haben doch auch sonst für alle möglichen Annehmlichkeiten gesorgt! Wir fahren mit dem Auto zum McDrive und essen mit den Fingern, wir haben alle einen Knopf im Ohr, damit wir unsere iPods und Mobilephones abhören können und nicht mehr mit unseren Mitmenschen sprechen müssen, wir verkrümeln uns aus dem wahren Leben in Computerspiele und seichte Fernsehserien, die wir längst mit der Wirklichkeit verwechseln, wir haben vorgeheizte Pantoffeln und schöne Eigenheime mit Spätsonne, wir haben alle Milchaufschäumgeräte, Wäschetrockner und spielend leicht zu bedienende Fernbedienungen, wir liegen auf unseren Terrassen oder amüsieren uns in einem Spaßbad oder ähnlich grauenvollen Einrichtungen.

Also! Warum beginnt die Schule nicht so gegen zehn? Mit einem gemeinsamen Frühstück im Sitzkreis? Dann kann so ein kleines, unschuldiges Wesen erst mal schön ausschlafen (die Mutter natürlich auch), und dann geht es gut gelaunt im Hellen in die Schule. Wo es – wenn es nach mir ginge – auch bis mindestens 17 Uhr bleibt. Nach Singen, Lernen, Turnen und Kakaotrinken kann es ja dann meinetwegen wiederkommen. Dann ist es satt, hat alles erledigt, und man könnte guten Gewissens den Abend einläuten. Jeder hätte seine Pflichten erledigt, keiner würde den anderen mit Hausaufgaben oder ähnlich ärgerlichen Dingen belästigen, man könnte zusammen kochen, essen und »Mensch ärgere Dich nicht« spielen und dann ohne größere Adrenalinschübe zu Bett gehen, um dort bis weit nach Sonnenaufgang zu verweilen.

Warum müssen Millionen von Kindern bereits mittags um eins wieder auf der Matte stehen? Hungrig und fordernd! Und übellaunig die Bücher und Hefte auf den Tisch werfen, mit den Worten: »Der Rottweiler hat uns wieder so irre viel aufgegeben, und du musst mir das alles erklären, weil ich sowieso wieder nichts verstanden habe. Außerdem interessiert es mich nicht die Bohne, warum die Latten eines Gartenzauns zueinander parallel im Abstand von 25 Zentimetern stehen müssen und wie viele Latten es dann sind, wenn der Garten 84 Quadratmeter groß ist!«

Die Antwort darauf kann doch nur lauten: Kind, ich bin beschäftigt!

Ein Uhr mittags!

Wo berufstätige Mütter wie ich gerade mal warmgelaufen sind und sich mit Hingabe ihrer Arbeit widmen!

Ich für meinen Teil habe gegen ein Uhr mittags gerade mal die Büroarbeit und die meisten Anrufe erledigt und breche dann zu Besichtigungsterminen auf. Ganz einfach, weil da die Sonne in alle Fenster scheint.

Heute bin ich die führende Immobilienmaklerin der Stadt. Dafür habe ich auch jahrelang geschuftet und gerackert, aber jetzt läuft das Geschäft! Über 350 Immobilien rund um die Festspielstadt und im ganzen Salzkammergut sind mir zum Vermitteln anvertraut.

Ich verfüge über weltweite Kontakte zu kaufwilligen und verkauffreudigen Kunden, die alle keine Geldsorgen haben. Ich kenne Gott und die Welt, und mir macht mein Job wahnsinnig viel Spaß.

Kurz und schlecht, mir passt es wirklich gar nicht, dass ich Fanny heute um ein Uhr wieder abholen muss. Andererseits brauchen wir auch mal wieder richtig Zeit füreinander. Ich werde mir für den Rest des Tages freinehmen.

Zwanzig nach eins! Ich seufze abgrundtief. Mein Hirn arbeitet auf Hochtouren. Wenn ich jetzt Fanny abhole, dann schnell ins Ballett bringe, *könnte* ich noch zur Maniküre. Mal eben das Handy zücken und meine wasserstoffblonde Katharina anrufen, ob sie mich noch dazwischenschieben kann. Zumal heute Abend das Treffen für den Club der Unternehmerinnen ist, wo ich unbedingt hin muss. Ich bin da im Vorstand, und wir planen ein Charity-Golfturnier, für dessen Organisation ich zuständig bin. Ja, das Organisieren macht mir Spaß, es liegt mir sozusagen im Blut. Deswegen hasse ich es, wegen eines Penners, der alle Zeit der Welt hat, zwanzig Minuten lang in einer Supermarktschlange zu stehen. Der Kerl hat meinen straff organisierten Terminplan völlig durcheinandergebracht! Nicht, dass ich was gegen arme Menschen hätte, ganz im Gegenteil. Ich habe schon Charity gemacht, als andere Leute noch gar nicht wussten, wie man das schreibt.

2

Nachdem heute wirklich wunderschönes Frühlingswetter ist, schlage ich Fanny mit ihren eigenen Waffen. Mir fällt absolut nicht mehr ein, wie man so eine Autotür öffnet! Wie ging das noch mal?! Muss man da auf der Fernbedienung irgendwas drücken? Oder einen Schlüssel rumdrehen? Aber in welche Richtung?

Da sowieso schon ein hellblauer Zettel an der Windschutzscheibe steckt, wäre ich blöd, den Wagen wegzufahren und dann wieder keinen Parkplatz zu finden.

Der große knallrote Mercedes-Bus mit der auffälligen Aufschrift »Immobilien Glücksgriff – Leben im Paradies« ist ziemlich ungeeignet für die Innenstadt, aber ich brauche ihn, weil ich öfter antike Möbelstücke oder kostbare Teppiche darin transportiere.

Meine zauberhafte Fanny hat das hübscheste Strahlelächeln der Welt. Sie steht da auf der Schultreppe und harrt ihrer Chauffeurin. Als ihr klar wird, dass ich sie zu Fuß von der Schule abhole, knipst sie das bezaubernde Lächeln sofort wieder aus. Ihre Laune sinkt innerhalb von drei Sekunden auf den Nullpunkt. Zufußgehen ist für sie die größte Zumutung der Welt. Das langweiligste und überflüssigste Unterfangen, das ich jemals vorgeschlagen habe.

»Dann fahre ich eben mit dem Bus!«

Wütend will sie sich losreißen und hinter ihren Schulfreundinnen herlaufen, die alle zur Bushaltestelle rennen, aber ich halte sie an der viel zu schweren Schultasche fest. Setz dich durch, Juliane. *Setz* dich durch.

»O nein, mein Herzenskind. Wir gehen jetzt zusammen nach Hause! Die Sonne scheint!«

»Lass mich LOS!«

Ja, ich weiß, dass ich eine Rabenmutter bin.

Entweder ich vernachlässige das Kind, indem ich berufstätig bin, oder ich will zu Fuß gehen und mich mit meinem Kind unterhalten, damit ich *einmal* etwas eher weiß als meine altkluge Halbschwester Christiane.

Meine mich leider nervende, vollschlanke Halbschwester Christiane ist fünfzehn Jahre älter als ich und wohnt in dem Reihenhaus schräg gegenüber. Das ist ja auch irgendwie ganz praktisch. Nachdem sie Witwe ist und ich geschieden, hängen wir umständehalber ziemlich eng zusammen. Sie hütet mir hingebungsvoll die Fanny, was ich ja auch sehr zu schätzen weiß, aber alles hat eben eine Kehrseite: Ständig gackert und flattert sie mit den Flügeln wie eine Legehenne, ohne je ein Ei zu legen. Ehrlich gesagt, geht mir Christiane mehr und mehr auf den Geist. Aber wie heißt es im Zauberlehrling, den ich gerade mit Fanny auswendig lernen musste: »Die ich rief, die Geister, werd ich nun nicht los! In die Ecke, Besen! Besen! Seids gewesen!« Ach, Goethe! Du kanntest Christiane nicht! Jedenfalls nicht diese! Was hättest du sie bedichtet!

Doch leider: Meine altkluge Halbschwester Christiane löst sich nicht in Luft auf, im Gegenteil: Ständig sondert sie ihren verbalen Unsinn ab:

Fanny kriegt schon einen Busen. Fanny ist mit ihren zwölf Jahren schon in der Pubertät, ganz anders als wir früher, wir wussten ja mit sechzehn noch nicht, was das überhaupt ist. Deshalb braucht Fanny eine starke Hand und konsequente Führung. Außerdem hat Fanny Bindungsängste, weil du dich hast scheiden lassen. Fanny muss erst wieder Vertrauen zu den Menschen fassen, und Fanny hat deshalb keine beste Freundin, weil sie Angst vor Trennungen hat. Fanny träumt davon, Balletttänzerin zu werden, leidet aber unter Lampenfieber und meidet die Öffentlichkeit, weil sie mit Misserfolgen nicht umgehen kann. Fanny hasst ihren Mathelehrer, was sicher daran liegt, dass er ein Mann ist, was wiederum grundsätzliche Bindungs-, Trennungs- und Misserfolgs-Traumata auslöst.

Das hat sich meine Schwester alles in Volkshochschulkursen wie »Der kleine Haus- und Hofpsychologe« oder »Kinderleicht in Kinderseelen blicken« angeeignet. Sie hat eine hervorragende Menschenkenntnis. Sie weiß und spürt alles. Nur nicht, dass sie mir mit ihrem altklugen Gluckengetue fürchterlich auf die Nerven geht.

Und dass *ich* es war, die ein Ei gelegt hat. Nicht sie. Sie brütet nur darauf herum.

Und deshalb hole *ich* heute meine Tochter ab. Zu Fuß. Damit wir Zeit zum Reden haben. Da müssen mir das Haus am Hang und die drei Prozent Provision auch mal egal sein. Drei Prozent von 1,4 Millionen Euro, das sind … mir bricht der Schweiß aus … über 40 000 Euro, die mich dieser Spaziergang kostet! Und das alles nur, weil der Penner an der Kasse stand!

Die Provision kassiert jetzt Stefan Stör, mein neuer Mitarbeiter. Ganz toll.

Nicht darüber nachdenken. Fanny ist viel wichtiger. Mit Geld nicht aufzuwiegen.

»Komm, mein Herz, gib mir deine Schultasche. Ich trage sie dir.«

»NEIN, ich will sie selber tragen!«

Zornig reißt Fanny sich los.

»Aber Liebes, ich hole dich von der Schule ab! Freust du dich denn gar nicht?!«

»Wieso *muss* ich *immer* zu Fuß gehen?«

Also Moment mal.

»Weil das gesund ist?«, wage ich vorsichtig einzuwenden. »Außerdem bist du in den letzten hundert Tagen kein einziges Mal zu Fuß gegangen!«

»Na und!«, schnauzt Fanny. »Es war ja auch schweinekalt und hat immer gegossen!«

»Aber *jetzt* scheint sie Sonne«, säusele ich, um Frieden bemüht. »Und die schönen Blumen blühen, die Vögel singen, im Park sitzen die Leute schon auf der Bank, und die Enten auf dem Stadtteich haben schon Küken …«

Ja, ich weiß, dass ich klinge wie meine Schwester.

Ist das denn zu fassen, dass ich es mit sechsunddreißig Jahren schon geschafft habe, genauso betulich daherzureden wie sie?

»Das ist mir so was von scheißegal«, schnauzt Fanny mich wütend an.

»Aber warum hast du dann so schlechte Laune?«

»Weil der Scheiß-Rottweiler uns wieder so viele Aufgaben in Mathe aufgegeben hat, die ich einfach nicht kann!«

»Ich helfe dir, mein Schatz«, verspreche ich gutmütig. Einatmen, ausatmen.

Auch dieser Anfall pubertärer Übellaunigkeit geht vorbei. »Mathe kann total Spaß machen. Man muss sich nur reinknien.«

Wir latschen lustlos am Fluss entlang. Das heißt, Fanny latscht. In ihren ausgeleierten Turnschuhen, die sie niemals aufbindet, sondern deren Kappen sie immer mutwillig platt tritt.

Auch so eine morgendliche Diskussion.

Warum bindet das Kind die Schnürsenkel nicht anständig auf und zu?

»Mama, das *muss* so!«

»Wie, das muss so? Und wozu sind Schnürsenkel da?«

»Zu nix.«

»Das sehe ich aber anders.«

»Wer Schnürsenkel aufmacht, ist voll peinlich.«

»Der schöne teure Turnschuh geht aber davon kaputt!«

»Mama! Du bist so was von spießig!! Das *ist* kein Turnschuh!«

»Sondern?«

»Ein …« (Markenname, englisch, weigere ich mich, mir zu merken.)

Jedenfalls stinkt der Nicht-Turnschuh, der über hundert Euro gekostet hat, und sieht so was von gar nicht lieblich aus, wenn mein ansonsten graziles Kind darin herumlatscht, dass ich Christiane ausnahmsweise einmal recht geben muss. Ein hübscher lederner Schnürschuh muss her. Mit luftdurchlässiger Sohle. Ein Schuh, in dem der Fuß atmen kann. Da gibt es ganz reizende Mädchenschuhe bei Salamander.

Trotzdem halte ich es nicht für zielführend, jetzt mit dem spießigen Schnürschuh-Thema anzufangen. Ich will doch mein schlecht gestimmtes Töchterchen nicht noch bis zur Weißglut reizen. Nach zwanzig Minuten gelingt es mir, das beleidigte Schweigen meiner Tochter zu brechen. Gnädig willigt sie ein, dass ich ihre Schultasche trage.

»Was ist denn da drin? Steine?«, spule ich schon wieder die ausgeleierte Schallplatte meiner Halbschwester ab.

»Hahaha«, antwortet das liebliche Kind giftig.

Schnaufend setze ich die Tasche (wehe ich sage Tornister oder sonst was Peinliches!) auf eine Parkbank und entnehme ihr eine volle Flasche Wasser und das gesamte Schulfrühstück, das ich ihr noch heute Morgen und stehenden Fußes bereitet habe. Vollkornbrot mit Gurken, Radieschen und Vollwertaufstrich.

»Ja, was ist denn das? Hast du denn gar nichts gegessen und getrunken?«

»Nein.«

»Aber warum denn nicht?«

»Erstens haben wir überhaupt keine Pause, und zweitens ist das total peinlich.«

»Moment. Ihr habt *keine* Pause?«

»Nein. Nicht eine Sekunde.«

Wie alle in unserer Familie neigt mein Kind zu theatralischen Übertreibungen.

»Und warum ist das peinlich?«

»Mama!!! Welches Kind läuft denn noch mit einem Gurkenbrot durch die Gegend?! Und mit einer Flasche Wasser? Wie peinlich ist *das* denn?«

»Ähm … was essen denn die anderen?«

»Nix.«

»Kein Kind kann sechs Stunden nichts essen und dann noch lernen.«

Fanny baut sich seufzend vor mir auf und schenkt mir einen mitleidigen Blick. Dann lässt sie sich schwer atmend auf die Bank fallen.

»Zwei Euro, Mama. *Alle* gehen zum Kiosk. Ist das denn so schwer?«

Jetzt wird mir auch klar, warum meine arme Tochter keinen Schritt mehr gehen kann. Das Mädel ist ja völlig unterzuckert. Auffordernd halte ich ihr die Stulle hin.

»Jetzt stärk dich erst mal!«

Fanny wendet sich mit verschränkten Armen ab.

»Voll das peinliche Brot!«

»Aber hier sieht dich doch keiner!« Wie eine Eule spähe ich über die Schulter. »Weit und breit kein Klassenkamerad, der dich des peinlichen Brotessens bezichtigen könnte!«

Fanny presst die Lippen aufeinander. Allein das Wort Klassenkamerad steht ja schon unter Strafe. Ich sollte aufhören, Christianes Vokabular zu benutzen.

»Dann nimm wenigstens einen Schluck Wasser!«

Schluck? Darf man so was heute noch sagen? Wasser? Ist das noch cool?

»Ich ekle mich vor dem Flaschendeckel.«

»Dann verstecke ich ihn. Weg ist er!«

»Du hast ihn hinter dem Rücken, und ich ekle mich immer noch.«

Das Kind ist total verzogen, höre ich Christiane gackern. Einfach mal feste hungern lassen. So wie wir früher. Wir bekamen eine saftige Ohrfeige, und dann war Ruhe.

Seufzend setze ich mich neben Fanny auf die Parkbank. Nicht dass mir das Kind noch magersüchtig wird. Wahrscheinlich weiß das alles schon Christiane, aber mir verschließt sich Fanny. Weil ich eine geschiedene berufstätige Rabenmutter bin.

Vorsichtig streiche ich ihr eine blonde Haarsträhne aus dem überhitzten Gesicht.

»Ist alles nicht so einfach für dich in letzter Zeit, nicht?«

»Es war noch *nie* einfach mit dir.«

»Du meinst, auch schon, als Papa noch da war?«

»Da war es erst recht nicht einfach.«

»Wieso nicht?« Überrascht lege ich den Arm um ihre Schultern, aber sie schüttelt ihn heftig ab.

»Weil ihr da immer gestritten habt.«

»Aber wir haben doch nicht gestritten! Jedenfalls nicht in deiner Gegenwart!«

»Hast du eine Ahnung!«

Darauf kann ich nichts erwidern.

Karsten Korzkamp ist Fannys Vater und war früher mal mein Chef.

Sehr prekäre Familienverhältnisse.

»Flexible, junge, ansehnliche Frau mit Verkaufstalent gesucht!« Auf diese Anzeige hatte ich mich gemeldet. Verkaufstalent habe ich. Organisationstalent auch. Ansehnlich bin ich sowieso. Ich war jung und brauchte das Geld. Zuerst war ich seine Sekretärin, später seine beste Mitarbeiterin, irgendwann seine Geliebte und schließlich die Mutter seiner Tochter Fanny. Wir heirateten und waren genau sieben Jahre lang ein erfolgreiches und nach außen hin glückliches Ehepaar.

Aber Karsten kann einfach nicht die Finger von schönen und möglichst auch noch betuchten Damen lassen. Vorzugsweise sind sie geschieden und lassen sich von ihm die Häuser vermitteln, die ihre Exmänner für sie bezahlen müssen.

Karsten ließ mich allerdings immer nur die Mietwohnungen vermitteln, weil er Angst hatte, ich könnte ihn irgendwann übertrumpfen und ihm die dicksten Fische vor der Nase wegschnappen. Nicht ganz zu Unrecht, denn heimlich absolvierte ich alle Kurse und Prüfungen, die man als selbstständige Immobilienmaklerin vorweisen muss.

Meine Ahnung, dass ich mich eines Tages selbstständig machen würde, trog nicht.

Als ich eines Tages eine tolle Mietwohnung aufschloss, war Karsten schon drin. Und zwar mit der Kundin, mit der ich verabredet war. Er zeigte ihr gerade das Schlafzimmer.

Auf die Provision habe ich dann verzichtet.

Auf Karsten allerdings auch. Er wohnt jetzt mit der besagten Kundin, die übrigens Kirsten heißt, in der besagten Wohnung. Besagte Kirsten erwartet ein Kind von ihm. Vielleicht nennen sie es Kerstin. Oder Thorsten.

Schuster bleib bei deinen Borsten.

Laut Christiane löst das in Fanny ein neues Trauma aus.

Aber was soll ich machen?! Unterhalt fordere ich von Karsten nicht. Ich kann mein Kind selbst ernähren.

Natürlich war viel Arbeit und Energie nötig, um es zu einer Immobilienfirma zu bringen, die Karsten Korzkamp Konkurrenz macht. Besser gesagt, zu einer, bei der Konkurrent Karsten Korzkamp den Kürzeren zieht.

Unter uns Pastorentöchtern: Ich muss zugeben, dass mir das riesigen Spaß macht!

Wahrscheinlich habe ich wirklich keine Ahnung, was in meinem armen Kind vorgeht.

Christiane blickt als Einzige in die Seele meines Kindes.

Und das muss ich dringend ändern.

Als wir irgendwann weitergehen, gelingt es mir, Fanny durch ein unverfängliches Gespräch wieder aufzuheitern. Mein Kind ist wie ein erfrischender Aprilschauer: Erst braut sich was zusammen, dann stürmt, blitzt und donnert es, und dann scheint ganz plötzlich wieder die Sonne. Sie strahlt mich an und plaudert, dass mir ganz warm ums Herz wird.

Wie von Zauberhand geführt, tanzt sie mir ein paar Ballettschritte vor und schwebt auf ihren ausgelatschten Turnschuhen wie eine Elfe über die frisch geharkten Frühlingswege. Ihre seidigen blonden Haare leuchten in der Nachmittagssonne, und das Hellgrün der Bäume duftet mit dem frisch gemähten Rasen um die Wette.

Dazu singen die ersten Amseln unermüdlich.

Du junges Grün, du frisches Gras!, denke ich, während mir die Melodie von Schumann – oder war es Brahms? – durch den Kopf geht.

Wir werden das schon meistern, Fanny und ich.

Den Rest des herrlich milden Nachmittags werde ich mit Fanny auf meiner Lieblingsbank verbringen, die bis zuletzt Abendsonne hat. Hier habe ich früher immer mit dem Kinderwagen gesessen und dann später, als Fanny im benachbarten Sandkasten spielte. Hier haben wir uns Geschichten erzählt und waren uns nahe, hier hat sie mir ihre kleinen Sorgen gestanden und ich ihr meine großen. Hier haben wir gemeinsam gemalt, gepicknickt, leise gesungen und die Beine baumeln lassen.

Auf meiner Lieblingsbank unter der großen Trauerweide, auf deren verzweigten Ästen Fanny früher immer herumgeklettert ist, sitzt allerdings ein störender Schandfleck.

Ein schmuddeliges Wesen.

Jetzt entdecke ich auch den überladenen Einkaufswagen.

Es ist der Penner von heute Morgen.

Seelenruhig sitzt er da, immer noch mit dieser grob gestrickten Wollmütze und den zerfledderten Handschuhen, und liest die FAZ, die er heute im Supermarkt gekauft hat!

Der hat Nerven!

Eh, Mann, verkrümel dich! Das ist unsere Bank!

So ein Mist.

Jetzt kann ich mich nicht mal auf mein Lieblingsfleckchen … Oder glaubt der allen Ernstes, ich würde mich neben ihn setzen?

Abwartend baue ich mich in gebührlichem Abstand vor der Bank auf.

Gehst du da wohl sofort weg?

Am liebsten würde ich »Ksch!« machen.

Der Penner hebt noch nicht einmal den Blick.

»Mama? Ist das ein Krimineller?« Fanny bleibt atemlos neben mir stehen und sucht unwillkürlich meine Hand.

»Nein. Nehme ich zumindest nicht an.«

»Aber warum sitzt der auf unserer Bank?«

»Weil er sich sonnen will?«

»Aber warum nimmt er dann die Mütze nicht ab?«

»Vielleicht hat er Läuse«, knurre ich wütend.

»Ist der arbeitslos?«

»Nein. Der ist Vorstandsvorsitzender der Dresdner Bank. Gleich steigt er in seinen Mercedes und fährt in seine Villa am Stadtrand. Da springt er sicher noch mal in seinen Pool und schwimmt 'ne Runde.«

Fanny guckt mich einen Moment lang verdutzt an: »Du machst dich über den armen Mann lustig!«

Ich grinse. »Aber nein! Ich scherze nur.«

»Find ich aber gemein von dir.« Fanny malt mit ihren Turnschuhen Muster in den Sand des Parkwegs.

»Das ist bestimmt ein ganz armer Mann.«

»Im Paaark saß, ihim Paaark saß, ihim Park, da saß ein armer Mann, hat Kleider nicht, hat Lumpen an«, singe ich leise vor mich hin.

»Mama, das ist nicht witzig!«

»Nein. Ist es nicht. Entschuldigung.«

Fanny schenkt mir einen verächtlichen Blick, dann kramt sie entschlossen in der Schultasche und angelt nach dem Gurken-Radieschen-Vollwertaufstrichbrot.

»Was machst du da … ich meine, du willst doch nicht …«

»Doch.« Mit gestrafften Schultern schreitet mein Kind auf das schmuddelige Wesen zu.

Der Penner hebt erstaunt den Kopf, als Fanny ihm das Schulbrot reicht.

Ich erstarre. Wird er es ihr mit einer unflätigen Bemerkung an den Kopf werfen? Schon bin ich sprungbereit. Wenn er meinem Kinde ein Leides tut, dann …

Er lächelt. Dann schaut er auf das Brot, auf mich und wieder auf Fanny.

Der Penner lächelt meine Fanny an! Und spricht mit ihr! Vergnügt packt er die Gurkenstulle aus und beißt hinein. Kauend nickt er und scheint Gefallen an dem Vollwertbrot zu finden. Aber doch wohl nicht an meiner Fanny?!

Fanny antwortet höflich und artig, wobei sie verlegen von einem Fuß auf den anderen tritt.

He! Sie da! Belästigen Sie meine Tochter nicht! Was fällt Ihnen ein, Sie ungehobelter, arbeitsloser … Lümmel!

Der Penner verdrückt die Stulle mit großem Appetit. Mir schenkt er einen kurzen Blick aus Augen, die unter seiner Mütze kaum zu erkennen sind.

Fanny dreht sich um und kommt strahlend zu mir zurückgelaufen.

»Was habt ihr geredet?!«

»Nix!«

»Aber ihr habt euch doch unterhalten!«

Fanny zuckt die Schultern und schickt sich zum Gehen an.

»Und?«, höre ich mich wie meine Schwester sagen, während ich nach der Schultasche greife. »Du weißt, dass solche Leute einen ganz schlechten Einfluss auf junge Menschen haben, weil sie sie zu Alkohol und Nichtstun verführen. Danach ist ihnen der Weg in eine erfolgreiche Zukunft für immer verbaut …«

»Mama, jetzt spinnst du aber«, kanzelt Fanny mich ab. »Der Mann ist doch viel zu alt für mich!«

3

Immobilien verkaufen sich im Frühling wie warme Semmeln. Ich bin nur noch auf Achse, hetze von einem Objekt zum anderen, treffe Kunden, vermittle, verhandle. Stefan Stör erweist sich als sehr kompetenter Kollege, der viel Berufserfahrung mitbringt. Manchmal denke ich noch an Karsten Korzkamp, mit dem ich dieses Gewerbe einmal zusammen betrieb, aber außer seinen zu klein gewordenen Anzügen, die er bei mir hat hängen lassen, erinnert mich nicht mehr sehr viel an ihn.

Seine neue Frau Kirsten, die ein Kind von ihm erwartet, soll ihm angeblich das Rauchen und Trinken verboten haben, weil sie beides nicht mehr darf. Und was sie ihm noch so alles verboten hat, interessiert mich nicht.

Ich habe so viel Arbeit, dass ich ihn nicht sonderlich vermisse.

Nirgendwo erfährt man so viel über gescheiterte Ehen wie im Immobiliengewerbe. Fast jeden Tag habe ich eine enttäuschte Frau oder einen entrüsteten Mann bei mir im Büro sitzen, und immer muss sofort eine Wohnung her. Oder aber das gemeinsame Haus, in dem man jahrelang glücklich war, muss schnellstens verkauft werden, damit man den ungeliebten Partner auszahlen kann. Für solche Fälle steht eine Flasche Prosecco bereit, und die Kleenex-Box ist auch stets in Reichweite. Manchmal verdiene ich auch am Elend der anderen, und dann schäme ich mich fast ein bisschen. Aber Geschäft ist Geschäft! Man muss die Gelegenheit beim Schopfe packen. Ein Chirurg fängt ja auch nicht an zu weinen, wenn er einen Unfallpatienten operieren muss.

Wenn ich nach solchen Tagen voller Tränen und Emotionen mit geschwollenen Füßen und angeknackster Seele heimkomme, bleibt Christiane gern noch auf ein bis drei Gläschen Wein, um mir was von ihrem ausgefüllten Tag mit Fanny vorzugackern. Dann erfahre ich alles, was mit meinem Kind zu tun hat – und was ich sonst nie erfahren würde.

Dass Fanny neuerdings wieder gern ins Ballett geht. Weil da jetzt ein Junge mittanzt. Bernie.

Dass Fanny dringend wegen der neuen Zahnspange zum Kieferorthopäden muss.

Dass Fanny neue Schuhe braucht, und zwar solide Schnürschuhe mit durchlässiger Ledersohle. Bei Salamander gibt es ganz reizende Mädchenschuhe in Pink. Pick.

Dass Fanny ihren Mathelehrer nicht leiden kann. Und der sie auch nicht. Hack.

Dass Fanny Schweißfüße hat – was aber nur an diesen bescheuerten Turnschuhen liegt, die sie einfach nicht zubinden will. Scharr.

Dass Fanny keine beste Freundin findet, weil sie ein Trennungskind mit Bindungsängsten ist. Natürlich ist das alles meine Schuld.

Dass Fanny schon einen Busen bekommt und man mal über den Kauf eines Sport-BHs nachdenken müsse. (Stichwort Bernie.)

Dass Fanny neuerdings einen riesengroßen Appetit auf Gurken-Vollwertaufstrich-Vollkornbrot hat und jetzt immer zwei davon in die Schule mitnimmt.

Ist mein Kind etwa schwanger? Von Bernie? Hm, wer weiß, was Christiane demnächst noch so aus dem aufgeplusterten Gefieder schüttelt.

»Komisch«, seufze ich, während ich mir die schmerzenden Füße reibe. »*Meine* Vollwertbrote will sie nicht essen. Schon gar nicht in der Öffentlichkeit.«

»Weil du sie nicht mit *Liebe* machst«, gackert mein Schwesterhuhn selbstgefällig. »Das spürt so ein Kind.«

Ich schaue sie ratlos an. Kann es sein, dass sie das wirklich ernst meint, was sie da von sich gibt?

Christiane interpretiert meinen fragenden Blick als Aufforderung, weiterhin dummes Zeug zu reden. »Weil du sie immer in Eile machst. Und schon hast du wieder dein Handy am Ohr und rennst auf deinen hochhackigen Schuhen in die Garage, weil du wieder zu irgendeinem Termin musst. Da muss deinem armen Kind ja der Appetit vergehen …«

»Sie findet Schulbrote generell peinlich«, werfe ich überrascht ein.

»Aber nicht meine«, brüstet sich Christiane. »Meine Schulbrote sind in der Schule der Hit. Neuerdings muss ich sogar noch welche für ihre Freundinnen schmieren.«

»Interessant.« Ich unterdrücke ein Gähnen.

»Sie hat zurzeit einen Wachstumsschub«, klärt mich Christiane auf. »Da kann sie essen bis zum Platzen. Sie nimmt nicht zu.«

»Beneidenswert«, entfährt es mir. »Wenn das doch uns passieren würde.«

Christiane neigt zu leichtem Übergewicht, doch sie trägt es mit Fassung, vorzugsweise in rosafarbenen Strickensembles. Flotte Halstücher und eine blonde Föhnwelle sollen von ihrem Hüftgold ablenken.

»Ach ja. Der Mathelehrer will dich sehen«, wechselt meine Gluckenschwester das Thema, während sie auf meinem Schreibtisch nach einem Zettel sucht. »Der Mann hat schon dreimal angerufen. Du warst nicht beim Elternsprechtag.« Strafender Blick. »Unser Kind steht auf einer wackeligen Vier.«

Unser Kind. Nun ja. Das muss ich schlucken.

»Und … ähm … könntest du ihr da vielleicht helfen?«, frage ich, wobei auch ich mich erhebe. Wenn wir schon mal stehen, wird sie vielleicht bald gehen.

»Nicht, dass ich nicht gut im Rechnen wäre«, sagt Christiane, setzt ihre Brille auf und zieht den Zettel zwischen meinen Notizen hervor. »Aber es ist ja wohl nachvollziehbar, dass der Mathelehrer *dich* sehen will. Die Mutter. Nicht die Tante.« Sie sieht mich über ihre Brillengläser hinweg mit hochgezogenen Brauen an. »Wenn alle Lehrer die gesamte Verwandtschaft anrufen würden, nur weil ein Kind in ihrem Fach auf vier steht, wäre das ja wohl übertrieben.«

»Ja, logo«, lenke ich ein. »Ich meinte nur, wo du sowieso so gut in Mathe bist, da dachte ich …«

»*Was* dachtest du?«

»Na ja, du könntest vielleicht ein bisschen mit ihr üben …«

»Ich *war* mal sehr gut im Rechnen«, bläht sich Christiane auf. »Aber das ist jetzt dreißig Jahre her. Die Kinder benutzen inzwischen Computer und so was. Das kriege ich nicht mehr hin. Ein *bisschen* musst du dich schon selbst engagieren.« Ihr knallroter Schnabel wird spitz.

Oje. Jetzt lieber kein Porzellan zerbrechen. Lieber ein überengagiertes Gluckenhuhn in der Hand als ein kaltherziges Kindermädchen auf dem Dach.

»Schon gut. Ich werde den Mathelehrer anrufen und mich um die Sache kümmern.«

»Vom *Kümmern* allein wird das nichts«, wirft Christiane noch ein, als sie sich zum Gehen wendet. Umständlich bindet sie sich ein Seidentuch mit vielen Hühnern und Enten darauf um den Hals und stopft es sich in den Ausschnitt ihres altrosafarbenen Kostüms. Ich würde ihr zu gern den Schnabel damit stopfen!

»*Pauken* musst du mit ihr. Die Zeit musst du dir schon nehmen.« Endlich flattert sie durch den Vorgarten davon. Ich kann ihre Rechthaberei nicht mehr ertragen. In die Ecke, Besen, Besen!

Ärgerlich schließe ich hinter ihr die Haustür ab.

Fanny hat mir gesagt, dass ihr Mathelehrer ein komplettes Arschloch sei.

Nie dreht er sich von der Tafel zur Klasse um, nie kümmert er sich darum, wenn jemand aufzeigt und noch eine Frage hat, und immer überzieht er die Stunde. Außerdem kommt er immer mit dem Fahrrad, hat lange Haare und sieht scheiße aus.

»Der Rottweiler hat uns zwanzig Seiten aufgegeben, die er alle noch überhaupt nicht erklärt hat«, höre ich dann, oder: »Der Rottweiler hat gesagt, im Test kann alles vorkommen, nichts ist unmöglich, Toyoootaaaa!«

Ich stelle mir diesen Rottweiler bildlich vor, wie er mit tropfenden Lefzen vor der Klasse steht, an seiner Kette zerrt und schadenfroh in die Runde bellt.

Mein zartbesaitetes, musisch hochbegabtes Mädchen ist natürlich völlig überfordert, wenn so ein Unmensch es an die Tafel holt und vor versammelter Klasse auffordert, ein stumpfwinkliges Dreieck zu zeichnen, dessen Unterseite Oberlippe gleichschenklig zu einem völlig hirnrissigen Parallelogramm steht, welches wie ein Trapez im Umfang zu berechnen ist.

»Der Rottweiler hat so fies gelacht, als ich das nicht konnte!« Fanny hat ganz rote Wangen vor Empörung. »Und dann hat er mir gesagt, dass ich auf einer ganz knappen Vier stehe, die schon mit einem ihrer vier Beine auf der Fünf steht!«

Ist der gemein! So ein … Rohling, ein Kinderquäler, ein Sadist! Ganz ohne Maulkorb lässt man so einen Finsterling auf die armen Kinder los!

»Wir schreiben nächste Woche den entscheidenden Test«, sagt Fanny ohne Hoffnung in der Stimme. »Ich habe noch nie im Leben einen Fünfer gehabt.«

Das würde Christiane so passen.

Dass mein (!) Kind eine Fünf im Zeugnis bekommt.

»Komm, gib mir mal deine Aufgaben.« Entschlossen greife ich nach ihrem Heft, in das sie zwar sehr sorgfältig, aber anscheinend ohne wahren Durchblick Dreiecke, Vierecke, Quadrate und andere ulkige Muster gezeichnet hat.

»Das sieht doch alles schon mal ganz hübsch aus«, lobe ich. »Sehr ordentlich und … ähm … sauber.«

»Mama! Du nervst! Darum *geht* es doch gar nicht!« Fanny haut auf den Tisch.

»O doch. Geometrie hat in erster Linie was mit Präzision und Genauigkeit zu tun«, beharre ich. »Das ist das Um und Auf.«

Fanny schaut mich abwartend an.

»Soweit ich mich erinnere, war ich gut in Geometrie«, behaupte ich. »$a^2 + b^2 = c^2$.«

»Das haben wir noch nicht gehabt.«

»Das ist der Satz des Pythagoras.« Erstaunlich, dass mir solche Lappalien nach zwanzig Jahren wieder einfallen.

»Mamaaa! Das hilft mir jetzt auch nicht weiter!« Fanny will mir schon das Heft aus der Hand reißen, aber so schnell lasse ich mich nicht unterkriegen.

»Gib mir mal die erste Aufgabe.«

»Kannst du eh nicht.«

»Doch. Kann ich.«

»Christiane hat gesagt, du warst in Mathe voll der Versager.«

»So. Hat sie das gesagt.«

»Na ja, nicht so wörtlich. Aber so ähnlich.«

Ich krempele mir die Ärmel hoch. »Okay. Jetzt erst recht. Und wenn ich die ganze Nacht mit dir über diesen Aufgaben sitze!«

»Okay!« Widerwillig, aber doch halb getröstet reicht Fanny mir das Blatt, auf dem der Rottweiler »Überprüfe dein Wissen!« fordert.

Darauf hat er noch eine Eule gezeichnet, die ziemlich dämlich aus ihrem Gefieder blickt, während neben ihr eine Glühbirne leuchtet.

Das findet er wahrscheinlich wieder wahnsinnig originell.

Die erste Aufgabe lautet: »Zeichne eine Strecke AB = 8 Zentimeter und teile sie in drei gleiche Teile.«

»Na, wenn das nicht einfach ist«, lache ich erleichtert. »Gib mal das Geodreieck rüber. Mensch, das macht doch Spaß!«

Mein Handy surrt auf dem Tisch herum, und da es die Trockenpflaume Claudia ist, muss ich leider schnell rangehen.

»Ja, Claudia? – Was? Der berühmte *Schönheitschirurg* verkauft sein Landhaus in Kitzbühel?«

Sofort bin ich ganz Ohr. Angespannt bis in die Zehenspitzen notiere ich mir die Daten, die meine Sekretärin mir soeben durchgibt. 860 Quadratmeter Wohnfläche, Grundfläche: 3 000, drei Garagen und zwei Carports, Gästehaus, Sauna, Wellnessbereich und Außenpool, offener Kamin im Wohnbereich, Kachelofen in der behaglichen Wohnküche …

Ich mache Fanny mit dem Geodreieck ein Zeichen, dass sie schon mal loslegen soll, und schicke eine aufmunternde Grimasse hinterher.

»Wie viel will er haben? Sechseinhalb Millionen?« Ich werde ganz schwach, und meine Augen werden zu Dollarzeichen. »Na, das müssen wir dem Russen anbieten, du weißt schon, der Neureiche mit dem Pelzmantel, oder dem jungen Araber, der letztens mit seiner verschleierten Frau da war …«

Fanny kneift die Lippen zusammen und fährt mit ihrem Geodreieck genervt über die Tischplatte. Ich wische ihre Kinderhand beiseite, damit sie keine Kratzer macht.

»Und *wir* kriegen den Alleinvermittlungsauftrag? Nein? Mist, Konkurrent Karsten Korzkamp mischt auch mit. Wir müssen ihm zuvorkommen! Wahnsinn! Bei drei Prozent Provision sind das … Fanny, rechne mal schnell! Drei Prozent von sechseinhalb Millionen!«

Während Fanny mich entnervt durch ihr gleichschenkliges Dreieck ansieht, grabsche ich mit meinen frisch manikürten Fingern nach dem Taschenrechner und hacke auf ihn ein: »375 000! Claudia, lass das sofort in unseren Kitzbüheler Hochglanzprospekt setzen! Schreib: ...« – Ich kratze mich am Kopf, dass die Haare nur so fliegen – »... Wohntraum in attraktivster Lage, in Kitzbühel, der wohl charmantesten Stadt in den Alpen ... hast du das? Herrliche Gegend, hervorragender Freizeitwert, einzigartige Lebensqualität ... Als Hauptwohnsitz oder attraktive Geldanlage ... Golfplatz in unmittelbarer Nähe. Von der riesigen Sonnenterrasse aus genießt man das atemberaubende Panorama des ›Wilden Kaisers‹. Der blonde Schlagersänger mit der Föhnwelle wohnt gleich nebenan!«

»Bist du sicher, dass wir das wirklich so schreiben sollen?«

Typisch Trockenpflaume Claudia. Die geht zum Lachen in den Keller.

Ich kichere. »Nein, den letzten Satz natürlich nicht. Zumal weder der Russe noch der Scheich aus dem Oman den blonden Schlagersänger mit der Föhnwelle kennen. Wie viel Zeit haben wir?« Die Worte purzeln mir nur so aus dem Mund. »Dann ist das also dringend. Ja, ich fahre gleich morgen früh raus nach Kitzbühel und schau mir den Laden an. Eine Frage noch: Warum verkauft der Schönheitschirurg die Liegenschaft?«

»Weil er einen Prozess gegen eine Patientin verloren hat. Die hat fünf Millionen Euro Schmerzensgeld für ihr verschandeltes Gesicht zugesprochen bekommen.«

»Aha. Okay. Danke.« Wie gesagt, manchmal verdiene ich am Elend der anderen. Aber Geschäft ist Geschäft. Ich klappe das Handy zu und lege es auf den Tisch. Wild entschlossen, mir auf keinen Fall anmerken zu lassen, dass ich vor Kampfeslust nur so vibriere, schaue ich mein geduldig dasitzendes Fannylein an und lächle so entspannt wie möglich.

»So. Und jetzt machen wir zwei Geometrie. Darauf freue ich mich schon den ganzen Tag!«

Fanny guckt mich an, als hätte ich meinen eigenen Urin getrunken und behauptet, das schmecke besser als Vanilleeis.

Dass der mir den Auftrag gegeben hat! Dem geht der Arsch auf Grundeis! Der braucht ganz dringend Kohle! Bevor die Patientin an die Presse geht!

Innerlich schier zerrissen vor Anspannung, nehme ich, das Zittern meiner Finger unterdrückend, das Geodreieck und zeichne eine Linie.

So. Das hätten wir schon mal. Acht Zentimeter. Ein schöner sauberer Strich.

Jetzt teilen wir den ganz locker in drei Teile.

Wenn's weiter nichts ist.

Die *Schönheitschirurgenvilla! Wahnsinn!*

Ich mache drei Pünktchen auf die Linie und sage: »Bitte. So einfach ist das.«

»Mama! So geht das nicht! Der Rottweiler hat gesagt, das geht nur mit Strahlensätzen, und die musst du extra einzeichnen! Das hat was mit Verhältnisgleichungen zu tun!«

Beste Lage am Golfplatz! Direkt bei der angesagten Alm von der Rosie, wo immer die Promis sitzen!

»Warum einfach, wenn's auch umständlich geht? Wir machen einfach neun Zentimeter draus, sooo …« Ich verlängere den blöden Strich um einen unbedeutenden lächerlichen Zentimeter, »… Und dann teilen wir das schön gerecht durch drei. Bitte.« Aufmunternd schaue ich Fanny an.

»Das *giltet* doch nicht!«, schreit sie entnervt.

»Das wird der Rottweiler doch nicht so eng sehen …«

»*Doch*! Das sieht der eng! Der gibt mir einen Fünfer!«, heult Fanny los.

Mir wird ganz schwer ums Herz. Stimmt es, hat Christiane recht? Bin ich eine karrieregeile Rabenmutter?

Ich reiße mich zusammen. Wir werden heute Abend Fannys Matheproblem lösen, verdammt noch mal!

Kaufpreis sechseinhalb Millionen!

»Schau. Weiter unten steht: ›Lebenspraktische Aufgaben‹. Das macht wenigstens Sinn.«

Entschlossen drücke ich Fannykind an mein Herz und wische ihr die Tränen ab.

Danke, verschandelte Patientin!!!

»Guck mal, das ist interessant. Berechne die Höhe eines Kirchturmes, dessen Schatten 15,2 Meter lang ist, wenn gleichzeitig die Schattenlänge eines 1,5 Meter langen senkrecht stehenden Stabes 1,2 Meter ist.«

»Tja«, sagt Fanny. »Wenn *das* interessant ist, dann bist du die schlimmste Lügnerin der Welt.«

Wo sie recht hat, hat sie recht.

Ich lese die Aufgabe noch einmal und dann noch mal. Kirchturm, Schatten, Stab.

Ja, spinnt denn dieser Mann? Auf was für perverse Ideen kommt der denn? Hat der ein Potenzproblem? Steht der morgens im Badezimmer und berechnet den Schatten seines Stabes? Hat der nichts Besseres zu tun?

»Mensch, das ist gerade mal zwanzig Jahre her, dass ich über den gleichen bescheuerten Aufgaben gesessen und geheult habe. Wie *war* das gleich noch mal mit dem Stab, dem Schatten und der Länge?«

Verdammt. Ich müsste jetzt sofort den Russen anrufen. Oder die Juwelierswitwe aus Kanada.

»Und erinnerst du dich oder nicht?«, schnaubt Fanny.

»Pah!«, mache ich und wedele mit dem Geodreieck. »Da werde ich mich schon wieder reinarbeiten. Ich brauche bloß ein bisschen Zeit …«

Und genau die habe ich nicht.

Der Russe kann vielleicht nicht Ski fahren. Aber die Witwe aus Kanada.

»Und wie hoch ist jetzt der Kirchturm?«, fragt Fanny ungerührt.

»Tja«, sage ich erschöpft. »Da bin ich im Moment ... ähm ...« Ich zupfe nachdenklich am rechten Ohrläppchen herum. »Wie hoch sind solche Kirchtürme in der Regel? Wollen wir ein bisschen improvisieren?«

Oder der Baulöwe aus Wien. Der ist schon lange scharf auf Kitzbühel.

Soll ich Christiane den Triumph gönnen, dass ich als Mutter total versage?

»Komm, wir nehmen eine andere Aufgabe. Die hier. Die hat was mit meinem Beruf zu tun, schau mal. Grundstücke berechnen. Das kann ich.«

»Na, dann mal los.« Fanny schaut mich abwartend an.

Fröhlich lese ich vor: »Ein trapezförmiger Baugrund kostet bei einem Quadratmeterpreis von 120 Euro insgesamt 144 000 Euro. – Dann liegt er aber nicht in Kitzbühel! – Die Parallelseite grenzt an eine Straße und soll einen Zaun bekommen. Berechne die Länge des Zaunes. Entnimm die Maße der Abbildung.« Auf der Abbildung ist ein spießiges Reihenhaus in Oer-Erkenschwick oder Brackwede zu sehen.

Mensch, ich müsste so was von dringend telefonieren! In Kanada ist es gerade neun Uhr früh!

»Na?«, fragt Fanny gespannt. »Schnallst du's?«

»Oder diese Aufgabe hier!«, versuche ich ein Ablenkungsmanöver. »Ein rechteckiges Grundstück soll in zwei gleich große Teile geteilt werden. Es gibt nur eine Zufahrt Z, beide Grundstücke müssen jedoch eine Zufahrtsmöglichkeit haben. Wie wird die Teilung erfolgen? Entnimm die Maße der Abbildung.«

»Mama, ich geh jetzt ins Bett«, sagt Fanny, und Tränen schwimmen in ihren Augen. »Du kannst es nicht, Christiane kann es auch nicht, da werde ich eben einen Fünfer schreiben und sitzen bleiben.«

Sie wirkt so klein und blass und zerbrechlich, dass ich sie einfach in den Arm nehme. »Du bleibst nicht sitzen, das schwöre ich dir.«

»Aber wenn ich Mathe nicht kann … Der Rottweiler sagt, du warst noch nicht mal auf dem Elternsprechtag!« Mein Kind ist ein einziger lebender Vorwurf, als es sich mir entzieht und missgelaunt das Weite sucht.

»Geh ruhig schlafen, mein Herz«, sage ich sanft. »Du musst morgen wieder früh raus.«

Ich weiß nicht, wen ich mehr hassen soll.

Den Rottweiler oder seinen Schatten.

4

IMMOBILIEN GLÜCKSGRIFF

LEBEN IM PARADIES

Sehr geehrter Herr Rottweiler,

nachdem Sie der erste Mann in meinem Leben sind, für den ich mir die ganze Nacht um die Ohren geschlagen habe, möchte ich Ihnen mitteilen, dass der Kirchturm 19 Meter hoch ist. Der Zaun des trapezförmigen Baugrundes ist meiner Meinung nach 24 Meter lang. Die Zufahrt Z kann man durch zwei Trapeze errechnen, die in diesem Fall je 55 Meter Fläche haben, die Zufahrt selbst ist also fünf Meter breit. Ich wäre Ihnen dankbar, wenn Sie mir die Lösungen bestätigen würden, denn ich möchte meine Tochter mit der positiven Nachricht wecken, dass ich die Matheaufgaben verstanden habe.

Mit freundlichen Grüßen
Juliane Hempel

PS: Es tut mir leid, dass ich nicht auf dem Elternsprechtag war, aber es gibt Menschen, die haben einen tagesfüllenden Beruf.

GESCHÄFTSFÜHRERIN JULIANE HEMPEL

VILLEN, HÄUSER, EIGENTUMSWOHNUNGEN, LIEGENSCHAFTEN UND PRIVATE RESIDENZEN

So. Dem habe ich es gegeben. Hastig scanne ich alle meine Berechnungen und Zeichnungen und schicke die E-Mail ab. Ich bin eine *liebende* Mutter, die für ihr Junges *kämpft*!

So einfach lasse ich mich nicht beiseiteschieben! Christianes geistige Kapazitäten mögen begrenzt sein, meine sind es *nicht*!

Ein Blick auf die Uhr: 6 Uhr 18. Noch ein paar Minuten, dann muss ich mein armes, unschuldiges Kind aus den süßesten Träumen reißen.

Während ich mir in der Morgendämmerung einen Kaffee mache, meldet sich auch schon mein Computer: *Sie haben Post.* Nervös reibe ich mir die Hände und lasse mich auf meinen Schreibtischstuhl fallen.

»So, Rottweiler. Bist du also auch schon wach. Ich bin *noch* wach, nur dass du es weißt!« Mit einem Plong öffnet sich die neue Mail, und ich lese:

Sehr geehrte Frau Hempel,

es freut mich, dass Sie sich in die Mathematikaufgaben Ihrer Tochter vertieft haben, und ich kann Ihnen hiermit die Richtigkeit Ihrer Lösungen bestätigen. Allerdings muss ich Sie darauf hinweisen, dass es nicht üblich ist, die Leistungen einer Mutter, sondern die des Schülers selbst zu bewerten. Dazu lasse ich zweimal pro Halbjahr Tests schreiben, die die Kinder in Abwesenheit ihrer Eltern und somit selbstständig und ohne fremde Hilfe ausführen. Leider ist der Lerneifer Ihrer Tochter Fanny nicht ganz so ausgeprägt wie der Ihre, aber ich hoffe, Sie können Ihre Tochter noch motivieren, sich der spannenden Materie der Geometrie zu widmen.

Mit freundlichen Grüßen
Wolfgang Rottmeier

PS: Nach einem Blick ins Klassenbuch habe ich mich davon überzeugt, dass Hempel Ihr wirklicher Name ist, aber keine Sorge, ich werde nicht unter Ihr Sofa schauen.

Jetzt werde ich langsam wütend. Der *heißt* gar nicht Rottweiler? Aber warum hat Fanny mir das nicht gesagt? *Rottmeier* heißt der, das ist ja etwas völlig anderes!

Ich wecke mein Kind und sage ihr als Erstes, wie hoch der Kirchturm ist. Dann berichte ich erfreut von meinem neuesten Brieffreund.

Fanny ist total entsetzt.

»Du hast ihm *geschrieben*? Mama, jetzt kann ich dem nie wieder unter die Augen treten!«

Ich bin bestürzt. Ich wollte meinem Kind doch nur helfen!

»Aber natürlich kannst du ihm unter die Augen treten … Ich meine, der ist doch total nett …«

Sie schüttelt den Kopf. »Mama, du hast sie nicht mehr alle. Der Mann bringt mich um!« Sie verzieht das Gesicht, als wolle sie jeden Moment losheulen.

Ich schlucke. Als ich sehe, wie sie da am Frühstückstisch sitzt, mit ihren zerstrubbelten Haaren und den weichen Wangen, die noch Kopfkissenabdrücke aufweisen, könnte ich gleich selbst losweinen. Die durchwachte Nacht und der Stress der letzten Tage sitzen mir in den Knochen. Ich greife nach ihrer Hand, die ihr Schmusekissen mit der Aufschrift »Ohne dich ist alles doof« umklammert.

»Ich … ach, liebster Schatz, ich wollte doch nicht …«

Mit einer brüsken Bewegung entreißt sie mir ihre Hand und hält sich das Kissen wie einen Schutzschild vor die Brust.

»Du hast alles versaut!«

»Nein, das siehst du zu schwarz, der Mann hat Humor …«

»Hat er *nicht*!«

»Hat er *wohl*!« Ich muss glucksen, wenn ich daran denke, dass ich ihn mit »Sehr geehrter Herr Rottweiler« angeredet habe. Wie cool er den Ball zurückgespielt hat!

»Der ist ein Sadist!«, unterbricht mich Fanny. »Der gibt mir einen Fünfer!«

»Aber nein, Liebes, er hat nur gemerkt, wie sehr wir uns mit den Aufgaben beschäftigen!« Unbeholfen reiche ich ihr das Mathebuch mit meinen vielen Eintragungen, Fragezeichen und Randbemerkungen. Na gut, ein paar Flüche sind auch dabei.

Unwirsch reißt sie es mir aus der Hand.

»*Du* hast dich damit beschäftigt, Mama. Du. Nicht ich.«

Fanny sieht mich böse an, ihre Augen sind zu schmalen Schlitzen geworden. »Und du hast ihm seinen Spitznamen gepetzt! Meine ganze Klasse wird mich dafür hassen!«

»Aber der Rottweiler weiß doch längst von seinem Spitznamen«, lache ich fröhlich.

Plötzlich bleibt mir das Lachen im Halse stecken. Fanny hat ihr Schmusekissen ohne Vorwarnung quer durch die Küche geschleudert. Es landet in der Spüle, wo ein Glas zerbricht. Fasziniert starren wir beide darauf.

»Ohne dich ist alles doof«, wird ein schafsähnliches Wesen mit eng stehenden Augen und abstehenden Ohren zitiert. »Krabbelkäfer: doof. Sonne: doof. Schmetterling: doof. Baum: doof. Alle anderen: doof. Ich: doof.«

Warum da nicht »Mathe: doof. Geometrie: doof. Rottweiler: doof. Meine Mama: doof. Ich: doof. Schule: doof. Gurkenbrot: doof. Mein Leben: doof« draufsteht, weiß ich auch nicht!

Ich möchte einen Scherz in dieser Art machen, aber mir bleibt das Wort im Halse stecken. Alles soll wieder so sein wie vorher, ich möchte wieder ihre Freundin sein, ihre Vertraute, ihre Helferin in der Not, ihre Zuhörerin und Trösterin … ihre Mutter eben.

Spontan beuge ich mich vor und will meine Tochter in den Arm nehmen, aber sie entzieht sich mir trotzig. Die rosa Zornesflecken auf ihren Wangen werden noch eine Spur dunkler.

»Du willst immer allen zeigen, wie toll du bist! Du bist die beste Immobilienmaklerin der Stadt, du bist die Schönste, Klügste, Witzigste und Sportlichste und machst auch noch Charity für die armen Leute dieser Welt! Aber für deine Tochter bist du nicht toll!«

»Aber Liebes, ich wollte dir nur helfen! Ich habe mir die ganze Nacht um die Ohren geschlagen, um dir die Matheaufgaben erklären zu können!«

»Und warum hast du dem Rottweiler dann geschrieben?«

»Weil ich die Lösungen brauchte! Stell dir vor, ich hätte alles falsch gemacht ...«

»Du *hast* alles falsch gemacht!«

Fanny schnappt sich ihre Schultasche, rammt ihre Füße in die Turnschuhe und knallt die Tür hinter sich zu. Völlig gebannt starre ich hinter ihr her.

Sollte sie recht haben? Habe ich einen Fehler gemacht? Wollte ich einfach nur Anerkennung? Von einem fremden, langhaarigen, Fahrrad fahrenden ... Mathelehrer? Da wäre ich aber tief gesunken ...

Ich öffne mehrfach den Mund, um ihr etwas hinterherzurufen, aber was soll ich sagen? Dass sie sich irrt? Dass ich es wirklich nur für sie getan habe?

Dass der Lehrer vermutlich schon lange weiß, wie die Schüler ihn heimlich nennen? Dass er es offensichtlich mit Gelassenheit nimmt?

Dass sie keine Angst vor ihm haben muss? Ich könnte ... ich werde mit ihm reden, ihn anrufen, ihm alles erklären ...

Mein schuldbewusster Blick fällt auf den Küchentisch, wo sie ihr Vollwertbrot mit Gurken liegen gelassen hat.

Mit bleischweren Füßen schleppe ich mich zum Fenster.

In der Morgendämmerung radelt Fanny gerade davon.

Die Kombination ihres Zahlenschlosses ist ihr wohl wieder eingefallen.

Sie wirft keinen Blick zurück, sosehr ich auch winke.

Bevor ich auf dem von Rottmeier belächelten Hempel'schen Sofa sitze und Löcher in die Luft starre, gehe ich lieber joggen.

Genau. Ich werde Fanny das Schulbrot bringen, ganz vorsichtig an die Klassentüre klopfen und anstelle einer weißen Fahne mit dem Schulbrot winken. Sollte sie gerade bei Rottweiler Unterricht haben, kann ich die Sache sofort aufklären und alle Schuld auf mich nehmen. Ich werde vor der ganzen Klasse sagen: Seht her, der Rottweiler ist auf meinem Mist gewachsen, ich stehe dazu, ich kann meinen Fehler mutig und öffentlich eingestehen.

Als ich mich umgezogen habe und losgetrippelt bin, gefällt mir die Idee immer besser. Es ist noch kalt und dämmrig, Morgennebel hängt über dem Park, und ich komme mir unheimlich tapfer vor. Ja, ich werde mein Mädchen rehabilitieren. Das bin ich ihm schuldig.

Zwanzig Minuten später bin ich an der Schule angekommen. Die Sonne geht gerade auf und taucht das ansonsten trostlose Gebäude in strahlendes Licht.

Da sehe ich einen blonden Schopf im Foyer. Eine Panikwelle durchflutet mich.

Ist Fanny … gar nicht in ihre Klasse gegangen? Sitzt sie allein in der Halle und heult? Habe ich ihr so sehr geschadet, dass sie sich nicht in den Unterricht traut? Wird sie die Schule schmeißen und womöglich in der Gosse landen?

Ach, meine Fantasie geht schon wieder mit mir durch. Es ist gar nicht Fanny, sondern irgendein fremdes blondes Mädchen mit Pferdeschwanz und Jeans, das dort draußen seine Aufgaben macht. Genau wie wir damals, denke ich.

Mit roten Wangen und ganz außer Atem nehme ich immer zwei Treppenstufen auf einmal. Als ich den langen Gang entlanglaufe, dreht sich mir der Magen um, ich fühle mich unsicher und angespannt. Mein eigenes Keuchen macht mich ganz verrückt: Was, wenn plötzlich ein strenger Lehrer vor mir steht und fragt, warum ich hier herumschleiche?

Dann stehe ich vor ihrer Klasse. Plötzlich komme ich mir vor wie ein Vollidiot.

So wie früher, als ich noch selbst Schülerin war. Wenn ich da jetzt reingehe und Fanny ihr Schulbrot bringe, mache ich dann nicht alles noch schlimmer? Mein Magen krampft sich zusammen. Was, wenn es so richtig peinlich wird? Was, wenn die ganze Klasse in johlendes Gelächter ausbricht und mit gehässigem Grinsen auf meine Fanny zeigt? Was, wenn der Rottweiler mit Kreide nach mir wirft?

Werde ich sie total blamieren und endgültig zum Gespött ihrer Klasse machen?

Wird der Lehrer mich des Raumes verweisen und sich die Störung verbitten?

Mit hämmerndem Herzen starre ich auf die Tür.

Drinnen doziert eine Männerstimme. Ich drücke mein verschwitztes Gesicht an die Tür und lausche. *Ist* das Rottweiler? Ich bin völlig durch den Wind.

Habe ich etwa Angst vor einem kleinen Studienrat? Vor dem Lehrer meiner Tochter? Hat sie mich schon angesteckt mit ihrer Hysterie?

Ich muss ja nicht hineingehen. Was, wenn Fanny so sauer auf mich ist, dass sie mich anschreit? Einen Moment lang zögere ich, und meine Finger krallen sich um dieses gesunde Vollwertaufstrich-Vollkornbrot.

Drinnen bellt eine Männerstimme Befehle.

»Schreibt zuerst die Formel auf und setzt dann die Zahlenwerte ein«, höre ich eine kräftige dunkle Stimme. »Wie ändert sich der Flächeninhalt, wenn die Diagonale verdoppelt wird, nachdem das Deltoid bekannt ist?«

Ich weiß es, ich weiß es! Das habe ich heute Nacht alles gelernt!

Schon habe ich die Klinke in der Hand. Juchuu! Ich gehe da jetzt rein und zeichne ganz locker die Lösung an die Tafel …

Ich fasse mir an den Hals. Ich kann da jetzt nicht reingehen, ich kann einfach nicht.

Meine Tochter würde mir das nie verzeihen.

Plötzlich komme ich mir nur noch blöd vor.

Unverrichteter Dinge trotte ich mit meinem blöden Gurkenbrot aus dem Gebäude und wieder am Fluss entlang. Die Morgensonne blendet mich, und ich muss ständig daran denken, wie saublöd ich mich verhalten habe. Statt Fanny zu helfen, habe ich ihr immens geschadet. Sie wird sich bei Christiane ausheulen.

Und Christiane wird wieder mal recht behalten. Ich bin eine Rabenmutter. Entweder ich habe keine Zeit für mein Kind oder ich mache alles falsch.

Mir geht es schlecht. Erschöpfung und Schwindel melden sich nach der durchwachten Nacht.

Völlig geknickt biege ich in den Park ein und steuere auf meine Lieblingsbank zu. Die Sonne schickt inzwischen wärmende Strahlen und taucht meinen Zufluchtsort in tröstliches Licht. Hier bin ich Fanny nahe, und hier werde ich sie innerlich um Verzeihung bitten. Ich muss nachdenken, wie ich das Ganze wiedergutmachen kann. Ich werde mich jetzt dort hinsetzen und das Gurkenbrot selber essen. Jetzt ist Krisenmanagement angesagt. Fanny ist das Wichtigste in meinem Leben. Ich darf unser Verhältnis aus lauter Stress nicht kaputt machen.

Heute Mittag werde ich sie vor der Schule abholen. Da muss ich halt schon wieder einen Termin sausen lassen, aber das ist jetzt egal. Ich werde vor der Schule stehen, mit einem … Lebkuchenherz, auf dem »Bitte verzeih mir« steht. Das werde ich ihr um den Hals hängen. Und dann sage ich: »Mein liebstes Mädchen, ohne dich ist alles doof! Immobilien: doof. Besichtigungstermin: doof. Millionäre: doof. Provision: doof. Liegenschaft in Kitzbühel: doof. Notartermin: doof. Kaufvertrag: doof.«

Mit einem verklärten Lächeln auf dem Gesicht trabe ich meinem Lieblingsplätzchen entgegen. Ja, so mache ich es. Sie wird mir um den Hals fallen und »Mama, passt schon« sagen, und dann lade ich sie ganz schick auf der Steinterrasse zum Mittagessen ein. Wir werden mal wieder so richtig nett zusammensitzen und plaudern, und wie ich meine Fanny kenne, wird sie mich über ihrem Teller anstrahlen, meine Hand nehmen und mir dann anvertrauen, dass der Mathelehrer heute besonders nett zu ihr war und sie einen Dreier bekommen hat. Und dass sie natürlich in die nächste Klasse aufsteigt und dass ich mir keine Sorgen machen muss. Und dass der Rottweiler mich schön grüßen lässt und fragt, ob ich nicht ein nettes kleines Reihenhaus für ihn habe. Und dann werde ich lächelnd antworten, dass nette kleine Reihenhäuser nicht mehr zu meinem Repertoire gehören, aber er könne sich gerne an meinen Kollegen Karsten Korzkamp wenden, der hat auch Angebote für die kleinere Brieftasche … Meine blühende Fantasie trägt mich schon wieder aus der Krise. Unwillkürlich muss ich grinsen.

Scheiße. Etwas Störendes gerät in mein Blickfeld. Keuchend bleibe ich ruckartig stehen. Meine Lieblingsbank ist besetzt.

Das ist doch nicht schon wieder dieser Penner?

Ich meine, seit wann geistert der eigentlich hier herum? Und wer hat ihm erlaubt, sich ausgerechnet *meine* Bank auszusuchen? Hat er hier womöglich … übernachtet?

Sein überladener Einkaufswagen steht hinter der Trauerweide. Einen Moment lang zögere ich.

Ich muss ja nicht dorthin gehen, fällt mir ein. Ich könnte ja einen Bogen um ihn machen. Ich bin schließlich nicht mit dieser Bank *verabredet.* Sie scheint mir nur einfach nicht mehr zu gehören. Trotzdem gehe ich automatisch weiter, ich kann einfach nicht dagegen an. Ich fühle mich wie auf dem Laufband, ich kann nicht zurück.

Das hier gehört auf der Stelle geregelt.

Was soll ich sagen, wenn ich vor ihm stehe?

»Entschuldigung, aber das ist *meine* Bank?«

»Bitte gehen Sie unauffällig weiter?«

Merkwürdig. Auf magische Weise scheint mich dieser Mann anzuziehen.

Ach Quatsch, sage ich mir. Die Bank zieht mich an, die Erinnerung an schöne, sorglose, glückliche, entspannte Nachmittage. Ich will mich einfach nicht vertreiben lassen von diesem harmonischen, friedlichen Platz.

Verunsichert nähere ich mich zögernd dieser … Gestalt, die da auf meiner Bank sitzt und in die Sonne blinzelt.

Dann stehe ich drei Meter vor ihm.

Das mit der Bank muss jetzt einfach mal geklärt werden. Besser jetzt sofort, als wenn ich zu lange damit warte. Ich meine, der Sommer ist lang, und er sollte sich rechtzeitig ein anderes Plätzchen suchen.

»Hallo«, sage ich, indem ich ihm genau vor der Sonne stehe.

Als Diogenes in der Tonne scheinbar überrascht aufschaut, sieht er mich freundlich an, und ich entspanne mich ein kleines bisschen.

»Hallo«, antwortet er, und wir schweigen kurz.

»Also … ähm … ich dachte, Sie haben vielleicht noch nicht gefrühstückt«, entfährt es mir völlig unplanmäßig, und ich reiche ihm die Gurkenaufstrichstulle.

Er lächelt, und mir zieht sich irgendwo in der unteren Magengegend etwas zusammen. Mann, ist das peinlich, was ich hier tue. Ich bin so was von peinlich! Warum gehe ich nicht endlich ins Büro und telefoniere mir die Seele aus dem Leib, um die Schönheitschirurgenvilla an den Mann zu bringen?

Der Penner nimmt das in Alufolie eingewickelte Päckchen wie selbstverständlich entgegen und schaut mich mit seinen braunen Augen an.

»Da haben Sie richtig gedacht«, sagt er schließlich. Dann faltet er das Butterbrotpapier auseinander, wobei mir auffällt, dass er wieder diese Strickhandschuhe mit den abgeschnittenen Fingerspitzen trägt.

»Sie *müssen* das natürlich nicht essen, wenn es Ihnen nicht … ähm … zusagt, aber ich habe es für meine Tochter gemacht, und die ist mir heute …« Abrupt breche ich ab. Warum erzähle ich dem Kerl das überhaupt … Aber ich brauche jetzt ein menschliches Wesen, das mir zuhört und ein kleines bisschen auf meiner Seite ist. »Sie ist mir heute Morgen ein bisschen böse, und da hat sie das Brot liegen lassen …«

Mann, eigentlich wollte ich mir das selber reinziehen, aber du verdirbst mir hier voll den Appetit.

»Das schmeckt absolut köstlich«, sagt er, nachdem er hineingebissen hat.

Ich beobachte aus zusammengekniffenen Augen, wie er genüsslich kaut.

»Wenn Sie mir jetzt noch aus der Sonne gehen würden«, äußert er schließlich höflich, nachdem er den Mund leer gemacht hat.

»Natürlich«, entfährt es mir, und ich trete einen Schritt zur Seite.

Komisch. Der Kerl hat offensichtlich Manieren. Schweigend verzehrt er die Stulle und nickt dabei zufrieden mit dem Kopf. Nimmt er mich noch wahr? Ich meine, bin ich für ihn überhaupt noch anwesend? Wahrscheinlich ist er es gewöhnt, dass man ihm irgendwas zusteckt, ohne weiter mit ihm zu reden. Für ihn scheint unser Dialog beendet zu sein.

Warum ich trotzdem stehen bleibe, weiß ich nicht. Ganz kindliche Fragen beschäftigen mich, und ich muss an Fanny denken.

Ob er wohl schon Zähne geputzt hat heute Morgen?

Und seine … sonstigen Verrichtungen erledigt?

Wo hat er übernachtet? Hatte er schon eine warme Dusche?

Auf den zweiten Blick wirkt er gar nicht so ungepflegt.

Na gut, sein Hemdkragen, der aus mehreren Pulloverschichten hervorschaut, ist nicht aprilfrisch, aber dieser Mann starrt nicht wirklich vor Dreck.

Er macht einen zutiefst zufriedenen Eindruck, wie er da so auf meiner Bank sitzt und mein Gurkenbrot verdrückt. Er erinnert mich irgendwie an Franz von Assisi. Siehst du die Vögel und die Hasen und die Rehe dort im Walde? Sie säen nicht, sie ernten nicht, und der Herrgott ernährt sie doch.

Juliane, warum läufst du jetzt nicht einfach weiter? Lass doch diesen Mann in Ruhe und geh deiner Wege! Du hast so viel Arbeit und eigentlich gar keine Zeit!

Ich weiß selbst nicht, warum ich hier an diesem schönen Fleckchen stehen bleibe, die wärmende Morgensonne im Rücken. Von diesem Menschen geht so etwas Friedliches aus. Er wirkt so entspannt.

So, als hätte er mit allen irdischen Dingen wie Stress, Streit, Hetze und Hast, Geldgier und Geltungsdrang einfach abgeschlossen.

Nachdem er das Butterbrotpapier sorgfältig zusammengefaltet hat, fragt der Landstreicher: »Kann ich das behalten?«

Nein, das will ich natürlich noch mal benutzen, Sie Schelm.

»Ja klar«, sage ich, etwas erstaunt.

»Warum ist Ihre Tochter Ihnen denn böse?«, fragt er plötzlich übergangslos.

Er hebt den Kopf und sieht mich mit undurchdringlichem Blick an.

Ich weiß nicht, was ich sagen soll.

Das geht Sie doch gar nichts an, Mann. Halten Sie sich gefälligst aus meinen Familienangelegenheiten raus. Sie wissen doch gar nicht, wer meine Tochter ist!

Doch ich öffne den Mund, und die Worte purzeln mir irgendwie heraus: »Na ja, also, ich habe ihr eigentlich nur helfen wollen, indem ich mich die ganze Nacht mit ihren Geometrieaufgaben beschäftigt habe …« Ich breche ab. Was weiß dieser Kerl von Geometrieaufgaben? Der kann wahrscheinlich nicht bis drei zählen. »Geometrie ist … also das hat was mit Rechnen zu tun«, erkläre ich schnell. »Und mit Zeichnen. Dreiecke und Kreise und Quadrate und so«, höre ich mich faseln. Ich gestikuliere raumgreifend und zeichne ein ziemlich krummes Viereck in die Luft. Warum erzähle ich ihm das bloß?

Warum lasse ich diesen Sonderling nicht einfach in Ruhe und hopple heim?

Er scheint Gedanken lesen zu können und lächelt.

»Aber das ist doch sehr nett von Ihnen«, sagt der Mann. »Dass Sie Ihrer Tochter helfen wollten.«

»Na ja, aber in meinem Übereifer habe ich ihrem Mathelehrer heute Morgen eine Mail geschrieben.« Plötzlich sprudelt es nur so aus mir heraus: »Weil ich im Grunde stolz auf mich war. Darauf, dass ich die Aufgaben geknackt habe. Weil ich dumme Gans wohl selbst ein bisschen Anerkennung wollte.«

Er zieht eine Augenbraue hoch, sagt aber nichts.

»Die ganze Nacht habe ich gerechnet, mit dem Zirkel gefuhrwerkt und mit dem Geodreieck Trapeze gemalt, Diagonalen eingezeichnet und Koordinatensysteme gebastelt und dabei drei Kilo Radiergummi verbraucht, weil das Ganze erst mal immer seitenverkehrt geraten ist oder zu klein oder zu krumm … Sie wissen wahrscheinlich nicht, wovon ich spreche …?«

Ich kratze mich ratlos am Kopf und drehe mich in Richtung Sonne, als könne die mir raten, wie ich aus dieser bescheuerten Nummer wieder rauskomme.

Warum in aller Welt stehe ich morgens um halb neun im Park und erkläre einem Penner Mathematik? Bin ich eigentlich noch ganz dicht?

»Ich war früher furchtbar schlecht in Mathe, ich habe dieses ganze Zeug gehasst, aber niemand hat mir geholfen. Jetzt wollte ich es meiner Tochter erklären, aber dazu brauchte ich die Lösungen, und deshalb habe ich diesem Lehrer geschrieben …«

Er breitet die Hände aus und zieht die Schultern hoch, so als wolle er fragen: »Hast du sonst keine Probleme?«

Ich verschränke die Arme, weil mir allmählich kalt wird. Meine Stimme wird immer schriller: »Dabei habe ich den Lehrer aus Versehen mit seinem Spitznamen angeredet, mit Rottweiler! Meine Tochter nennt ihn immer nur Rottweiler!« Verstört ringe ich die Hände. »Ich dachte, der *heißt* so! Blöd, nicht?« Ich winde mich und komme mir entsetzlich bescheuert vor.

»Wollen Sie sich nicht setzen?«, fragt der Penner plötzlich und zieht einen Zipfel von seiner Wolldecke, oder was immer das sein soll, von der Bank. Er klopft mit seiner behandschuhten Hand auf das warme Holz. »Ihnen wird ja kalt!«

Ich erstarre.

»Nein! Nein, ich will Sie nicht … ähm … stören!«

Das fehlte noch. Dass ich mich jetzt hier mit ihm gemütlich unter seine Decke einkuschele und ihm das Gesetz des Pythagoras erkläre.

Wenn das die *Leute* sehen! Man kennt mich in dieser Stadt, und bis jetzt schätzt man mich auch sehr!

»Sie stören mich nicht«, sagt er freundlich. »Ich habe heute nichts Besonderes vor.« Völlig verdattert sehe ich mich um. Was wird denn *das* jetzt?

Ein ungezwungenes Sit-in? Mitten im Park, wo jeden Moment die halbe Stadt vorbeigehen und mich sehen kann?

»Ich aber«, sage ich entschlossen und gebe mir einen Ruck. »Es ist nämlich so, dass ich … Also ich wohne da hinten und sollte langsam mal in die Gänge kommen, weil ich nämlich ins Büro muss …«

»Lassen Sie sich nicht aufhalten«, antwortet der Penner lässig. »Ich hatte nur den Eindruck, dass Sie über Ihre Tochter reden wollen.«

»Aber doch nicht mit Ihnen!«, entfährt es mir. »Was geht Sie denn meine Tochter an?« Im gleichen Moment möchte ich mir die Zunge abbeißen.

»Entschuldigung«, sagt der Mann sanft. »Da habe ich mich wohl vertan.«

Wir schweigen, und ich merke, dass mir die Knie weich werden. »Es tut mir leid, ich wollte Ihnen nicht zu nahe treten«, stammle ich.

»Nein, das wollen die meisten nicht«, antwortet der Penner, schließt die Augen und wendet sein Gesicht der Sonne zu.

Ich möchte vor Peinlichkeit vergehen.

5

Auf dem Clubabend der Unternehmerinnen erfahre ich, dass sich auch meine Clubschwester Konstanze scheiden lassen wird. Ihr Mann Gregor ist Manager einer großen Kiesfirma, während Konstanze das führende Bekleidungsgeschäft besitzt. Die beiden galten immer als das absolute Traumpaar, und ich bin einigermaßen überrascht.

»Juliane, hast du nicht eine nette Hütte für mich?«

»Natürlich! Wann möchtest du denn … umziehen?«

»Am liebsten gestern!«

»Ja klar«, sage ich schnell und reibe mir nachdenklich über die Nasenwurzel. Nachdem mir der Deal mit dem Landhaus des Schönheitschirurgen erwartungsgemäß durch die Lappen gegangen ist – natürlich war mein Ex, Karsten Korzkamp, schneller –, brauche ich dringend wieder einen lukrativen Auftrag. Und das hier ist zumindest besser als nichts.

Meine Gehirnzellen sortieren aus den 350 Objekten, die ich betreue, das Passende heraus: »Wir haben in Parsch gerade ein wunderschönes modernes Einfamilienhaus am Fuße des Gaisbergs reingekriegt …«

»Da wohnt seine neue Flamme«, unterbricht mich Konstanze. »Außerdem will ich zu Gregor mindestens zehn Kilometer Abstand. Ich brauche ein Gästezimmer und zwei Garagen.«

Meine Gehirnzellen sieben und filtern erneut, wie ein Computer spucken sie wiederum ein für Konstanze passendes Angebot aus.

»Dann nimm doch das Penthouse mit integriertem Aufzug an der Hellbrunner Allee! Wie viel möchtest du denn in etwa investieren?«

»Zwei Millionen dürften kein Problem sein. Ich habe mich bei meinem Anwalt erkundigt. Gregor weiß ja noch gar nichts davon, dass ich mich scheiden lassen werde. Aber sein blondes Gift war doch allzu oft mit ihm in unserem Ferienhaus in der Algarve. Meine Nachbarn in Portugal haben mich genauestens informiert. Gregor wird um einen Unterhalt von mindestens 7 000 Euro nicht herumkommen.«

»Dann ist das Penthouse das Richtige für dich. Der Aufzug bringt dich in den eigenen Fitnessbereich mit Sauna, Whirlpool und Ruheraum mit Blick auf das Schloss Freisaal. Du hast den ganzen Tag Sonne und bist in vier Minuten in der Altstadt. Zwei Garagen und ein Garten mit Springbrunnen, das Ganze abgeschirmt von der Nonntaler Hauptstraße, aber doch in einer ruhigen Wohnsiedlung, wo du abends nicht alleine bist …«

»Das hört sich interessant an. Wie viel Quadratmeter?«

Während ich meiner Clubschwester die Eigentumswohnung mit Untersberg-Blick und Sonne vorm Balkon schmackhaft mache, ertappe ich mich dabei, wie ich unwillkürlich an den Mann aus dem Park denke.

Wo der wohl jetzt ist?

»Herr Dr. Braunwald, bitte seien Sie vorsichtig, es ist alles noch eine Baustelle!«

In spitzen Schühchen balanciere ich vorsichtig über ein Brett und fühle die anerkennenden Blicke der Bauarbeiter und Poliere, die gerade noch einen Pfiff unterdrücken. Überall stehen Kräne, Planierraupen und andere furchterregende Gefährte, die Krach machen und alles platt fahren. Der Typ in dem Bagger, der gerade den Parkplatz flach walzt, lässt fast seinen Baggerarm in den Ast der Kastanie krachen.

Heimlich lächele ich in mich hinein. Ja, so einen Anblick habt ihr nicht alle Tage, ihr rauen Gesellen!

»So, ich reiche Ihnen die Hand, Herr Dr. Braunwald, ah, da ist ja auch Ihre liebe Gattin, grüß Gott, grüß Gott, haben Sie es gut gefunden?«

Das ist so eine blöde Frage, die ich überflüssigerweise am Anfang jeder Begehung stelle. Natürlich haben sie es gut gefunden, denn sonst wären sie ja nicht hier. Und wenn sie es schlecht gefunden hätten, würden sie es nicht zugeben. Das würde bedeuten, dass sie kein Navi haben und arme Schlucker sind. Aber diese Frage gehört einfach zum Repertoire.

Das reizende Ehepaar sucht eine Ordination für ihre Herren Söhne, Mark und Frank, der eine Kardiologe und der andere Orthopäde. Beide haben in Berlin studiert und wollen jetzt in die Nähe ihrer Eltern nach Salzburg ziehen. Die Schwiegertöchter haben kleine Kinder oder erwarten noch welche, jedenfalls haben sie schon mal entzückende und großzügige Schwiegereltern, die sie gerne in ihrer Nähe wissen wollen.

Für diese nette Familienzusammenführung ist der gute alte Doktor Braunwald auch so großzügig, den jungen Ärzten eine hübsche neue Ordination in verkehrstechnisch bester Lage zu kaufen.

»Was soll ich meinen Jungs alles im Testament vererben, wenn ich mich doch schon zu Lebzeiten an ihrer Nähe erfreuen kann!«

Kinder, nein, mir kommen die Tränen. Wie wahr, wie wahr. Manchmal verdiene ich auch am *Glücklichsein* der Menschen. Nicht immer nur an ihrem Elend.

Ich kann jedenfalls die Idee des netten Herrn Dr. Braunwald und seiner Gattin nur unterstützen, denn auch auf dieser Großbaustelle winkt eine saftige Provision, wenn es zum Abschluss kommt. Und so balancieren wir artig plaudernd über die Baubretter und erklimmen eine von Holzbrettern geschützte Treppe, bis wir den noch unverputzten riesigen Raum betreten, der einmal eine schicke Arztpraxis werden soll. Überall stehen noch Baugerüste, es liegt Wärmedämmmaterial herum, blaue Säcke, vollgestopft mit gelbem Schaumstoff, Colaflaschen, Rigipsplatten, Eimer, Putz und Mörtel. Mit spitzen Schritten balanciere ich mit meinen hochhackigen Pumps und den feinen Seidenstrumpfhosen zwischen dem ganzen Unrat hin und her. Meine Gehirnzellen arbeiten auf Hochtouren: Das alles hier muss dem lieben Ehepaar nur noch schmackhaft gemacht werden. Denken wir uns den ganzen Schutt einfach mal weg, malen wir uns in den herrlichsten Farben eine modern eingerichtete, chromblinkende Arztpraxis aus, in der Frank und Mark im weißen Kittel zwischen den vielen Patienten herumwirbeln!

»Der offene, großzügige und freundliche Wartezimmerbereich könnte direkt hier unter der Fensterfront entstehen. Ich stelle mir hier locker gruppierte Sitzlandschaften vor, und hier die Rezeption …« Meine Hand gleitet durch die in der Sonne tanzenden Staubkörner, während ich die zu erwartende Pracht und Herrlichkeit der zukünftigen Mark-und-Frank-Ordination beschreibe.

Der gute alte Herr Doktor schaut sich kritisch um: »Das ist wohl der Aufzugschacht?«

»Genau. Für einen Orthopäden ja ganz wichtig, nicht wahr? Bestenfalls kommen die Patienten mit dem Aufzug hinauf und gehen die Treppe wieder hinunter.«

Die reizende Mutter lacht. »Ja, mein Sohn ist ein hervorragender Orthopäde.«

Na prima. Endlich mal kein Fettnäpfchen. Ich hab sie, ich hab sie!

»Dieser Wandputz hier …« Die dreifache Doktorsfrau streicht mit ihren feinen Lederhandschuhen darüber. »… darf da auch Blut draufspritzen?«

»Aber ja, gnädige Frau! Zumal der Praxisbereich natürlich noch nach den Wünschen der jungen Ärzte gefliest wird! Da kann ich Ihnen einen fantastischen Fliesenleger empfehlen ...« Ich krame bereits mein Handy heraus und suche nach seiner Handynummer. »Wenn ich Ihnen den Herrn Rauderer gleich mal reichen darf? Er ist sehr nett und hat noch kurzfristig Termine frei!« Das nenne ich Netzwerken. Der Mann schuldet mir einen Gefallen.

Zu ihrer Überraschung hat die Doktorenmutter schon den Fliesenleger an der Backe, und ich höre sie bereits aufgekratzt plaudern. Ich kümmere mich währenddessen um den lieben alten Herrn: »Wie finden Sie den Blick aus der verglasten Vorderfront auf den Kapuzinerberg? Hier können die Patienten sich schon im Wartezimmer herrlich entspannen, man könnte auch noch einen Ausgang ins Freie machen ...« Ich rüttele an der Fensterfront. Unten auf der vierspurigen Straße sausen die Autos vorbei, bevor sie sich in einer langen Schlange vor der Ampel stauen. Ein Bus quietscht und drängelt sich zwischen die Fahrzeuge. Zwei Taxis hupen und verlangen, vorgelassen zu werden. Ein Rettungswagen nähert sich mit Tatü-Tata und rast in Richtung benachbartes Unfallkrankenhaus.

»Wie oft steht man da im Stau?«

»Überhaupt nicht, Herr Dr. Braunwald, überhaupt nicht! Sie haben vorne auch noch die Parkplätze von der Sparkasse, die Ihre Patienten natürlich mitbenutzen können.« Ich zupfe ihn am Ärmel, damit er von seiner aberwitzigen Stauidee ablässt. »Schauen Sie sich den hinteren Bereich an, dort könnte man den Röntgenraum einrichten oder die Teeküche für die Arzthelferinnen ...«

»Diese verschachtelten fensterlosen Räume hier ...« Der alte Herr schreitet kritischen Blicks über die Baustelle, wobei sein feiner dunkelblauer Tuchmantel schon Putzflecken bekommt. »Was sollen die denn mal werden?«

»Das sind natürlich die perfekten Gästetoiletten«, antworte ich fachmännisch. »Da müssten nur noch die passenden

Anschlüsse gelegt werden. Und eine Frischluftzufuhr natürlich …«

Obwohl ich auch nicht so genau weiß, was diese komischen Verliese einmal werden sollen. In einem scheint es sich ein Bauarbeiter bequem gemacht zu haben, bevor er wieder an die Arbeit ging: Auf dem Fußboden liegt eine dicke Schicht gelbes Dämmmaterial, darüber ist eine graue Wolldecke gebreitet, und am Fußende steht ein Spirituskocher mit einem kleinen Töpfchen. Leere Wasserflaschen und eine Konservendose mit Bohneneintopf schauen aus einer Plastiktüte mit dem Aufdruck meines Lieblingssupermarktes.

Die Doktorenmutter schaut nun auch leicht irritiert in den fensterlosen Raum.

»Sieht ganz so aus, als hätte sich hier ein Obdachloser eingenistet …«

»Aber liebe gnädige Frau!« Unauffällig ziehe ich die Dame am Pelzmantelärmel aus der Gefahrenzone. Mein Gesicht ziert ein strahlendes Lächeln.

»Das ist ganz und gar unmöglich! – Ich sagte gerade zu Ihrem Gatten, dass ich Ihnen bis Mitte der kommenden Woche zusichern kann, dass alle Leitungen Ihren Wünschen entsprechend verlegt werden. Wo haben Sie übrigens diesen entzückenden Pelzmantel her?«

Während ich noch auf die freundliche Dame einrede, kommt mir plötzlich der Mann aus dem Park in den Sinn. O Gott. Der wird doch wohl nicht … ausgerechnet in *meinem* Revier wildern? Das wäre ja ein ganz unglaublicher Zufall! Erst mein Lieblingssupermarkt, dann meine Lieblingsbank im Park und nun auch noch *meine* Immobilie?

Das wäre ja geradezu unheimlich!

Wir balancieren wieder Arm in Arm über die Baubretter, wobei wir uns gegenseitig freundlich den Bauschutt von den Luxusmänteln klopfen.

Beim Verlassen der Baustelle knöpfe ich mir den Bauaufseher vor: »Lassen Sie bitte das Zeug aus dem Raum entfernen, ja?«, sage ich so charmant wie möglich. »Das kann da unmöglich bleiben, das verschreckt mir die Kunden!«

»Geht klar«, brummt der Mann hinter mir her, und ich winke das reizende Ehepaar aus der Parklücke. Dann winke ich noch so lange, bis ihr schwarzer Mercedes in der nächsten Kurve verschwindet.

6

Ein paar Tage später besprechen wir im Club der Unternehmerinnen das Charity-Golfturnier, das am 7. Juni in Bad Ischl stattfinden soll. Der Lions-Club hat uns dazu eingeladen. Natürlich auf meine Anregung hin, denn die Herren vom Lions-Club kaufen und verkaufen immer mal wieder gern Liegenschaften oder kennen jemanden, der das gerade im Begriff ist zu tun! Alle diese Herrschaften muss ich mir warmhalten – und der Golfplatz ist die beste Warmhaltestelle dafür! Bekanntlich werden nirgends so viele Geschäfte gemacht wie auf dem Golfplatz. Nach den vier Stunden, in denen ich mit meinen Golfpartnern die achtzehn Löcher abgehe, habe ich mit Sicherheit wieder ein paar Spinnen im Netz. Das nenne ich Networking!

Jede Dame vom Club der Unternehmerinnen soll eine Sach- oder Geldspende in Höhe von mindestens dreihundert Euro zur Verfügung stellen, damit wir das Golfturnier auch stemmen können. Außerdem suchen wir Sponsoren. Einer meiner größten Sponsoren ist übrigens der Besitzer des Erotikclubs »Pascha« – warum auch nicht?! Dafür stellen wir seine Werbeflächen an Loch neun und Loch fünfzehn auf. Für einen guten Zweck ist mir jeder Geldgeber willkommen. Das Büfett für die geladenen Gäste zahlt der Verein. Am Abend werden Fesselballons in den Himmel steigen, gegen 23 Uhr gibt es ein Feuerwerk, und außerdem stehen Limousinen für die Rückfahrt zur Verfügung.

»Wer hat Vorschläge?«, frage ich als diesjährige Vorsitzende in die Damenrunde. »Wer bedarf unserer Unterstützung?«

»Die Kunstgalerie am Mattsee«, schlägt Elvira vor. »Die Künstlerin ist eine ganz entzückende Dame und Festspielabonnentin, die immer neben meiner Mutter sitzt. Sie macht nur in Ton und arbeitet nur mit naturbelassenen Farben, sie könnte unsere Spende gut gebrauchen.«

Das finde ich auch. Die hört sich ungeheuer Not leidend und bedürftig an.

»Die jungen japanischen Geiger vom Mozarteum«, ruft Alexandra. »Die haben gerade ein Quartett gegründet, und für den Sommer planen sie ihre erste Europatournee.« Deren reiche japanische Eltern haben alle schon um Eigentumswohnungen für ihre Sprösslinge angefragt, denke ich. Sie werden auf ihrer Europatournee wohl kaum in Jugendherbergen nächtigen.

»Die Ballettschule vom Landestheater«, kommt der nächste Vorschlag. »Das sind alles Töchter von Ärzten, Rechtsanwälten und Unternehmern. Die wollen nächstes Jahr ›Schwanensee‹ von Tschaikowski aufführen und lassen dafür extra Kostüme schneidern. Mit echten Schwanenfedern!«

Wie bedürftig. Mir kommen die Tränen.

Während ich alles aufschreibe, nicke ich gespielt eifrig.

»Ja, das sind alles sehr überdenkenswerte Vorschläge. Noch andere Meinungen?«

Niemand meldet sich mehr. Ich räuspere mich und bringe dann vorsichtig vor: »Hat schon jemand mal an die … ähm … Penn…, ich meine, Obdachlosen gedacht?«

Verwirrtes Schweigen. Die Unternehmerschwestern starren mich an, als hätte ich gerade vorgeschlagen, dass wir uns alle gegenseitig den Rücken mit Honig einschmieren und dabei einen Kanon singen.

»Ähm … ich meine, da gibt es ja auch Handlungsbedarf«, stammele ich, wobei mir die Schamesröte ins Gesicht steigt. »Es gibt in unserer zivilisierten Welt immer noch Menschen, die kein Zuhause haben …«

Sofort entsteht Tumult im Saal. Allgemeine Ablehnung, Kopfschütteln und Gemurmel.

»Sandler? Die gibt es in Salzburg leider wie Sand am Meer!«

»Die sollen doch arbeiten!«

»Liegen nur dem Steuerzahler auf der Tasche!«

»Verunzieren den schönen Park, ein Schandfleck für unsere Stadt!«

»Versaufen sowieso alles!«

»Und außerdem: Wie sollen wir denn so was beim feinen exklusiven Lions-Club in Bad Ischl begründen?«

»Nein, das geht ja nun gar nicht für ein Charity-Golfturnier diesen Ranges. Es muss ja auch ein bisschen das Ross zum Reiter passen.«

»War ja auch nur so eine Idee«, murmele ich kleinlaut und blicke ins Leere.

Dabei ertappe ich mich, dass ich schon wieder an den Mann aus dem Park denke.

Wie es ihm wohl gerade geht?

Hat er für heute Nacht einen Unterschlupf gefunden?

Zieht er einsam mit seinem Einkaufswagen durch die Straßen? Und was geht in ihm vor, wenn er an morgen denkt?

Was ist in seinem Leben passiert, dass es überhaupt so weit mit ihm gekommen ist?

Und was ist es, das dieser Mann ausstrahlt, wenn nicht Ruhe, Gelassenheit, Zufriedenheit und … Glück?

Aber wie kann dieser Mensch auf alles verzichten, was mein Leben ausmacht, und dabei eine so selbstverständliche Lebensfreude ausstrahlen?

Hab ich etwa was falsch gemacht?

»Hallo? Juliane? Bist du noch bei uns?«, reißt mich Elvira aus meinen Gedanken. »Wir diskutieren gerade den Vorschlag, das Geld in eine Oldtimerrallye zu investieren, die dann wiederum einem guten Zweck dient!«

»Ja, das ist eine prima Idee«, antworte ich geistesabwesend.

»Wir könnten ein paar Prominente dazu bringen, mitzufahren. Natürlich brauchen die ein exquisites Catering und ein Luxushotel. Und natürlich muss die Klatschpresse dabei sein. Sonst machen die nicht mit.«

Ist das nicht alles ein oberflächliches, verlogenes, selbstherrliches Getue?

Charity, aber nur mit Presse?

Charity, aber nur mit Prominenten?

Charity, aber nur mit Luxushotel?

Wo schläft denn heute Nacht der Mann aus dem Park?

Und plötzlich komme ich mir selbst genauso oberflächlich vor.

»Mama, ich schreibe morgen meinen Mathetest, und ich kapiere *gar nichts*!«

Bitte nicht. Fernbedienung, wegzappen, ausschalten.

»Kind! Und das sagst du mir erst jetzt?«

»Das sage ich dir schon die ganze Zeit, aber du hörst ja nie zu!«

»Kann Christiane ...«

»*NEIN!*«

Okay. Ruhe bewahren. »Worum geht es denn?«

»Prozentrechnung und so'n Kack. Zinsen und Zinseszinsen, Netto und Brutto, Mehrwertsteuer, Konto oder Skonto und Rabatt und so ein Scheiß!«

Frustriert schleudert Fanny ihr Mathebuch von sich.

O Gott. Nicht schon wieder. Meine arme Fanny. Sie braucht mich.

Dabei weiß ich vor lauter Arbeit weder ein noch aus. Ratlos blättere ich in ihrem Aufgabenheft. »Erhöhter und verminderter Grundwert. Diätenerhöhung. Zahlungsvereinbarungen. Getreideproduktion in China. Berechne die Prozentsätze der Getreideproduktion in China, USA und Indien und die Weltproduktion in Prozent. 450 Millionen Tonnen.«

Meine Güte! Was müssen diese armen, unschuldigen Zwölfjährigen denn noch alles wissen?

»Mama, wenn ich diese Arbeit nicht schaffe, bleibe ich bestimmt sitzen.«

Ich werfe einen Blick auf die erste Probeaufgabe des Lernblatts.

»Im Jahr 2000 wurden 19552 Ehen rechtskräftig geschieden, das sind um 1040 mehr als im Vorjahr. Um wie viel Prozent haben die Scheidungen zugenommen?«

Diesen Rottweiler bringe ich höchstpersönlich um.

»Heute Abend lernen wir zusammen, das verspreche ich dir.«

»Aber du musst heute Abend zur Chorprobe!«

Allerdings. Ich liebe meinen Mozart-Chor. Immerhin singen wir bei den Festspielen mit. Im großen Festspielhaus. Das ist meine allergrößte Leidenschaft. Das lasse ich mir nicht entgehen. Da fährt die Eisenbahn drüber.

Es ist nämlich so, dass ich auf diese Weise Stars wie Anna Netrebko oder Riccardo Muti persönlich kennenlerne. Sämtliche Solisten der Festspiele, die ganz Großen. Und was brauchen die, wenn sie in Salzburg weilen?

Richtig. Eine passende Immobilie. Am See. Oder in exklusiver Stadtlage. Und was haben sie? Geld. Was aber haben sie nicht? Zeit.

Kurzum, sie brauchen mich, Juliane Hempel, *Immobilien Glücksgriff*. Natürlich muss ich zur Chorprobe.

Eine meiner Kolleginnen aus dem Mozart-Chor ist Mathematiklehrerin. Sie sitzt im Alt, gleich neben mir. Ich mag sie sehr. Sie heißt Andrea und hat gerade einen Leistungskurs.

So ein Glück aber auch!

Während der Chordirektor mit den anderen Stimmen probt, kritzeln Andrea und ich Formeln in unsere Zauberflöte.

»Der Prozentwert W berechnet sich, indem man den Grundwert G mit dem Prozentsatz p multipliziert und das Ganze dann durch 100 teilt«, wispert Andrea mir zu, als wäre das selbstverständlicher als Zähneputzen.

Mich befällt, gelinde gesagt, leichte Panik. Wenn *ich* das schon nicht kapiere, wie soll es mein Schmusekissen umklammerndes Kleinkind zu Hause dann schnallen?

»Es lebe Sarrastro, Sarrastro soll leben!«, schmettern wir zwischendurch. »Er ist es, dem wir uns mit Freuden ergeben! Stets mög er des Lebens als Weiser sich freun, er ist unser Abgott, dem alle sich weih'n.«

Wahrscheinlich hält dieser Rottweiler sich auch für einen weisen Abgott, denke ich zornentbrannt.

Aber der kriegt uns nicht klein.

Diesmal werde ich die ganze Nacht mit Fanny pauken. Es geht um Leben oder Tod. Jedenfalls fast.

Am nächsten Morgen blicken Fanny und ich mit glasigen Augen von unseren Mathematik-Aufgaben auf. Allein an der Aufgabe mit den Brillenkindern haben wir drei Stunden gebrütet.

»In einer Klasse von 20 Kindern tragen 25 Prozent Augengläser. Davon sind 60 Prozent Mädchen und 40 Prozent Buben.«

Ja.

Na und?!

Ich möchte den ganzen Blagen ihre Brillen um die Ohren hauen!

Bis wir rausgefunden hatten, dass von den fünf Brillenschlangen in der Klasse drei Mädchen und zwei Jungs waren, dämmerte bereits der Morgen!

Aber wir *haben* es rausgefunden. Wir haben nicht aufgegeben.

Fanny ist um Viertel nach sieben, ohne eine Sekunde geschlafen zu haben, zu ihrer Mathematikprüfung aufgebrochen. Ich habe ihr zwei Gurken-Vollwertbrote mitgegeben. Sie wird es schon schaffen.

7

Für die Besichtigung mit dem Baden-Badener Unternehmer nimmst du das metallic glänzende Marccain-Kostüm, das sieht hammermäßig aus, total frech und doch elegant, für die Besichtigung mit der Dirigentenwitwe … wann ist das?«

»Gleich. Um zehn.« Ich trippele nervös von einem Bein auf das andere.

»Okay. Hab alles im Griff. Hier. Das altrosafarbene Jil-Sander-Kostüm!«

Monika lacht mich strahlend über die Schulter an, während sie schon in Richtung Umkleidekabinen vorausstöckelt. »Magst a Glaserl Prosecco?« Sie köpft den Prosecco und reicht mir von dem schäumenden Erfrischungsgetränk.

Ach, das *liebe* ich.

Meine Blitzeinkäufe bei Monika. Sie ist die Geschäftsführerin im angesagtesten Modegeschäft der Stadt, Hämmerle, mitten in der Getreidegasse.

Sie weiß, dass ich immer in Eile bin. Und dass sie genau fünf Minuten Zeit hat, mir das geniale, einzigartige, umwerfende Outfit an den Leib zu hängen.

Und das schafft sie auch.

Jedes Mal. Gut, heute habe ich zehn Minuten, brauche aber auch fünf Outfits.

Meine Monika ist meine persönliche Modeberaterin, und ohne ihren Rat gehe ich überhaupt nirgendwo mehr hin. Nicht mal zur Chorprobe vom Mozart-Chor. Oder zum Elternabend.

Ich drehe und wende mich gerade ziemlich begeistert in dem von Monika herbeigeschleppten silberfarbenen Outfit, als mein Handy klingelt.

»Immobilien Glücksgriff, Leben im Paradies, was kann ich für Sie tun?«, frage ich kokett lächelnd mein Spiegelbild. Ja, das ist es, ich sehe wirklich umwerfend aus. Ich nicke Monika begeistert zu und mache das Daumen-rauf-Zeichen. Sie küsst ihre Fingerspitzen und grinst.

Zu meinem Entsetzen dringt mir ein verzweifeltes Schluchzen ins Ohr.

»Hallo? *Fanny? Bist du das etwa?*«

»Mami, ich hab ein totales Blackout!«

Erschrocken blicke ich auf meine Armanduhr. Halb zehn. Eigentlich sollte meine Fanny gerade in der Mathearbeit sitzen. Und ich drücke ihr ja auch *ganz doll* die Daumen. Ich meine, während ich Klamotten anprobiere.

»Liebes! Beruhige dich! Wie heißt denn die Aufgabe? Ich meine, kann ich dir schnell was durchsagen?«

Wildes, heftiges Schluchzen.

»Wo bist du gerade?«, frage ich, während ich meiner Monika milde lächelnd zu verstehen gebe, dass ich gerade keinen Sinn für die Leopardenhose habe, mit der sie vor meinen Augen herumwedelt.

»Auf dem Klo! Ich musste mich schon übergeben!«

Ach du liebes bisschen.

»Aber warum denn, mein Schatz?! Wir haben doch die ganze Nacht geübt! Du *kannst* es doch!«

»Ich kann gar nichts mehr, Mama, bitte hol mich ab!«

»Aber wie soll ich jetzt ...« Hilflos blicke ich auf die Uhr. Es ist eine Minute nach halb zehn. Und um zehn habe ich die Besichtigung mit der Dirigentenwitwe.

»Pass auf, mein Herz. Du atmest jetzt ganz tief aus und ein, mindestens zehnmal. Ich atme mit dir.«

Zu meinem Entsetzen höre ich Fanny nicht atmen, sondern würgen. O Gott. *O Gott!* Ich kann doch mein Kind jetzt nicht im Stich lassen!

»Fanny! Ganz ruhig! Wie heißt die Aufgabe? Ich helfe dir! Ich rechne sie dir aus, hier und jetzt!« Verzweifelt raufe ich mir die Haare und stelle mein Glas weg. Mit einer Geste der Verzweiflung bitte ich stumm um Papier und Stift. Fieberhaft beginnt meine Modeberaterin Monika, nach einem Blatt Papier, einem Kuli und einem Taschenrechner zu suchen. »Herr Kaltenbrunner, bitte dringend, vierte Etage!«, ertönt es im Lautsprecher durch alle fünf Stockwerte. Das nenne ich Kundenbetreuung! »Chef, bitte Taschenrechner!«

»Fanny, hörst du das? Wir rechnen hier alle! Die ganze Belegschaft! Die wissen hier alle über Prozente, Skonten, Rabatte und Mehrwertsteuer Bescheid!«

Ich stelle das Handy auf laut und lege es auf den Tisch mit den Designerhandtaschen. Alle lauschen. Nach längerem Stöhnen hören wir Fannys ersterbende Stimme:

»Also, eine Aufgabe geht so: Frau Meier hat 18 Tage Urlaub. 45 Prozent davon verbringt sie in den Bergen und 25 Prozent am Meer. Den Rest verbringt sie mit ihrer Mutter in Oberammergau. Davon waren 17 Prozent verregnet und 28 Prozent war Sturm, und 41 Prozent war ihre Mutter krank. Wie viel Prozent gutes Wetter hatte sie im Rest des Jahres, als sie im Büro saß, wobei ihr Gehalt um 19 Prozent gekürzt wurde und das Finanzamt noch 21 Prozent Steuern aus dem letzten Jahr nachforderte, wenn es noch an 157 Tagen regnete?«

Mindestens vier Modeberater beginnen fieberhaft auf ihre Blocks zu schreiben.

»Na, um Frau Meier ist es auch nicht gerade gut bestellt!«, versuche ich einen Scherz.

»Mama, ich *sterbe*!«, röchelt mein Kind, und alle Kundenberater schauen mich entsetzt an.

»Sag noch eine andere!«, rufe ich panisch in den Hörer. »Eine kürzere vielleicht!«

Da höre ich es im Handy schrill klingeln. Mist, die Stunde ist vorbei.

Aus dem Hörer kommt nur noch ein panisches Röcheln.

»Ich weiß nichts mehr, Mama! Ich will zu dir! Hol mich hier raus! Bitte, Mama!«, wimmert und schluchzt das Kind.

Plötzlich höre ich eine ausländische Frauenstimme sagen: »Hast du Matura verhauen?« Das scheint die Klofrau zu sein.

»Nein, aber die Mathearbeit«, höre ich Fanny heulen. »Jetzt bleibe ich sitzen!«

Aber bitte nicht auf der Klobrille!

»Aaaach, das iste nichte schlimme! Mathe iste nichte dasse Lebene!«

Die hat gut reden!

Klofrauen gehen meistens ganz ohne Mathematik durchs Leben. Und vermissen sie auch nicht weiter.

Ich schäme mich: Eine ausländische Putzfrau steht meinem Kind in seiner Verzweiflung bei, während ich in Designerklamotten vor dem Spiegel stehe und mich drehe und wende wie ein Pfau!

In einer Art Reflexhandlung entledige ich mich des edlen Outfits und vergesse ganz, dass für solche Handlungen Kabinen zur Verfügung stehen.

Ziemlich unbekleidet suche ich panisch nach meinem Autoschlüssel. »Ich muss weg!«

»Aber nicht nackert!«, ruft mir meine Monika noch hinterher, als ich blindlings zum Fahrstuhl stolpere. Sie rennt mir mit meinen Kleidern hinterher und wirft sie mir gerade noch rechtzeitig durch den Schlitz, bevor sich die Fahrstuhltür schließt.

Während mich der Lift nach unten trägt, schlüpfe ich schnell wieder in mein Boss-Kostüm. Jetzt hole ich Fanny aus ihrem Elend.

Die Dirigentenwitwe wird untröstlich sein.

Der Sommer bringt die Festspiele, und die Festspiele bringen uns das internationale, schwerreiche Publikum. Es vergeht kein Tag, an dem nicht irgendein Deal durch meine Hände geht! Das ist meine persönliche Festspielzeit. Der Rubel rollt, aber ich bin so ziemlich am Limit.

Wie gut, dass bald Ferien sind. Wenigstens muss ich dann nicht mehr um sechs Uhr aufstehen und meine arme Fanny aus den Federn holen.

Fanny wird wie durch ein Wunder doch nicht sitzen bleiben. Sie hat die Mathearbeit eine Woche später nachschreiben dürfen, allerdings nur, weil ich ein ärztliches Attest von meinem Golffreund Hansrüdiger aufgetrieben habe, der ihr schreckliche Menstruationsbeschwerden attestiert hat. Na ja. Hansrüdiger hat auch die sensationelle Liegenschaft am Fuschlsee durch mich bekommen. Und wie durch ein Wunder hatte Fanny plötzlich eine Drei.

Fanny hat jetzt noch eine Woche Schule. Ihre Freizeit verbringt sie im Park. Der ganze Schulstress ist vorbei. Darüber bin ich froh. Sie braucht wirklich viel frische Luft und Erholung. Mein armes Kind. Wenn ich doch nur in den Ferien Zeit für sie hätte!

Die Villa am Sonnenhang, die mir die Dirigentenwitwe an jenem denkwürdigen Tag angeboten hat! Sie ist immer noch zu haben. Ich habe auch wieder einen Interessenten an der Angel! Ein Multimillionär aus Stuttgart, der mit Heizdecken sein Glück gemacht hat. Man möchte es nicht glauben, aber er hat in den Sechziger- und Siebzigerjahren Heizdecken nach Texas verkauft. Weil man in Texas nie die Heizung aufdreht und viele Menschen nachts in ihren Betten frieren, weil die Klimaanlage Tag und Nacht auf Hochtouren läuft. Auf so was muss man erst mal kommen!

Später ging der Unternehmer dann nach Stuttgart zurück und machte dort eine Firma für Tiefkühlbrezeln auf. Ein Mann der Extreme. Seine Frau Annegret ist ein Riesenfan des längst verstorbenen Dirigenten und will unbedingt in seinen heiligen Hallen residieren! Dafür ist ihr (und natürlich ihm!) kein Preis zu hoch! Das alles habe ich heute Morgen schon telefonisch aus dem Tiefkühlbrezel-Multimillionär herausgekitzelt. Er will ihr die Villa zum 30. Hochzeitstag schenken! Und der ist morgen! Wegen Fannys Matheproblemen musste das Ganze ein bisschen warten. Aber aufgeschoben ist nicht aufgehoben.

Jedenfalls eilt die Sache jetzt, Besichtigungstermin in zwei Stunden am Sonnenhang. Der Stuttgarter Brezelkönig ist schon in seinen Privatjet gestiegen. Ich muss mich nur noch beeilen!

Es ist später Vormittag, alle anderen Termine habe ich an Stefan Stör übergeben. So viel Kleinviehmist kann der gar nicht machen, wie ich heute absahnen werde! Ich bin für niemanden mehr zu sprechen!

Mit zusammengekniffenen Augen betrachte ich die dunklen Wolken am Himmel. Das Wetter wird doch halten? Das weiß man bei uns im Salzkammergut nie so genau. Die Villa am Sonnenhang ist ein Traum, wenn die Sonne daraufscheint! Vor tiefblauem Himmel kommen ihr sattes Gelb samt den Begonien auf den Balkonen perfekt zur Geltung. Aber bei Regen sieht sie – wie viele Villen am Hang – ziemlich trostlos aus. Und wenn die Wolken tief hängen, ist sie manchmal sogar darin verschwunden. Ich *bete*, dass das Wetter sich hält!!

Ansonsten muss ich eben das Auge des Betrachters auf *mich* lenken!

Der Brezelkönig will seinen Notar gleich mitbringen. Das ist ein Riesendeal, der mir meinen Tag – was sage ich, meine nächste Luxuskreuzfahrt – finanzieren wird! Außerdem darf ich auf keinen Fall zulassen, dass mir mein Konkurrent und Exmann Karsten Korzkamp zuvorkommt.

Ich weiß, dass Karsten auch eine Interessentin an der Hand hat, eine Gräfin oder Baronin aus der Lüneburger Heide. Aber diesen Deal ziehe *ich* an Land!! Ich bin ganz aufgeregt. Kleine Schweißränder haben sich unter meiner Bluse abgezeichnet, da hilft auch kein Deo mehr aus der Handtasche.

Um für den Multimillionär aus Stuttgart perfekt auszusehen, muss ich unbedingt noch mal aus dem Büro nach Hause, schnell duschen und mich umziehen.

Im Laufschritt haste ich zu meinem knallroten Mercedes-Bus mit der Aufschrift »Immobilien Glücksgriff – Leben im Paradies!« und flitze quer durch die Stadt nach Hause. Hintendrin habe ich immer noch einen Berberteppich für die Liegenschaft am Wallersee und ein paar Antiquitäten für Konstanze und das Penthouse an der Hellbrunner Allee. Ich hatte noch keine Zeit, die Sachen abzuliefern. He, ihr verdammten Ampeln, warum habt ihr euch denn heute alle gegen mich verschworen?

Nervös trommele ich mit den Fingernägeln auf das Lenkrad, als mein Handy in der Handtasche vibriert.

»Ja?«, brülle ich, während ich den ersten Gang einlege und rücksichtslos auf die linke Spur hinüberziehe.

»Juliane? Hier ist Heidi!«

»Kann ich dich zurückrufen?«, schreie ich, während der rote BMW-Fahrer hinter mir unwillig hupt. »Ich bin total im Stress!«

»Das bist du doch immer«, lacht Heidi ungerührt. »Ich lass mich nicht abwimmeln!« Sie ist Chorvorstand und hat im Mozart-Chor das Sagen über Sein oder Nichtsein.

»Zwei Minuten!«

Mit einer fahrigen Geste klemme ich mir das Handy an die Wange und lege den dritten Gang ein. »Was ist denn so wichtig, dass du mich vom Verkauf einer 4,8-Millionen-Villa abhalten willst?«

»Heute Abend ist Chorprobe«, sagt Heidi ungerührt. »Und du hast schon dreimal gefehlt.«

»Ja, meine Liebe, danke, dass du mich daran erinnerst!«

»Sir Simon Rattle dirigiert. Und du solltest wissen, dass er einen Zweitwohnsitz im Salzkammergut sucht. Er ist gerade wieder Vater geworden.«

Heidi ist eine wahre Freundin.

»Sir Simon Rattle!«, entfährt es mir. »Das ist ja der Oberhammer!«

»Wir singen die c-Moll-Messe im Haus für Mozart«, informiert mich Heidi, »und anschließend ist ein Riesenempfang mit Bürgermeister, Landeshauptfrau, Stadtrat, Bauamtsleiter und allen Leuten, die für dich so wichtig sind. Aber wenn du heute wieder nicht zur Probe kommst, kannst du nicht mitsingen, so leid es mir tut.«

»Ich komm ja, ich komm ja!«, beschwichtige ich sie. »Bring mir die Noten mit!«

Das auch noch. Das hatte ich ganz vergessen.

Hektisch klappe ich das Handy zu und werfe es in meine Handtasche, als es schon wieder klingelt.

»Ja, ich WEISS, dass das Einsingen um halb acht losgeht«, rufe ich hinein, während ich versuche, mit einer Hand rückwärts einzuparken. »Ich singe mich im Auto ein!«

Zu meiner Überraschung ist es die unschön quäkende Stimme von Konkurrent Karsten Korzkamp: »Das solltest du auch tun, Juliane. Denn ich werde heute die Villa am Sonnenhang an die Gräfin von Lüneburg verkaufen! Das ist mein Objekt, und du lässt die Finger davon!«

»Wer zuerst kommt, mahlt zuerst«, antworte ich, klappe das Handy zu und stecke es mir kurzerhand zwischen die Zähne, um mein Einparkmanöver mit dem großen Wagen möglichst perfekt hinzukriegen. Hinter mir hupt schon wieder jemand, der vorbeiwill.

»Jaaa!«, rufe ich genervt. »Immer mit der Ruhe, Mann!« Während ich die Autotür aufreiße und meine Handtasche an mich raffe, aus der auch noch mein Terminkalender rutscht, fällt mir das Handy zwischen die Sitze.

»Verdammt!« Hastig krabbele ich wieder hinein, was meinen Hintermann zu neuen Hupattacken hinreißt – ich zeige ihm nämlich mein Hinterteil.

Der Kerl in dem Lieferwagen lässt die Scheibe herunter und stößt einen anerkennenden Pfiff aus. »Lassen Sie sich ruhig Zeit! Ich hab hier gute Aussicht!«

»Arschloch!«, schreie ich, als ich endlich mein Zeug mitsamt den Bauplänen an mich gerafft habe, und renne zur Haustür.

Zum Glück ist Fanny jetzt in der Schule, und die Putzfrau ist heute auch nicht da.

Schon im Hausflur lasse ich meinen Kostümrock fallen und kicke die Pumps geübt in ihre Ecke.

Den Terminkalender und die Baupläne pfeffere ich auf den Wohnzimmertisch, auf dem die letzten roten Rosen von Stefan Stör vor sich hin welken. Die hätte ich längst schon entsorgen sollen. Im Laufschritt knöpfe ich mir die Bluse auf und drücke noch auf den Anrufbeantworter, der fordernd blinkt: »Sie-ha-ben-sie-ben-neu-e-An-ru-fe!«, spricht der Roboter und beginnt dann die erste Nummer aufzusagen.

»Juliane, hier ist Heidi. Du hast heute Abend Chorprobe, und wenn du wieder nicht kommst, kannst du nicht mitsingen! Denk an Simon Rattle …«

»Ich weiß!«, schreie ich, während ich die Bluse von mir reiße und entsetzt an den Schwitzflecken schnuppere. »Die c-Moll-Messe im Haus für Mozart, und um halb acht ist Einsingen! Ja, ja!«, rufe ich gehetzt. »Ich komm vielleicht etwas später, aber ich komme!«

Mit Schwung werfe ich die Handtasche im Schlafzimmer aufs Bett. Hier müsste auch mal wieder aufgeräumt werden, denke ich. Aber heute Morgen hatte ich keine Zeit! Die Wäscheschubladen stehen offen, seidene Höschen und BHs quillen überall heraus, und mein Schuhregal sieht aus wie nach einer Schlacht.

Fanny wollte unbedingt noch ein Referat ausdrucken, aber der Drucker funktionierte nicht, und wir hatten schon wieder den puren Stress. Für das Kind muss ich mir wirklich viel mehr Zeit nehmen, denke ich schuldbewusst. Im nächsten Schuljahr wird alles anders.

Auf einem Fuß balancierend, halte ich mich an der Schranktür meiner begehbaren Garderobe fest, um mir die Seidenstrümpfe ausziehen zu können. In meiner Hektik bleibt meine goldene Armbanduhr an der Kniekehle hängen, und ich sehe gerade noch, wie eine gigantische Laufmasche sich den Weg zu den Fersen sucht. »Mist«, murmele ich. »Die waren teuer.«

Entschlossen werfe ich die blöden Strümpfe in den Abfall und reiße die Badezimmertür auf. »Jetzt geht das Chanel-Kostüm nicht mehr«, führe ich meine Selbstgespräche fort, während ich mit einer Hand die Dusche andrehe. »Dann eben doch der Hosenanzug. Oder doch das Strenesse-Kleid. Da zieh ich eben die Neuen von La Perla an. Wenn ich nur wüsste, wo ich die hingelegt habe ... Wäre ja Pech für den Brezelkönig aus Stuttgart, wenn er meine Beine nicht sieht.«

Mit der anderen Hand öffne ich gerade die Schließe an meinem BH und reiße ihn mir eilig vom Busen, als mir auffällt, dass das Wasser bereits heiß aus dem Duschkopf schießt.

Normalerweise braucht das Wasser ein paar Sekunden, bis es warm wird.

Ist Fanny doch da? Aber wieso sollte sie um diese Tageszeit duschen? Sie ist doch in der Schuuuu...

In diesem Moment geht auf der anderen Seite des Bades Fannys Zimmertür auf, und ich sehe einen Fuß.

Einen Männerfuß.

Einen mir völlig unbekannten, nackten Männerfuß samt behaartem Männerbein ...

Ich reiße den Mund auf und halte die Luft an … Da kommt noch ein zweites, genauso behaartes Bein, und dann sehe ich das behaarte Ding, das dazwischen ist …

»Aaaahhh!«, schreie ich entsetzt und halte mir meinen BH vor den Busen.

Ein Einbrecher! Ein Mann! Ein völlig fremder, nackter … *Ein nackter Mann!* Mit allem Drum und Dran!!

Ein Triebtäter!

Der Schock schnürt mir die Luft zum Atmen ab.

Doch mein Überlebenswille legt ungekannte Mutreserven frei.

»Sie! Ich SCHREIE!«, kreische ich in blinder Panik, als der Schatten, der an der Türe aufgetaucht war, mindestens genauso erschrocken wie ich, wieder verschwindet. Die Kinderzimmertür schließt sich in Sekundenbruchteilen, die Klinke schnellt nach oben.

Es ist, als hätte ich mir alles nur eingebildet.

Aber da *ist* doch jemand! *Da war … ist ein Mann in Fannys Zimmer!*

Mein Herz rast, meine Beine sind puddingweich.

Reflexartig taste ich auf der Schminkkonsole nach meiner Nagelschere.

»Kommen Sie sofort da raus«, quietsche ich, wobei mir das klopfende Herz schier aus dem Mund fallen will. »Ich kann Karate!«

Was natürlich voll gelogen ist. Ich kann noch nicht mal ein Hühnchen tranchieren. Geschweige denn ein männliches Geschlechtsteil.

»Nein, bleiben Sie da drin!«, brülle ich, während ich überlege, was ich zuerst tun soll: nach einem Handtuch greifen, um es mir um den Körper zu wickeln, die Badezimmertür von innen abschließen, um den Einbrecher auszusperren, oder das Badezimmerfenster aufreißen und um Hilfe schreien? Aber das *geht* unmöglich gleichzeitig, während man mit BH in der einen und

Nagelschere in der anderen Hand barfuß auf den Badezimmerfliesen steht!

Das Wasser rauscht indessen unablässig in der Dusche.

Wollte dieser Kerl … dieser Einbrecher … etwa noch duschen, bevor er mir das Haus ausräumt?

Polizei! Notruf! Feuerwehr!

Oh, wie ich zittere! Mein ganzer Körper schlottert wie Espenlaub.

Keine Panik. Ich muss jetzt ganz ruhig bleiben. Vielleicht tut er mir nichts. Wenn er mich vergewaltigen wollte, wäre er längst reingekommen.

Bewahr einen kühlen Kopf, Juliane. *Er* hat sich genauso erschreckt. Er hat nicht mit dir gerechnet! Er wähnte sich ungestört!

Mist, wo ist mein Handy? Wo ist mein Handy? In der Handtasche, draußen, im Schlafzimmer, auf dem Bett. Kann ich … soll ich …

Mir dröhnen die Ohren, während ich mit offenem Mund auf das lausche, was sich hinter Fannys Zimmertüre tut. Versucht er aus dem Fenster zu klettern? Nackt?

Dann lausche ich in Richtung Schlafzimmer.

Der Anrufbeantworter labert immer noch. Mit dem Ellbogen stoße ich die Tür zu, um diesen überflüssigen Stressfaktor schon mal auszuschließen.

So. Jetzt stehe ich hier im Bad und werde mit diesem Einbrecher schon fertig werden. Bewaffnet bin ich schließlich. Bis unter die Zähne.

Ich lausche erneut. Doch das Prasseln der Dusche macht es mir unmöglich, ein Geräusch aus dem Kinderzimmer wahrzunehmen.

Minuten bleibe ich in meiner Habtachtstellung und starre auf die Türklinke. Doch nichts rührt sich. Was macht er? Geht er in Deckung?

Oder nimmt er Anlauf, um die Tür einzutreten?

Schaut er *womöglich* … durchs Schlüsselloch?

O nein. Den Anblick meiner zitternden Wenigkeit werde ich ihm nicht gönnen. Das ist wie mit Raubtieren: Man darf seine Angst nicht zeigen. Auf Zehenspitzen schleiche ich zur Kinderzimmertür. Meine Augen fixieren den Schlüssel. Näher schleiche ich, immer näher …

Warum will denn mein Arm sich nicht heben?

Habe ich Steine daran hängen oder was?

Schließlich schaffe ich es, das Zittern meiner Hand so weit unter Kontrolle zu bekommen, dass meine Finger den Schlüssel berühren. Ich spüre ihn nicht, er ist weder kalt noch hart. Wie in Trance drehe ich ihn im Zeitlupentempo geräuschlos um.

So.

Jetzt ist der Einbrecher ausgesperrt.

Mein Herz rast, und ich lehne meinen Kopf gegen die Tür, um erneut zu lauschen.

Die Dusche prasselt ungerührt weiter, und Dampfschwaden haben inzwischen den Spiegel eingehüllt.

Ich zwinge mich, die drei Schritte zur Dusche zu gehen und sie mit zitternden Fingern abzudrehen.

Stille.

Nichts rührt sich.

Entschlossen schnappe ich mir ein Handtuch und schlinge es mir um den Körper, wobei ich mir mit der Nagelschere in die Hüfte pikse.

»Autsch!« Die Nagelschere fällt klirrend zu Boden, ich kann gerade noch zur Seite springen. *Gott,* was bin ich am Zittern.

Der Schmerz lässt mich langsam wieder zu mir kommen.

Gebannt starre ich auf die Kinderzimmertür.

Wie konnte dieser Mann hier reinkommen? Ich hab doch alles perfekt zugesperrt, wir haben doch sogar heute Morgen noch die Alarmanlage eingeschaltet, Fanny und ich! Es ist eine Zahlenkombination, die Fannys und meine Geburtsdaten enthält. Außer uns, der Putzfrau und Christiane weiß sie niemand.

Durch die plötzliche Stille im Bad wird die Situation nur noch unheimlicher.

Meine Zunge klebt am Gaumen, und meine Beine geben nach. Ich sinke auf den Badewannenrand. Wie lange ich dort untätig verharre, weiß ich nicht.

Plötzlich klopft es von innen zaghaft an die Tür.

Ja, spinnt denn der? Will der ernsthaft wieder rein und klopft noch höflich an?

Entschuldigung, dürfte ich Sie jetzt bitte vergewaltigen? Ich habe auch nicht alle Zeit der Welt?

Mir bricht der Schweiß aus, in kleinen Strömen schlängelt er sich über Stirn und Wangen. Ein Tropfen bleibt am Kinn hängen, bevor er mir in einem dünnen Rinnsal zwischen den Brüsten herunterläuft. Es ist ja auch schwül wie im Regenwald hier drin.

Ich kann nichts sehen. Der Nebel hat mich völlig eingehüllt.

O Gott. Das ist doch kein Hitchcock-Film hier. Wie hieß gleich noch dieses Wesen, das unter der Dusche erstochen wurde? Von einem Irren.

Der Irre in Fannys Kinderzimmer möchte jedenfalls wieder rein.

Warum haut der nicht ab?

Warum klopft der?

Durch die sich lichtenden Nebel irrt mein Blick suchend im Badezimmer umher, und ich zucke ein zweites Mal zusammen: Da liegt ein Toter! Da in der Ecke, neben dem Wäschepuff!

Ein schriller Schrei entfährt mir, und ich fasse mir instinktiv an den Hals. Meine Halsschlagader pulsiert so stark, dass ich fast ohnmächtig werde.

Ich starre auf diesen Haufen Klamotten, der da zusammengekrümmt auf dem Boden liegt. Ich erkenne Arme – oder Beine?

Diese Gestalt ist ja entsetzlich zugerichtet – aber wo ist der Kopf? Hat der Irre ihn abgehackt? Doch es ist kein Blut zu sehen, da muss ich realistisch bleiben.

Während ich noch mit zusammengekniffenen Augen auf das leblose Menschenbündel starre, nehme ich mit Grauen wahr, dass es erneut leise klopft.

Soll ich »Herein« rufen, oder wie denkt der sich das?

»NEEEEEIIIINN!«, schreie ich mit der Kraft einer Löwin. »Bleiben Sie, wo Sie sind! Ich rufe die Polizei!«

Mit schlotternden Knien versuche ich aufzustehen, aber ich traue mich nicht an dem Toten vorbei.

»Das wollte ich eigentlich verhindern«, antwortet eine Männerstimme, die mir irgendwie bekannt vorkommt. »Bitte rufen Sie nicht die Polizei!«

Ja, *der* hat Nerven.

Erst einbrechen, rauben, morden und vergewaltigen, ach so, duschen hab ich noch vergessen – und dann das Ganze gütlich regeln wollen?!

»Ich kann Ihnen alles erklären!«

Mein Herz hämmert. Jetzt will er auch noch mit mir diskutieren. Aber das sagen alle. Dass sie alles erklären können.

Ich bekomme eine neue Panikattacke und ringe nach Luft.

Wieso ist er eigentlich aus *Fannys* Zimmer gekommen? Er wird ihr doch nichts *getan* haben? Ist sie womöglich da drin? Hat er sie gefesselt und geknebelt oder hält er ihr den Mund zu?

»Was machen Sie da drin?«, kreische ich hysterisch, wobei ich fast rückwärts in die Badewanne falle vor Stress.

»Ich warte, dass Sie wieder aufschließen!«

»Wo ist meine Tochter?!«

»In der Schule, vermutlich.«

»Was haben Sie ihr getan?!«

»Nichts, wirklich, nichts! Bitte beruhigen Sie sich doch!«

»Ich soll mich *beruhigen*?«, brülle ich wütend in Richtung Tür. »Sie brechen hier ein und laufen hier nackt rum, und ich soll mich beruhigen?«

»Ich würde mich ja gerne wieder anziehen.«

»So.«

Mehr fällt mir nicht ein. Soll ich etwa sagen: Dann schließe ich jetzt auf. Hempel, angenehm.

Oder wie stellt er sich das vor?

»Wir kennen uns«, sagt die Stimme hinter der Tür gedämpft.

Irgendwie klingt das alles unerwartet höflich und dezent.

Die Stimme kommt mir wirklich bekannt vor.

Ich lege den Kopf schief. Das Hämmern meines Herzens hat sich so weit beruhigt, dass ich in der Lage bin, den Haufen am Boden als Klamottenhaufen zu identifizieren. Da steckt gar keine Leiche drin.

Aha. Das sind also *seine* Sachen, und er hätte sie jetzt gern wieder.

Da kann er aber lange warten.

»Ich bin jetzt nicht in der Stimmung für Small Talk«, raunze ich die Tür an. »Wir kennen uns mit Sicherheit nicht. Aber Sie *werden* mich kennenlernen!«

»Aus dem Park.«

»Aus welchem … aus dem Park?!«

Und plötzlich weiß ich, wer da splitternackt in Fannys Kinderzimmer steht.

Gott! Es ist der Penner!

Dieser gurkenbrotessende gutmütige Kerl, dem ich vor der Sonne stand! Dieser Diogenes, den ich vor ein paar Wochen mit meinem Geometrieproblem vollgetextet habe! Der meinte, ich solle mich zu ihm setzen!

Mein Gott, woher weiß er, wo ich wohne?! Na ja, ich habe es ihm selbst gezeigt.

Ist er mir gefolgt?

Steht sein Einkaufswagen womöglich im Vorgarten?

»Sind Sie wahnsinnig?«, brülle ich wütend. »Sie brechen hier einfach ein? Wissen Sie, wie sehr Sie mich erschreckt haben?«

»Das tut mir leid. Ich wollte Sie nicht erschrecken.«

»Das haben Sie aber! Ich bin in Minuten um Jahre gealtert!«

»Entschuldigung. Ehrlich. Ich dachte, Sie sind nicht da.«

»Hal-lo? Geht's noch? Ich wohne hier! Ich komme und gehe, wann ich will!«

»Es tut mir leid. Ich wollte nur duschen.«

»Wollten Sie oder haben Sie?«

»Ich wollte.«

»Aha. Und möchten Sie sich auch noch rasieren?«, frage ich höhnisch.

»Habe ich schon, danke. Und Ihre Waschmaschine habe ich mir auch erlaubt zu benutzen.«

Ich starre mit offenem Mund auf die Tür. Dann glotze ich auf die Waschmaschine. Stimmt. Das Vollwaschmittel steht mit offenem Deckel obendrauf.

»Aber hoffentlich nicht bei 90 Grad?«, frage ich automatisch. »Da laufen Ihre Sachen garantiert ein!«

»Schonwaschgang. 40 Grad. Baumwolle.«

Ich glaub's ja nicht. Der verarscht mich hier!

»So. Jetzt hole ich mein Handy und rufe die Polizei.« Entschlossen stehe ich auf und will gerade in mein Schlafzimmer gehen, als es erneut klopft. Diesmal deutlich energischer. Ich zucke zusammen, der Schreck sitzt mir noch in allen Gliedern.

»Bitte nicht. Bitte! Liebe Frau Hempel, ich bitte Sie von Herzen!«

»Wehe, Sie klopfen noch einmal. Nur noch ein einziges Mal!«, schreie ich hyperventilierend. »Wehe!!«

»Bitte ersparen Sie uns das. Es ist nicht nötig!«

»Wieso *uns*?«, zische ich. »Ihnen erspare ich das nicht!«

»Es würde doch nur in der Zeitung stehen«, argumentiert der Penner ganz vernünftig. »Liebe Frau Hempel. Überlegen Sie doch mal. Sie würden doch Unannehmlichkeiten bekommen. Es tut mir wirklich schrecklich leid.«

»Ich bekomme Unannehmlichkeiten? *Sie* bekommen Unannehmlichkeiten! Und zwar nicht zu knapp!«

Gerade bin ich bei meiner Handtasche angelangt, als das Handy auch schon summend darin herumzukrabbeln beginnt.

O Gott, mein Termin. Mein Brezelkönig aus Stuttgart. Der Multimillionär mit dem Notar! Der steht bestimmt schon längst vor der Villa und wedelt mit den Geldbündeln!

»Hallo!«, schreie ich gestresst, wobei ich mir das Handtuch mit einer Hand hinter dem Rücken zuhalte. »Immobilien Glücksgriff, Leben im Paradies, Juliane Hempel!«

»Hallo, Mami«, flötet mir mein Kind entgegen, und ich bin so unsäglich erleichtert, dass ich heulen könnte. Fanny lebt. Ihr ist nichts passiert! Oder doch?

»Wo bist du?«, entfährt es mir. »Warum rufst du um diese Zeit an?«

»In der Schule, wo sonst! Mami, ich habe eine freiwillige Nachprüfung gemacht! An der Tafel! Mündlich! Vor der ganzen Klasse! Und ich habe eine Zwei in Mathe bekommen!«

Ihre Stimme überschlägt sich fast vor Freude. »Eine Zwei, eine glatte Zwei!«

Mit wackeligen Beinen sinke ich aufs Bett. »Ja, das ist … toll«, platze ich heraus. Wieso macht das Kind eine freiwillige Nachprüfung? Nach so einer Panikattacke? Vor der ganzen Klasse? Mündlich, an der Tafel? Woher hat sie plötzlich dieses Selbstbewusstsein?

»Mami, ist bei dir alles in Ordnung?«

»Ja. Alles …« Ich muss mich zwingen, meine Stimme unter Kontrolle zu bekommen. »Alles ganz wunderbar.« Außer dass ein Penner in deinem Zimmer eingeschlossen ist und penetrant klopfend wieder raus will. Aber das erwähnen wir jetzt ausnahmsweise mal nicht. Auch dass er vermutlich nackt ist. Ich atme tief aus.

»Mami, freust du dich denn gar nicht? Ich habe mich getraut! Der Rottweiler hat gesagt, das war fast eine Eins!«

»O doch«, bemühe ich mich um Fassung. »Das ist … toll, einfach toll.«

Etwas anderes fällt mir im Moment nicht ein. Der Penner nervt hinter der Tür.

»Hören Sie auf zu klopfen!«, rufe ich halblaut, indem ich das Handy zuhalte. »Ich telefoniere!«

»Mami? Wo bist du denn? Du hörst dich so gestresst an!«

»Oh, ich bin … nur gerade zu Hause«, quietsche ich nervös, »wollte mich nur schnell umziehen.«

»Und mit wem redest du?«

»Mit niemandem!«

»Doch, du hast gerade gerufen: ›Hören Sie auf zu klopfen!‹«

»Ich meine … mit dem Briefträger. Der hat gerade ans Fenster geklopft.«

»Der Briefträger klopft ans Fenster? Warum wirft er die Post denn nicht in den Briefkasten?«

»Hören Sie auf damit!«, zische ich wutentbrannt. »Sie machen mich wahnsinnig!«

»Mami?«

»Weil er … ich glaube, er hat ein Einschreiben oder so was. Jedenfalls klopft er. Hörst du ja.« Ich halte das Handy an die Badezimmertür.

»Ich komme schon!«, rufe ich zuckersüß. »Sekunde noch, lieber Briefträger, ich bin grad am Telefon!«

»Ja dann … ich muss jetzt wieder rein«, beendet Fanny das Gespräch. »Die Pause ist vorbei. Ich kriege jedenfalls einen glatten Dreier im Zeugnis!«

»Alles klar, mein Herz! Bin stolz auf dich!«

Seufzend werfe ich das Handy auf die Bettdecke und überlege gerade, dass es wahrscheinlich Sinn macht, mir erst mal was anzuziehen, bevor ich den Penner in meine Gemächer lasse, als das Ding schon wieder nervös summend über meine Bettwäsche krabbelt.

»Ja, mein Herz?«

»Frau Hempel?« Eine fremde Männerstimme. Mist, der Brezelkönig.

»Ähm ja! Hallo! Ich bin schon auf dem Sprung, bleiben Sie, wo Sie sind!«

»Polizeidienststelle Weidenplatz. Eine Nachbarin meldet, bei Ihnen im Vorgarten stehe ein überladener Einkaufswagen?!«

Mist. Ich hab's gewusst.

»Na und?«, versuche ich Zeit zu gewinnen. »Ist das verboten?«

»Nein, aber die Nachbarin hat erwähnt, dass der Wagen eher aussieht wie der eines Obdachlosen. Wir wollten uns nur vergewissern, ob bei Ihnen alles in Ordnung ist.«

»Es ist doch *mein* Vorgarten, oder? Da kann ich doch reinstellen, was ich will!«

»Solange es ihr eigener Einkaufswagen ist, natürlich!«

»Wollen Sie mir unterstellen, dass ich Einkaufswagen stehle?«, echauffiere ich mich. Drinnen höre ich den Penner leise stöhnen.

»Nein, natürlich nicht. Aber das erwähnte Objekt soll bis obenhin voll sein.«

»Ich bin noch nicht dazu gekommen, meine Einkäufe auszupacken«, sage ich bestimmt. »Und jetzt entschuldigen Sie mich bitte.«

So. Dem habe ich es gegeben.

Entschlossen schlüpfe ich in frische Unterwäsche, ziehe mir einen Pulli und die nächstbesten Jeans an und schreite mutig zurück ins Badezimmer.

Das Klopfen an der Kinderzimmertür hat aufgehört.

»Hallo? Sind Sie noch da drin?«, rufe ich verhalten. Ich schiele nervös auf die Uhr.

»Nein, ich bin inzwischen geschäftlich nach Hongkong geflogen«, kommt es schließlich von drinnen.

Na, der hat Nerven. Jedenfalls scheint er nicht gemeingefährlich zu sein.

Mit einem hastigen Ruck schließe ich die Tür auf. Vorsichtshalber trete ich einen Schritt zurück.

Die Klinke geht ganz langsam herunter, und ich bücke mich instinktiv nach der Nagelschere.

In Zeitlupe geht die Tür auf.

»Ähm ... hallo.« Gott, wie peinlich. Da steht er vor mir, nackt bis auf das »Ohne-dich-ist-alles-doof«-Kopfkissen von Fanny, das er sich etwas verschämt vor seine empfindlichste Stelle hält. Völlig gebannt starre ich darauf, bevor ich mich zwinge, meinen Blick nach oben zu lenken.

Sein Gesicht ist wachsbleich, aber frisch rasiert. Ihm sitzt der Schreck genauso in den Gliedern wie mir, das sieht man ihm an.

»Grüß Gott«, zwinge ich mich erst mal völlig wertneutral zu sagen.

»Ich will auch gar nicht groß stören«, sagt er höflich.

»Nein, ist schon okay.« Was rede ich denn da?! »Ich meine, es ist natürlich *nicht* okay«, schraube ich meine Stimme gleich eine halbe Oktave nach oben. »Sie sind in mein Haus eingebrochen, und das gehört eigentlich der Polizei gemeldet!« Ich baue mich vor ihm auf und stemme die Arme in die Hüften, so wie Christiane das immer tut.

»Klar«, sagt der Penner und lächelt scheu. »Danke, dass Sie es nicht gemacht haben.«

»Ich ... ähm ... bin ganz fürchterlich in Eile und fordere Sie hiermit auf, sich auf der Stelle anzuziehen und dann ...« Das Handy krabbelt schon wieder summend über die Bettdecke.

Jetzt werde ich langsam wütend. »Da sehen Sie, was Sie angerichtet haben! Mein Termin!«

»Entschuldigung«, sagt er. Kurz begegne ich seinem dunkeläugigen Blick und sehe schnell wieder hinter mich, ins Schlafzimmer, wo das Handy summt.

»Das ist er. Ich meine, mein Kunde. Mein *wichtiger* Kunde«, belehre ich den armen Mann, der das Kissen möglichst flächendeckend vor sein Allerheiligstes hält. Ich zwinge mich, ans Handy zu gehen. Während ich abhebe, rufe ich noch: »Ziehen Sie sich endlich was an und lassen Sie das Kopfkissen meiner Tochter los! – Ja! Hallo!«

Es *ist* der Kunde. Der schwerreiche Brezelkönig steht seit zehn Minuten ratlos vor der Villa am Sonnenhang, rüttelt am Eingangstor und ist im Begriff, ziemlich sauer wieder wegzufahren. »Ich kann sonst auch den anderen Makler bitten, mir die Villa zu zeigen!«, droht er, und das ist natürlich der Todesstoß für meine Berufsehre.

Konkurrent Karsten Korzkamp! *Only over my dead body!!*

»Nein! Tun Sie das nicht! Um Gottes willen! Ich bin hier nur gerade … in einer anderen Angelegenheit … ähm … aufgehalten worden!«, schreie ich panisch ins Handy, während ich mir mit der Bürste wild durch die abstehenden Haare fahre. »Bleiben Sie, wo Sie sind! Ich bin in zwei Minuten bei Ihnen! – Nun machen Sie schon!«, zische ich nach rückwärts ins Bad. Wütend gebe ich dem Penner, der sich umständlich, auf dem Badewannenrand sitzend, zwei Dutzend Sockenpaare übereinander anzieht, zu verstehen, dass er sich gefälligst beeilen soll.

»Bitte? Reden Sie mit mir?«, fragt der Brezelkönig, während der Penner den Rest seiner löchrigen Socken schulterzuckend in die Manteltaschen stopft.

Wahrscheinlich wollte er die auch noch in Ruhe flicken.

»Nichts, ich meine … hier ist jemand so umständlich am Einparken, dass ich nicht vor und zurück kann!«

Der Penner schenkt mir ein leichtes Lächeln, und ich ärgere mich, dass ich es erwidere. »Bitte gedulden Sie sich einen winzigen Moment! Sie können sich das Anwesen doch schon mal von außen ansehen!«

Mit meiner Bürste in der Hand herrsche ich den Penner an, seinen Kleiderhaufen vom Fußboden aufzuheben.

»Es fängt gleich an zu regnen«, sagt der Brezelkönig missmutig. »Ich kriege keine Starterlaubnis mehr für meine Cessna!«

»O bitte, bleiben Sie! Ich eile, ich fliege!!«

In dem Moment setzt sich das Schleuderprogramm meiner Waschmaschine tosend und glucksend in Gang.

Der Penner zuckt entschuldigend mit den Schultern. »Was?«, brülle ich entnervt. »Sie haben da noch Sachen drin? Holen Sie Ihren Scheiß da raus!«

»Hallo?«, drängt der immer ungeduldiger werdende Brezelkönig am anderen Ende der Leitung. »Von außen habe ich es mir nun lange genug angesehen!«

»Der Schlüssel liegt in der Garage!«, schreie ich panisch. »Rechts hinter dem Ersatzreifen! Gehen Sie ruhig schon rein! Bin in einer Sekunde da!«

Das ist natürlich strengstens gegen alle Maklerregeln, einen Kunden unbeaufsichtigt ins Haus zu lassen, aber was soll ich denn machen, verdammt! Diesen dicken Fisch lasse ich doch nicht Korzkamp an den Angelhaken!

»Sagen Sie noch mal genau, welche Hausnummer«, verlangt der Brezelkönig. »Nicht dass ich in ein fremdes Haus eindringe. Da mache ich mich ja strafbar!«

Na, das wollen wir natürlich nicht. Ich raufe mir die Haare.

Wütend blitze ich den Penner an, während meine Waschmaschine sich inzwischen schüttelt vor Schadenfreude. Da drinnen tanzen tausend Lumpenfetzen einen turboschnellen Valse vagabonde.

»Sonnenhang Nummer neun!«, brülle ich in den Hörer. »Gehen Sie ruhig rein und machen Sie es sich schon mal gemütlich!«

Jetzt *kann* der Penner noch gar nicht gehen! Weil er bis auf Socken und Mantel nichts zum Anziehen hat! Ich massiere mir die Schläfen. Er muss aber! Und zwar sofort!

Dass ich überhaupt noch mit dem diskutiere!

Wütend klappe ich das Handy zusammen.

Der glaubt doch nicht im Ernst, dass ich ihn unbeaufsichtigt in meiner Wohnung lasse!

»Das mit dem Gemütlichmachen galt nicht Ihnen, nicht dass Sie mich da falsch verstehen!«, schnaube ich zornig.

Was mache ich nur? Panisch versuche ich die Waschmaschine zu öffnen, aber die lässt sich bei ihrem Schleuderprogramm natürlich nicht stören. Wütend schlage ich mit der flachen Hand auf die Waschmaschine, von der daraufhin eine einsame löchrige Socke segelt.

Reflexartig will ich sie aufheben, aber dann pfeffere ich sie fluchend in die Ecke.

»Warum sind Sie so nervös?«, fragt mich der Penner, während er sehr sorgfältig seine Lumpen zusammenfaltet. »Ich tue Ihnen doch nichts!«

»Ich *bin* nicht nervös«, behaupte ich und versuche das Zittern in meiner Stimme zu unterdrücken. Verkrampft lässig lehne ich mich an den Türrahmen. »Wenn Sie sich nun bitte beeilen würden!« Ich klopfe mit der Bürste auf meine flache Hand. »Sie bringen mich noch um den größten Deal meines Lebens! Aber dann bringe ich Sie um!«

Seine dunkelbraunen Augen verengen sich eine winzige Spur, und er sieht richtig verletzt aus. Endlich hört er mit dem Sockenverstauen auf und erhebt sich vom Badewannenrand.

»Und was ist mit dem Zeug da?« Ratlos zeigt er auf die sich immer hektischer drehende Waschmaschine.

»Das werde ich Ihnen in eine Tüte packen und …« – Ja wohin mit dem Gelumpe? – »… und es Ihnen noch heute an den Gartenzaun stellen.«

Man stelle sich das vor. Frau Hempel bringt ihrem neuen Hausfreund die gewaschene Wäsche an den Zaun. Wo er sie dann dankend abholt.

Nein, das geht nicht. Da sieht sie Christiane. Und die ruft dann gleich wieder bei der Polizei an.

»Ich werde es Ihnen …« Mein Gehirn arbeitet auf Hochtouren. »… an Ihre Bank bringen. Sie wissen schon. Die Bank unter der Trauerweide.«

»Das ist sehr freundlich von Ihnen.« Er lächelt mich kurz traurig an, und ich fühle mich unendlich kalt und grausam. Mein Herz zieht sich zusammen, als hätte ich eine Zitrone darüber ausgequetscht.

»Wenn ich morgen früh joggen gehe, bringe ich Ihnen den Kram mit.«

»Ich möchte Ihnen keine Umstände machen.«

»Sie *machen* mir aber Umstände, Mann!«

»Das tut mir sehr leid. Das wollte ich nicht.«

»Sagen wir, morgen früh um neun? Sind Sie dann schon …« Zu Hause, kann ich ja wohl schlecht sagen. »Ansprechbar …?« Scheiße, das war diskriminierend. Ich beiße mir auf die Zunge. »Ich meine, wach?«

Der Penner macht ein Gesicht, als wolle er sich einen Lachanfall verkneifen.

»Neun Uhr ist eine gute Zeit. Das lässt sich einrichten.«

»Vielen Dank für Ihr Entgegenkommen«, höhne ich, halb erleichtert, halb stinksauer.

»Bis morgen früh also.«

Führe ich wirklich so einen Dialog? Ich kann es selbst kaum glauben.

»Kommen Sie jetzt endlich in die Gänge?«

»Natürlich. Ich freue mich jetzt schon, Sie morgen früh zu sehen.«

»Ich mich auch«, sage ich zerstreut.

Endlich wendet er sich zum Gehen. Er ist mit nichts weiter bekleidet als dem Handtuch, das er sich um die Lenden geschlungen hat, mit seinem alten, grauen, zerschlissenen Mantel. Und mit den löchrigen Socken.

»Vielen Dank auch.«

»Schon gut.« Ich verschränke die Arme vor der Brust und mustere ihn kalt.

Was soll ich denn sonst sagen?

O bitte, gern geschehen. Und schauen Sie jederzeit gern wieder vorbei. Das nächste Mal versuche ich, das Badewasser pünktlich einzulassen.

Der Fremde drückt sich an mir vorbei wie ein geprügelter Hund, wobei er das Handtuch sorgfältig festhält. Er riecht gut, so richtig aprilfrisch nach Seife, und er sieht – das muss mein Unterbewusstsein mir jetzt auch noch offenbaren – richtig passabel aus. Seine frisch rasierten Wangen sind geradezu männlich markant, und er hat sogar ein Grübchen am Kinn. Seine dunkelbraunen Haare sind inzwischen getrocknet und haben einen fast seidigen Glanz. An den Schläfen hat er schon ein paar angegraute Strähnen, was ihn richtig attraktiv wirken lässt. Wenn ich nicht wüsste, dass er ein Penner ist, könnte er glatt als ... ähm ... na ja. Er *ist* kein Prinz im Adamskostüm.

Er ist ein Penner. Ein heruntergekommener, gescheiterter, von der Gesellschaft verstoßener ... Aber ich kann ihn doch nicht halb nackt auf die Straße schicken!

Jetzt komm schon, Juliane. Es gibt auch noch so was wie Menschlichkeit.

Einen kurzen Moment stelle ich ihn mir in einem Anzug von meinem Exmann Karsten vor. Ich müsste ihn nur aus seinem begehbaren Kleiderschrank holen.

»Warten Sie eine Sekunde.« Schon eile ich an ihm vorbei und reiße die Tür zu Karstens ehemaligem Privatgemach auf. Der Penner folgt mir auf dem Fuße.

»Nein, nein, lassen Sie doch! Sie haben doch keine Zeit!«, wehrt er höflich ab.

Panisch wühle ich in den Tweedanzügen, Hemden und Krawatten, die Karsten nie bei mir abgeholt hat.

Ein Burberry-Mantel samt Schal, ein Seglerpullover von Hilfiger und ein Paar feine schweinslederne maßgeschneiderte Schuhe fliegen auf das Bett.

Die Motorrad-Lederhose samt passender hüftkurzer Jacke, der Helm ... na ja, den braucht er wohl nicht ... aber hier, der Tennisschläger – ach nein ... aber die ganze Sport- und Freizeitkluft. Wenn er sich beeilt, kann er sie schnell anprobieren. Wie im Rausch werfe ich ihm die Kleidung zu.

»Bitte, machen Sie sich doch keine Umstände ... Sie sind doch in Eile, Ihr Kunde, Ihr wichtiger Kunde, der will doch nicht länger warten!«

»Jetzt geben Sie schon Ruhe! – Hier! Ziehen Sie das mal an!«

Ja, das müsste dem Penner passen. Außerdem gibt es keine größere Genugtuung, als Karstens feines, teures Gewand einem Landstreicher an den Leib zu hängen.

»Hier. Nehmen Sie das.« Mit Schwung werfe ich dem Mann ein paar Anzüge mitsamt Hemden in die Arme, an denen noch die passenden Krawatten hängen.

»Also die hier, die brauchen Sie vielleicht nicht ...« Ich will sie gerade wieder an mich nehmen, als er sagt: »Lassen Sie nur. Die gefallen mir gut.«

Er lässt seine inzwischen sauberen Hände genießerisch über die Seide gleiten.

Hä? Der Penner will in Hemd und Krawatte unter der Trauerweide sitzen?

Mein Handy surrt über die Bettdecke.

»O Gott! Bitte nehmen Sie das Zeug und *gehen Sie*! – Ja! Hempel! Glücksgriff!«

»Ich finde den Schlüssel nicht«, sagt der Brezelkönig sauer.

»Sonnenhang NEUN!«, brülle ich genervt. »Garage! – Ach so, es gibt ja mehrere Garagen. Die mittlere! Ersatzreifen an der Wand! Darin liegt der Schlüssel! Und die Alarmanlage hat die Nummer 5657!«

»Das wird mir jetzt aber doch zu blöd«, sagt der Brezelkönig. »Es gießt ja inzwischen wie aus Eimern! Jetzt sieht die Villa auch gar nicht mehr so schön aus. Ich glaube, ich überlege mir die Sache noch mal …«

»Die Dirigentenvilla ist wirklich ein schönes Schnäppchen«, versuche ich den verärgerten Mann hinzuhalten. »Beste Lage, Sonne von morgens bis abends – natürlich nur, wenn es nicht regnet, ist klar! Und das Beste: keine Nachbarn! Die Villa ist absolut nicht einsehbar, und man kann darin tun und lassen, was man will! Bedenken Sie mal: Sauna, Außenpool, Innenpool, Whirlpool, und die Stereoanlage ist das Feinste vom Feinsten! Hat der Maestro alles selbst einbauen lassen, damit er seine Symphonien in Originalqualität hören konnte.«

»Das ist ja alles gut und schön, aber ich will die Villa von Ihnen gezeigt bekommen! Und zwar sofort!«

»Bitte warten Sie!! Ich biege gerade schon fast in den Sonnenhang ein! Hier ist nur noch eine … Altkleidersammlung, die mir im Wege steht!«

Wütend knalle ich das Handy zu und komme erst jetzt wieder zu mir.

»Ihnen entgeht jetzt sicher ein großes Geschäft«, sagt der Penner traurig.

»Dann bringe ich Sie um!« Zornig blitze ich den armen Mann an, der unter dem Kleiderberg meines Exmannes kaum noch zu sehen ist.

»Es wird nicht wieder vorkommen.«

»Davon gehe ich aus«, pariere ich messerscharf.

»Es tut mir ausgesprochen leid, dass ich Ihnen Unannehmlichkeiten bereitet habe.«

»Das sagten Sie bereits. Bitte gehen Sie jetzt endlich!«

Er ist ziemlich groß und schlank, aber durchaus kräftig. Einen verhungerten Eindruck macht er nicht. Auch keinen versoffenen. Von Alkohol scheint er sich nicht zu ernähren.

Dazu hat er ausgesprochen gute Manieren, und ich spüre, dass ihm die ganze Sache mindestens genauso peinlich ist wie mir. Ich fühle mich schuldig, gleichzeitig wünsche ich mir nichts sehnlicher, als dass er endlich geht. Mein Blick schweift durchs Schlafzimmer: Mein Bett ist überladen von Kleidern, und auf Hocker und Frisiertisch türmen sich Zeitschriften wie »Schöner Wohnen« und »Ambiente«. Dann sind da noch meine Hochglanzprospekte: »Kitzbühel. Leben im Paradies«, »Salzburg. Festspiele der Sinne. Immobilien für gehobene Ansprüche« und »Kärnten. Das Land der Träume«.

Wie mag das alles nur auf diesen mittellosen Mann wirken?

Ich muss für ihn die böse Hexe aus dem Märchen sein. Oder die kalte Königin.

Die vor lauter Reichtum schon kein Herz mehr hat.

Dabei *habe* ich *sehr wohl* ein Herz. Ein Herz für Kinder, ein Herz für Tiere, ein Herz für Männer … Nur keine *Zeit* halt.

Das ist der Punkt.

Ich sehe, dass er die hundert Paar Schuhe in dem offen stehenden Schuhschrank registriert und meine seidene Wäsche, die aus der Kommode quillt. Ich werde rot und schiebe die Schubladen mit der Hüfte zu.

Mist, ich hätte vielleicht aufräumen sollen. Aber woher hätte ich wissen sollen, dass ich Besuch bekomme? Ich meine, Besuch, den ich auch gleich in mein Schlafzimmer bitte?

Er scheint meine Verlegenheit zu bemerken.

»Sehr hübsch haben Sie es«, lässt er sich ungefragt vernehmen. »Sehr heimelig.«

Nicht wahr? So setzen Sie sich doch! Möchten Sie Ihren Tee mit Milch oder Zitrone? Verdammt, ich werde doch nicht weich? Ich kann jetzt keinen Small Talk machen, mein Termin wartet. Kann es sein, dass mir hier etwas ganz fürchterlich aus dem Ruder läuft?

»Was geht Sie mein Schlafzimmer an?«, zische ich gegen mein aufwallendes schlechtes Gewissen an, »sparen Sie sich Ihre Kommentare!«

»Entschuldigung.«

»Mann, hätte ich Sie doch nur nicht aus dem Kinderzimmer gelassen! Ich hätte die Polizei rufen müssen!«

»Vielen Dank, dass Sie es *nicht* gemacht haben. Dass …«

»Wenn Sie dann bitte *endlich* gehen würden?!« Auffordernd reiße ich die Haustür auf. Ein feuchtkalter Luftschwall schlägt uns entgegen. Verdammt, draußen schüttet es tatsächlich wie aus Eimern. Die Temperaturen sind schlagartig gesunken, und feuchte Nebelschwaden ziehen über die dampfenden Wiesen.

Der überladene Einkaufswagen steht ein bisschen abseits und ist schon ganz durchnässt.

Sein Problem.

Eigentlich schickt man bei diesem Wetter keinen Hund vor die Tür. Soll ich ihn wenigstens in der Garage sitzen lassen? Ich meine, nur bis der Regen etwas nachgelassen hat?

Ich schaue schnell die Straße rauf und runter, und mein Blick streift das Küchenfenster von Christiane, wo sich gerade die Gardine bewegt.

Verdammter Mist.

Nein. Der Kerl muss sofort weg.

»Jetzt *verschwinden* Sie endlich«, flüstere ich, indem ich mich in die halb geöffnete Haustür zurückziehe. »Ich hab jetzt echt keine Geduld mehr!«

Laut sage ich: »Nein, wir kaufen nichts!«

Ja, das ist genial. Christiane muss denken, dass der Penner mir die Sachen verkaufen wollte! Hahaha! Ich schicke ihn mit seiner Hehlerware weg!

Dabei komme ich mir vor wie die kaltherzige Wirtin in dem Weihnachtsspiel »Herbergssuche«, in dem Fanny letztens mitgesungen hat: »Oh, zwei gar arme Leut! Was wollet Ihr!? Oh, gebt uns Herberg heut!«

»Scheren Sie sich fort«, wedele ich theatralisch mit den Armen.

Das dürfte Christiane jetzt deutlich gesehen haben.

Der Penner zieht die Schultern hoch und tritt mit seinem Kleiderhaufen in den Regen hinaus.

Aus der Manteltasche zieht er seine unvermeidliche graue Wollmütze und setzt sie sich auf den Kopf. Jetzt sieht er wieder aus wie immer.

Er dreht sich mit traurigen Augen zu mir um: »Ich möchte jetzt nicht sagen ›Auf Wiedersehen‹«, sagt er sanft. »Das würde Sie nur unnötig erschrecken.«

Fassungslos starre ich ihn an. Wird er gleich noch ein paar Blumen aus meinem Vorgarten rupfen und sie mir würdevoll überreichen? Christiane taxiert uns mit Argusaugen, das spüre ich.

»Nein. Das halte ich für keine gute Idee.«

»Dann bleibt es einfach mal bei einem herzlichen Vergelts Gott.«

Die braunen Augen des Mannes bohren sich noch ein letztes Mal in mein Gewissen, dann dreht er mir den Rücken zu, verstaut die Klamotten sorgfältig unter den schon aus allen Nähten platzenden Plastiksäcken und zieht mit seinem überladenen Einkaufswagen davon. Er schließt sogar noch sehr sorgfältig das Gartentor. Stoisch wankt er durch den strömenden Regen die Straße hinunter, ohne sich noch ein einziges Mal umzudrehen. Ein nasses, trauriges, trostloses Bündel Mensch.

Mir kommt das letzte Lied aus der *Winterreise* in den Sinn: »Barfuß auf dem Eise wankt er hin und her – und sein kleiner Teller bleibt ihm immer leer – wunderlicher Alter, soll ich mit dir geh'n? Willst zu meinen Liedern deine Leier dreh'n?« Ich bekomme Gänsehaut und reibe mir unwillkürlich beide Oberarme, um nicht an meiner eigenen Kälte zu erfrieren.

Das ist so ziemlich der trostloseste Anblick, den ich je hatte.

Als ich mit vierzig Minuten Verspätung am Sonnenhang 9 ankomme, gießt es immer noch. Die Villa ist in den Nebelschwaden fast verschwunden. Der Sturm rüttelt an den Begonien, das Wasser rauscht mir in Bächen aus der steilen Einfahrt entgegen. Und der Stuttgarter Brezelkönig ist weg.

8

Abends habe ich nichts Eiligeres vor, als die Sachen von dem Penner unauffällig aus der Waschmaschine zu zerren. Ich werde sie einfach entsorgen, der Mann hat ja jetzt bessere Klamotten und braucht diese Lumpen nicht mehr.

Aber meine Glucken-Schwester Christiane ist schneller. Normalerweise ist sie sich ausdrücklich zu fein für Hausarbeit, weshalb wir uns eine Putzfrau teilen, aber ausgerechnet heute scheint sie große Lust auf einen kleinen Kontrollgang gehabt zu haben.

Mit angewidertem Gesicht steht sie am Bügelbrett, wo sie Fannys und meine Sachen zu adretten Stapeln gefaltet hat, und zupft gerade an einem verschlissenen Oberhemd, unschlüssig, ob sie sich diesem Objekt ernsthaft widmen soll.

»Bäh«, sage ich mit gespielter Abscheu. »Was ist *das* denn?« Einfach so tun, als wüsste ich von nichts. Kleine Notlügen erhalten die Verwandtschaft.

»Das war in *deiner* Waschmaschine«, sagt Christiane spitz.

»Nicht möglich.« Ich tue so, als hätte ich keine Idee, wie dieses Teil in meine Waschmaschine gelangt sein könnte, und betrachte den Fetzen aus der Nähe. Ein am Kragen ausgefranstes, kariertes Flanellhemd.

»Kannst du mir sagen, was das *ist*?«

»Ein … Hemd?«, mache ich einen auf ahnungslos.

»Ein Lumpen!« Christiane lässt das Hemd mit spitzen Fingern fallen.

»Sag mal, kann es sein, dass du heute einen *Penner* in dein Haus gelassen hast?«

»Ich?«, frage ich und drehe mich einmal um mich selbst, als ob die Möglichkeit bestünde, sie könnte mit jemand anderem reden.

»Ja du. Ich habe dich vom Fenster aus gesehen! Mit einem runtergekommenen, zerlumpten Bettler.«

»Ach *der*!«, sage ich lachend und schlage mir gegen die Stirn, als ob mir gerade erst wieder eingefallen wäre, dass ich da mit einem Kerl an der Tür gesprochen habe. »Den habe ich natürlich weggeschickt!«

»Sein Einkaufswagen stand stundenlang im Garten!«

Stundenlang?

»Nee echt? Und das sagst du erst *jetzt*?«

»Was dafür spricht, dass er im Haus gewesen ist!« Christiane stemmt die Hände in die Hüften. »Ich habe die Polizei gerufen, denn du warst ja nicht da.«

»Nein. War ich nicht.«

»Aber die Polizei rief mich zurück und meinte, es sei alles in Ordnung.«

»Ist es ja auch.«

»Und wie kommt dann das *Hemd* in die Waschmaschine?«

»Das? Ach so, das ... ähm ... Hemd«, versuche ich Zeit zu schinden und bin froh, dass genau in diesem Moment Fanny zur Tür hereinkommt, »ähm ... das gehört Fanny. Sie braucht es in der Schule. Zum Malen.«

Ich mache Fanny hinter meinem Rücken wilde Zeichen, und zu meiner Überraschung kapiert sie sofort. Sie reagiert blitzgescheit: »Ja, das brauche ich zum Malen. In der Schule.«

In dem Moment geht mir ein Licht auf.

Sollte Fanny ... Dann hat also *Fanny* diesen Penner in unser Haus eingeladen?

Ich wechsele in Sekundenschnelle einen winzigen Blick mit ihr. In ihren Augen steht Panik und ein kleines »Verzeih mir, ich konnte nicht anders«. Ich zwinkere ihr unmerklich zu.

Augenblicklich stecken wir beide unter einer Decke. Das hier werde ich mit meinem Töchterchen alleine regeln. Da stört Christiane nur.

»Dann ist das Problem ja gelöst«, sagt Christiane gedehnt. Argwöhnisch schaut sie zwischen Fanny und mir hin und her. »Und auch die … Unterhosen, die zwei Pullover und die Windjacke oder was das mal war …« – zu meinem grenzenlosen Schrecken gräbt sie in dem Wäschewännchen, aus dem sie immer neue Klamotten zieht –, »… das braucht Fanny alles zum Malen.«

Sie durchbohrt uns mit Argusaugen.

»Ja«, sage ich.

»Nein«, sagt Fanny, »das braucht unsere Theatergruppe. Zum Theaterspielen.«

»Und warum war dieses Kissen im Müll?«

Triumphierend hält Christiane mir Fannys Schmusekissen hin.

»Ohne dich ist alles doof. Sonne: doof. Schmetterling: doof. Blümchen: doof.«

Ich: doof!

»Mama!«, schreit mich Fanny an und reißt das Kissen an sich, um beleidigt ihr Gesicht darin zu vergraben. »Das kannst du doch nicht einfach *wegschmeißen*!«

»Halt!«, brülle ich und will es ihr entreißen. »Das hat der Phhhh … vor seinen Phhhh …« Ich wedele hilflos mit den Armen und schnappe nach Luft.

»Also doch!«, sagt Christiane mühsam beherrscht. »Ihr könnt mir nichts vormachen. Ihr steckt mit einem … zwielichtigen Herumtreiber unter einer Decke.«

Fannys Augen weiten sich. Sie begreift und wirft das Kissen von sich.

Nun fliegt es schon zum zweiten Mal durch die Küche, dieses arme Kissen. Was das in letzter Zeit alles mitmachen musste. Ich unterdrücke ein Grinsen, als ich mir vorstelle, zu welchen Zwecken es in letzter Zeit missbraucht wurde.

»Das muss auch mal in die Wäsche«, sage ich mit einem leichten Glucksen in der Stimme und hebe es mit spitzen Fingern auf. »Meinst du, es überlebt die Kochwäsche?«, frage ich Christiane betont harmlos.

»Das brauche ich überhaupt nicht mehr«, beeilt Fanny sich zu sagen. »Aus dem Alter bin ich jetzt echt raus. Mama, du kannst es ruhig wegschmeißen.«

»Also eines will ich euch sagen«, schreit Christiane plötzlich mit Tränen in den Augen. »Wenn ihr mich hier zur Minna macht, dann ohne mich.«

Sie schleudert die Klamotten von dem Penner angewidert in das Wännchen zurück. »Eure Sachen bügele ich, aber für einen ...« Sie sucht nach Worten und spuckt dann verächtlich aus: »... betrunkenen Rüpel, der bei anständigen Leuten betteln geht, rühre ich hier keinen Finger!«

Als Christiane endlich weg ist, nehme ich mir meine Tochter zur Brust.

»Fanny, komm, sei ehrlich jetzt: Hast du den Penner reingelassen?«

Sie reißt unschuldig die Augen auf: »Nein, Mama, ich war in der Schule!«

»Ja, aber wie ist er dann ins Haus gekommen?«

»Weiß *ich* doch nicht!« Fanny zuckt mit den Schultern und beginnt, ganz gegen ihre Gewohnheit, ihre Schultasche aufzuräumen. Mit roten Ohren kramt sie eifriger als je zuvor in ihren Büchern und Heften.

»Hier, Mama. Musst du dir anschauen. Eine Zwei in Mathe!«

Sie strahlt mich an. »Der Rottweiler hat sogar was geschrieben!« Sie liest, jede einzelne Silbe betonend: »Na also, es geht doch, Fanny! Übung macht den Meister! Weiter so!«

Ich werfe einen Blick auf die sorgfältig gezeichneten Quadrate, Rhomben, Trapeze und dergleichen mehr: »Das sieht tadellos aus. Sehr sorgfältig. Und wie hast du das auf einmal gelernt?«

Sie zuckt mit den Schultern: »So halt?!«

Ich stemme die Fäuste in die Hüften, genau wie sonst immer Christiane.

»Fanny, hör mal zu. Ich will nicht …«

»Du musst da unterschreiben.«

»Was?«

»Die Matheprüfung.«

»Ach so, ja gut, okay.« Geistesabwesend suche ich nach einem Stift und unterschreibe. »Sehr schön. Wirklich, Fanny. Ich freue mich. Bitte lern weiter so.« – Dann ignoriere ich ihren Versuch, das Thema zu wechseln: »Wie konnte dieser Mann sonst ins Haus kommen?«

»Mama, woher soll *ich* das wissen!« Fanny packt geschäftig ihr Matheheft wieder ein und verschwindet fast zur Gänze in ihrer Schultasche.

Es ist so rührend, mein Kind so eifrig zu sehen!

»Du hast ihm nicht zufällig die Zahlenkombination unserer Alarmanlage verraten?«, frage ich aufs Geratewohl.

»Mama, *spinnst* du? Wieso sollte ich einem *Penner* die Alarmanlage erklären?« Am Ausmaß ihrer Entrüstung kann ich sehen, dass sie genau das getan hat.

»Er hat mich im Bad überrascht«, sage ich streng. »Als ich gerade duschen wollte. Er war übrigens in *deinem* Zimmer.«

Fanny will etwas erwidern, aber ihr bleibt der Mund offen stehen.

»Warst du …?« Sie traut sich nicht, das peinliche Wort auszusprechen, und macht nur eine hilflose Handbewegung.

»Hmhm«, sage ich und beiße mir auf die Lippen. »Und der Penner auch.«

»Das ist ja *voll peinlich*!«, schreit Fanny entsetzt. »Mama, echt, ich habe damit nichts zu tun! Ich war in der Schule!«

»Du kennst den Mann auch gar nicht näher?«, hake ich nach.

»*Nein!*«, beteuert Fanny lautstark. »Ich weiß überhaupt nicht, wen du *meinst*!«

Das glaube ich meinem lieben Kinde beim besten Willen nicht.

»Pass auf, mein Herz«, sage ich und ziehe einen Stuhl heran. »Wenn du den Penner reingelassen hast, ist das eine Sache. Wenn du mich wiederholt anlügst, ist das etwas ganz anderes.« Ich schaue sie prüfend an.

Plötzlich vergräbt sie ihr Gesicht an meiner Schulter und kringelt meine Haare zu kleinen Löckchen.

»Es tut mir leid, Mami, es tut mir sooo leid!«, stammelt sie, und ich fühle etwas Nasses meinen Hals herunterrinnen. »Ich *wollte* dich nicht anlügen, aber als Christiane dabei war, wollte ich auch nicht die Wahrheit sagen!«

»Dann sag die Wahrheit *jetzt*!«, fordere ich und halte das vor Reue schluchzende Kind auf Armeslänge von mir. »Bitte sieh mich an und hör mit dem Rumgewische an deinen Augen auf.«

Fanny schaut mich schuldbewusst, aber doch ein bisschen trotzig an.

»Mama! Dauernd machst du diese Wohltätigkeitssachen! Golfturniere hier und Chorkonzerte da, und mit dem Club der Unternehmerinnen spendet ihr ständig für wohltätige Zwecke und heimatlose Tiere«, sprudelt es aus ihr heraus.

»Stimmt«, sage ich mit einer winzigen Spur Selbstzufriedenheit in der Stimme.

»Ja, und ständig sagst du, ich soll nett zu ärmeren Kindern sein und nicht damit angeben, dass ich Markenklamotten trage. Ich soll meine Sachen teilen, und mein Spielzeug und meine alten Klamotten bringen wir zur Caritas und so weiter!« Fanny redet sich in Rage und hört mit dem Weinen wieder auf.

»Immer predigst du mir, ich soll fröhlich sein, Gutes tun und die Spatzen pfeifen lassen.«

»Don Bosco«, freue ich mich. »Genau das ist auch mein Lebensmotto!«

»Aber wenn ein Mann sich einfach nur mal *waschen* will?«, fragt Fanny und stupst mich kess an die Wange. »In einem ganz normalen Badezimmer? Dann fürchtest du dich vor *Christiane*?«

»Na du weißt doch, wie sie tratscht. So was ist in fünf Minuten Stadtgespräch! Du ahnst ja nicht, was für einen Ruf ich zu verlieren habe!«

Triumphierend blickt Fanny mich an: »Gutes tun und die Spatzen pfeifen lassen!«

Für einen Moment bin ich platt.

»Wenn ich es recht bedenke«, bemerke ich beiläufig, »hast du mich natürlich beim Wort genommen.« Ich reibe mir verlegen die Nase. »Aber wenn das jeder machen wollte, Fanny! Ich meine, so einen wildfremden Mann lässt man einfach nicht ins Haus, man weiß ja nicht, ob man ihm vertrauen kann.«

»Mama! Dieser Mann ist *total nett*«, unterbricht mich Fanny.

»Das mag schon sein, ich finde ihn ja auch nett, aber …«

»Dann kann er sich also bei uns waschen?«, fragt Fanny mit leuchtenden Augen. »Und die Waschmaschine benutzen und das Bügeleisen? Bitte, Mama! Sag ja!«, bettelt sie und rüttelt an meinem Arm.

»Nein!«, entgegne ich mit fester Stimme. »Nein, Fanny, das ist absolut unmöglich.«

Fannys Strahlen erlischt sofort, und sie funkelt mich enttäuscht an. »Du hast also *doch* Schiss vor Christiane. Und vor den anderen …« – sie zeichnet spöttisch Gänsefüßchen in die Luft – »… wohltätigen Damen im Club der barmherzigen Schwestern!«

»Quatsch«, wehre ich sofort ab. »Darum geht es nicht. Mir ist die Meinung der anderen piepegal.«

»Aber warum darf er dann nicht ab und zu seine Klamotten bei uns waschen?«, beharrt Fanny. »Der ist einfach nur ein armer Mann ...«

»... hat Kleider nicht, hat Lumpen an!«, vervollständige ich ihr Plädoyer. »Schau, Fanny, das ist ein Obdachloser, der ganz tief gesunken ist ...«

»Na und!« Jetzt stemmt Fanny ihre Fäuste in die Hüften, genau wie vorhin Christiane. »Was weißt *du* denn, *warum* er gesunken ist!«

»Weißt *du* es?«, frage ich streng.

»*Nein!* Aber darum *geht* es nicht!« Wütend lässt sich Fanny auf die Küchenbank fallen, zieht die Knie an. Sie versteckt ihr Gesicht.

»*Du* sagst immer, ich soll in meiner Klasse niemanden ausschließen, nicht mal die dicke Mathilde, auch wenn sie nicht die angesagten Klamotten anhat ... Und ich *lasse* die dicke Mathilde mitspielen! Obwohl sie bescheuert ist!«

»Fanny«, sage ich freundlich, aber bestimmt. »Die dicke Mathilde tut jetzt nichts zur Sache. Dass du dem Obdachlosen helfen wolltest, ist ja schön und gut. Also ich meine, es ehrt dich sehr. Aber du wirst mir jetzt *versprechen ...*« – ich stecke meinen mütterlichen Zeigefinger unter ihr Kinn und zwinge sie, mir in die Augen zu sehen –, »... dass du ihn nie wieder in unser Haus lässt.«

»Aber warum denn, Mama, *warum*? Was hat er denn Übles getan?!«

Das ist ein Originalzitat aus der Matthäuspassion, und ich bin mir ziemlich sicher, dass Fanny das nicht bewusst ist. Welch ein beschämender Zufall!

Ich komme mir vor wie der böse Pöbel, der von Pilatus ein Todesurteil für Jesus fordert. Die darauf folgende Sopranarie lautet: »Er hat uns allen wohlgetan«, und ist so ziemlich die schönste und anrührendste Stelle des ganzen Werks.

Mein Magen zieht sich zusammen, und ich fühle mich der Doppelzüngigkeit überführt. Meine ehrliche, unverdorbene Tochter nimmt mich beim Wort! Sie hält mir den Spiegel vor, in den ich zurzeit gar nicht blicken mag. Ich schäme mich und versuche mit abgedroschenen Phrasen aus dieser Nummer wieder rauszukommen.

»Schatz, man weiß nicht, ob er Läuse hat, man weiß nicht, ob er uns die Bude ausräumt, und man weiß nicht, ob er demnächst alle seine Kumpels mitbringt und die hier jeden Tag eine Orgie feiern … Wenn man solchen Leuten den kleinen Finger gibt, nehmen sie schnell die ganze Hand! Irgendwann liegen alle in deinem Bett und schnarchen.«

Dieses Argument scheint zu ziehen. In Fannys Hirn arbeitet es.

Sie senkt die Augen und sagt tonlos: »Okay, Mama, ich verspreche es.«

Erleichtert sinke ich vor ihr auf die Knie und nehme das kleinlaute Bündel in den Arm, wobei ich mir einbilde, dass es in ihren Haaren bereits lebhaft krabbelt.

»Großes Fanny-Ehrenwort?«, hake ich nach.

»Großes Fanny-Ehrenwort.«

»Dann können wir ja jetzt deine Zwei in Mathe feiern«, beende ich die Diskussion. »Du ahnst ja nicht, wie stolz ich auf dich bin!«

Am nächsten Morgen hat Fanny es überraschend eilig, mit dem Fahrrad zur Schule zu fahren. Sie macht erst gar keinen Versuch, mich zu überreden, sie mit dem Auto zu bringen. Wesentlich pünktlicher als sonst greift sie erst nach ihrem Gurkenbrot und dann nach ihrem Fahrradhelm, anschließend radelt sie von dannen.

Hat sie ein … Date mit *ihm*?

Mit mütterlicher Besorgnis stehe ich am Küchenfenster und drücke meine erhitzte Stirn gegen dasselbe, als mir einfällt, dass *ich* ja ein Date mit ihm habe!

Ach du liebe Zeit!

Ich werde ein ernstes Wort mit ihm reden und ihm bei Androhung von Polizei *verbieten*, jemals wieder ein Wort mit meiner Tochter zu sprechen.

Er muss sich eine andere Bank suchen. Eine, die nicht auf dem Schulweg meiner Tochter liegt. Also nicht, dass ich was gegen diesen Mann hätte, aber …

Nein. Wir wünschen keinerlei weiteren Kontakt.

Nervös kratze ich mich am Kopf: »Ich werde ihm Grenzen setzen, jawohl. Nicht dass er Grund hat, hier noch mal aufzutauchen«, schnaufe ich. »Sein Hab und Gut bekommt er tadellos zurück, das habe ich ihm gestern zugesagt. Aber dann ist mein Teil unserer Abmachung eingehalten. Und er wird sich an seinen halten. Dann gibt es nichts mehr, was uns verbindet.«

Hastig mache ich mich daran, seine Sachen zu bügeln. Dabei schüttele ich über mich selbst den Kopf. Bin ich blöd oder was?

Ich bügele nie! Für keinen Mann der Welt! Das ist einer meiner eisernen Grundsätze, den ich soeben aus völlig unerfindlichen Gründen breche! Warum bügele ich das zerfranste, ausgeleierte Zeug von einem wildfremden (na gut, wir haben uns nackt gesehen, aber was tut das schon zur Sache!), halb kriminellen Eindringling!

»Juliane, lass das sein!«, rufe ich mich selbst zur Ordnung.

»Wenn du ihm die Sachen hübsch gebügelt und gefaltet zu seiner Bank bringst, brauchst du dich nicht zu wundern, wenn er morgen wieder unter deiner Dusche steht. Du ziehst ihn ja förmlich an wie … Motten das Licht!«

Sofort fällt mir ein Lied von Marlene Dietrich ein, das ich inbrünstig singe: »Ich bin von Kopf bis Fuß auf Liebe eingestellt, ja das ist meine Welt und sonst gar nichts!« Nanu, was singe ich denn da. Bin ich jetzt völlig durchgeknallt oder was?

Komischerweise kann ich nicht aufhören zu bügeln. So muss sich eine Mutter fühlen, die um Mitternacht für ihren zwanzigjährigen Sohn, der Chips essend vor dem Fernseher lümmelt, seine 200 Golfklamotten auf Kante bügelt, während ihr Verstand ebenso wie ihr Ehemann ihr sagen, dass das pädagogisch unklug ist! Sie bügelt einfach weiter, weil das Herz es ihr befiehlt!

Ein seltsames Lächeln umspielt meine Mundwinkel, als das Bügeleisen leise zischend über den groben Flanellstoff gleitet: Ich bin ein guter Mensch, jawohl. Was man auf den ersten Blick gar nicht denken mag, wo ich doch immer superschick und elegant gekleidet mit dem Handy am Ohr in meinem Kostümchen durch Millionenobjekte stöckele. Man könnte mich glatt für karrieregeil halten. Und unter uns Pastorentöchtern: Das *bin* ich auch.

Aber jetzt: Jetzt erwachen auch meine hausfraulichen Seiten, ich bügele. Und singe dabei. Ungeschminkt und im Jogginganzug, am frühen Morgen und ohne was im Magen. Für einen armen Obdachlosen. Aus reiner Nächstenliebe und sonst gar nichts. Ich könnte mich selbst in der Kirche lobpreisen.

Wie gut, dass mich niemand von meinen Freundinnen aus dem Club der Unternehmerinnen sieht, als ich das Wäschepäckchen liebevoll in Seidenpapier wickle. Hm. Ich überlege. Jetzt, wo ich gerade in dieser einmaligen Mutter-Teresa-Stimmung bin: Was könnte dem Mann noch gefallen? Ein schmackhaftes Vollwertbrot natürlich. Ich krempele die Ärmel hoch und hole den Gurkenaufstrich aus dem Kühlschrank. So, und jetzt werden schön ein paar Stullen geschmiert und Äpfelchen geschält und – was halten wir denn von einer schönen Thermoskanne Tee? Gott, was bin ich für ein Gutmensch. Minze, Hagebutte oder Malve? Ach was soll's. Hauptsache mit Liebe.

»Penner umschwirr'n mich wie Motten das Licht«, singe ich lächelnd vor mich hin.

Bin ich etwa *stolz* auf das, was ich da tue?

Christiane würde mich zur Schnecke machen. Aber sie merkt es ja nicht.

Während das Teewasser vor sich hin blubbert, verziere ich mein Jausenpäckchen noch mit Gürkchen, Tomätchen und etwas Mayonnaise. Ein hart gekochtes Ei macht sich ebenfalls gut. Und – ich wühle wie besessen in meinen Küchenschränken – ein paar Pralinen. Und ... was habe ich denn da? Nüsse. Mit Nussknacker. Ja. Da hat er was zu tun.

Ein paar verstaubte Kekse finde ich auch noch hinter dem Biomüsli, und – hach, da sind wir jetzt mal nicht so kleinlich – eine Flasche Eierlikör, die Christiane hier vermutlich an einem einsamen Babysitterabend vergessen hat. Das Ganze verziere ich mit einer rosaroten Schleife, die von Fannys letztem Geburtstag noch in der Küchenschublade herumfliegt.

Dann kommt mir noch eine total abgefahrene Idee: Ich lege das »Ohne-dich-ist-alles-doof«-Kissen oben auf das Päckchen. Das muss ein für alle Mal aus dem Haus. Tagsüber kann er darauf sitzen und abends drauf schlafen. Hoffentlich freut er sich darüber, denke ich, albern vor mich hin kichernd. Oder wird er die Botschaft womöglich falsch verstehen?

Ach nein. Ein bisschen Verstand scheint er doch zu besitzen. Er wird nicht glauben, dass ich ihn ernsthaft vermisse. Von wegen: ohne dich ist alles doof.

So. Wenn das kein Überraschungspäckchen ist!

Der wird von seiner Parkbank fallen vor lauter Freude.

Mein Blick fällt auf die Küchenuhr: schon zehn vor neun! Jetzt muss ich aber los!

Der Mann schätzt sicher Pünktlichkeit, und ich will auf jeden Fall einen guten Eindruck machen.

Juliane, du hast echt einen Knall, höre ich schon Christiane sagen.

Der glaubt, das geht jetzt immer so weiter! Du benimmst dich, als fühltest du dich für ihn zuständig! Den Mann kriegst du nie wieder von der Pelle! Womöglich verliebt er sich noch in dich. Das hat dir gerade noch gefehlt!

Aber nein, sage ich zu mir selbst. Das ist jetzt eine einmalige Abfindung. Und das werde ich ihm auch unmissverständlich klarmachen.

Ein bisschen aufgeregt bin ich schon, als ich mit meinem Rotkäppchen-Korb lostrabe.

Hoffentlich sieht mich Christiane nicht, denke ich kleinlaut. Sonst bin ich der Lüge überführt.

Was für ein herrlicher Morgen! Die Sonne steht schon hoch am Himmel, die Amseln zwitschern in den Bäumen, und es duftet nach Frühling. Gutmensch sein ist toll! So glücklich und beschwingt habe ich mich lange nicht mehr gefühlt. Fanny hat eine Zwei in Mathe, und ich habe ein gutes Herz.

Der Penner ist der Renner!

Dass der mir so die Laune hebt!

Ich komme! Das hättest du nicht gedacht, was?

Dass ich Wort halte?

Gib es zu, dir hat seit zwanzig Jahren niemand mehr ein Hemd gebügelt. Geschweige denn ein liebevolles Picknickpäckchen gepackt.

Aber heute ist dein Tag. Den kannst du dir in die Baumrinde schnitzen.

Freudig erregt biege ich in den Park ein und schreite der Trauerweide entgegen.

Von der benachbarten Kirche schlägt es Punkt neun.

Na, der wird Augen machen! Ich sehe ihn schon vor mir, wie er sich schlaftrunken erhebt, sich mit seinen Wollhandschuhen die Augen reibt und mich anblinzelt, als wäre ich ein Engel, der ihm im Traum erscheint!

Und das bin ich ja auch. Ein Engel. Deshalb fühle ich mich ja so euphorisiert.

Noch zehn Meter, dann gibt es ein Charityevent der besonderen Art!

Komisch. Sonst war ich immer sauer, wenn sich dieser Kerl auf *meiner* Lieblingsbank breitgemacht hat, aber heute habe ich sie ihm innerlich bereits großzügig abgetreten. Er hat das Trauerweiden-Verweilrecht. Meinetwegen.

Doch die Bank unter der Trauerweide ist leer.

9

Zwei Wochen später kommt Fanny mit der aufregenden Neuigkeit, dass Karsten und Kirsten Eltern geworden sind. Fanny hat nun eine Halbschwester.

Genau wie ich. Das zieht sich durch unsere Familiengeschichte. Ob Fanny ihre kleine Halbschwester später mal genauso nervt wie Christiane mich?

Ich weiß nicht, ob ich lachen oder weinen soll. Einerseits freue ich mich für meine Fanny, dass nun ein süßes kleines Schwesterchen ihr Herz erwärmt und sie auch in den Sommerferien beschäftigen wird.

Andererseits bin ich nicht gerade scharf darauf, Karsten und Kirsten einen rosafarbenen Strampler zu schenken.

Fanny fleht mich mit großen Augen an. »*Du* sagst immer, ich soll mich mit allen wieder vertragen. Auch mit der bescheuerten dicken Mathilde.«

Sie schlägt mich schon wieder mit meinen eigenen Waffen. Also muss ich mich wohl mit dem bescheuerten dicken Karsten vertragen.

»Wenn er mich nach dem Wochenende nach Hause bringt, kannst du ihn dann nicht auf einen Kaffee einladen? Ihr seid doch gemeinsam Eltern! Und Kollegen!«

Ich verziehe das Gesicht: »Meinetwegen. Aber nur weil du es bist, Fanny.«

Eigentlich will ich mit Karsten nicht mehr das Geringste zu tun haben.

Aber es ist für ein Kind total belastend, wenn die Eltern nicht miteinander reden. Dass Karsten auch noch mein größter Konkurrent ist, kommt leider erschwerend dazu. Ich *hasse* es, wenn er mir mit seinem süßlichen Lächeln von seinen Immobilienverkäufen erzählt. Und so tut, als wüsste er alles besser als ich, als hätte er die besseren Beziehungen, die besseren Kunden und die besseren Häuser. Dieses überhebliche, selbstherrliche, nach außen hin so nette, harmlose, aber in Wirklichkeit total verschlagene, falsche, hinterhältige … Mir zieht sich der Magen zusammen, wenn ich daran denke, wie er mich hintergangen hat. Und wie er im letzten Moment noch das gesamte Firmengeld auf ein Nummernkonto nach Luxemburg gebracht hat.

Ich bin einfach nur froh, dass ich ihn los bin.

Aber Fanny zuliebe lasse ich ihn dann an diesem späten Maiabend auf meine Terrasse.

Christiane aus dem Nachbarhaus nimmt das sehr wohl zur Kenntnis, ich sehe, wie ihre Wohnzimmergardine sich bewegt. Die läuft sich bestimmt schon mal warm zum Gackern und Flügelschlagen.

Fanny umarmt mich stürmisch und berichtet mir von ihrem totaaal süüüßen Schwesterchen, und Karsten sitzt mit süßlichem Lächeln daneben und schlürft seinen Kaffee. Seit er mit Kirsten zusammen ist, trinkt er keinen Alkohol mehr. Dafür wird er immer dicker. Weil er nur noch Kuchen und Süßspeisen isst.

»Wie heißt das Baby denn?«

»Sheila Natascha!«

Karsten und Kirsten haben doch einen an der Waffel.

»Möchtest du Fotos sehen?«, fragt Karsten.

»Nein.«

»Mamaaa!«

»Doch. Natürlich. Ich brenne darauf.«

Karsten fummelt mit seinen dicken Wurstfingern an seinem Handy herum und hält es mir triumphierend unter die Nase.

Ich tue wahnsinnig interessiert und versuche, nicht auf den ekligen Daumen mit dem angekauten Nagel zu starren, mit dem Karsten ein Babyfoto nach dem anderen auf den kleinen Handybildschirm klickt.

»Wie süüüß!« Zumal Sheila Natascha ihrem Namen alle Ehre macht: Sie schielt. Ich frage gebührlich nach Kirstens Befinden und höre mir die Geburt in allen Einzelheiten an.

Karsten tut so, als hätte ich noch nie etwas Annäherndes geleistet, und lobt Kirstens Leidensfähigkeit in allen Tönen. Die Tapfere! Dabei hatte sie eine Peridural-Anästhesie und ich nicht. Aber das zu erwähnen halte ich für unerquicklich.

Nachdem ich das winzige Würmlein genügend bewundert habe, gibt Fanny sich zufrieden und rennt auf ihr Zimmer. Vorher sagt sie noch: »Ich mache ein Referat über Erdmännchen!«

Na toll. So eifrig und gut in der Schule war sie noch nie. Woher sie nur plötzlich die Motivation hat!

So. Mit einem leicht mulmigen Gefühl im Bauch sitze ich da mit Karsten, und ich habe keine Ahnung, worüber ich noch mit ihm reden soll. Warum geht er denn jetzt nicht? Irgendwie habe ich das Gefühl, dass er mir noch was erzählen will. Etwas, das er mir wieder kalt lächelnd reinwürgen kann. Ich lehne mich verspannt in meinem Stuhl zurück.

»Möchtest du noch Kaffee?«

»Ja bitte.« Er reicht mir seine Tasse, und ich bin versucht, ihm den heißen Kaffee über sein Handgelenk zu gießen. Karsten trägt seine Rolex grundsätzlich ÜBER dem Hemdsärmel. So was gehört doch kochend heiß begossen!

»Und?«, frage ich schließlich. »Wie laufen die Geschäfte?«

Das Thema hätte ich lieber nicht anschneiden sollen, denn da kommt auch schon die erwartete Keule. Sie trifft mich direkt zwischen die Augen.

»Großartig. Wir haben die Dirigentenvilla verkauft.«

Ich unterdrücke einen wütenden Aufschrei.

Einen Kloß von der Größe eines Tennisballes herunterschluckend, würge ich erstickt hervor: »Gratuliere. An die Gräfin aus der Lüneburger Heide?«

Mir wird schwach, denn ich ahne schon, was jetzt kommt.

»An einen Brezelkönig aus Stuttgart«, lässt Karsten meine schlimmsten Befürchtungen wahr werden. »Während der Pfingstfestspiele.«

»Das darf doch nicht wahr sein?«, stammele ich.

»Hattest du die Villa nicht selbst im Angebot?!«

»Ach, das passte mir terminlich gerade überhaupt nicht«, erkläre ich ein wenig zu schrill und setze hastig ein professionelles Lächeln auf. »Da hatte ich gerade die Sache mit dem Schloss am Wörthersee …« Ich nicke in Richtung Kärnten … »Vierzehn Millionen, habe ich dann für den Käufer auf dreizehneinhalb runtergehandelt …«, höre ich mich lügen. »Dagegen war die Dirigentenvilla ein kleiner Fisch …«

Karsten durchschaut mich natürlich sofort, und ich fühle mich auf einmal wieder so klein und beschissen wie damals, als er mich noch abkanzelte, wenn ich etwas vergeigt hatte, und mir als erzieherische Maßnahme bis auf Weiteres nur die Mietobjekte anvertraute.

»Dieser Brezelkönig aus Stuttgart sagte, er war schon mal da, hat es aber nur von außen gesehen. Damals hat es allerdings geregnet, und er musste nach Hause. Irgendjemand hat ihn da hängen lassen.« Er taxiert mich und zieht die Augenbrauen hoch: »Das soll ja vorkommen in unserer Branche, darf aber einem Profi nicht passieren.«

Ich möchte mir in die heimlich geballte Faust beißen vor Wut.

Karsten wirft mir einen dieser verschlagenen Lächelblicke zu, für die ich ihm pausenlos in die Visage hauen will.

Als Fanny wieder auftaucht, bin ich richtig dankbar für eine Verschnaufpause.

»Soll ich euch mal mein Referat vortragen?«, sagt sie eifrig.

»Jetzt nicht«, erwidert Karsten.

»Aber gern!«, sage ich gleichzeitig.

»Also: Erdmännchen stehen immer dicht beieinander und suchen den Himmel nach Raubvögeln ab.«

Ich werfe Karsten einen feindseligen Blick zu, den Fanny zum Glück nicht bemerkt. Eifrig fährt sie fort: »Die Erdmännchen sind futterneidisch und stehlen sich gern gegenseitig die Beute.«

»Danke, das reicht«, sage ich.

Karsten grinst so widerlich schadenfroh, dass ich ihm jetzt wirklich eine reinhauen will.

»Bei den Menschen sind Erdmännchen wenig beliebt. Sie zerstören Farmland und verbreiten die Tollwut.«

»Okay. Sehr schön. Lass deine Eltern noch ein wenig plaudern, ja, Liebes?«

Fanny verzieht sich wieder in ihren Bau, während ich einen Anfall von Tollwut zu unterdrücken versuche.

»Erst wollte der Mann gar nichts mehr mit der Villa zu tun haben, weil seine Frau so wütend geworden war«, fährt Karsten ungerührt mit dem Reizthema Sonnenhang fort. »Aber dann konnte ich ihn doch noch dazu überreden.« Er lacht dröhnend. »Wir fuhren also in die Villa, Kirsten und ich, um nach dem Rechten zu sehen und alles für die Besichtigung vorzubereiten …«

Nein, das klingt nicht gut. Das gefällt mir nicht. Ich kaue noch an seinem letzten Satz und bin nicht sicher, ob Tollwut sich durch Ohrensausen, heftige Schweißausbrüche und Magenumdrehen ankündigt.

»Fass dich kurz«, stoße ich ärgerlich hervor.

»Du wirst lachen«, sagt Karsten und lacht selbst. »Wir mussten erst einen Penner verscheuchen.«

Den Gefallen tue ich ihm gerne. Ich lache übertrieben schrill. »Einen Penner!« Das Lachen bleibt mir im Halse stecken. »Aus der Villa! Im Sonnenhang Nummer neun! Na, die werden ja auch immer dreister! Woher weiß denn so ein Bursche, welche Villa gerade leer steht?«, gebe ich mich echauffiert. »Und dann noch in diesem exklusiven Wohngebiet!«

»Stell dir vor«, bauscht Karsten die Geschichte weiter auf. »Der war nicht etwa in der Garage oder im Geräteschuppen! Der war *im Haus*!«

»Wie ist er denn da bloß reingekommen?« Mir wird glühend heiß und gleichzeitig eiskalt. Das träume ich alles nur. Oder?

»Der Dreckskerl hatte es sich mitsamt seinem Einkaufswagen vor dem Kamin gemütlich gemacht!«, amüsiert sich Karsten. »Als wir kamen, machte er gerade Yoga!«

»Der machte Yoga? Wie abgefahren ist *das* denn!«

»Ja, der stand auf dem Kopf und hörte dabei eine Brahms-Symphonie!«

Karsten lacht nun aus vollem Hals, und ich starre ihn fassungslos mit offenem Mund an.

»Coole Geschichte, was?«

Plötzlich geht mir ein Licht auf. *Deshalb* war der vor zwei Wochen nicht mehr unter der Trauerweide, als ich ihm seine gebügelten Sachen und den Rotkäppchenkorb bringen wollte! Weil er in der Dirigentenvilla war! Aber wie um alles in der Welt … Mein Herz fängt an heftig zu klopfen. Er hat mich im Schlafzimmer telefonieren hören! Ich habe die Adresse laut und deutlich ins Handy gebrüllt, sogar mehrfach, während er von drinnen an die Kinderzimmertür klopfte!

Panik erfasst mich. Hilflos fasse ich mir an den dröhnenden Kopf.

Sollte ich einem … Profipenner zum Opfer gefallen sein? Einem durch und durch abgebrühten … Trickbetrüger, der arglose Maklerinnen mit inszenierten Scheinkatastrophen dazu bringt, die besten Adressen von leer stehenden Villen preiszugeben?

Mit aufgerissenen Augen sehe ich, wie sich Karsten grölend auf die Schenkel schlägt.

»Und ganz feine Klamotten hatte der an! Hemd und Krawatte, ein feines Sakko aus Tweed, Tuchhose mit Bügelfalte … Was ganz Ähnliches hab *ich* früher mal getragen, als ich noch rauchte und in so was reinpasste.«

Suchend blicke ich mich um. Kommt jetzt irgendjemand mit laufender Kamera hinter der Hecke hervor und ruft: »Verstehen Sie Spaß?«, bevor er Karsten als Lockvogel beglückwünscht?

»Was sagst du dazu, Juliane? Ist die Geschichte nicht total ulkig?«

»Ulkig. Ja. Äh, habt ihr die Polizei geholt?«

»Nicht nötig.« Karsten nippt genießerisch an seinem Kaffee und kostet die Spannung aus. »Der Penner war ausgesprochen höflich und hat sich vielmals entschuldigt und bedankt. Er hat uns sogar noch was von seinem Mittagessen angeboten.«

Ich spüre, wie ich knallrot anlaufe. Mittagessen. Der hat da gekocht!

»Stell dir vor, der hatte Bratkartoffeln mit Zwiebeln! Wir mussten erst mal gründlich lüften!« Jetzt lacht Karsten so, dass sein Bauch, über dem das Hemd spannt, wackelt. »Der Typ hat uns angeboten, den Rasen zu mähen oder sich sonst wie nützlich zu machen, aber wir haben gesagt, er soll sich verpissen. Schließlich war der Brezelkönig mit seiner Frau im Anmarsch.«

Karsten hört auf zu prusten und trinkt einen Schluck Kaffee.

»Hat er … Ich meine, wie ist der Penner denn überhaupt ins Haus gekommen?«

»Das haben wir ihn auch gefragt. Er sagte, er habe gewusst wo der Schlüssel hängt.« Karsten legt ungläubig die Stirn in Falten und stellt die Tasse ab.

»Aber das ist ja völlig ausgeschlossen. Solche internen Betriebsgeheimnisse werden doch nicht an streunende Obdachlose verraten, nicht wahr, Juliane?! So was würde doch niemand in unserer Branche machen! Das würde doch jedem Makler das Genick brechen.«

O Gott. Meine Vermutung stimmt. Ich massiere meine schmerzenden Schläfen.

»Von der Maklerin hat er es gewusst«, sagt er.

Jetzt schenkt Karsten mir das fieseste Lächeln des ganzen Planeten. »Aber es scheint tatsächlich Kolleginnen zu geben, die dem Kunden fernmündlich eine Immobilie zeigen wollen, was bekanntermaßen das größte No Go in unserem Beruf ist und wofür schon Makler ihre Lizenz entzogen bekommen haben.«

Mein Hals schnürt sich zu.

Karsten nimmt gelassen noch einen Schluck Kaffee: »Leute, die unsere seriöse Branche in Verruf bringen.«

Mein Magen zieht sich schmerzhaft zusammen.

Jetzt hilft nur noch die Flucht nach vorn.

»Das ist doch eine bodenlose Frechheit!«, schreie ich entrüstet. »Wie kommt ein Penner dazu, so dreist zu lügen?!«

Karsten schenkt mir einen spöttischen, wissenden Blick.

Meine Lippen sind fest aufeinandergepresst, damit ich mich nicht noch mehr verrate.

»Tja, das entzieht sich meiner Kenntnis«, sagt Karsten gespielt gleichgültig. Klirrend stellt er die Tasse ab. Gewichtig stemmt er sich aus seinem Sessel, wobei ihm über dem Bauch fast ein Knopf abspringt. »Ich muss jetzt zu meiner Familie. War nett, dich zu sehen, Juliane. Und ein kleiner Tipp noch von deinem ehemaligen Chef: Ein bisschen mehr Diskretion wäre angesagt.«

Mit allergrößter Beherrschung gelingt es mir, ihm nicht die Kaffeekanne in seinen feisten Nacken zu schleudern.

Als ich am nächsten Morgen durch den Park jogge, traue ich meinen Augen nicht: Da sitzt der Penner seelenruhig auf der Bank, liest die FAZ, und neben ihm steht sein überladener Einkaufswagen, aus dem leise Bruckner tönt! Na, *der* hat Nerven. Ich schnaufe vor Wut und fasse es nicht!

Soll ich jetzt zu ihm hinrennen und ihn zur Rede stellen?

Hören Sie mal. Das war aber nicht abgemacht, dass Sie in der Villa pennen!

Völlig sprachlos wanke ich zu ihm hin. Was soll ich nur sagen?

Hallo! Da sind Sie ja wieder! In Urlaub gewesen? Wie war's denn so?

Da mein Schatten auf ihn fällt, lässt er die Zeitung sinken.

Anscheinend erkennt er mich nicht, ich sehe ja auch etwas anders aus als vor ein paar Wochen im Bad. Er blinzelt gegen die Sonne.

»Ich bin's«, sage ich eisig anstelle einer Begrüßung. »Ich habe Sie vermisst.«

Bitte? Was rede ich denn da?!

Ich habe ihn natürlich *kein bisschen* vermisst. Ich war froh, dass die Landplage von meiner Lieblingsbank verschwunden war. Und bis zu der gestrigen Geschichte von Karsten hatte ich auch gar nicht mehr an ihn gedacht.

»Das freut mich«, sagt der Penner freundlich. »Ich musste auch oft an Sie denken.« Ich spüre, wie ich knallrot anlaufe.

So war das nicht gemeint!

Mühsam ringe ich um Fassung. Der Kerl scheint keinerlei Ironie zu verstehen!

»Ich meine, wir waren verabredet. Erinnern Sie sich? Ich habe noch Klamotten von Ihnen.«

»Das ist mir sehr unangenehm«, antwortet er verbindlich. »Aber ich war kurzfristig verreist.« Meine Gesichtsfarbe ändert sich von Rot auf Dunkelrot. Hallo? Geht's noch?

Spinnt der? Ich meine, der muss doch annehmen, dass ich *weiß*, wo er war! Für wie blöd *hält* der mich eigentlich?

»So«, sage ich mit leicht überschnappender Stimme. »Verreist. Beruflich oder privat?«

»Privat«, antwortet er schlicht. »Rein privat.«

»Und?«, frage ich mit schneidendem Unterton. »War's schön?« Der Zynismus peitscht ihm doch um die Ohren! Er muss meine Wut doch *bemerken*!

»Ja«, sagt er. »Sehr. Sehr schön. Angenehmes Ambiente.«

Will der mich verarschen? Das ist doch der Gipfel der Unverschämtheit!

»Sie waren nicht zufällig in der Villa am Sonnenhang?« Ich trete von einem Bein auf das andere, das Wutpipi nur mühsam zurückhaltend.

»Doch«, antwortet er ganz selbstverständlich, »genau da war ich. In der Villa am Sonnenhang. Die stand ja leer.«

Sprachlos starre ich ihn an. Der hat überhaupt kein Unrechtsbewusstsein!

»Es ist ein wunderschönes großes altes Herrenhaus mit vielen Fenstern, herrliche tirolerische Architektur, und dabei topmodern eingerichtet, ohne ungemütlich zu sein. Es hat ja einem berühmten Dirigenten gehört, beziehungsweise seiner Witwe. Ein wirklich wunderschönes Objekt für Naturliebhaber, die die ruhige Lage zu schätzen wissen.«

Hallo? Ist das nicht mein Text?

»Besonders die großartige Akustik im Kaminzimmer hat mich begeistert«, schwärmt er weiter. »Ich liebe ja klassische Musik, und es waren so viele herrliche CDs mit Symphonien und Opern vorhanden, dass ich gar nicht wusste, was ich zuerst hören sollte.« Er sieht mich mit seinen braunen Augen begeistert an. »Ich hatte lange nicht mehr eine so schöne, ungestörte Zeit.«

Ich fasse es nicht. Bin ich ein Reisebüro oder was?

»Und haben Sie die Sauna ausprobiert?«, frage ich spöttisch.

»Ja. Eine sehr schöne Sauna. Aber das Dampfbad gefiel mir noch besser.«

»Sind Sie auch …« – ich beiße mir auf die Lippen, um die richtigen Worte zu wählen – »… im Pool geschwommen?« Ich spüre, wie ich mich allmählich dunkelviolett verfärbe. Schließlich haben wir uns nackt gesehen.

»Ja, aber nur draußen. Drinnen nicht. Ich wollte nichts nass machen, es war alles so schön geputzt.«

Nicht doch. Ich hätte doch meine Putzfrau vorbeigeschickt!

Ich versuche mich zusammenzureißen und ihn nicht anzubrüllen. Wie bizarr unser Dialog ist! Zumal er überhaupt nicht zu begreifen scheint, dass ich ihn am liebsten mit einem gezielten Schlag zwischen die Augen zu Boden strecken würde!

»Wissen Sie, dass Sie mir damit ganz immens hätten schaden können?«, höre ich mich fauchen. »Ich hätte meine Maklerlizenz verlieren können! Das spricht sich doch in der Branche rum! Sie können doch nicht einfach …« Mir fehlen schlichtweg die Worte. »In leer stehenden Luxusvillen hausen! Nur weil Sie zufällig ein Telefonat belauscht und die Adresse erfahren haben! Und wo der Schlüssel liegt.« Ich schnaufe vor Empörung. »Das ist Einbruch und kann zur Anzeige gebracht werden.«

Er wirkt aufrichtig überrascht. »Das wollte ich nicht. Das tut mir leid. Aber es war wirklich niemand da, die ganze Zeit. Ich habe keinen Dreck gemacht und niemanden gestört, glauben Sie mir!«

Mit seinen dunkelbraunen Augen schaut er mir direkt ins Gesicht. Ich starre wie hypnotisiert zurück.

»Sie haben Kartoffeln gebraten! Mit Zwiebeln! Geben Sie das zu oder nicht?!«

»Das ist schon richtig«, lenkt er ein. »Und auch Spargel gekocht. Ist ja Spargelzeit.« Er breitet unschuldig die Arme aus: »Aber ich habe alles immer wieder aufgeräumt. Die meisten Männer hinterlassen Spuren, wenn sie in der Küche sind. Ich nicht.«

Ich sehe den Mann in Karstens Klamotten zum Markt schlendern, mit dem Einkaufskorb der Dirigentenwitwe, und frischen *Spargel* kaufen!

Veronika, der Spargel wächst! Er tut so, als ob damit alles in Ordnung wäre. *Ist* es aber nicht! Wenn ich dem närrischen Treiben jetzt nicht Einhalt gebiete, finde ich ihn wahrscheinlich demnächst in meinem Bett! »Ist ja Bettzeit«, wird er entschuldigend sagen und dabei die Arme ausbreiten. »Aber ich mache meine Spuren wieder weg.«

»Jetzt hören Sie mal zu«, zische ich mühsam. »Sie werden in Zukunft weder in *meinem* Haus noch in irgendeinem anderen Haus Ihr Unwesen treiben! Versprechen Sie mir das! Sonst rufe ich jetzt auf der Stelle die Polizei!«

Er sieht mich erstaunt, ja verletzt an.

»Ich habe doch niemandem etwas getan! Ich habe nichts gestohlen und nichts kaputt gemacht. Ich habe da nur gekocht und geschlafen. Aber ich habe immer gelüftet und alles wieder aufgeräumt.« Er zuckt die Schultern und hebt entschuldigend die Hände: »Ist doch schade um das schöne Haus! Wenn das einfach leer steht.«

»Sie sollen es versprechen!«

Er schaut mich verblüfft an. »Bevor eine schöne Frau so wütend wird …«

»*Versprechen Sie es!*« Meine wutgetränkten Spucketröpfchen fliegen durch die Morgensonne.

»Versprochen.« Er hält mir die Hand hin, und ich kämpfe mit mir, sie zu nehmen. Schließlich schüttele ich sie doch. »Auf dieser Bank ist es ja auch schön, solange Sommer ist. Und solange Sie mich ab und zu besuchen.«

Ich höre mich klirrend lachen, und im selben Moment tut es mir schon wieder leid, ihn so angekeift zu haben. Aber er wendet sich ganz selbstverständlich wieder seiner Zeitung zu. Für ihn ist unser Gespräch beendet. Als ich kopfschüttelnd weiterlaufe, fällt mir ein, dass ich ihn noch nicht mal nach seinem Namen gefragt habe.

10

Die ganze Angelegenheit irritiert mich so, dass mir tags drauf auf der Antiquitätenmesse ein total bescheuerter Anfängerfehler unterläuft.

An meinem Stand mit dem Emblem meiner Firma »Immobilien Glücksgriff! Leben im Paradies«, vor dem ich langbeinig im knappen Kostüm lehne, taucht ein recht gut aussehender Mann um die vierzig mit längeren schwarzen Haaren auf, der mir irgendwie bekannt vorkommt. Da ich gerade am Telefonieren bin, bedeute ich ihm, er möge sich einen Moment gedulden, und spreche weiter mit dem Energiedrinkhersteller, der sich für die Zigarrenlounge am Giselakai interessiert: »Er wird das Lokal bis zum Monatsende gesäubert übergeben, somit spricht nichts dagegen, dass wir ab ersten Siebten den neuen Mietvertrag machen können. Genau. Perfekt. Super. Okay.«

Ich signalisiere dem Kunden an meinem Stand, dass ich sofort bei ihm bin, und bemühe mich, den Ladenlokal-Mieter, den ich buchstäblich an der Backe habe, nun endlich auf höfliche Weise abzuschütteln. Ich greife zu meiner »Jetzt-ist-aber-Schluss«-Formel: »Danke, schönen Tag, liebe Grüße, servus, baa baa.«

»Grüß Gott«, sage ich zu dem Mann, der sich nun lächelnd zu mir umdreht. »Was kann ich für Sie tun?« Ich zupfe meinen pastellfarbenen Rock glatt und ziehe ihn über den Knien zurecht.

Woher kenne ich den nur? Aber bei den vielen Tausend Menschen, mit denen ich in meinem Beruf zu tun habe, kann es ja mal vorkommen, dass man jemanden verwechselt.

»Ich suche eine schalldichte Stadtwohnung in Festspielhausnähe«, sagt der Mann mit russischem Akzent und lächelt mich mit seinen Zahnkronen an. »Für Festspielgäste zu Fuß erreichbar. Nicht zu teuer und nicht zu spießig.«

»Da sind Sie bei mir genau richtig«, strahle ich den Mann an, ziehe einen Stuhl heran und bitte den Interessenten, vor meinem Schreibtisch Platz zu nehmen. Dann setze ich mich und schlage kokett ein Bein über das andere. Ein recht attraktiver Mann, auch wenn er nicht mein Typ ist.

Nun denn. Er prüft interessiert die Blickdichte meiner Seidenstrumpfhose.

Sicher ist er Musiker, weil er eine schalldichte Wohnung will. Bariton vielleicht. Sieht er aus wie ein Sänger? Ein Halstuch vor dem Kehlkopf trägt er nicht. Trompeter? Saxofonist! Schlagzeuger!

»Was genau stellen Sie sich denn vor?«, sage ich so charmant wie möglich und frage mich gerade, ob ich den Kerl sexy finde. Horn? Nein, da blähen sich immer so die Backen auf. Was ist denn noch laut? Posaune! Tuba! Kontrabass!

Das erneute Klingeln meines Handys lässt mich schon wieder Geld wittern, man weiß in meinem Beruf nie, ob nicht der nächste Fisch der größere ist.

»Sekunde bitte!« Zuvorkommend zeige ich auf den Aschenbecher, da der Kunde sich anschickt zu rauchen.

Ein Blick aufs Display genügt: Es ist Christiane, die Glucke. Soll ich drangehen? Bestimmt will sie nur wieder gackern wie in 99,9 Prozent aller Fälle!

Möglicherweise ist aber auch was mit Fanny? Sie ist nach der Schule oft bei Karsten, Kirsten und dem Baby. Sie geht viel mit dem Kinderwagen durch den Park. Vielleicht ist ihr schlecht geworden oder sie hat Liebeskummer. Vielleicht bekommt sie ihre Tage oder sie bekommt ihre Tage *nicht*?!

»Entschuldigen Sie kurz, aber ich *muss* …« Mein Lächeln verkrampft sich leicht: »Christiane, ist es *dringend*?«, raune ich hinter vorgehaltener Hand.

»*Total dringend*«, kräht Christiane mit geschwollenem Kamm. »Dringlichkeitsstufe *eins*!«

Sofort fährt mir ein Schreck durch die Glieder. »Ist was mit dem Baby?«

»Fanny will heute Nachmittag zu ihrer Schulfreundin Corinna auf einen Kindergeburtstag«, kräht die Glucke mit überkieksender Stimme in mein Ohr. »Und sie sagt, du hättest versprochen, ein Geschenk zu besorgen.«

Das darf doch nicht wahr sein. Was ist denn daran *dringend*? *Dringlichkeitsstufe eins!* Dass der Horizont meiner Schwester aber auch so begrenzt ist!

»Christiane, ich bin hier gerade bei einem Kunden!«

»Ja, aber das hat nichts damit zu tun, dass du ein Geschenk kaufen wolltest«, beharrt Christiane.

Ich zittere immer noch vor Schreck. Die schlimmen Bilder von Rettungswagen und Unfallkrankenhaus waren schon vor meinem inneren Auge vorbeigezogen.

»Christiane, können wir das später besprechen?« Der Kunde zieht die Augenbrauen hoch, bläst mir seinen Zigarettenrauch ins Dekolleté und scheint nur mäßig begeistert zu sein von meinem Telefonat.

»Nein, das können wir *nicht* später besprechen, denn Fanny möchte *jetzt gleich* zu dem Kindergeburtstag beziehungsweise *vorher* noch in die Stadt, um *eigenmächtig* ein Geschenk zu kaufen. Sie sagt, ich soll ihr *Geld* geben für ein *Computerspiel*, und das kostet *siebzig* Euro, und das sehe ich *gar nicht ein*, dass man einer *Dreizehnjährigen* ein so teures und dazu noch *überflüssiges* Geschenk macht. Außerdem möchte Fanny *ganz allein* mit dem Bus zum *Mediamarkt* fahren … ich bin doch nicht blöd!«, gackert Christiane. »Und das mit dieser *Vicki* ist mir sowieso nicht geheuer, das Mädchen ist überhaupt kein *Umgang* für unsere Fanny. Die schminkt sich schon, hat ganz schwarze Ränder um die Augen, geht ganz in Schwarz gekleidet und hängt am Fluss herum ...«

Und der Russe blicket stumm auf dem ganzen Tisch herum. »Moment, noch, ich habe da was ganz Tolles für Sie«, raune ich ihm hinter der vorgehaltenen Hand zu, während er ärgerlich seinen Zigarettenstummel in meinem Aschenbecher ausdrückt.

»Ein traumhaftes, exklusives Top-Apartment am Neutor, nur ein Katzensprung vom Festspielhaus entfernt!« Mit der freien Hand greife ich nach der Proseccoflasche, entkorke sie mit den Zähnen und schütte in meinem ungeschickten Eifer ein Sektglas so voll, dass es überschäumt. Der Kunde schüttelt den Kopf. Christiane zetert ungehindert weiter, und ich sage: »Fanny wird bald dreizehn, und sie darf allein in den Mediamarkt fahren! Diese schwarz geschminkte Vicki ist jetzt kein Thema! Und ruf mich nie mehr während der Arbeit an. Verstanden?«

Mit diesen Worten lege ich auf. So. Einmal tief durchatmen. Entschuldigend lächle ich dem Interessenten zu. »Familiäre Probleme. Pardon. – Die perfekte Junggesellenwohnung! Unten sind nur Büros drin! Da können Sie mit Ihrem Instrument Remmidemmi machen ...« Verschwörerisch nicke ich dem Mann zu, der mich inzwischen unfroh anstarrt, und mache das Daumen-hoch-Zeichen. »Da können Sie auf die Pauke hauen, so laut Sie wollen!«

Das Handy geht schon wieder. Zitternd vor Stress gehe ich dran, und bevor ich mich melden kann, schnattert meine Schwester hysterisch weiter.

»Und außerdem hat Fanny einen *dringlichen Elternbrief* mitgebracht. Du musst *unbedingt* heute Abend zum Elternabend, das ist ganz wichtig, hat der Rottmeier geschrieben!«

Ich drücke sie weg und schalte das Handy aus. Die bringt es fertig und ruft glatt noch mal an. Meine Güte, was für eine Penetranz! Mit den Gedanken schon ganz woanders, wische ich den übergeschäumten Sekt von der matt glänzenden Schreibtischplatte und lächle den Kunden gewinnend an.

»Entschuldigung. Jetzt kommt keine Störung mehr, versprochen. Also wie gesagt: Eine Traumlage auf der Rückseite des Mönchsberges, eine gemütliche Junggesellenbude, sofort beziehbar, da hat nämlich ein ...« – ich beuge mich vertraulich zu ihm vor – »...ein ... ähm ... sagen wir mal ... Schürzenjäger ... gewohnt, der brachte jeden Abend ein leichtes Mädchen ...« Ich kichere verschwörerisch, »oder auch mehrere leichte Mädchen für seine Freunde mit. Der soll alles gevögelt haben, was nicht bei drei auf den Bäumen ist.« Ich lache aus vollem Halse, um meine undamenhafte Bemerkung zu verniedlichen. »Wie dem auch sei, die Vermieterin hat mich angerufen und gesagt, dem ist gekündigt worden. Wir sind ja kein ... Freudenhaus, und für diese Festspielhausnähe sucht sie einen seriösen Mieter, der vielleicht im Orchester ist oder ein Regisseur. Wir stellen uns genau so jemanden vor wie Sie ... die Miete beläuft sich auf ... ähm ... lassen Sie mich schnell im Computer nachsehen ...« – mit fliegenden Fingern tippe ich auf der Tastatur herum und hebe dann siegessicher den Blick – »... auf 1500 Euro, das ist für die Lage geschenkt.«

Mein Redeschwall bricht ab, als der Mann sich kopfschüttelnd erhebt.

»Was ist los ... ich meine, sagt Ihnen mein Angebot nicht zu?«

»Sie selbst haben mir die Wohnung vermittelt.«

Mit offenem Mund starre ich ihn an. Das verstehe ich jetzt nicht.

Ja. Klar. Ich selbst habe ihm gerade die Wohnung vermittelt.

»Über den Preis können wir reden«, sage ich verwirrt. »Was ist also das Problem?«

»Ich BIN der Schürzenjäger«, sagt der Mann abfällig, »Sie wollten mir gerade meine eigene Wohnung zum zweiten Mal vermieten. Ich vögele übrigens nicht *alles*, was nicht bei drei auf den Bäumen ist. Bei Ihnen würde ich erst bis hundert zählen.«

11

»Nichts ist so erlabend wie ein Elternabend …«

Abgehetzt und ohne etwas Nennenswertes im Magen komme ich als Letzte durch die Tür gehechtet, lasse mich auf einen freien Stuhl fallen und sichte erst mal die Lage.

Vielleicht habe ich es noch nicht erwähnt, aber ich bin eine bekennende Elternabendmeiderin.

Stell dir vor, es ist Elternabend, und keiner geht hin.

Doch leider. Es ist sogar zum Überlaufen voll.

Bei einem Elternabend sitzen immer die ganzen Neunmalklugen und Strebereltern, die genauso aussehen wie ihre Streberkinder, und machen sich wichtig. Wenn es wenigstens was zu trinken gäbe in dem staubigen, trostlosen Klassenzimmer, wie im Club der Unternehmerinnen! Oder wenn wir alle zusammen singen würden, wie im Mozart-Chor! Wenn wenigstens die Stühle bequem wären! Und wenn es bei Strafe verboten wäre, länger als eine Minute am Stück zu reden! Man könnte Elternabend-Regeln erfinden, die das Ganze so amüsant und kurzweilig machen wie einen Kindergeburtstag: Alle, die was sagen wollen, müssen zuerst eine Pappnase mit integrierter Streberbrille, eine Perücke und einen Hut aufsetzen. Und während sie reden, würfeln die anderen so lange, bis einer eine Sechs hat und selber die Pappnase kriegt. Dann muss derjenige, der gerade redet, sofort die Perücke abgeben und die Klappe halten.

Während ich da so auf meinem Stühlchen hocke, schreibe ich eifrig in meinen Terminkalender und tue so, als würde ich mitschreiben. In Wirklichkeit entwerfe ich gerade ein völlig neues Konzept für gewaltfreie Elternabende. Warum können Elternabende nicht in einer gemütlichen Kneipe stattfinden?

Nach jedem vollständig konsumierten alkoholischen Getränk darf man einen zusammenhängenden Satz sagen. Bis keiner mehr einen zusammenhängenden Satz sagen *kann*. Und dann gehen alle Arm in Arm nach Hause. Ich nehme freiwillig die dicke bescheuerte Mutter von der dicken bescheuerten Mathilde.

Kurz und schlecht: Ich hasse Elternabende.

Alles schläft, und einer spricht – genau wie einst im Unterricht.

Während der Rottweiler vorne redet, betrachte ich die wichtigtuerischen Mütter, die dauernd bestätigend mit dem Kopf nicken, und die überernährten Väter, deren Bäuche auf diesen Stühlen erst richtig zur Geltung kommen. Ich finde, Väter, die auf Elternabenden rumlungern, sind die allergefährlichsten Exemplare ihrer Spezies. Die haben alle kein Zuhause und einfach nichts Besseres zu tun, als sich vor versammelter Elternschaft wichtigzumachen.

Und einer sagt ganz richtig – wir Eltern, wir sind wichtig!

Weil ich mich langweile und mich ein bisschen aufheitern will, stelle ich mir die Elternschar als Tiere auf einem Bauernhof vor.

»Ja, aber da müssen wir doch als Eltern Verantwortung übernehmen!«, blökt gerade ein untersetzter Bulle mit Halbglatze und Stiernacken. Alle nicken heftig und scharren mit den Füßen.

»Allerdings«, blöken die Schafe und nicken mit den Köpfen, und »Das *musste* aber jetzt auch mal gesagt werden!«, meckern die Ziegen.

»Frau Hempel! Was sagen *Sie* denn dazu? Sie als alleinerziehende Mutter! Sie sind doch direkt betroffen!«, wiehert eine mit Pferdemähne und bleckt ihr Pferdegebiss.

Ich erwache aus meiner Abendmeditation.

»Ähm … wovon?«

»Na, von diesem … Gesindel! Sie wohnen doch direkt am Park!«, bellt ein Wachhund und zerrt an seiner Kette.

Ich sehe mich suchend um. »Gesindel?«

»Ja, aber Ihre Tochter wird ja nun *dauernd* von dem belästigt«, fällt eine gemästete Graugans über mich her. »Das sagt zumindest meine Sarah.«

Augenblicklich straffe ich mich. »*Meine* Tochter wird *belästigt*? Aber davon weiß ich ja gar nichts!«

»Na, dann sollten Sie sich aber mal um Ihre Tochter *kümmern*«, krächzt die Graugans und schüttelt ihr Federkleid. »Was meine Sarah mir da alles erzählt!«

»Was erzählt Ihre Sarah denn?«

»Der bettelt die Kinder um Schulbrote an. So geht das ja schon mal los«, blökt ein Esel.

Ich erstarre. Von *wem* ist die Rede?

Und plötzlich sehe ich alle diese Eltern, die auf mich einschnattern, als große Gänseschar.

Ich stelle mir vor, wie sie aufeinander einhacken, bis irgendwann der Bauer kommt und sie alle schlachtet. Dann kommen sie in die Suppe. Bei dem Gedanken muss ich fast ein bisschen kichern.

»Und *neulich* hat Ihre Fanny ja fast bei dem auf dem Schoß gesessen!«, ereifert sich eine Muttergans.

»Also, na ja, nicht gerade auf dem Schoß«, quakt eine Langhalsente dazwischen. »Aber auf der Bank hat sie schon gesessen. Direkt neben dieser Kreatur.«

»An Ihrer Stelle würde ich das Kind mal auf Läuse untersuchen. Kratzt es sich oft am Kopf?«

Ich versuche, Sinn und Inhalt dieser Diskussion zu verstehen, und kratze mich automatisch am Kopf. Wer gegen wen?

»Leider erreichen mich immer mehr Beschwerden«, knurrt nun auch der Rottweiler.

»*Wer* hat Läuse?«, werden nun entsetzte Stimmen laut. Man beginnt mit den Fingern aufeinander zu zeigen!

»Ross und Reiter nennen!«, verlangt ein Blockwart-Gänserich lautstark.

»Diese Kinder dürfen nicht weiter am Unterricht teilnehmen!«

»Der Nikolaus und der Nikolaus.« Der Rottweiler deutet auf zwei verschiedene Plätze, auf denen jetzt ahnungslose Gänsepaare sitzen. »Beide Nikoläuse.«

Während die betroffenen Eltern verstört aufspringen und eine Zuchtente sogar sofort den Platz abwischt, auf dem sie mit ihrem Erpel gesessen hat, unterdrücke ich ein gehässiges Kichern. Bei den Namen, hahaha.

»Das sind ja Zustände wie in der Nachkriegszeit! Glauben Sie ja nicht, ich lasse meiner Rapunzel die schönen langen Haare abschneiden!«

Das Kind heißt allen Ernstes Rapunzel? Glaube ich sofort. Seit Schiela Natascha haut mich nichts mehr um.

»Eine Frechheit ist das! Dass der Dreckskerl *unsere* Kinder verseuchen darf!« Die Wogen der Empörung schlagen immer höhere Wellen, und es herrscht Aufruhr im Gänsestall.

»Der Schularzt meinte, die ganze Klasse muss für eine Woche unter Quarantäne!«, quaken nun immer mehr aufgebrachte Muttergänse.

»Ja, aber kann man denn da *gar nichts* machen?«, schnattert eine mollige Mastgans aus der ersten Reihe. »Ich meine, der Park ist öffentlicher Schulweg!«

»Das darf wirklich nicht sein, dass so ein Fischotter unsere Entenküken belästigt.«

Jetzt kommt Bewegung in die erregte Elternschar: »Die Polizei hat den schon mehrmals aufgefordert, woandershin zu gehen.«

»Ja, aber er kommt immer wieder. Wie Ungeziefer. Dabei war er mal ganze zwei Wochen verschwunden. So vor Pfingsten. Aber dann war er ganz plötzlich wieder da. So was gehört doch dauerhaft entfernt!«

Es ist doch tatsächlich von meinem Penner die Rede.

Ähm … wieso sage ich »mein« Penner? Mir wird ganz anders. Ich bin doch nicht etwa … auf *seiner* Seite? Andererseits … auf der Seite dieser hysterischen Eltern bin ich auch nicht. Meiner Meinung nach wird die ganze Angelegenheit unnötig aufgebauscht. Wie alles auf Elternabenden.

Nichts ist so erlabend …

»Also Herrschaften«, bellt der Rottweiler dazwischen, »bitte geben Sie verstärkt auf Ihre Kinder Acht. Was vor und nach der Schule passiert, entzieht sich meiner Verantwortung!« Abwehrend hebt er die Hände und zieht den Schwanz ein. »Wir sollten allerdings eine schriftliche Beschwerde bei der Polizei einreichen und auf die Gefahren hinweisen!«

»Welche Gefahren?«, frage ich mit fester Stimme. »Ich habe den Mann auch schon … ähm … kennengelernt, also ein paar Worte mit ihm gewechselt.« (Dass ich ihn nackt gesehen habe, seine Klamotten gebügelt und ihm Brote geschmiert habe, tut hier nichts zur Sache, geschweige denn, dass er zwei Wochen in meiner besten Immobilie war.)

»Er macht einen völlig harmlosen Eindruck auf mich.«

Sofort hacken alle auf mich ein: »Sie sind ja überhaupt nie da, Sie arbeiten doch Tag und Nacht. Sie haben ja keine Ahnung, und Ihre kleine Tochter ist dem doch völlig ausgeliefert, wenn sie da mit dem auf der Bank sitzt …«

Also, das kann ich einfach nicht glauben! Fanny hat mir doch hoch und heilig versprochen … Und der Penner hat mir doch auch versprochen …

»Ich möchte jetzt darüber abstimmen, ob wir darüber abstimmen!«, ereifert sich eine Wildgans.

»Über was?«, frage ich verwirrt und schaue wie ein Uhu von einem zum anderen.

»Also, *wer* ist dafür, dass der Mann beseitigt wird?«

»Beseitigt?«, frage ich fassungslos.

Nicht zu glauben: Um mich herum heben sich über dreißig Arme.

Als ich am nächsten Morgen durch den Park jogge, sitzt der Stein des Anstoßes ganz friedlich auf seiner Bank. Sein Einkaufswagen steht wie gewohnt im Schatten der Trauerweide, und der Mann liest die FAZ. Ich beobachte ihn aus zusammengekniffenen Augen, während ich in gebührlichem Abstand an ihm vorbeigehe. Kratzt er sich? Nun ja, er hat immer diese grob gestrickte Wollmütze auf dem Kopf. Aber er wirkt nicht wirklich … verseucht. Ich meine, von seinem Reinlichkeitsritual konnte ich mich ja selbst überzeugen. Der Anzug von Karsten sieht nicht gerade frisch gereinigt aus, aber auch nicht verdreckt. Ich merke, dass ich nun schon zum dritten Mal um die Trauerweide samt Einkaufswagen herumlaufe.

Immerhin hat sich der Mann an sein Versprechen gehalten und weilt in keiner Villa.

Nur wird er auf dieser sonnigen Lieblingsbank auch nicht mehr länger weilen können.

Ob ich den Penner warnen soll? Wie man gestern auf dem Elternabend über ihn hergefallen ist, das ging mir schon gegen den Strich. Er ist doch kein … Verbrecher! Er tut doch keinem was! Nur mir. Aber das ist Zufall.

Nicht dass er mir leidtut, ich meine, der Mann scheint ja ein Lebenskünstler zu sein, der schlägt sich schon durch.

Aber ihm sagen, dass er sich am besten mal für eine Weile verkrümeln soll? Dann müsste ich ihm gleich wieder eine passende Adresse geben.

Das Loft in der Riedenburg fällt mir ein. Das steht leer, seit die durchgeknallte geliftete Boutiquebesitzerin festgestellt hat, dass sie es nicht für ihre Stiftung von der Steuer absetzen kann. In Gedanken leiere ich schon einen Text herunter, mit dem ich dem Penner die Wohnung schmackhaft machen kann: »Loft der Superlative. Diese Ruheoase im Schatten des Mönchsbergs wird höchsten Ansprüchen der Wohn- und Wellnesskultur gerecht.«

Oder das Badehaus am Mattsee! Der Mann ist doch so ein Bade- und Naturfreund. Da könnte er auch wieder volle Möhre Bruckner hören.

Dieses entzückende Badehaus liegt in herrlicher Sonnenlage direkt am See, völlig ohne Einblick der Nachbarn! Hier können Sie die Seele und die Beine baumeln lassen und Ihren Einkaufswagen ganz diskret unter einer Linde parken.

Oder die Jahrhundertwendevilla bei Wien! Drei abgeschlossene Wohneinheiten, Orangerie, Kaufpreis 3,2 Millionen! Nein, das ist zu weit weg. Wie soll er denn da hinkommen?

Was mache ich da bloß, er ist doch gar nicht mein Kunde! Bin ich denn noch bei Trost?!

Diesen Mann werde ich wohl oder übel seinem Schicksal überlassen müssen. Er ist wirklich nicht *mein* Problem. Ich habe mich schon genug mit ihm abgegeben.

Klare Grenzen setzen muss man solchen Leuten.

Als ich nach einer langen Runde um die Salzachseen wieder in den Park zurückkomme, wandert mein Blick automatisch zu meiner Lieblingsbank. Oh, da tut sich was. Zwei Polizisten reden auf den Penner ein. Sie nötigen ihn, sich zu erheben. Mein Magen krampft sich zusammen.

Mist. Hätte ich ihn doch warnen sollen?

»Beschwerde von der benachbarten Schule«, höre ich einen Beamten sagen.

Um nicht blöd aufzufallen, tue ich so, als müsse ich mir den Schuh binden. Wie zufällig stelle ich meinen Fuß auf die

Nachbarbank und schüttele einen imaginären Stein aus meinem Turnschuh.

Täusche ich mich, oder schaut der Penner zu mir herüber? Und was ist das für ein verletzter … Ausdruck in seinen Augen?

»Ein einstimmiger Beschluss der Eltern. Sie können hier nicht bleiben, die Kinder fühlen sich bedroht.« Der Polizist hört sich richtig sauer an. Ich begegne aus Versehen dem Blick des Mannes auf der Bank, und er schenkt mir ein winziges »Vielen-Dank-auch«-Lächeln.

Na, das stimmt so nicht. Ich habe nicht aufgezeigt. Ich habe mich enthalten.

»Ungeziefer in der Klasse …«, höre ich Wortfetzen herüberdringen, »Quarantäne, unhaltbare Zustände …«

Der Penner schüttelt den Kopf, nimmt seine Mütze ab und hält sie den Polizisten hin. Ich höre einen von ihnen lachen, er hebt abwehrend die Hand.

Das ist beschämend! Voller Abscheu starre ich sie an. Inzwischen sind einige Passanten neugierig stehen geblieben. Die Polizisten versuchen sie zum Weitergehen zu bewegen. *Ich* werde mich nicht dazugesellen. Ich habe damit nichts zu tun. Das ist überhaupt nicht meine Baustelle.

Während ich hastig weitergehe, wirft der Penner mir einen fragenden Blick zu. Ich sehe schuldbewusst zurück, versuche ihm klarzumachen, dass es nicht anders ging, dass es mir wirklich leidtut und die Sache nicht auf meinem Mist gewachsen ist. Bestimmt denkt er, das ist meine Rache für die Dirigentenvilla am Sonnenhang! Dabei hat er sein Versprechen gehalten!

Über die Schulter blickend sehe ich zu meinem Entsetzen, wie die Polizisten den Penner mitnehmen. Sie führen ihn am Arm zu ihrer grünen Minna und lassen ihn hinten einsteigen. Seinen Einkaufswagen hieven sie ebenfalls hinein. Jetzt sieht der Penner mich aus dem Innern des Wagens durch die Gitterstäbe an, direkt in mein vor Scham prickelndes Gesicht. Mit wackeligen Knien laufe ich weg, wobei ich auf dem Rasen stolpere.

Ehrlich gesagt weiß ich nicht, was ich jetzt tun soll.

Es ist sicher am besten so.

Ich meine, dieser Mann geht mich ja überhaupt nichts *an*.

12

Gnädige Frau sehen heute Morgen zum Anbeißen aus«, sagt Stefan Stör, der als Letzter zum Morgenmeeting kommt. Er stellt mit Schwung seine Kaffeetasse ab und zaubert einen Blumenstrauß hinter seinem breiten Rücken hervor, den er mir kokett unter die Nase hält: »Wann sehen wir uns mal privat?«

Das ist das Einzige, was mich an Stefan Stör wirklich stört. Dass er mich völlig hemmungslos in aller Öffentlichkeit anbaggert. Ich meine, die Trockenpflaume Claudia sitzt schließlich auch dabei. Und er tut so, als wäre sie Luft.

Ich *weiß*, dass er mich irgendwie verehrt. Und er weiß ganz genau, wie gut er aussieht. Er ist groß und hat Grübchen, wenn er lacht.

Aber nach der Katastrophe mit Karsten Korzkamp habe ich mir *geschworen*, nie wieder etwas mit einem Kollegen anzufangen. Und erst recht nicht, seit ich selbst Chefin bin.

Die Trockenpflaume springt errötend auf und macht sich daran, eine Vase mit Wasser zu füllen.

Ich lege den Stift weg und fahre mir über die Stirn. »Stefan, so geht das nicht.« Ich setze einen amtlichen Blick auf und taxiere ihn streng: »Wir sind hier im Dienst!«

»Deswegen frage ich ja, wann wir uns *privat* sehen!«

Ich überhöre die Frage geflissentlich.

Wie jeden Morgen sitzen wir im rot tapezierten Konferenzraum meiner Büroetage. Der Mahagonitisch ist übersät mit Ausdrucken, Telefonnotizen, Kaffeetassen, Mobiltelefonen und

Notebooks. Stefan Stör scheint meine Abfuhr locker wegzustecken. Wir vertiefen uns völlig in unsere Arbeit, koordinieren die brandneuen Immobilien, ordnen Anfragen nach Dringlichkeit und Preis, sichten die neuen Angebote und aktualisieren die Termine. Ich gebe Stefan zu verstehen, welche Mietobjekte heute in sein Ressort fallen, und ich selbst werde mich wie immer um die Kaufobjekte kümmern. Währenddessen ertappe ich mich dabei, wie ich insgeheim dauernd über den Penner nachdenke. Ist er jetzt im Knast? Bin ich daran schuld? Wie wenig hätte es mich gekostet, ihm schnell eine Adresse zuzuflüstern, zu der er sich fürs Erste hätte verziehen können! Aber wäre ich dann nicht eine dauerhafte … Beziehung, welcher Art auch immer, zu diesem Mann eingegangen?

Das Telefon klingelt, und Trockenpflaume Claudia nimmt den Anruf entgegen. Diesen Moment nutzt Stefan, mich wie zufällig mit dem Arm an der Brust zu streifen, als er sich nach einer heruntergefallenen Aktennotiz bückt.

Wie elektrisiert zucke ich zusammen.

Genauso hat es damals mit Karsten Korzkamp angefangen! Er hat mich heiß gemacht mit seinen Berührungen, hat wie selbstverständlich unter meinen Rock gegriffen, als ich mich vor dem Kopierer bückte, seine Hände tasteten nach meinen Strumpfhosen, wenn ich etwas in einer Schublade suchte, oder strichen mir wie unabsichtlich über den Rücken, wenn er mir etwas diktierte. Damals fühlte ich mich begehrt und genoss das Spielchen, das den Kollegen scheinbar völlig verborgen blieb. Was natürlich ein Irrtum war. Ach, was war ich damals für eine dumme Gans!

Oookay. Das muss jetzt auf der Stelle geklärt werden. Ich straffe die Schultern.

»Stefan, ich bin hier die Chefin, und ich verbitte mir das! Ich bin in keinster Weise an dir interessiert. Ist das bei dir angekommen?«

Peng. Ein einziger Schuss zwischen die Augen. Aber der hat gesessen. Stefan tut so, als wäre nichts vorgefallen. Wir besprechen unsere heutigen Termine, wobei ich es vermeide, ihm in die fragenden Augen zu sehen. Betont sachlich und geschäftsmäßig beende ich unsere Morgenkonferenz.

»Also ran an die Arbeit! Und nicht vergessen: Wir sind Dienstleister der gehobenen Klasse. Heute Abend möchte ich Resultate sehen.«

»Dann wünsche ich den Damen noch einen schönen Tag!« Stefan Stör erhebt sich, sendet mir noch einen merkwürdigen Blick und streicht mit den Fingern wie aus Versehen über ein paar herrliche Blumen, die in der Glasvase auf meinem Schreibtisch stehen. Die Blumen kann er von mir aus streicheln, so viel er will.

Hochkonzentriert wende ich mich dem ersten Projekt des Tages zu.

»Schreiben Sie, Claudia: Objektbeschreibung Hotel auf dem Gaisberg. Eine einzigartige Rarität ... zwischen Himmel und Salzburg, haben Sie das?«

Ich will schon wieder schneller arbeiten, als meine Trockenpflaume Claudia hinterherkommt. Sie muss erst mal den Computer hochfahren und das entsprechende Dokument suchen ... »Das Weltkulturerbe liegt Ihnen zu Füßen. Fünf Sterne zum Verlieben. Ist das gut? Ähm, vielleicht klingt das hier besser: Das Salzkammergut mit seinen kristallklaren Seen ...«

»Nehmen wir die fünf Sterne zum Verlieben jetzt raus oder lassen wir sie drin?«

Trockenpflaume Claudia ist immer etwas langsam im Denken.

»Fünf Sterne raus.«

Im Internet ist man schließlich immer überprüfbar, und zurzeit hat der Schuppen keine fünf Sterne. Er ist vollkommen renovierungsbedürftig, aber ich werde ihn trotzdem an den Mann bringen. Tatsachen beschönigen, Nachteile weglassen, Vorteile herausstreichen. Das liegt mir im Blut. Es muss Emotion rüberkommen. Zielgruppe: neureicher Russe oder Japaner, der eine Geldanlage sucht.

»Vierzig Zimmer … nein, schreiben Sie lieber achtzig Betten – besser: Hotelbetten. Tagungsräume …«

Das Handy surrt schon eine ganze Weile auf meinem Schreibtisch herum, Fanny ist dran.

Plötzlich überkommt mich eine heftige Sehnsucht nach meiner Tochter. Wenn ich doch einmal so richtig Zeit für sie hätte!

»Hallo Schatz, wie geht es dir? Ist alles in Ordnung? Wollen wir heute einen Spaziergang machen?«

»Nein!«

Oh. Das klingt nicht gut. Das klingt gar nicht gut. »Was ist pass…«

»Mama, hast *du* darüber abgestimmt, dass der Mann aus dem Park ins Gefängnis muss?« Fanny brüllt mir dermaßen aufgebracht ins Ohr, dass mir ganz mulmig wird.

»Gefängnis?« Meine Knie werden weich, und ich muss mich setzen. Ich sinke mit einer Pobacke auf die Fensterbank und spüre den milden Sommerwind im Rücken. Eine Amsel zwitschert unablässig.

»Mein Gott, das habe ich so nicht gewollt!«

Diskret verlässt Trockenpflaume Claudia den Raum.

»Der Rottweiler sagt, er ist in Sicherheitsverwahrung, und die dicke Mathilde sagt, das ist nichts anderes als Knast!«

Ich räuspere mich, um den dicken Kloß im Hals loszuwerden: »Aber Liebes, der Mann ist jetzt bestimmt in einem schönen … ähm … Obdachlosenasyl.«

Mit Schwung schließe ich das Fenster und kehre aufgeregt zu meinem Schreibtisch zurück.

Inmitten meiner Hochglanzprospekte von Traumvillen und Privatresidenzen komme ich mir fürchterlich schäbig vor.

»Mama! Du warst doch auf dem Elternabend.«

»Da hast du recht«, gestehe ich. Ach, wäre ich doch *bloß nicht hingegangen* und hätte eine lebensbedrohliche, ansteckende Krankheit vorgeschützt!

»Und da habt ihr gegen ihn abgestimmt!« Fannys Stimme überschlägt sich vor Erregung.

»Ja, das haben wir. Das heißt, die anderen.« Ich räuspere mich verlegen. Es ist immer jämmerlich, sich damit rauszureden, dass man selbst gar nichts gemacht hat.

»Du willst doch nicht etwa behaupten, dass *du nicht* gegen ihn abgestimmt hast!« Fanny ist unnachgiebig. »Hast du ihn etwa in Schutz genommen, na?«

Ich ringe nach Worten. Tapfer schlucke ich mein schlechtes Gewissen herunter.

In dem Moment schiebt sich der weiße Blusenkragen von Trockenpflaume Claudia schon wieder ins Zimmer. Sie macht mir ein Zeichen, dass der Interessent für die Hausbesichtigung in Aigen jetzt da ist: »Nicht jetzt, ich bin am Telefon! Kümmern Sie sich um ihn, und legen Sie ihm schon mal die Baupläne vor!«

»Nie hörst du mir zu, nicht eine Minute!«, schreit Fanny böse.

Ich atme tief durch.

»Fanny, was ich dir jetzt sage, musst du mir glauben! Ich habe *nicht* gegen den Penner gestimmt! Die anderen vielleicht, aber ich *nicht*!«

»Ich glaube dir gar nichts mehr!« Ein unterdrückter Schluchzer und dann Stille. Fanny hat doch nicht etwa … aufgelegt?

Zitternd vor Schreck streife ich meine hochhackigen Schuhe von den Füßen.

Mir wird auf einmal ganz schwindelig, und ich muss mir mit einem meiner Hochglanzprospekte Luft zufächeln. Ich reiße das Fenster wieder auf. Die Amsel zwitschert immer noch. Mein Hirn ist wie leer gefegt.

Was soll ich tun? Die Polizei anrufen? Fragen, was aus dem Penner geworden ist?

»Grüß Gott, Immobilien Glücksgriff, Leben im Paradies. Haben Sie zufällig einen Penner eingesperrt?«

Sitzt er womöglich in einer kalten, dunklen, fensterlosen Zelle, mit einem Bettgestell und einer Kloschüssel in der Ecke? Bei diesem herrlichen Sommerwetter? Wo er doch so freiheitsliebend ist? Und naturverbunden?

Bin *ich* schuld, dass man den Mann eingesperrt hat? Hätte *ich* auf dem Elternabend für ihn Partei ergreifen sollen?

Meine arme Fanny leidet wie ein Tier. Was kann ich nur für sie tun?

Ein Gedanke schießt mir durch den Kopf. Soll ich ihn bei mir zu Hause aufnehmen? Ihm das Gästezimmer herrichten? Ihn als Hausmeister anstellen? Oder als Chauffeur? Vielleicht versteht er auch was von Buchhaltung. Ich fasse mir an den Kopf.

Ich meine, was geht mich dieser Mann denn an! Wie komme ich eigentlich dazu, meine knapp bemessene Zeit … mit einem dahergelaufenen Vagabunden zu verplempern, nur weil Fanny einen Narren an ihm gefressen hat!

Ich muss mit Fanny wirklich ein ernstes Wort reden. Vielleicht ist sie einsam? Ja, sie ist einsam. Sie ist sogar so einsam, dass sie sich mit halbseidenen Kreaturen abgibt. Und nicht nur das. Dass sie sogar ihr Herz an eine solche verliert.

Ich vergrabe das Gesicht in den Händen. Ich habe mich nicht genug um sie gekümmert. Christiane, die Glucke, ist in ihrem Alter nicht mehr die richtige Ansprechpartnerin. Eine beste Freundin hat sie nicht, woran ja laut Christiane ich schuld bin, weil ich mich von ihrem Vater getrennt und damit Bindungsängste ausgelöst habe. Sucht sie eine Vaterfigur?

O Gott. Ich muss mit ihr zum Psychologen. Wenn ich nur *Zeit* dafür hätte!

Fanny braucht einen Freund.

Aber doch keinen Penner von der Parkbank!

Lieber kaufe ich ihr einen Hund.

Frustriert starre ich auf die goldgerahmte Ehrenurkunde »Best Property Agents Club«, die mich als eine der besten Immobilienmaklerinnen Europas, empfohlen von Bellevue, Europas größtem Immobilienmagazin, auszeichnet. Ich krame hastig meinen kleinen Handspiegel aus der Handtasche und schaue hinein. Meine Wangen sind blass, meine Augen glanzlos, mein Blick ist schuldbewusst.

Nein, Juliane. Das bist nicht *du*. Vergiss dein schlechtes Gewissen.

Ich straffe die Schultern. Jetzt *reiß* dich mal zusammen, befehle ich mir streng. Konzentrier dich auf deine Arbeit.

Das ist meine Welt. In *der* Liga spiele ich. Dieser Mann aus dem Park bringt uns noch total auseinander! Schadensbegrenzung ist angesagt! Mit entschlossener Geste streiche ich mir eine Haarsträhne aus dem Gesicht.

Ich hatte ganz vergessen, wie sehr mich Konflikte mit meiner Tochter aus der Bahn werfen! Sobald ich einen Moment Luft habe, werde ich mit ihr reden.

Jawohl, das werde ich tun. Wir müssen unbedingt in den Herbstferien verreisen, nur sie und ich. Wenn der ganze Festspielrummel vorbei ist.

Dann geht ihr der Mann aus dem Park sicher aus dem Kopf.

Und mir auch.

Als die Trockenpflaume erneut in der Tür auftaucht, setze ich schnell ein professionelles Lächeln auf.

»Der Kunde ist sehr in Eile! Er möchte jetzt eine Vorauswahl treffen!« Meine Sekretärin senkt die Stimme und raunt: »Er sagt, er hat noch zwei weitere Angebote – von der Konkurrenz!«

Einen Kloß von der Größe eines Germknödels herunterschluckend, angele ich nach meinen Schuhen und schlüpfe hastig hinein. Ich schaffe das schon. Natürlich schaffe ich das. Ich bin ein Profi.

Der Kunde darf *niemals* merken, dass eine Maklerin privat Probleme hat. Ich bin eine perfekte Dienstleisterin, die hundertprozentig auf die Wünsche und Vorstellungen ihrer Kunden eingeht. Und wenn sie noch keine Wünsche und Vorstellungen haben, dann wecke ich sie eben.

Formvollendet begrüße ich den Kunden, einen jungen Unternehmensberater, der in Salzburg ein repräsentatives Einfamilienhaus sucht. Mit der üblichen Mischung aus Eleganz und Lässigkeit steige ich mit ihm in meinen Mercedes-Bus, entschuldige mich lachend dafür, dass noch ein paar Antiquitäten und Teppiche hintendrin liegen.

Als wir vor dem freundlichen Einfamilienhaus in Aigen aus dem Wagen steigen, habe ich den Penner schon wieder völlig vergessen.

»Fanny hat eine beste Freundin!« Kikerikiiiii! Die gackernde Schwester ist wieder hie!!!

»Na endlich«, sage ich, während ich mir die Riemchensandaletten von den angeschwollenen Füßen streife. Total erschöpft und ausgelaugt lehne ich mich gegen die Küchenanrichte. »Ich bin also doch keine Rabenmutter, die bei ihrem Kind Bindungsängste ausgelöst hat, nur weil ich Karsten verlassen habe.«

Bilde ich mir das ein, oder riecht es hier ein bisschen süßlich nach … Gras?

»Aber das habe ich doch nie *gesagt*«, gackert das aufgeregte Schwesterhuhn.

»Trotzdem solltest du dir das Mädel mal *anschauen*! Ganz in *Schwarz* ist die gekleidet, ist noch nicht mal vierzehn und hat ein *Piercing* in der Augenbraue. Sie heißt *Viktoria* und ist ein Emu!«

»Ein was?«

»Ein *Emu*! Das sind junge Leute, die kleiden sich Schwarz, ritzen sich die Handgelenke auf, schwänzen die Schule, sitzen an der Salzach im Gras, trinken Bier und kiffen!«

Ja, diesen sogenannten »schwarzen Fleck« unter dem Mozartsteg habe ich auch schon gesehen. Immer wenn ich zu Billa eile, um das Vollwertbrot und den Bio-Aufstrich von der Frischetheke zu holen, damit Fanny ein nahrhaftes Pausenbrot hat. Und jedes Mals habe ich mir dabei gedacht, was das wohl für Mütter sind, die ihre Kinder so verwahrlosen lassen, dass sie sich wie schwarze Ratten unter der Brücke balgen.

»Also wenn du meine Meinung hören willst: Diese Vicki landet in der Gosse oder wird mit vierzehn schwanger«, ereifert sich Christiane. »Das ist überhaupt kein Umgang für unser Kind!«

»Wie kommt Fanny denn an die?«

Stirnrunzelnd schenke ich mir ein Glas Wein ein und wackle mit den Zehen, damit die Blutzirkulation wieder in Gang gesetzt wird.

»Das Mädel ist schon zweimal sitzen geblieben. Jetzt ist es in Fannys Klasse und sitzt neben ihr. Fanny hat ihr in Mathe geholfen«, jetzt flattert Christiane wild mit den Flügeln, und ich hoffe, dass sie durchs Küchenfenster davonfliegt. »Diese … verkommene junge Göre mit dem frechen Blick war nämlich schon *hier*! Hier am Küchentisch hat die gesessen und wollte nichts essen – klapperdürr ist die, weil alle Emus magersüchtig sind. Und ich sage dir, die wollen nur Aufmerksamkeit erregen, wahrscheinlich, weil sie keine Nestwärme bekommen.«

»Das heißt ja noch lange nicht, dass sie Fannys beste Freundin ist«, widerspreche ich und trinke noch einen Schluck.

»Doch«, regt sich Christiane auf und würde wohl am liebsten die gesamte Arbeitsplatte mit ihrem Wischlappen wegradieren, wenn sie könnte. »Fanny ist total glücklich, dass sich endlich mal jemand für sie interessiert!« Ein giftgetränkter Pfeil bohrt sich in mein Herz.

»Aber das ist nicht der richtige Umgang für sie!«

»Nein, das sehe ich auch so«, seufze ich. »Ich werde sofort mit Fanny reden! Wo ist sie denn? Auf ihrem Zimmer?« Schon stelle mein Glas ab und verlasse die Küche.

»An der Salzach«, ereifert sich mein Schwester-Huhn, und den Rest höre ich schon nicht mehr, weil ich sofort besorgt losrase.

13

Im Laufschritt durchquere ich den Park und sehe nur aus den Augenwinkeln den Penner auf der Bank sitzen. Irgendwie bin ich erleichtert, dass er doch nicht im Knast ist, andererseits habe ich auch einen ziemlichen Zorn auf ihn. Kann der sich nicht eine andere Bank suchen? Irgendwo, wo ich ihn nicht mehr sehen muss? Ich würdige ihn keines Blickes. Nun ist meine Tochter also so tief gesunken, dass sie sich mit dem Gesindel am Fluss herumtreibt. Erst der Penner, jetzt die Jugendbande. Das hätte ich nie von meiner intelligenten Tochter gedacht! Dabei hat sie sich in letzter Zeit so toll gemacht in der Schule! In Mathe eine Zwei! Das hatte sie noch nie!

Konnte sich mein kleines Mädchen in so kurzer Zeit in eine aufmüpfige Ratte verwandeln? Ist sie wegen der Pubertät dermaßen außer Kontrolle geraten? Na gut, sie hatte es auch nicht immer leicht mit der Scheidung und allem. Sie sucht ganz offensichtlich nach einer neuen Bezugsperson – von Christiane hat sie sich gottlob gelöst, aber von mir auch?

Was habe ich nur falsch gemacht? Völlig konfus bahne ich mir einen Weg durch die Menschenmassen, die sich an diesem warmen Sommertag durch die Mozartstadt schieben, und rempele hemmungslos die Leute an. Inzwischen haben die Festspiele begonnen, und man bekommt keinen Fuß mehr auf die Erde.

Wo ist mein kleines Mädchen?

Selbstvorwürfe quälen mich. Die überschnappende Stimme meiner Schwester verfolgt mich. Ich *bin* eine Rabenmutter! Sie entgleitet mir! Mit noch nicht dreizehn Jahren! Bis vor kurzem schlief sie noch mit ihrem Schmusekissen.

Um Gottes willen! Sie muss sofort zu einem Kinderpsychologen. Meine Tochter braucht Aufmerksamkeit, und dies ist ein stummer Hilfeschrei!

Ich hätte besser auf meine Tochter aufpassen müssen!

Wie von Furien gehetzt rase ich über die rote Ampel an der Staatsbrücke und wäre fast unter die Räder eines um die Ecke biegenden Busses geraten. Wildes Hupen und Reifenquietschen sind die Folge, ansonsten höre ich nur meinen eigenen, keuchenden Atem.

Rücksichtslos renne ich durch einen Haufen Tauben, die krächzend auseinander stieben. Das sind die Ratten der Lüfte! Überall Ratten.

Rechts von mir liegt das Cafe Bazaar in der Abendsonne, die üblichen Sehen-und-gesehen-werden-Leute sitzen da mit ihrem großen Braunen oder ihrem Verlängerten. Meine Lieblingskellner Wolfgang und Gerhard schauen mir erstaunt hinterher: Normalerweise komme ich hier supergestylt angestöckelt und setze mich langbeinig an einen der besten Tische, um sofort mit einem Bankdirektor oder Unternehmer ins Gespräch zu kommen, der sicher jemanden weiß, der eine Villa oder Liegenschaft am See sucht oder verhökert.

Doch heute ist mir nicht nach »Servus Bussi baa baa«.

WO IST MEIN KIND?

Keuchend bleibe ich auf dem Mozartsteg stehen und lehne mich mit zusammengekniffenen Augen über das Geländer. Hunderte von Touristen schieben und drängeln sich, fotografierend und das Stadtpanorama bestaunend, an mir vorbei.

Da unten ist er.

Der schwarze Fleck.

Blutjunge Mädels und pubertäre Bengels in schwarzen Klamotten liegen da im Gras oder taumeln herum. Manche prügeln sich, andere stapeln sich in eindeutiger Stellung übereinander. Überall Bierdosen. Es riecht nach *Hasch*, und jetzt fällt mir der süßliche Geruch vorhin in der Küche wieder ein!

Einige Touristen entdecken den Pulk junger Nichtsnutze, manche lachen, die meisten schütteln fassungslos den Kopf. Die Japaner fotografieren das Knäuel.

Das ist beschämend. *Unsere* Jugend in *unserer* Vorzeigestadt!

Dass der Bürgermeister das duldet! Und die Frau Landesrätin, die Polizei! Oder wen auch immer ich dafür zur Rechenschaft ziehen möchte!

O Leute! Wenn *mein* Kind dabei ist ... Ich balle die Fäuste. Was dann?

Wen kann ich verantwortlich machen, wenn nicht *mich selbst*!

Ausgerechnet am schönsten Fleck, auf dem Mozartsteg, über den schon Wolfgang Amadeus gelustwandelt ist, hat man nun Aussicht auf vollgekiffte, besoffene Jugendliche, die die Schule schwänzen!

Kinder sind das, *Kinder*! Mir entfährt ein fassungsloses Stöhnen. Bitte, lieber Gott. Mach, dass meine Fanny nicht dabei ist.

Das würde ich mir nie verzeihen. *Nie.*

Meine Augen ziehen sich im gleißenden Sonnenlicht zu Schlitzen zusammen, und ich suche verzweifelt den Haufen junger Faultiere ab, der da unter der Brücke abhängt. Mädchen wie Jungen sind stark geschminkt. Ihre Augen sind dick mit schwarzem Kajal umrandet, ihre Handgelenke weisen frische Narben auf oder sind unter dicken Stoffbändern versteckt. Die Jungs und Mädels haben pechschwarze Haare, nur die Spitzen ihres Ponys sind pink oder lila gefärbt. Sie haben schrille Ketten um, sind alle mehrfach in Lippen und Augenbrauen gepierct, tragen diese angesagten Kameltreiber-Halstücher in Schwarz-Weiß (dass diese Palästinenserfetzen noch mal Mode werden konnten!) und dazu im Schachbrettmuster diese mir allzu bekannten Stoffschuhe, die Nichtturnschuhe, die über hundert Euro kosten. Die jeder haben muss. Damit beginnt das ganze Elend! Fanny ist schon eine von ihnen!

Nun hält mich nichts mehr, und ich stürme hinunter auf die Wiese. Wie ein Storch stakse ich durch die abhängenden Gestalten. Die Gespräche der jungen Leute erschüttern mich.

»Eh, du musst nur sechs Esslöffel Salz fressen, dann kannst du kotzen«, sagt gerade eine hässliche Dünne zu einer Dicken.

»Wenn du dich ritzt, bist du cool«, höre ich einen mit Stimmbruch kieksen.

»Meine Alten gehen mir so was von am Arsch vorbei«, sagt ein Dritter.

»Fanny?«, rufe ich panisch. »*Fanny Hempel?*«

»Was will die Alte?«, fragt einer, der etwa sechzehn ist und offensichtlich ihr Pressesprecher oder Anführer. Er taumelt mit einer Bierdose in der Hand wie ein angeschossenes Wildschwein auf mich zu, mit dumpfem Blick mustert er mein teures Businesskostüm.

»Ich suche meine Tochter!«, sage ich tapfer.

Er wendet sich an die anderen: »Eh, die Alte sucht ihre Tochter! Weiß einer, wer die Tochter von der Tusse ist?«

Wie gern würde ich dem betrunkenen Frischling jetzt meine Handtasche über die Birne hauen, aber ich fürchte mich vor einer Massenkeilerei.

»Fanny! Fanny Hempel!«, quietsche ich in größter Panik. »Hat einer meine Tochter gesehen?!«

Eilig haste ich weiter. Dabei stoße ich mir die große Zehe an einem Stein.

»Hat einer ihre *Tochter* gesehen?«, äffen mich ein paar Jugendliche nach, und ich fühle mich so beschissen wie noch nie in meinem Leben.

Blind stolpere ich durch süßliche Rauchschwaden und komme mir vor wie in einem schlechten Traum.

»Eh, die ist bei mir in der Klasse«, lässt sich nun ein Mädchen vernehmen, das gerade noch unter einem pickeligen Jüngling lag.

Sie richtet sich halb auf, und obwohl sie genauso aussieht wie die anderen, weiß ich, dass es diese Vicki sein muss.

»Kennst du meine Tochter?«

»Ja, aber die ist nicht hier.« Das Mädchen ist so zugekifft, dass es nur noch lallt. Sie ist noch nicht mal vierzehn und lag unter diesem Kerl! Und *die* sitzt in der Schule neben meiner Tochter Fanny?

Grauenvoll!

»Du bist doch diese Immobilientussi«, schleudert das Mädchen mir ins Gesicht. »Geh Kohle machen! Wir wollen hier nur abhängen! Lass uns in Ruhe!«

Ihre Frechheiten treffen mich wie ein Schlag ins Gesicht.

Aber ich bin ja so erleichtert, dass Fanny offensichtlich nicht dabei ist!

»Wo ist sie denn?«, frage ich mit zitternder Stimme.

»Eh, weiß ich doch nicht, Mann! Pass doch selber auf deine Tochter auf!«

Na gut, ein Mann bin ich nicht, aber ansonsten hat das Mädel recht.

»Verpiss dich doch, du blöde Tusse!«, höre ich nun eine Stimme von hinten. Bevor mich der halbwüchsige Lümmel anrempeln kann, flüchte ich über die steil ansteigende Uferböschung, so schnell mich meine hochhackigen Schuhe tragen.

Als ich völlig derangiert und den Tränen nahe nach Hause komme, sitzt Fanny ganz harmlos und artig am Küchentisch. Vor ihr steht ein Glas Milch.

»Hallo, Mami! Wie siehst du denn aus?!«

Ich bin so erleichtert, dass ich meinem Kind schluchzend um den Hals falle.

»Wo warst du denn?«, frage ich und schnuppere wie ein Muttertier an ihrem Haar.

»Im Park«, sagt Fanny leichthin. »Ich hab Mathe gemacht. Und dann habe ich mir bei Klecks ein neues Matheheft gekauft!« – Sie mustert mich einen Moment und fragt erstaunt: »Warum heulst du denn?«

»Weil ich dich gesucht habe!« Eilig krame ich nach einem Taschentuch.

»Aber du suchst mich doch sonst nie!«

Ich presse die Lippen aufeinander. »Weil ich bis jetzt noch keinen Grund dazu hatte!«

Noch immer zitternd vor Anspannung, rutsche ich neben sie auf die Küchenbank. Ihr nagelneues Matheheft ziert ein sehr sorgfältig gezeichnetes Koordinatensystem mit x-Achse und y-Achse, und sie ist gerade dabei, ein kompliziertes Gebilde an beiden Achsen zu spiegeln. Wie ein alter Profi.

»Was machst du denn da?« Ich ziehe die Nase hoch. Habe ich mir das alles denn nur eingebildet?

»Mathe. Der Rottweiler hat gesagt, im nächsten Test kann alles vorkommen. Nichts ist unmöglich, Toyoootaaa …«

»Aber du hast es kapiert, ja?«

»Klar. Ist ja eigentlich ganz einfach. Auch der Satz des Pythagoras. Da muss man ja nur von den beiden Katheten die Wurzeln ziehen, wenn man die Hypotenuse zum Quadrat hat. Und bei gleichschenkligen Dreiecken ist es noch viel leichter, weil man automatisch Alpha und Beta ausrechnen kann, weil Gamma immer neunzig Grad hat.«

Ich bin einigermaßen verblüfft.

»Und … du hilfst deiner neuen Klassenkameradin … wie heißt sie noch gleich …?«

»Vicki?«

»Ja … ähm … genau.« Mein Lachen klingt irgendwie nervös und erleichtert. »Christiane hat mir von ihr erzählt. – Wie ist sie denn so?«

»Ganz nett. Aber leider ein Emo.«

»Ein Emo? Ich dachte das heißt Emu? Nach dem australischen Wüstenvogel?«

»Mama, *du* hast einen Vogel!« Fanny lacht und tippt mir mit dem Zeigefinger liebevoll auf die Stirn. »Emo von emotional!«

Ich schlucke. »Aha. Da lernt man doch immer wieder was dazu.«

»Die Vicki ist voll arm irgendwie.« Fanny blickt mich aus ihren großen unschuldigen Augen besorgt an. »Ihre Mutter hat keine Zeit für sie, und der Vater hat jetzt eine neue Familie mit einer anderen Frau. Deshalb braucht die Vicki Aufmerksamkeit und ist jetzt ein Emo.«

Ich schlucke. Die Ähnlichkeit ihres Schicksals mit dem von Fanny ist allzu verblüffend.

Ich hole tief Luft: »Und? Bist du auch ein Emo?«

»Hä? Mama, spinnst du? Guck mich doch an! Ich bin doch viel zu jung!«

Ein Zustand, der sich automatisch ändern wird.

»Ja, und wenn du irgendwann nicht mehr zu jung bist?«

Fanny nimmt meine Hand und drückt einen Kuss darauf: »Mama. Jetzt bleib mal ganz cool. Die Emos ritzen sich die Handgelenke auf und essen Salz, damit sie kotzen können. Sie schwänzen die Schule und tun sich selbst leid, weil niemand sie versteht. Sie schminken sich total schwarze Augen, saufen und kiffen, hängen an der Salzach ab und sind einfach nur scheiße drauf.«

Ich bin sprachlos. Mein Kind hat den totalen Durchblick! Woher *weiß* sie das alles?

Fanny scheint meine Gedanken lesen zu können.

»Seh *ich* so aus, als ob ich da dazugehöre?«

Wie sie mich anblickt, aus ihren offenen Kinderaugen, die kein Wässerchen trüben können! Auf einmal schäme ich mich ganz schrecklich, dass ich ihr das auch nur eine Sekunde zugetraut habe.

Ich lächle sie liebevoll an: »Nein. Wirklich nicht. – Aber um die Vicki kümmerst du dich schon?«

»Nur so lange, bis sie Mathe gecheckt hat, Mama. Sonst bleibt die nämlich noch mal sitzen, und der Rottweiler sagt, dann fliegt sie von der Schule.«

»Das wollen wir natürlich nicht«, murmele ich, während ich mich erhebe, weil das Handy in meiner Handtasche schon seit mindestens fünf Minuten klingelt.

14

Drei Monate sind seitdem vergangen. Auf einmal ist wieder Schule, und wir stehen um sechs Uhr dreißig auf.

Es herbstelt schon in unserer Festspielstadt, und wir hatten einigermaßen turbulente Sommerferien, Fanny und ich. Obwohl ich ihr versprochen hatte, dass wir mal zusammen wegfahren, ist leider nichts daraus geworden.

Natürlich musste ich die großen Festspielhausproduktionen im Festspielhaus im Mozart-Chor mitsingen, und natürlich waren Dutzende von Proben fällig. Natürlich haben sich auch unendlich viele interessante Kontakte für mich daraus ergeben.

Die Amerikaner, Japaner und Russen wollen alle Immobilien im Salzkammergut, und ich habe, ehrlich gesagt, nur gearbeitet. Aber dafür auch richtig toll … also *richtig toll* Kohle gemacht. Dafür habe ich Fanny eine Kreuzfahrt in der Karibik versprochen. Holger Kurschat, ein mit mir befreundeter schwerreicher Reeder aus Hamburg (Charitysponsor und Festspielförderer) hat Fanny und mich für die Herbstferien auf sein Kreuzfahrtschiff eingeladen. Dort soll ich ein paar Diavorträge über das »Leben im Paradies« halten. Auf gut Deutsch: Es wird eine Kaffeefahrt der Luxusklasse.

Fanny war zum Glück viel mit ihrem kleinen schielenden Schwesterchen beschäftigt, ich glaube, sie war fast jeden Tag mit dem Kinderwagen im Park.

Insofern ist dieses Baby ein Segen, und manchmal bin ich Karsten Korzkamp richtig dankbar, dass meine Fanny wieder sinnvoll beschäftigt ist.

Endlich sind die Festspiele vorbei.

Die Gäste sind zum Großteil wieder abgereist, und es wird ruhiger in den engen Gassen der Altstadt. Um diese Zeit gehen Immobilien nicht mehr weg wie warme Semmeln, denn es wird früher dunkel, und oft legt sich Nebel über Hügel und Täler.

An einem regnerischen Septembertag schreckt mich ein Anruf in meiner Kanzlei aus meinen Gedanken: Es ist der berühmte ehemalige Tennisspieler, dem ich vor drei Jahren eine nagelneue Immobilie in Kitzbühel am Sonnbichl vermittelt habe. Das Anwesen ist ein Traum: vier Schlafzimmer, Landhausküche, Zirbelholzstube, Kachelofen, zusätzlich ein offener Kamin im Wohnzimmer, Büro, holzvertäfelte Diele, Natursteinbäder, Doppelgarage, ein nach seinen Wünschen ausgebauter Fitnesskeller mit Hallenbad, Garten mit Pool und riesiger Sonnenterrasse.

Trotzdem: Der Tennisspieler ist seines Ferienhauses in Kitzbühel überdrüssig. Er war im Ganzen nur dreimal da, und auch nur, weil seine damalige Freundin ein begeistertes Skihaserl war.

Heute ruft er aus Monte Carlo an, wo er eine neue Freundin hat. Die ist ein französisches Topmodel und darf nicht Ski fahren, damit sie sich nicht die Haxen bricht. Die exklusive Landhausvilla auf der Sonnenseite Kitzbühels steht also ab sofort zum Verkauf. Der Tennisspieler hat neben mir auch noch die Agentur Korzkamp mit dem Verkauf der Liegenschaft beauftragt. Wer zuerst kommt, mahlt zuerst. Der maulfaule Tennisspieler hätte die Knete gerne bald, und zwar in bar, da sie in Monte Carlo besser aufgehoben ist. Die ganze Sache hätte er gerne diskret über seinen Notar abgewickelt. Der Kaufpreis beträgt sechs Millionen.

Ich schlucke. Bei drei Prozent Provision macht das für mich … meine Augen werden zu Eurozeichen: 180 000 Euro!!

Wegen der Skisaison wäre es allerdings ratsam, die Liegenschaft noch vor Wintereinbruch an den Mann zu bringen. Wie ich das mache, ist mein Problem.

»Gut, super, so machen wir's, viele Grüße, Bussi baa baa.«

Sofort schlägt mein Herz höher. In Sekundenschnelle gehen meine Gehirnzellen jeden infrage kommenden Kandidaten durch, der sich für Kitzbühel interessiert und die entsprechenden finanziellen Mittel hat: der neureiche Russe mit dem Privatflieger und der völlig entstellten, gelifteten Barbiepuppe. Der englische Schraubenfabrikant mit dem Glasauge, der mit zweiundfünfzig noch bei seiner Mutter wohnt. Der Pharmaindustrielle aus Mannheim, dessen unehelicher Sohn ihn auf neun Million Euro verklagt hat. Der holländische Reisebusunternehmer, mit dem ich mal im Bayrischen Hof in der Bar geflirtet habe. Der Prominentenrechtsanwalt aus Hamburg, der den Prinzen von Hohenlohe vertritt, und der Kaffeeröster, den ich zuletzt in Baden-Baden beim Pferderennen getroffen habe. Und vielleicht noch der Banker aus New York, der am gleichen Tag wie ich geboren ist und über geschätzte 200 Millionen Dollar verfügt? Sie alle haben mich schon nach einer repräsentativen Immobilie in Kitzbühel gefragt, nicht zuletzt, weil die Immobilienpreise dort in den letzten zwölf Jahren um 400 Prozent gestiegen sind. *Um vierhundert Prozent.* Das muss man sich mal auf der Zunge zergehen lassen! Jeder, der Geld hat, ist also geradezu sträflich dumm, sich *nicht* in Kitzbühel eine luxuriöse Immobilie zu kaufen!

Der Reihe nach telefoniere ich meine Pappenheimer durch. Mit lockerem Plauderton versuche ich zu vertuschen, wie aufgeregt ich bin. Nein, niemand von ihnen ist im Moment interessiert oder hat das nötige Kleingeld übrig. Oder aber man hat schon eine Immobilie in Kitzbühel. Der erfolgreiche Banker aus New York, der auf den Tag genauso alt ist wie ich (und ungerechterweise hundertmal so viel Knete hat wie ich), hat gerade von Konkurrent Karsten Korzkamp das schlossähnliche Traumanwesen am Fuße des Hahnenkamms erstanden, was ich persönlich sehr bedauere, da es keine Abendsonne hat. Hätte er doch nur mich gefragt! Wie soll der Mann aus New York auch wissen, dass seine Achtmillionenhütte ab 14 Uhr im Schatten steht!

Ich raufe mir die Haare und laufe in meinem Büro auf und ab. *Wen* könnte ich noch anrufen, *wer* könnte mir sofort einen solventen Kunden vermitteln? Alle meine Schwestern vom Club der Unternehmerinnen, alle ehemaligen Käufer, Geschäftsfreunde, Mitglieder des Golf-, Rotarier- und Lions-Clubs werden durchtelefoniert. Leider schaffe ich es deshalb wieder mal nicht, zum Abendessen zu Hause zu sein, und das schlechte Gewissen nagt an mir.

Doch scheint sich meine Mühe zu lohnen! Über mehrere Ecken erhalte ich eine Riesenchance, die mich vor Aufregung zittern lässt: Ein Sohn des jordanischen Königs, Prinz von Zamunda, weilt zufällig gerade im Arosa in Kitzbühel. Was natürlich keiner wissen darf außer mir, haha! Jetzt weiß ich wieder, wofür meine Netzwerke und meine ständige Präsenz in diesen Kreisen gut sind!

Nach mehreren Versuchen erreiche ich den Prinzen gegen Mitternacht in seinen Gemächern im Arosa und bringe ihn dazu, dass er sich das Ferienhaus von dem Tennisspieler in Kitzbühel ansehen möchte! Allerdings gleich morgen früh, da er abends bereits in Athen einen anderen Termin hat. Hurra, ich bin flexibel! Kein Problem, morgen früh bin ich da! Da der Königssohn in Geld schwimmt, ist für ihn so ein Hauskaufso was Ähnliches wie für mich der Kauf von Strümpfen bei Wolford.

Als ich am nächsten Morgen in aller Herrgottsfrühe zu meiner Spritztour nach Kitzbühel aufbreche, triumphiere ich innerlich bereits. Mit etwas Glück werde ich heute Abend keine Antiquitäten und Berberteppiche mehr, aber dafür einen prall gefüllten Geldkoffer mit meiner Provision von 180 000 Euro im Wagen haben! Diese Nacht- und Nebelaktion beginnt mir richtig Spaß zu machen! Bevor das Igelpaar Korzkamp überhaupt Witterung von dem Prinzen von Zamunda aufnehmen kann, ist der Hase Juliane schon wieder zu Hause!

Wenn dieser Deal gelingt, werde ich mit gutem Gewissen mit Fanny diese Kreuzfahrt in die Karibik machen. Ich lege ihr einen Zettel neben den Wecker, den ich auf sechs Uhr dreißig gestellt habe:

»Liebes, habe einen megadicken Fisch an der Angel, jordanicher Prinz kauft wahrscheinlich Tennisspielervilla in Kitzbühel! Treffe ihn heute um neun im Arosa zum Frühstück, ist das nicht der Wahnsinn? Bin heute Abend zurück! Liebe Dich und bin stolz auf Dich. Pass in Mathe auf! Mami!«

Geschäftig husche ich durch den Vorgarten und eile zu meinem Mercedes-Bus, bemüht, kein überflüssiges Geräusch zu machen. Bei Christiane sind die Rollläden noch unten. Und das sollen sie auch bleiben, zumindest bis ich weg bin.

Es ist noch dunkel, und die Scheiben meines Mercedes-Busses sind mit Raureif bedeckt. Ich reiße die Fahrertür auf, werfe meine Handtasche und den ganzen Kram, den ich für die Hausbesichtigung brauche, auf den freien Beifahrersitz und beginne leise schimpfend den Eiskratzer zu suchen, mit dem ich die Scheiben frei kratzen will. Wo ist er nur? Im Handschuhfach ebenso wenig wie in den Seitenfächern. Dort befinden sich nur abgebrochene Malstifte, ineinander verschlungene Kopfhörer samt CD-Player, zusammengedrückte leere Coladosen, eine zerfledderte *Bravo* von Fanny und sonstiger Müll. Ich krieche zwischen die Vordersitze und fluche, weil Fanny wieder mal eine leere Pizzaverpackung auf dem Fußboden hat liegen lassen. Widerwillig schnuppere ich daran: Das riecht ja scheußlich! Flink starte ich den Motor und lasse das Gebläse erst mal so richtig durchpusten. Das Heißluftsystem wird mir die Fenster schon durchsichtig machen. »Das Pizzazeug kann ich irgendwo unterwegs auf einem Rastplatz entsorgen, wenn ich sowieso mal Pipi muss«, brabbele ich in die morgendliche Stille hinein.

In wilder Hast fahre ich rückwärts aus der Einfahrt, wobei ich mich noch nicht mal umblicke, denn diese Übung beherrsche ich ohne hinzusehen.

Ich schalte das Radio an und höre die Verkehrshinweise. »Noch sind die Straßen frei, liebe Leute, aber mit Beginn des Berufsverkehrs dürfte mit Stau und Verkehrsbehinderungen zu rechnen sein. Besonders in Tirol auf der Bundesstraße vor Lofer ist mit kilometerlangen Schlangen zu rechnen, wir empfehlen die Umleitung über Zell am See. Außerdem streiken heute in ganz Österreich die Eisenbahner, mit hohem Verkehrsaufkommen ist also überall zu rechen ...«

»Die kluge Jungfrau hat vorgesorgt«, gebe ich selbstzufrieden von mir und brettere mit eingeschränkter Sicht die Zufahrt hinunter. An der Hauptstraße ist die Ampel noch auf Dauerblinklicht geschaltet, und ich fädele mich in den fließenden Verkehr ein.

»Das hätten wir«, stelle ich zufrieden fest, während ich mit der rechten Hand in meiner Handtasche wühle. »Handy, Notebook, Schminkzeug, Terminkalender, Müsliriegel«, zähle ich meine Habseligkeiten auf.

Während ich zügig fahre, gebe ich die Adresse des besagten Objektes in mein Navigationssystem ein.

»Das wird der fetteste Fang meines Lebens«, sage ich triumphierend. »Korzkamp, du wirst schielen vor Wut. Wie deine Tochter Schiela Natascha«, kichere ich gemein. »Diesmal gewinne *ich*!«

15

Eine Viertelstunde später sind die Scheiben frei, und ich düse voller Kampfeslust über die Autobahn Richtung Villach. Wegen der Baustelle bei Lofer und dem angesagten Stau habe ich mich entschlossen, über Zell am See zu fahren. Wie gut, dass ich so früh unterwegs bin. Der Berufsverkehr beginnt erst in einer Stunde. Im Radio spielen sie meine Lieblingslieder, und ich singe laut und siegessicher mit.

Zwischendurch nippe ich an dem Kaffee, den ich mir bei einem Drive-in in Golling kurz vor dem langen Tunnel gekauft habe. Diese tiefen, feuchtkalten Schluchten hier sind irgendwie unheimlich. Kein Mensch weit und breit, nur Adler und Gämsen. Eine warme Apfeltasche liegt auch noch zum Verzehr bereit. Das wird mein Tag! Ich spüre es genau!

»Karsten wird ganz schön blöd aus der Wäsche schauen, wenn ich dem Prinzen von Zamunda die Villa vom maulfaulen Tennisspieler verkaufe!«, jubiliere ich laut. »Jetzt *fahr* doch rechts, du Trottel! He! Lass mich vorbei, du Bauer!«

Wenn ich übermütig bin, fahre ich Auto wie ein Weltmeister. Eine selbstzufriedene Vorfreude macht sich breit, wenn ich mir vorstelle, dass ich heute das Kitzbüheler Tennisspielerhaus an den Scheich bringen werde. Und Korzkamp guckt in die Röhre! Allein sein *Gesicht*, wenn er nächsten Sonntag wieder bei mir Kaffee trinkt! Ich übe schon mal das überhebliche Lächeln, das ich mir für ihn reserviert habe. Tja, Pech gehabt, Karsten Kotzbrock, was? Ein kleiner Tipp von deiner ehemaligen Angestellten: Beziehungen sind alles!

»Los da! Aus dem Weg! Siehst du nicht, dass ich 180 Sachen draufhabe?!«

Ich zeige dem Opa mit dem Vöcklabrucker Kennzeichen, der wütend die Lichthupe betätigt, einen Vogel.

»Führerschein wohl im Lotto gewonnen, was?!«

Der Duft der warmen Apfeltasche zieht mir in die Nase, und ich beiße lustvoll hinein. Hm, köstlich. Ich schlecke und lecke, und ein Klecks heißer Apfelbrei mit Zimt tropft mir auf den Blusenkragen.

»Verdammt, das *musste* ja passieren«, schimpfe ich laut, greife nach einem Feuchttuch aus dem Spender und tupfe mir den Kragen ab.

»Na also, geht doch. Für alle Eventualitäten bestens ausgerüstet«, lobe ich mich selbst. »Von einer bekleckerten Schmuddelliese wäre der Prinz von Zamunda *not impressed*«, sage ich affektiert, während ich selbstzufrieden weiteresse.

»Davon könnte ich drei verdrücken«, seufze ich genüsslich. »Aber da ich heute nicht jogge … Jedes Pfund geht durch den Mund.«

So, Zahncheck. Ich recke mich zum Rückspiegel hoch und blecke die Zähne. Nicht, dass ich nachher bei dem Termin … Ich schürze die Lippen und verteile etwas Lipgloss darauf. Im Mundwinkel sitzt noch ein kleiner Krümel, den tupfe ich mir schnell weg … Da bemerke ich etwas im Rückspiegel, etwas … Dunkles, Fremdes, etwas Unheimliches. Wir sind zwar mitten im dunklen Tunnel, und es ist nur der Bruchteil einer Sekunde, dann ist dieses Etwas auch schon wieder weg, aber mein Herz fängt an zu rasen. Plötzlich ist mir bewusst, dass ich nicht allein in meinem Auto bin.

Da war ein Schatten! Ein … Kopf!

Ich zwinge mich, weiter nach vorn zu schauen, und atme ganz tief durch.

Juliane, du hast dir das eingebildet, komm, fahr nicht so schnell, du siehst schon Gespenster. Aber dann schaue ich noch einmal in den Rückspiegel, zucke fürchterlich zusammen, reiße den Kopf herum und schaue direkt in ein ... *Gesicht*!!!

Mein Herz hämmert. Mir wird schlecht. Alles Blut weicht mir aus dem Körper. Ich ringe panisch nach Luft, die Lungen stechen, die Knie sind weich.

Es ist ein unrasiertes, finsteres Männergesicht! Dicht hinter mir!

Ich war in meinem ganzen Leben noch nie so in Panik.

Ein fremdes, dunkles *Männergesicht*!

»Hilfe!«, kreische ich und reiße reflexartig das Lenkrad herum.

Mein Herz schlägt einen Rückwärtspurzelbaum, der Wagen schlingert völlig unkontrolliert auf die rechte Spur und kommt der Tunnelwand gefährlich nahe, als ich in Panik auf die Bremsen trete, sodass der Wagen zu schleudern beginnt. Eine fremde Männerhand in einem zerlöcherten Handschuh greift von hinten in das Lenkrad und bringt es wieder in Position. Ein Arm streift dabei meine Schulter, und ich *schreie*!!! Tod im Tunnel, das ist das wahre Grauen.

Aber die Mütze!? Woher kenne ich diese graue, grob gestrickte Mütze?!

Der Opa mit dem Hut, den ich vorhin so arrogant beiseitegescheucht habe, hupt wie verrückt und zeigt mir seinerseits einen Vogel. Ich kneife die Augen zusammen und bin vor Schreck wie gelähmt. Ich muss aus diesem Tunnel kommen! Ich muss *lebend aus diesem Tunnel kommen*!

Hilfe! Ich möchte schreien, kann aber nicht. Ich werde entführt! Bewaffneter Raubüberfall! Meine Antiquitäten und Teppiche! Ich grenzenlos naives Weib lasse diese Kostbarkeiten über Nacht im Auto!

Schon spüre ich das kühle Metall einer Waffe im Genick, und eine behandschuhte Männerhand schiebt sich über meinen Mund.

Lieber Gott, das ist das Ende. Zwischen diesen dunklen, nassen Tunnelwänden werde ich also mein Grab finden.

Ich warte darauf, dass mein Leben in Sekundenschnelle an mir vorbeizieht, aber es denkt gar nicht daran.

Grausam wird mir bewusst, in was für einer tödlichen Falle ich stecke.

Der grässliche Kerl wird mich in irgendeine Schlucht verschleppen, fesseln, knebeln, bei lebendigem Leibe verscharren und dann mit meinem Mercedes-Bus samt wertvollem Inhalt über die Grenze flüchten!

Ich *schreie* und versuche, die Hand aus meinem Gesicht zu schieben.

»Hilfe!«, brülle ich um mein Leben und versuche, dem Opa mit dem Vöcklabrucker Kennzeichen ein Zeichen zu geben. *»Hilfe! Überfall!«*

»Psst, ganz ruhig«, höre ich eine heisere Männerstimme dicht an meinem Ohr. Ich spüre den Atem des Kerls heiß im Nacken, während meine Halsschlagader pulsiert, als würde sie jeden Moment platzen.

»Nicht doch, nicht schreien!«, beschwört mich der unheimliche Mann, aber ich *schreie so laut ich kann*!

»Ruhig, gaaaanz ruhig«, höre ich ihn erschrocken murmeln, und das Gefühl, auf der Stelle sterben zu müssen, verlässt mich kurz.

Irgendwie gelingt es der Männerhand, die jetzt meinen Mund losgelassen hat, den Wagen heil durch den Tunnel zu lenken. Meine Füße bremsen so heftig, dass er genau in dem Stück vor dem nächsten Tunnel schlingernd auf dem Seitenstreifen zum Stehen kommt. Rechts und links von der Autobahn geht es mehrere Hundert Meter in die Tiefe. Ein Habicht fliegt erschrocken auf, der wahrscheinlich eben noch eine Maus gefrühstückt hat.

Der Opa mit dem Vöcklabrucker Kennzeichen fährt schadenfroh grinsend an mir vorbei und verschwindet im nächsten

Tunnel. Der nickende Dackel auf seiner Konsole hinten scheint mir wissend mitzuteilen: »Tja, Mädel, das kommt vom Stinkefingerzeigen!«

Ich spüre meine Füße nicht mehr, sie hängen an meinen Beinen wie Fremdkörper. Ich kann mich noch nicht mal aus dem Wagen werfen und in die Schlucht stürzen, um dort in Ruhe zu sterben, ich kann keinen vernünftigen Entschluss fassen, und meine Reflexe stellen sich tot.

In der Erwartung, von hinten niedergeschlagen zu werden, bleibe ich wie betäubt sitzen. Wie ein nasser Sack hänge ich auf meinem Fahrersitz.

Okay, er wird mich jetzt erwürgen oder nach hinten zwischen die Teppiche schleifen, wo er vermutlich selbst bis gerade eben noch gelegen hat. Ich wäre jetzt wirklich gerne ohnmächtig, bevor ich das, was kommt, alles noch bei vollem Bewusstsein erleben muss.

Mit flatternden Wimpern warte ich auf mein letztes Sekündlein, doch nichts tut sich. Auch die kühle Waffe – oder was war das sonst? – ist aus meinem Genick verschwunden.

Doch die Stille im Wagen ist unheimlich. Ich kann mich jetzt unmöglich umdrehen und meinem Mörder in die Augen sehen. Da spüre ich seine Hand auf der Schulter und schreie schon wieder auf.

Draußen brausen die Autos vorbei, als wäre nichts geschehen. Irgendwann wird mir bewusst, dass der Mann von hinten leise auf mich einredet.

»Psst, gaaanz ruhig«, sagt er immer wieder, »einfach nur weiteratmen, gaaanz ruhig weiteratmen, ein und aus, ein und aus …«

Spinne ich, oder streichelt diese Hand mir etwa über den Hinterkopf?

Will dieser Psychopath mich etwa trösten, bevor er mich umbringt?

»Bitte beruhigen Sie sich«, redet er beschwörend auf mich ein. »Juliane, bitte, es ist alles gut. Alles ist gut, Juliane.«

Er kennt meinen Namen. Psychopathen studieren ihre Opfer genau, bevor sie sie in tausend Einzelteile zerhacken und dann am Rande der Autobahn in Plastiksäcken vergraben.

Plastiksäcke.

»Ich bins, Juliane, ich bins. Schauen Sie mich an!«

»Nein«, sage ich panisch. »Ich will Sie nicht ansehen.«

Obwohl mir irgendetwas dämmert, aber ich weiß noch nicht, was.

»Es tut mir leid, Juliane, es tut mir sooo leid …«, murmelt der Mann direkt hinter meinem Kopf. »Ich wollte das nicht. Ich hätte das nicht tun dürfen …«

Was hätte er nicht tun dürfen? Mich entführen?

»Ich habe so fest geschlafen, ich bin einfach nicht rechtzeitig aufgewacht!«

Bitte? Ich bin wohl im falschen Film!

»Und dann sind Sie so wahnsinnig schnell gefahren, dass ich nicht mehr aussteigen konnte. Und irgendwann *musste* ich mich ja mal rühren, aber natürlich war es blöd, Sie ausgerechnet in dem langen Tunnel zu erschrecken.«

Diese Stimme kommt mir allerdings bekannt vor.

Langsam kann ich wieder einen klaren Gedanken fassen.

Welcher Triebtäter oder Mörder plaudert denn so ausführlich mit seinem Opfer?

Er hat … geschlafen? In *meinem* Auto?

Ganz vorsichtig drehe ich den Kopf. Millimeterweise, soweit er mir gehorcht.

»Aaah, jetzt haben Sie wieder etwas Farbe im Gesicht«, seufzt der Triebtäter erleichtert. »Ich habe mich ja genauso erschrocken wie Sie!«

Die Fingerspitzen in den abgeschnittenen Handschuhen streichen mir ununterbrochen über den Hinterkopf. Jetzt sind sie an meiner Wange angekommen. Die Röte schießt mir wie Feuer hinein.

Die Stimme. Ich kenne die Stimme. Die Hände kenne ich auch.

Ganz langsam sehe ich mich um.

»Ach du schöne Scheiße«, entfährt es mir. Einen Moment lang bin ich sprachlos. Jetzt, wo der erste Schreck vorüber ist, habe ich plötzlich das Gefühl, mich übergeben zu müssen.

Meine vage Ahnung wird zur Gewissheit. Es ist der Mann aus dem Park.

»Es tut mir leid, Juliane«, stammelt er, und ich schaue in große braune Augen in einem unrasierten Gesicht, das unter einer grauen Mütze hervorschaut.

Ein Tropfen hängt ihm an der Nase, und er wischt ihn sich mit einer verlegenen Geste mit dem Handrücken weg.

»Es tut mir so schrecklich leid. Wirklich, Juliane, das wollte ich nicht. Ich bin zu weit gegangen. Dabei waren Sie immer so nett zu mir.«

»Sie schon wieder!«, schreie ich, als ich endlich die Fassung halbwegs wiedergefunden habe. Vor lauter Erleichterung und Hilflosigkeit schießen mir die Tränen in die Augen, und ehe es mir bewusst wird, heule ich hemmungslos.

»Ja, sind Sie denn *wahnsinnig, Mann*?!«

»Es tut mir so leid!«, stammelt er immer wieder. »Ich wollte Sie nicht erschrecken! Ich wollte wie immer früh um sieben aussteigen, aber Sie sind mir zuvorgekommen!«

Wie *immer*? Ja spinnt denn der komplett!?

Was soll *das* denn heißen? Bin ich ein Wohnmobil oder ein Schlafwagen oder was? Möchte der Herr sich vielleicht noch ein bisschen frisch machen, bevor ich ihm den frisch gepressten Orangensaft und den Kaffee nach hinten reiche?

»Jetzt *rufe* ich aber die Polizei!«, brülle ich in ohnmächtiger Wut und greife in meine Handtasche, wo ich zitternd nach dem

Handy wühle, als hätte ich Parkinson. Zu allem Überfluss haben wir hier in den Bergen nie und nimmer Empfang.

»Gaaanz ruhig«, sagt er, und während mir die Tränen nur so aus den Augen schießen, hält er mir etwas Weiches unter die Nase.

»Wäh! Was ist das?«

»Nur ein Taschentuch, ein Taschentuch!«

Ich schiele angewidert hinein und wische es brüsk zur Seite. »Vielen Dank. Aber dann schnäuze ich mich lieber in meinen Blusenkragen. Der ist sowieso schon hin.«

Schäumend vor Wut ziehe ich die Nase hoch. Schließlich wische ich mir wie er mit dem Handrücken über die Nase, und er zieht geistesgegenwärtig ein Feuchttuch aus dem Spender und reicht es mir.

»Danke.« Ich schnäuze hinein.

Hinter mir nähern sich schon die ganze Zeit lichthupend und blinkend die Autos und rasen wenige Zentimeter von meinem Fenster entfernt in den nächsten Tunnel hinein.

»Wir stehen hier wohl nicht ganz so gut«, meint mein blinder Passagier schließlich.

»Ach nein?«, keife ich gestresst, zerre zwei weitere Feuchttücher aus dem Spender und kühle mir damit die pochenden Schläfen. »Ich parke oft zwischen zwei Tunneln, um ein bisschen frische Luft zu schnappen!«

»Wenn Sie wollen, fahre ich durch den nächsten«, bietet der Penner eifrig an. »Ich bin ein guter Chauffeur!«

So sieht er auch aus. Nur seine Uniform hat er noch nicht an heute Morgen.

»Sie glauben doch nicht, dass ich *Sie* mit *meinem* Auto fahren lasse!« Verdammt, warum kann ich nur nicht mit dem Weinen aufhören? Ganze Sturzbäche laufen mir aus den Augen, und ich fürchte, ich tue mir selber leid.

Ich armes einsames Mägdelein. Immer nur Geld scheffeln, sich gegen sexuelle Belästigungen zur Wehr setzen müssen, ein pubertierendes Kind allein großziehen, eine geschwätzige, rechthaberische Schwester ertragen und weit und breit keine männliche Schulter zum Ausweinen.

So. Schluss jetzt mit dem Geheule. Wenn man doch Tränendrüsen einfach auf Knopfdruck abstellen könnte!

Entschlossen lasse ich den Motor an, aber meine Beine sind immer noch völlig gefühllos. »Ich kann nicht«, jammere ich kraftlos. »Ich werde mich nie wieder bewegen können! Und daran sind Sie schuld!«

Plötzlich kommt Leben in den Mann auf dem Rücksitz. Er öffnet die Hintertür, krabbelt umständlich aus dem Wagen, kommt mit wehenden Mänteln zu mir nach vorn und schiebt mich ganz sachte auf den Beifahrersitz.

Der abgescheuerte Hemdkragen und das, was mal eine Tweedjacke war, kommen mir bekannt vor.

Ein schelmisches Lächeln gleitet über sein mit Bartstoppeln übersätes Gesicht, als er sich die Hände reibt: »Na, dann wollen wir mal!«

Wenig später stehen wir auf einem Autobahnparkplatz. Der Penner hat ganz sorgfältig eingeparkt und schaut mich nun besorgt an.

»Was glotzen Sie so?«, knurre ich, während die ersten Lebenssäfte wieder in meinen Adern zu fließen beginnen. Wenn ich jetzt *wieder* einen Termin verpasse wegen ihm, der Prinz von Zamunda es sich anders überlegt und womöglich noch *Karsten Korzkamp* den Deal kriegt, dann … Schon schnaufe ich vor Wut wie ein wilder Stier, dem man ein rotes Tuch vor die Nase hält.

»Sie sind mir ja fast draufgegangen, Mädchen.«

»Nennen Sie mich nicht Mädchen!«

Was bildet der sich ein?! Ich starre ihn schweigend an.

Nur weil ich ihn einmal in mein Badezimmer gelassen habe? Oder weil er eine nette Zeit in der Villa am Sonnenhang hatte?

Und weil er regelmäßig in meinem Auto pennt? Glaubt er, dass ich ihn jetzt mit auf Geschäftsreise nehme, oder was?

Oder mit dem Prinzen von Zamunda zum Frühstück ins Arosa einlade?

»Juliane«, sagt er schließlich. »Ich bin Ihnen eine Erklärung schuldig.«

»Für Sie bin ich immer noch Frau Hempel«, belle ich beleidigt, muss aber wider Willen ein wenig grinsen, weil ich mich original wie Christiane anhöre. Das ärgert mich schrecklich.

»Also gut, Frau ... Hempel«, sagt der Penner, und um seine Mundwinkel zuckt es unmerklich. »Ich wollte Ihnen nicht zu nahe treten.«

»Das *tun Sie aber*!«, rufe ich mit Nachdruck. »Sie treten mir jetzt schon zum dritten Mal entschieden zu nah.«

»Das lag nicht in meiner Absicht.«

»Mann!«, mache ich meiner angestauten Aggression Luft.

»Ich wollte Ihnen Ihre kostbare Zeit nicht rauben.«

»Ach, hören Sie doch auf, so geschwollen daherzureden!«, raunze ich ihn an, und plötzlich beginnt mir das Ganze Spaß zu machen. »Wie kommen Sie überhaupt in mein Auto?«

Ich komme mir vor wie in einer Gangsterkomödie. Ich bin das unschuldige, aber mutige und gut aussehende Opfer, das zu keiner Zeit die Nerven verliert und den Gangster in Wirklichkeit voll im Griff hat. Gleich ramme ich ihm den Autoschlüssel ins Auge, trete ihm in die Weichteile, werfe mich auf ihn und fessele ihn mit meiner Seidenstrumpfhose, die ich mir mit den Zähnen ausgezogen habe, ans Lenkrad. Danach rauche ich erst mal eine.

Jetzt lässt allerdings der Gangster eine Bombe platzen.

»Ihre Tochter Fanny schließt mir an kalten Abenden immer Ihr Auto auf.«

»Sie tut *was*?«

»Sie steht abends um neun am Fenster und schaut nach mir«, sagt er, wobei er fast so etwas wie ein verschmitztes Grinsen aufsetzt, »und dann entsichert sie vom Fenster aus die Alarmanlage und entriegelt den Wagen.«

Ich starre ihn wortlos an. Meine Fanny steckt mit diesem … Landstreicher noch immer unter einer Decke? Obwohl sie mir hoch und heilig *geschworen* hat …

»Ich dachte, Sie sind im Knast«, entfährt es mir. Im gleichen Moment bereue ich meine Kaltschnäuzigkeit.

»Aber nein! Wenn man alle Obdachlosen in den Knast stecken würde, hätten echte Verbrecher ja gar keinen Platz mehr!«

Erleichterung macht sich in mir breit. Ich seufze tief.

»Aber wo haben Sie dann gesteckt?«

»Mal hier, mal dort.« Er zuckt vieldeutig die Schultern. »Allerdings habe ich in Fanny eine echte Freundin. Sie ist die Einzige, die sich wirklich Sorgen um mich macht. Ein unglaubliches Mädchen.« Er schüttelt den Kopf, und ich sehe ein seltsames Leuchten in seinen Augen. »Sie ist ein ganz besonderer Mensch.«

»Fanny hat mir hoch und heilig versprochen …«, hebe ich an, wobei sich meine Stimme überschlägt, »… Sie nie mehr in mein Haus zu lassen.«

»Und? Hat sie ihr Versprechen gehalten?«

»Ja.«

»Und habe *ich* mein Versprechen gehalten? Bin ich jemals wieder in einer Ihrer leer stehenden Villen aufgetaucht?«

»Ähm, ja, ich meine *nein*! Aber Sie können sich doch nicht einfach in mein *Auto* legen und da … gemütlich *pennen*!«

»Nein. Natürlich nicht. Das ist im Allgemeinen nicht üblich.«

Der bringt mich um den Verstand.

Mein *Gott*! Was muss ich dem Mann denn *noch* für Versprechen abnehmen, damit er ein für alle Mal aus meinem *Leben* verschwindet!

»Müssen wir hier jedes No Go für Sie einzeln auflisten?«, steigere ich mich in grenzenlose Empörung hinein und zähle an meinen Fingern auf: »Also! Hören Sie mir gut zu: In folgenden Bereichen werden Sie sich *nie wieder aufhalten*!

1. Badezimmer
2. Schlafzimmer
3. Kinderzimmer
4. begehbare Garderobe meines Exmannes
5. leer stehende Villa
6. Auto
7. Parkbank vor der Schule meiner Tochter
8. *Hundert Meter Umkreis* von uns beiden!«

Er zuckt schuldbewusst die Schultern. »Ich weiß, dass es nicht erlaubt ist, in fremden Autos zu übernachten. Aber da habe ich wenigstens meine Ruhe.«

»Aha«, sage ich und höre nicht auf, ihn mit offenem Mund anzustarren.

»Entschuldigung«, sagt er zum wiederholten Male. »Ich stehe nicht so auf den Lärm der Welt. Ich bin mehr so der Klassik-Fan.«

Ich meine, Sie können sich auch gerne das Radio anmachen, und wenn Sie wollen, trage ich Ihnen auch eine Stereoanlage hinein. Oder ich parke mein Auto demnächst vor dem Festspielhaus. Dann haben Sie etwas Musik.

»Es gibt zwei Obdachlosenunterkünfte in der Stadt«, fährt der Mann mit seinen aberwitzigen Erklärungen fort, »und dort hat mich die Polizei vor ein paar Monaten auch hingebracht. Sie erinnern sich bestimmt.«

Ungern.

Wenn du wüsstest, was für einen grauenvollen Streit ich deswegen mit Fanny hatte.

»Damit habe ich nichts zu tun«, sage ich. »Ich habe *nicht* mit abgestimmt auf diesem verdammten Elternabend. Ich war nur *dabei.* Sonst nichts. Nur *dabei.*« Abwehrend hebe ich die Hände.

»Na ja, da bringen sie alle Landstreicher hin, von denen sich die Bevölkerung gestört fühlt«, erklärt der Penner, »aber da wird oft randaliert und gestritten, und immer läuft diese aggressive, laute Musik. Außerdem sind die Penner da alle betrunken.«

»Klar«, sage ich schließlich. »Das ist ja wirklich unzumutbar.«

Moment mal. Er redet von »Pennern« und ist selber einer?

»Tja«, sagt er und zieht langsam eine Augenbraue hoch, »und nachdem ich Ihre Tochter Fanny schon eine ganze Weile kenne und wir ein sehr … sagen wir, freundschaftliches Verhältnis aufgebaut haben …«

»*Bitte?*« Mir verschlägt es fast die Sprache. »Ein freundschaftliches Verhältnis? Was darf ich mir denn darunter vorstellen?« Ich sitze auf dem Beifahrersitz und schwitze vor Empörung. Jetzt trete ich ihm bald wirklich in die Weichteile. Die Löwenmutter in meinem Gangsterfilm lässt es nämlich *nicht* zu, dass der Gangster ihrer Tochter auch nur *ein* Haar krümmt! Geschweige denn, eine einzige Laus da reinspringen lässt!

»Fanny ist ein tolles, blitzgescheites Mädel«, sagt er sachlich. »Anfangs gab sie mir immer diese aufgeweichten Vollwertgurkenbrote, und so kamen wir ins Gespräch.« Er schmunzelt. »Die halten sich nicht besonders lange. Das Brot saugt sich mit der Zeit mit dem Gurkensaft voll, und dann schmeckt es nicht mehr.«

Ich bin fassungslos.

»Sie essen also meine Gurkenbrote?!«, schreie ich empört. »Ach, darum verlangt Fanny immer zwei oder drei! Und ich hatte mich schon gefreut, dass sie so einen gesegneten Appetit hat in letzter Zeit!«

»Nein, nein, sie steht nicht auf Gurkenbrote.« Er lächelt mich entwaffnend an: »Aber ich. Besonders wenn ich weiß, dass Sie sie gemacht haben.«

»Also das ist ja wohl … Ich mache doch meine Gurken-Vollwertaufstrich-Biobrote nicht für einen P…?!« Jetzt höre ich mich wieder genauso an wie Christiane. Dass wir aber auch so ähnliche Stimmen haben müssen!

»Die schmecken absolut köstlich. Das heißt, wenn sie frisch sind. Fanny bringt sie mir immer vor der Schule. Das beste Frühstück, das man sich denken kann. Ich habe mich richtig dran gewöhnt.«

»Das ist das Biovollwertkorn aus der Frischetheke von Billa«, sagte ich automatisch wie im Werbefernsehen und muss mich zwingen, ein selbstzufriedenes Grinsen zu unterdrücken. »Da stehe ich jeden Tag in der Schlange, nur damit ich noch ein Warmes bekomme.«

Damals, als ich dich zum ersten Mal sah und keiner hinter dir in der Schlange stehen wollte, hatte ich auch gerade noch das Letzte erwischt, denke ich. Und ich hatte eine irre Wut auf dich, weil ich meinen Termin verpasste und mir das grauenvolle Geschwätz dieser Spießer anhören musste. Und seitdem habe ich schon so einige Termine wegen dir verpasst … ich könnte dich umbringen, Mann!

»Fanny sagt, sie muss davon pupsen«, erklärt mir der Penner ganz sachlich. »Und das ist ihr peinlich im Unterricht.«

Ich starre ihn mit offenem Mund an. »Das erzählt Ihnen Fanny?«

»Ja, unter anderem.« Der Penner guckt mich geduldig an.

»Was denn noch?«, frage ich leicht errötend.

»Na ja, sie hatte im Frühling ziemliche Probleme mit Mathe«, nimmt er den Faden auf, »und der Rottweiler hat ihr gedroht, dass sie sitzen bleibt. Da hat sie Panik bekommen. Aber niemand konnte ihr diesen Geometrie-Kram erklären.«

»Aber Sie!«, höhne ich und möchte mir im gleichen Moment die Zungenspitze abbeißen.

»Ja, und nachdem ich Zeit habe und sie vor und nach der Schule immer kam, um mir was zu bringen, habe ich mir überlegt, wie ich mich bei ihr revanchieren kann. Also habe ich ihr das Pensum erklärt. Dreiecke, Quadrate, Parallelogramme und rechte Winkel und so. Anfangs habe ich sie noch mit dem Stock in den Sand gemalt und später dann mit Bleistift, Zirkel und Geodreieck ins Heft. Auch Prozentrechnung, Zinsen und Zinseszins bin ich mit ihr durchgegangen, der ganze Stoff ist mir noch sehr geläufig.«

Da bin ich aber platt.

Wieso kann der Penner Mathe? Hat der etwa Abitur? Womöglich hat er sogar studiert und einen Doktor der Philosophie?

»Das ist ja unglaublich!« Ich trommele mit den Fingerspitzen auf meine Handtasche, die ich die ganze Zeit umklammere, als wollte er sie mir entreißen.

»Danach hat sie eine Zwei geschrieben und noch eine freiwillige mündliche Prüfung hingelegt! Sie hat die ganze Sache mit den Trapezen, Deltoiden und Flächenberechnungen mithilfe der Höhe h und der Seite a voll gecheckt. A ist nämlich a mal h durch zwei. So einfach ist das.«

Jetzt bin ich aber mit Feuereifer dabei.

»Aber bei stumpfwinkligen Dreiecken geht das nicht«, ereifere ich mich. »Wie soll man denn da die Höhe h errechnen? Damit habe ich mir eine ganze Nacht um die Ohren gehauen!«

»Das geht ganz einfach«, sagt der Penner schmunzelnd. »Ist das Dreieck stumpfwinklig, gilt dieselbe Flächenformel. Weil die Höhe h außerhalb des Dreieckes liegt, müssen Sie nur die Dreiecksfläche subtrahieren, die Sie sich quasi als Hilfsfläche dazu gezeichnet haben.« Er malt mit dem Zeigefinger, der aus seinem löchrigen Handschuh schaut, ein paar stumpfwinklige

Schlieren auf das Autofenster, das inzwischen längst wieder beschlagen ist.

Plötzlich wird mir die Sache klar.

»Ach, so wird ein Schuh draus! Da liegt der rechte Winkel außerhalb des Dreiecks, und die Formel A gleich a mal h durch zwei gilt immer noch!«

Ohne recht fassen zu können, was ich da tue, zeichne ich auf der Scheibe den rechten Winkel ein, und er freut sich, dass ich es schnalle.

»Da hätte ich ja auch selber draufkommen können.« Ich schlage mir mit der flachen Hand vor die Stirn. »Wie einfach das Ganze auf einmal ist! Warum erklärt das denn der Rottweiler nicht? Aber wie funktioniert dann die Aufgabe mit dem Fernseher? An der habe ich mir die Zähne ausgebissen!«

»Sie meinen die mit der Diagonale?«

»Ja, genau«, rede ich mich in Rage. »Das Verhältnis zwischen Breite und Höhe ist 4:3. Wie soll ich Breite und Höhe errechnen, wenn ich nur weiß, dass die Diagonale des Bildschirmes 67 Zentimeter ist? Der Mann hat mich nächtelang um meinen Schlaf gebracht!«

»Mithilfe des Pythagoras! Die Diagonale ist die Hypotenuse, deren Länge uns bekannt ist. Wir nehmen sie zum Quadrat, dann haben wir die Maße der Katheten. Anschließend müssen wir dann nur noch die Wurzel ziehen. Das Ganze machen wir einmal für die Länge und einmal für die Breite. Die meisten Lehrer sind für ihren Beruf leider ungeeignet«, sagt der Penner. »Sie können sich nicht in unlogisch denkende Menschen hineinversetzen. Schauen Sie …«

Wahrscheinlich sollte ich ihm fünfzehn Euro pro Stunde zahlen und nicht nur ab und an ein aufgeweichtes Gurkenbrot.

Plötzlich durchzuckt mich ein völlig aberwitziger, übermütiger Gedanke.

Vielleicht möchte der Herr einziehen bei uns?

Wir könnten ihm doch das Gästezimmer nett herrichten?

Christiane würde auf der Stelle tot umfallen.

Was eigentlich für die Sache spricht.

Unwillkürlich muss ich lächeln, als ich mich in solche Hirngespinste verstricke. Wahrscheinlich stehe ich noch so sehr unter Schock, dass ich immer noch keinen klaren Gedanken fassen kann.

Hal-lo? Erde an Juliane? Was *machst* du da? Sitzt mit einem Penner auf einem Autobahnparkplatz in der felsigen Einöde und zeichnest Rhomben und Trapeze an die Scheibe!?

Hast du sie noch alle? Während der Prinz von Zamunda mit dem Frühstück auf dich wartet? Es geht um Minuten! Hast du das vergessen?

Wahrscheinlich fährt Konkurrent Karsten Korzkamp mit Kirsten auf dem Rücksitz und Schiela Natascha in der Tasche gerade kalt lächelnd an uns vorbei?

Mein Blick fällt auf die Uhr, die leise, aber unablässig vor sich hin tickt. Verdammt! Eine halbe Stunde sitzen wir hier schon herum und reden über stumpfwinklige Dreiecke und Gurkenbrote?!

Schließlich richte ich mich auf: »Hören Sie, das ist nett von Ihnen, und ich werde mich auch irgendwann bei passender Gelegenheit erkenntlich zeigen, aber ich habe einen wahnsinnig wichtigen Termin in Kitzbühel. Es geht um ein Riesenobjekt, das ich an einen ganz dicken Fisch verkaufen kann.«

»Ich weiß«, sagt der Penner höflich. »Der Prinz von Zamunda. Und der maulfaule schwanzgesteuerte Tennisspieler.«

»Hä?«

»Na, Sie führen den ganzen Morgen Selbstgespräche!«

Scheiße. Natürlich. Mann, ist das peinlich! Habe ich … sonst noch was Undamenhaftes gemacht? Mir schießt die Schamesröte ins Gesicht. Manchmal hebe ich nämlich nach einem Kaffee im Auto einfach eine Pobacke und … schicke einen Morgengruß in den Fahrtwind …

»Oh«, sage ich benommen. »Jedenfalls lasse ich Sie jetzt hier raus. Schönen Tag noch.«

»Natürlich«, sagt er mit völlig veränderter Stimme. »Und vielen Dank fürs Mitnehmen.« Sein Lächeln erstirbt, er sieht aus, als hätte ich ihn geohrfeigt. Einen Moment lang starrt er mich von der Seite an und sagt nichts. Dann greifen seine behandschuhten Hände nach dem Türknauf, und er steigt aus.

»Gute Fahrt und viel Erfolg.«

»Sie kommen schon wieder heim«, sage ich leichthin, während ich an ihm vorbeigehe und auf der Fahrerseite einsteige. Er hält mir galant die Tür auf. Ich streiche mir das Haar aus dem Gesicht und werfe es mit Schwung nach hinten.

Ich bin eine Dame.

Und er ist ein Penner. Er hat mir jetzt bestimmt schon den zweiten großen Deal versaut, meine Tochter und mich entzweit und mich unendlich viel Zeit und Nerven gekostet. Beim Elternabend hat er mich auch in Verruf gebracht. Alle Leute wissen schon, dass meine Tochter mit einem Penner abhängt. Und ich gelte als Rabenmutter, die nicht auf ihre Tochter aufpassen kann. Der soll sich endlich aus unserem Leben verziehen!

Auf Nimmerwiedersehen. Gehab dich wohl.

»Einfach den Daumen raushalten«, schlage ich vor. »Sie sind ja ein cleverer Bursche …, um Sie muss ich mir keine Sorgen machen.«

Mit Schwung knalle ich die Tür zu und lasse den armen Mann draußen stehen.

Gleich darauf bereue ich die zynischen Worte, die mir da aus dem Munde gepurzelt sind. Mann, Juliane, das musste doch nicht sein. Das ist ein denkbar ungünstiger Ort, um ihn hier auszusetzen, hier so mitten in der Wildnis zwischen Felsenklüften und Schluchten. Ich weiß gar nicht, ob es hier überhaupt einen Fußweg gibt. Wir stehen auf einem Parkplatz zwischen zwei Autobahntunneln. Mein Herz zieht sich schmerzhaft zusammen. Es kann doch nicht sein, dass ich … so etwas wie Zuneigung zu diesem Kerl empfinde? Nur weil er Mathe kann, meine Gurkenbrote mag und so liebe braune Augen hat?

Der Penner starrt kurz zu Boden, dann sieht er wieder auf. Offensichtlich möchte er noch was sagen, also mache ich Tür noch mal auf.

»Der Aufenthalt in Ihrem Wagen war sehr schön, und ich danke Ihnen für die angenehme Fahrt. Bitte grüßen Sie Fanny von mir. Und Sie werden den Deal heute machen.« Er nickt und presst die Mundwinkel aufeinander.

Darauf war ich jetzt überhaupt nicht vorbereitet. Dass der so höflich ist und kein bisschen mit mir verhandeln will. Geschweige denn einen Stein hinter mir her wirft oder mich beschimpft.

»Keine Ursache«, sage ich freundlich. »Jetzt muss ich aber los.«

Entschlossen knalle ich die Tür zu – Finger weg! – und gebe Gas.

Er tritt hastig einen Schritt zurück, und sein Mantel weht im Wind.

16

Im Rückspiegel sehe ich den Mann auf dem Parkplatz stehen. Er schaut mir mit undurchdringlichem Gesicht hinterher. Er wirkt grau und verloren, ein heimatloses Bündel Mensch, und auf einmal sehe ich ihn mit Fannys Augen.

»Du predigst immer, dass man sich um seine Mitmenschen kümmern muss«, höre ich ihre vorwurfsvolle Stimme. »Du sagst immer, dass wir niemanden ausschließen dürfen. Und in deinem Kirchenchor singst du fromme Lieder! Du sammelst Spenden für deine Charityprojekte und tust immer so hilfsbereit! Aber das BIST du nicht!«

Ich komme mir entsetzlich schäbig vor.

Er ist nicht irgendein Penner.

Er hat ein Gesicht. Mit hinreißend schönen braunen Augen.

Und eine Stimme.

Und er hat Fanny in Mathe geholfen.

Ohne ihn wäre sie sitzen geblieben.

Quatsch. Mein Kind bleibt nicht sitzen.

Jetzt ist aber Schluss mit den Gefühlsduseleien.

Eine gescheiterte Existenz, mit der ich mich nicht länger abgeben werde!

Du brauchst eine beste Freundin, Liebes. Aber keinen vollgekifften Emo. Vielleicht möchtest du lieber ins Internat? So wie bei Hanni und Nanni. Da ist es lustig, und da kommt kein Emo rein. Und Penner auch nicht, da sei Fräulein Theobald vor.

Oder möchtest du ein Pferd?

Fest entschlossen, mit meiner Tochter Fanny demnächst einmal Urlaub auf einem Reiterhof zu machen, fahre ich genau bis zum Ende des Parkplatzes.

Dort bleibe ich stehen.

Ich kann doch den Mann jetzt nicht … doch.

Natürlich kannst du den Mann.

Und der kann *dich* mal.

Schlagartig reiße ich mich zusammen.

»Juliane!«, rufe ich mich selbst zur Ordnung. »Du hast einen Termin!« Meine Stimme klingt hysterisch. »Der Prinz von Zamunda! Der Tennisspieler! Korzkamp!« Drei Kerle, mit denen ich es heute aufnehmen werde!

Ich drücke aufs Gas.

Dann bremse ich wieder.

Der Wagen schlingert.

Herrgott. Ich habe mich ja überhaupt nicht mehr unter Kontrolle.

Völlig durcheinander wische ich mir mit dem Handrücken über das fleckige Gesicht. Ich schwitze und friere gleichzeitig.

»Mama!«, höre ich Fannys Stimme. »Nimm ihn mit! *Bitte*!«

»Spinnst du?«, schimpfe ich laut mit mir. »Bist du jetzt völlig durchgeknallt oder was?«

Mitleid schnürt mir die Kehle zu. Er sieht so … verloren aus. Ich habe gesagt: »Sie kommen schon wieder heim.«

Wie kaltschnäuzig von mir!

»Heim!« Er hat doch gar kein Heim.

»Das ist sein Problem«, höre ich mich mit Christianes Stimme sagen. »Wir geben uns nicht mit solchen Gestalten ab.«

Im Rückspiegel sehe ich, wie er in die andere Richtung marschiert. Na also. Der geht jetzt über die Autobahn und hält auf der anderen Seite den Daumen raus. Seine graue Gestalt wird kleiner und kleiner.

»Er geht weg«, rede ich mir ein. »Er verschwindet aus deinem Leben. Er sucht sich eine neue Parkbank. Und hoffentlich auch eine neue Stadt.«

Ich fahre wieder fünf Meter und bin schon fast auf der Einfädelspur. Jetzt muss ich nur noch den Blinker setzen, Gas geben und dann …

Mein Blick sucht den immer kleiner werdenden Punkt im Rückspiegel. Er sieht mutterseelenallein aus. Wie aus weiter Ferne höre ich immer noch seine sanfte Stimme an meinem Ohr: »Juliane, bitte beruhigen Sie sich! Ganz ruhig, Juliane! Es tut mir ja so leid!«

Er war so … lieb! So … harmlos! So … menschlich! Er *ist* ein Mensch!

Kein Lumpenbündel.

Also Sankt Martin hätte den nicht einfach auf dem Autobahnparkplatz stehen lassen. Der hätte sein Pferd gewendet und seinen Mantel geteilt. Mit dem Schwert. Das war allerdings vor 1600 Jahren! Trotzdem feiert man den auch heute noch mit Laternen, Gebimmel und Rabamm. Vielleicht feiert man irgendwann die heilige Juliane, die einen hungernden, frierenden Bettler nicht an der Autobahn zwischen zwei Felsklüften ausgesetzt hat? Sondern ihn in die sichere Zivilisation zurückgebracht hat?

Einer plötzlichen Eingebung folgend, lege ich den Rückwärtsgang ein.

Der Penner schaut überrascht auf, als er mich kommen sieht. Damit hat er wohl nicht gerechnet.

Ich bremse scharf neben ihm und lasse die Scheibe herunter: »Sie haben mir ja noch nicht mal gesagt, wie Sie heißen!« – Ja, wirklich. Jetzt kennen wir uns schon so lange, und uns verbindet fast so viel wie ein altes Ehepaar: Wir waren gemeinsam im Bad, ich habe für ihn gewaschen und gebügelt, er hat dafür mit meinem Kind Mathe gelernt, und wir haben uns schon richtig oft gestritten. Da kann man doch mal nach dem Namen fragen!

Ich mustere die Fältchen um seine braunen Augen, den kräftigen Kiefer und die schon grau werdenden Bartstoppeln.

»Georg«, bringt er schließlich heraus. Er reicht mir die Hand durch das Autofenster, und ich schüttele seinen Strickhandschuh. Er drückt ziemlich beherzt zu, und ich lächle schwach.

Dieser Mann wird mir wohl erhalten bleiben …

»Das ist ja irgendwie Quatsch, wenn ich Sie hier stehen lasse«, sprudelt es aus mir heraus. »Ich meine, Sie können ja schlecht zu Fuß zurückgehen. Außerdem würde Fanny mir das wohl nie verzeihen!« Ich ertappe mich bei einem kumpelhaften Grinsen.

In seinen braunen Augen blitzt Überraschung auf, und ich bekomme Herzklopfen. Warum denn das jetzt? Der Mann berührt mich doch nicht etwa? Ich meine, er berührt doch nicht etwa mein Herz? Was mache ich bloß hier? Ich bin irgendwie … herzgesteuert! Ich sollte doch längst in Kitzbühel sein!

Mein Hase-und-Igel-Wettlauf mit Karsten und Kirsten! Ich werde schon wieder den Kürzeren ziehen!

Fest entschlossen zwinge ich mich, mein Hirn wieder einzuschalten.

Wenn ich diesen Georg schon dabeihabe, kann er mir eventuell beim Ausladen der Sachen helfen … Ich meine, wenn er sonst nichts vorhat heute …

Andererseits muss ich zuerst mit dem Prinzen von Zamunda frühstücken, wir sind um neun Uhr im Hotel verabredet, und so wie er aussieht …

Es entsteht eine Pause, und er macht keinerlei Anstalten, wieder einzusteigen.

»Ich nehme Sie einfach noch ein Stück mit«, sage ich etwas beklommen.

Keine Ahnung, was mir da in den Sinn gekommen ist. Ich meine, ich kann doch unmöglich mit einem *Penner* in einem Fünfsternehotel erscheinen! Und in der Tennisspielervilla am Sonnbichl *erst recht nicht*!

»Wohin wollen Sie mich denn mitnehmen?«, fragt Georg schließlich gedehnt, als könnte er Gedanken lesen, und steckt seine Hand in die übergroße Manteltasche.

Tja, das ist eine gute Frage.

Nun, wir könnten zur Kur nach Bad Herrenalb fahren, oder zum Wandern in die Eifel. Oder vielleicht mag er lieber an den Gardasee?

»Ich weiß nicht«, sage ich und lache unsicher. »Aber morgen fahre ich wieder zurück nach Salzburg, da könnte ich Sie am Park absetzen, und dann wären Sie ...« Ich schlucke. »... auch wieder daheim.«

»Ich will Ihnen keine Umstände bereiten.«

»Das tun Sie ohnehin schon«, sage ich schon etwas milder als vorhin und zeige einladend auf den Beifahrersitz.

Georg nimmt sein Bündel, das neben ihm auf dem Parkplatz gelegen hat, und steigt zögerlich ein. Erst jetzt sehe ich, was er da mit sich herumträgt: Es ist das inzwischen stark angeschmuddelte Schmusekissen von Fanny, mit der schon leicht verblichenen Aufschrift: »Ohne dich ist alles doof.«

Vor lauter Nervosität lache ich kurz auf, und er lacht mit.

»Tja, das ist mein Lieblingskopfkissen«, erklärt er verlegen, »damit kann ich überall einschlafen.«

»Das hat Sie auch schon aus so manch prekärer Situation gerettet«, knurre ich, unserer ersten Begegnung gedenkend.

»Entschuldigung«, sagt er nun schon zum hundertsten Mal. »Ich weiß auch nicht, warum wir uns immer so überraschend begegnen.«

»An mir liegt es nicht«, stelle ich klar.

»Es freut mich jedenfalls sehr, dass Sie umgekehrt sind und mich hier nicht einfach stehen gelassen haben.« Er wendet mir sein Gesicht zu und … bilde ich mir das ein, oder wollte seine behandschuhte Hand mir gerade über die Wange streichen? Sie zuckt zurück. »Danke, Juliane. Ähm, ich meine, Frau Hempel.«

Vor lauter Erleichterung muss ich kichern.

»Sie können ruhig Juliane sagen«, sage ich und brause endlich Richtung Kitzbühel.

Zuerst schweigen wir ziemlich lange und schauen stur geradeaus. Dann fangen wir in derselben Sekunde plötzlich an zu reden.

»Wie sind Sie eigentlich …«, sagen wir beide gleichzeitig und brechen genau so abrupt wieder ab.

»Ähm – Sie zuerst.«

»Nein, Sie.«

»Nein wirklich. Bitte nach Ihnen.«

»Also, wie sind Sie eigentlich Immobilienmaklerin geworden?«, fragt Georg, und seine wachen Augen mustern mich interessiert. Ein kleines bisschen verlegen macht mich das schon. Ich erzähle ihm von der Annonce, die ich in den *Salzburger Nachrichten* gelesen hatte: »Junge Dame mit Verkaufstalent als Neueinsteigerin gesucht« – von meinem damaligen Chef Karsten Korzkamp, der mich zuerst als Sekretärin einstellte und mir dann die höheren Weihen der Immobilienmaklerei erteilte, von unserer … ähm … sehr fruchtbaren Zusammenarbeit (hier müssen wir beide kurz lachen) – also Georg ist nicht gerade auf der Nudelsuppe dahergeschwommen! – und von meinem Entschluss, mich als alleinerziehende Mutter selbstständig zu machen. Die peinliche Geschichte mit Kirsten in der Mietwohnung lasse ich weg. Warum soll ich sie diesem Georg auf die Nase binden? Dafür macht es mir umso mehr Spaß, ihm zu schildern, wie ich mit null Euro in einem zehn Quadratmeter kleinen Büro mit meinem Einfraubetrieb angefangen und gleich am ersten Tag eine schicke Eigentumswohnung verkauft habe.

»Sie sind ja ein Superweib«, sagt Georg, indem er mir einen Seitenblick zuwirft, den ich nicht deuten kann. Dumpf klatscht er mir mit seinen Strickhandschuhen Beifall.

Wie soll ich denn das nun wieder verstehen? Will der mich verscheißern?

»Jedenfalls konnte ich mit der Zeit eine Sekretärin einstellen und später noch einen tüchtigen Mitarbeiter«, überspiele ich meine Verlegenheit. »Das Wichtigste sind allerdings die persönlichen Beziehungen. Wenn man die nicht pflegt, nützen die schicksten Immobilien nichts.«

»Hat Fanny mir alles schon erzählt.«

»Ach.«

»Ja, und ich verfolge Ihre Tätigkeit sehr genau in der Zeitung. In letzter Zeit schneide ich sogar alle Ihre Annoncen aus ...« Eifrig kramt Georg in den Tiefen seines Bündels ... »Hier!«

Er hält mir ein paar zerfledderte Zeitungsausschnitte unter die Nase. »Das sind alles Sie.«

Ich fasse mir an den Hals. Er treibt sich also *weiterhin* in meinen leer stehenden Villen herum? Er verfolgt systematisch, wo er Unterschlupf finden kann?

»Sie hatten mir doch versprochen ...«

»Nein, Juliane, nein!« Beruhigend legt er mir seine Hand auf den Arm, und ich habe Mühe, das Lenkrad gerade zu halten. »Nicht, was Sie denken! Was ich versprochen habe, das halte ich auch!«

»Warum in aller Welt schneiden Sie dann meine Annoncen aus?«, herrsche ich ihn an.

»Nur so, Juliane. Nur so.«

»Wie, nur so?« Ist der noch ganz dicht?

»Der einzige Konkurrent, den Sie haben, ist Korzkamp Immobilien. Wusste gar nicht, dass das ihr geschiedener Mann ist.« Er lehnt sich zurück und schaut ins Leere: »Aber jetzt weiß ich es. Und jetzt weiß ich auch, was Sie antreibt.«

»Ihm verdanke ich jeden meiner Adrenalinstöße«, stoße ich zwischen den Zähnen hervor. Ich schaue meinen Beifahrer von der Seite an: »Na ja, bis vor Kurzem jedenfalls.«

»Und deshalb sind Sie auch immer so in Eile!« Georg nickt, als hätte er jetzt endlich Sinn und Zweck meiner ständigen Hetzerei erkannt.

»Sieht nicht so aus, als hätten Sie viel Zeit für ein Privatleben.«

»Dieser Beruf verlangt einem alles ab«, erkläre ich, während ich die Scheibenwischer kurz betätige, weil mir leichter Sprühregen die Sicht verdirbt. »Sie geben entweder alles oder nichts.«

»Wie schade für Fanny.« Georg lächelt traurig. »Sie hätte so viel Aufmerksamkeit verdient. Und Liebe.« Er schaut mich herausfordernd an.

So. Jetzt reicht es aber. Meine Fanny geht ihn gar nichts an. Und was seinen beruflichen Ehrgeiz anbelangt: Er hat sich ja offensichtlich für »nichts« entschieden.

Wir sind so was von nicht kompatibel!

Mehr Details aus meinem Privatleben bekommt er wirklich nicht zu hören. Jetzt drehen wir den Spieß mal um!

»Und wie sind Sie so … zum … ähm … Aussteiger geworden?«, wechsele ich das Thema.

Ausgerechnet in diesem Moment vibriert das Handy im Ladegerät.

Eine Sekunde erwäge ich, es einfach klingeln zu lassen, aber dann reiße ich mich zusammen: »Sorry. Da muss ich drangehen.«

»Klar.«

Ja, wie guckt *der* denn?! So als wüsste er, auf welche Weise ich Fanny ständig vernachlässige?! Perplex friemele ich mir das Freisprechgerät ins Ohr.

»Immobilien Glücksgriff, Leben im Paradies, schönen guten Morgen!«

Es ist der Königssohn aus Jordanien, himself.

Er fängt an, mit seinem stark akzentuierten Englisch auf mich einzureden, und ich antworte natürlich ebenfalls auf Englisch. Der Penner findet jetzt wahrscheinlich wieder, dass ich ein Superweib bin, jedenfalls taxiert er mich ziemlich spöttisch.

Oder ist er wirklich *beeindruckt*?

Sofort schießt mir die Röte ins Gesicht, und meine Hände zittern leicht.

Ich fühle mich wie im Film.

Ich telefoniere mit einem Prinzen und fahre mit einem Bettler durch die Gegend.

Wenn ich das in meinem Club erzähle!

Ich würde mir am liebsten in den Arm kneifen.

»Oh yes, Your Majesty, of course, you are welcome!«

Das ist doch alles nur ein ganz abgefahrener, verrückter Traum!

Doch offensichtlich ist es das nicht. Es kommt noch viel besser!

Gestern hatte ich dem Prinzen von Zamunda noch mitgeteilt, dass der Tennisspieler das Geld diskret bar auf sein Konto in Monte Carlo eingezahlt haben will.

Das ist für den Prinzen aus Zamunda kein Problem. Im Gegenteil. Er möchte nach der Hausbesichtigung ganz entspannt mit mir auf die Bank gehen, um das Geld für den Tennisspieler in bar abzuheben und auf diesem kleinen unauffälligen Umweg ganz diskret nach Monaco zu überweisen. Ich möge ihm als Dolmetscherin bei diesen Formalitäten behilflich sein.

»Sure. It's my pleasure«, sage ich beflissen und unterdrücke ein Kichern. So was erlebe selbst ich nicht alle Tage. Tunlichst vermeide ich es, dem Penner einen Seitenblick zuzuwerfen. Ich *weiß*, dass er mich anstarrt, ich *weiß* es.

Meine 180 000 Euro Provision möchte mir der Prinz gleich in einem Koffer überreichen. Der Koffer ist von Louis Vuitton und ein Geschenk des Prinzen, ob das wohl meinen Geschmack treffe.

Eigentlich stehe ich eher auf Chanel, aber … mein *Gott*, dann ist es eben mal Louis Vuitton!

»*Thank you for your kindness*«, quietsche ich und hoffe, dass mein Beifahrer die dunkelroten Flecken an meinem Hals nicht bemerkt. »Das ist aber nett von Ihnen!«

»*Will you feel safe with so much money?* Fühlen Sie sich mit dem vielen Geld auch sicher?«, fragt der Prinz besorgt. »Oder brauchen Sie einen Bodyguard?«

»Ich habe schon einen«, beeile ich mich zu sagen. »Kein Problem!« Ich lache kokett, um meine grenzenlose Anspannung zu übertönen: »Für solche Fälle habe ich immer einen im Kofferraum!«

Jetzt lacht der Prinz von Zamunda auch. »Und wenn alles unter Dach und Fach ist, darf ich Sie dann noch zum Essen einladen?«

»Aber selbstverständlich gerne!«, sage ich und strahle mein Handy an. »Ich habe heute sowieso nichts mehr vor.«

Oha, ganz dünnes Eis!! *Gaaanz* dünnes Eis! Wie viel Adrenalin darf's denn *noch* sein, Frau Hempel?

Ich kichere hilflos, während mir der Schweiß den Rücken hinunterrinnt.

Der Penner wirft mir einen Blick zu, der eine winzige Spur Enttäuschung enthält.

Ja, was hat der sich denn eingebildet?

Dass ich den Abend mit ihm verbringe?

Andererseits kann er sich wirklich ein bisschen nützlich machen. Als Dank, dass ich ihn nicht bei der Polizei angezeigt oder ihn am Wegesrand stehen gelassen habe.

Kurz entschlossen fahre ich, in Kitzbühel angekommen, als Erstes den Weg zum Sonnbichl hinauf. Die traumhaft gelegene

Villa leuchtet in der Morgensonne. Die verschiedenfarbigen Begonien hängen in dichten Trauben von dem riesigen Holzbalkon herab. Der ganze Garten steht voller Astern, die sich in kräftigem Rot, Gelb und Braun vor dem blassen Morgenhimmel abheben.

Zu meiner großen Freude bemerke ich, dass sich die Morgenwolken verzogen haben!

Meine *Güte*, ist das eine geile Immobilie! So was verkauft sich normalerweise nicht innerhalb eines Tages!

Schweißgebadet springe ich aus dem Auto und öffne mit Schwung den Kofferraum.

»Könnten Sie kurz mal mit anpacken?«

Als wir vor der Einfahrt des Hotels Arosa halten, läutet es gerade Viertel nach neun. Mist. Um Punkt neun sollte ich zum Frühstück im Arosa sein, und ehrlich gesagt habe ich auch vorgehabt, mich für den Prinzen noch ein bisschen frisch zu machen. Ich habe nicht nur einen Apfeltaschenfleck auf dem Kragen, sondern wahrscheinlich Schweißränder von der Größe einer Männerfaust unter meiner Kostümjacke. Von den paar Läusen, die sich inzwischen auf meiner ehemals adretten Föhnfrisur tummeln, gar nicht zu reden. Immerhin haben wir inzwischen eine Truhe, einen Bettüberwurf, ein paar Vorhänge und zwei Berberteppiche in das Haus geschleppt.

Der Penner zeigte sich von dem Anwesen ziemlich beeindruckt, aber ich habe ihn die Villa nicht weiter besichtigen lassen. Er musste mir hoch und heilig *versprechen*, dass er hier nicht einzieht, was er mir an Eides statt versicherte.

Mit zitternden Fingern habe ich, auf einer Trittleiter stehend, die Vorhänge an der riesigen Fensterfront mit Blick auf den Hahnenkamm aufgehängt, während Georg mir andächtig die Trittleiter hielt und seinen Blick verlegen durch den Raum schweifen ließ, um nicht pausenlos auf meine glänzende Seidenstrumpfhose von Wolford zu starren. Dabei spürte ich körperlich, wie der Schwitzfleck unter meiner Kostümjacke wuchs.

Egal. Manchmal muss man eben Prioritäten setzen und darf nicht an Äußerlichkeiten denken. Der Prinz geht vor.

Allerdings habe ich immer noch keine Ahnung, was ich bis heute Abend mit Georg machen soll.

Eigentlich wollte ich ihn unauffällig in der Tiefgarage des Hotels rauslassen und ihn – wenn es denn sein muss – zu einem bestimmten Zeitpunkt wieder abholen.

Ich hatte mir sogar vorgenommen, ihm etwas von dem königlichen Frühstück in die Tiefgarage zu bringen. Und mein Auto offen zu lassen. Damit er sich zwischendurch etwas die Beine vertreten kann.

Aber vor der Tiefgarage steht eine Ansammlung von großen Topfpflanzen, und davor prangt ein Schild: »Wegen Umbauarbeiten geschlossen. Ihr Fahrzeug wird vom Personal geparkt.«

So bleibt mir gar nichts anderes übrig, als vor den Haupteingang zu fahren.

Unter dem Baldachin stehen bereits einige Pagen mit rotgoldenen Uniformen in Habtachtstellung, und zu meinem Schrecken sehe ich soeben Kirsten im Prada-Kostümchen eilig zum Hoteleingang trippeln. Ich bin beeindruckt, dass sie schon wieder in ihre früheren Klamotten passt! Mensch, die ist genauso vom Ehrgeiz getrieben wie ich. So einen schlechten Fang hat Karsten mit der gar nicht gemacht. Wahrscheinlich haben sie Fanny zum Babysitten abkommandiert! Damit sie *mir* ungestört zuvorkommen können!

»Mist!«, entfährt es mir! »Die Schnepfe ist auch hier!«

Hastig reiße ich den Wagen herum.

»Weil Sie die Immobilie gestern noch ins Internet gestellt haben«, sagt Georg kopfschüttelnd.

»Sagen Sie bloß, Sie googeln mich im Internet!«

»Dann und wann. Gestern war ich zufällig im Internetcafé, und da habe ich mir angeschaut, was Sie gerade so machen.«

Ich *glaub's* ja nicht. Der *googelt mich*! Ich sollte ihm einen Laptop schenken. Dann kann er mich unter seiner Trauerweide googeln.

»Wie konnte ich denn gestern wissen, dass mir um Mitternacht noch der Prinz von Zamunda an die Angel gehen würde?«, japse ich. »Und ich Hornochse habe das Fanny gestern noch groß und breit auf einen Zettel geschrieben!«

Ich schlage mir wütend mit der Hand vor die Stirn. »Kirsten und Karsten haben sie wahrscheinlich heute früh angerufen und ganz harmlos gefragt, wo ich bin!«

»Die besten Geschäfte macht man diskret«, mahnt Georg milde. »Manche Sachen sollte man besser für sich behalten.«

»Ach halten Sie doch die Klappe! Was wissen *Sie* denn schon, Sie …«

Loser, wollte ich fast sagen. Zum Glück habe ich es runtergeschluckt.

In blinder Verzweiflung fahre ich noch einmal im Kreis herum und habe alsbald wieder die fiese Kirsten vor der Kühlerhaube.

Sie schaut geschäftig auf die Uhr und greift zu ihrem Handy. In dem Moment klingelt auch schon meines. Hastig mache ich es aus.

Na klar. Sie will wissen, ob ich schon vor Ort bin. Wenn nicht, will sie mir den Prinzen vor der Nase wegschnappen.

Mann, ist die dämlich. Ich fahre vor ihr im Kreis herum, und sie sieht mich nicht.

Verdammt. Sie wird mir doch nicht im letzten Moment noch zuvorkommen?! Dem Prinzen von Zamunda ist es doch völlig egal, wer ihm die Sechsmillionenvilla verkauft, solange es eine schöne Frau ist, die nicht bei drei auf den Bäumen ist!

Was soll ich machen? Ich kann doch nicht mit dem verlotterten … hier aussteigen!? Und schon gar nicht vor dieser Ziege Kirsten!

Wenn ich mir das vorstelle! Die Pagen reißen die Tür auf, der Penner krabbelt umständlich heraus. »Grüß Gott, die Herrschaften! Hatten Sie eine angenehme Anreise? Dürfen wir Ihnen mit dem Gepäck behilflich sein?«

Sie strecken die Hände aus nach seinem Bündel mit dem Schmusekissen, fahren einen goldenen Wagen heran, und er sagt höflich: »Nein danke, das Bündel schaffe ich gerade noch allein!«

Die Pagen lassen verstört ihre weiß behandschuhten Hände sinken und schauen mich irritiert an, die adrette blonde Maklerin in Kostüm und weißer Bluse. Im selben Moment kommt auch schon die fiese Kirsten, starrt auf den Penner, und ich sage keck: »Hallo, Kirsten, darf ich vorstellen? Georg, ein Penner aus dem Park, Kirsten, meine Kollegin von der Konkurrenz.«

»Wo hast du den denn aufgerissen?«

»Och, der lag in meinem Wagen. Und da ich ihn nun schon mal dabeihatte, dachte ich, ich zeige ihm mal Kitzbühel.«

»Vielleicht mag er am Wilden Kaiser wandern gehen?«

»Ich fürchte, er hat nicht die richtigen Schuhe an.«

»Oder golfen? Welches Handicap hat er denn?«

»Nein, ich denke wir suchen ihm eine Bank im Park und kaufen ihm ein Gurkenbrot. Und ein Rechenheft. Und ein Geodreieck. Dann ist er beschäftigt.«

Die Pagen gucken schon, weil ich so zaudere da in der Auffahrt. Ich bin immerhin schon dreimal im Kreis um die Blumentöpfe gefahren.

Auch Kirsten schaut mit ziemlich unintelligentem Gesichtsausdruck auf meine im Kreis fahrende Kutsche. Gaff doch nicht so, du blöde Kuh!

Andererseits: Was mache ich jetzt? Auffälliger *geht's gar nicht*! Fahr ich nun vor oder nicht?

Was mach ich mit dem Penner? Ich werde *wahnsinng*!

Wütend reiße ich das Lenkrad herum.

»Verdammt!«

»Sie müssen zu Ihrem Prinzen! Es ist gleich halb zehn!«

»Das weiß ich selbst!«

»Soll ich den Wagen irgendwo für Sie parken?«

Ich lache kalt auf. »Das könnte Ihnen so passen!« In Polen hinter der Grenze oder was! Das war jetzt total gemein von mir, aber mir gehen schon wieder die Nerven durch!

»Ich würde Ihnen aber gern behilflich sein!«

»Ich sagte: *Nein danke!!*«

Glaubt der im Ernst, ich gebe ihm meine Autoschlüssel und lasse ihn ins Niemandsland abhauen? Für wie blöd hält der mich?! Für *wie grenzenlos blöd*?!

»Ich möchte Ihnen keine Umstände machen.«

»Das *tun Sie aber*! Sie machen mir andauernd Umstände!«

Wütend fahre ich noch eine vierte und fünfte Runde. Dabei läuft mir der Schweiß in Strömen den Rücken herunter. Die Pagen gucken so dämlich hinter uns her, dass ihre Köpfe schon von den Hälsen zu fallen drohen.

»Sie verkaufen die Immobilie. Sie sind doch so tüchtig …«

Jetzt reicht's.

»Georg, Sie müssen hier irgendwo aussteigen.«

»Natürlich.«

»Aber nicht hier in der Einfahrt.«

Wo kann ich diesen Mann nur rauslassen? Er kennt sich hier nicht aus, und außerdem ist Kitzbühel ein exklusives, vornehmes Pflaster. Ein Vagabund wie Georg würde schneller von der Polizei eingesammelt, als er gucken könnte!

Ich stoße ein paar völlig undamenhafte Flüche aus, die sogar Georg zu beeindrucken scheinen.

Schließlich lege ich den Rückwärtsgang ein und rase mit quietschenden Reifen rückwärts aus der Hoteleinfahrt, den Berg hinunter bis zur stark befahrenen Hauptstraße.

SCHEISSE!! VERDAMMTE, GOTTVERDAMMTE SCHEISSE!

»So. Ich fahre Sie jetzt zum Bahnhof. Und da kaufe ich Ihnen eine Fahrkarte nach Salzburg, ist das okay für Sie?«

»Das ist wahnsinnig freundlich. Vielen Dank.«

Wir rasen innerhalb von drei Minuten zum Bahnhof. Er ist hässlich und öde und so ziemlich das schmuckloseste Gebäude von ganz Kitzbühel.

»Es muss ja nicht erster Klasse sein, oder?«, stoße ich mit zusammengebissenen Zähnen hervor.

»Nein, nein. Zweiter Klasse reicht.«

»Ach, was rede ich denn da. Sie können sich die Fahrkarte natürlich selbst kaufen!« Hektisch krame ich in meiner Handtasche und wühle nach der Brieftasche. Mit zitternden Fingern ziehe ich fünfzig Euro heraus.

»Hier. Nehmen Sie. Bitte.«

Georg zögert, will das Geld nicht nehmen. Ich wedele mit dem Fünfziger unter seiner Nase herum.

»Ich weiß nicht …«

Gleich stopfe ich ihm den blöden Schein in den Mund! Oder ich fresse ihn vor lauter Wut mitsamt meiner eigenen Zunge selbst auf!

»*Mann!*«, brülle ich entnervt. »Stellen Sie sich nicht so an!«

»Danke. Leider kann ich nicht behaupten, dass ich Ihnen das baldmöglichst wiedergeben kann.« Er zögert, möchte wohl noch etwas sagen. »Also Juliane … ich halte es für besser …«

Ich platze gleich!

»Sie halten jetzt *gar nichts für besser*!«

Ich beuge mich zu ihm hinüber – wobei sich unsere Köpfe gefährlich nahe kommen – und stoße mit unverhohlener Wut die Beifahrertür auf, wobei ich ihm den Ellbogen in die Brust ramme.

Tut mir leid, das wollte ich nicht. Nachher weint er noch. Und Fanny ist böse mit mir.

»Wenn Sie mich jetzt *bitte* meine Arbeit machen lassen würden?!« Ich seufze so laut auf, dass ich glaube, gleich durch die Decke zu fliegen. Wie Mary Poppins. Die flog auch immer weg, wenn der Stress unerträglich wurde. »Verschwinden Sie einfach nur aus meinem Leben!«

Georg ist plötzlich schneller aus dem Wagen, als ich gehofft habe. Dabei stößt er sich laut krachend den Kopf an der Autotür.

Ich verziehe gequält das Gesicht.

Autsch. Hoffentlich blutet er nicht.

Ohne zurückzublicken, geht er mit seinem Schmusekissen unter dem Arm auf das trostlose, kitschig pinkfarbene Bahnhofsgebäude zu.

Ja, wie jetzt?

War's das jetzt?

Darf ich jetzt davon ausgehen, dass der Mann endlich aus meinem Leben verschwindet? Ich kann es kaum fassen.

Er hätte sich wenigstens noch verabschieden können!

Kopfschüttelnd lege ich den ersten Gang ein und brause davon.

17

Fünf Minuten später fahre ich erneut vor dem Arosa Hotel vor. Die Pagen tippen sich auf die Schulter und zeigen auf meinen roten Bus mit der auffälligen Aufschrift. Sie scharen sich unter dem Baldachin zusammen und starren mich erwartungsvoll an.

»Da kommt wieder die Irre, die immer um die Blumentöpfe kurvt!«

Ha. Falsch gedacht.

Ich steige hoch erhobenen Hauptes so damenhaft aus dem Wagen, dass man nur bei näherem Hinsehen das Zittern meiner Knie wahrnehmen könnte, und werfe einem Pagen lässig die Autoschlüssel zu.

»Bitte mal in die Waschanlage fahren und auch von innen gründlich säubern, ja?«

»Natürlich. Wird sofort gemacht.«

»Der Prinz von Zamunda erwartet mich«, sage ich cool zu dem Hoteldirektor, der mir, bereits alarmiert, entgegeneilt. Er schaut mich mit seltsamem Blick an.

»Ähm, Quatsch. Jordanien. Nicht Zamunda. Was rede ich denn da.«

»Sind Sie sicher, dass bei Ihnen alles in Ordnung ist?«

»Ja. Klar. Völlig sicher. Warum?« Mist. Wahrscheinlich ist meine Wimperntusche vom Heulen und Zetern völlig verschmiert. Wahrscheinlich sehe ich völlig ramponiert aus. Ich ziehe meine Sonnenbrille aus der Chanel-Tasche und setze sie möglichst lässig auf. »Ist noch irgendwas?«

»Wollen Sie sich vielleicht … ähm … noch etwas frisch machen?«

Das will ich. Allerdings. Ich muss ja so was von dringend!

Willig trabe ich hinter dem Mann her, der mich diskret zu einer luxuriösen Damentoilette dirigiert. »Ich warte hier. Lassen Sie sich Zeit.«

Ein Blick in den Spiegel, und ich falle fast in Ohnmacht: Die gehetzte fleckige Frau mit den verklebten Haaren und dem irren Blick, die mir da wie im Fieber entgegenglotzt, kenne ich nicht.

O Gott. Wie soll ich denn jetzt …

Komm jetzt, reiß dich zusammen, Juliane. Einmal tief durchatmen und so tun, als wäre alles ganz normal. Nur keine Panik. Das schaffst du schon!

Hektisch greife ich in meine Handtasche und zaubere das nötige Besteck hervor, um aus mir wieder eine halbwegs ansehnliche Dame der Gesellschaft zu machen. Glücklicherweise bin ich in solchen Handgriffen geübt und habe ein gewisses Vertrauen in die Wiederherstellbarkeit meines Soll-Zustandes.

Als ich zehn Minuten später wieder herauskomme, breitet sich ein Lächeln auf dem Gesicht des wartenden Hoteldirektors aus.

»Na bitte. Geht doch schon wieder.« Er weist mir, nun schon sehr viel liebenswürdiger als vorhin, den Weg zum Fahrstuhl, wo wir eine halbe Minute schweigend verharren. Nun habe ich genau eine Stunde Verspätung.

Danke, Georg. Ich traue mich nicht, den Hoteldirektor anzulächeln.

Jeder schaut auf die gegenüberliegende Wand.

Wissen Sie, ich hatte nämlich einen Penner im Auto.

Ach so. Ja, ähm. Hüstel. Das kommt ja vor.

Und den musste ich erst irgendwie entsorgen.

Da muss man aufpassen. Die zerbeißen einem gern die Kabel, und dann springt der Motor nicht mehr an.

Ich überlege gerade, ob ich dem Mann meine unglaubliche Geschichte von heute Morgen brühwarm erzählen soll, als sich die Fahrstuhltür auch schon wieder öffnet.

»Bitte hier entlang.« Der Hoteldirektor führt mich durch die riesige Eingangshalle, in deren Sitzgruppen überall stinkreiche Russen lümmeln und schon am frühen Morgen Champagner trinken.

Im Restaurant herrscht reges Gedrängel. Ganz hinten an der offenen Fensterfront vor der Terrasse mit den Liegestühlen sitzt ein Araber.

Allerdings ist er nicht allein. Er plaudert gerade mit einer jungen Frau, die mir den Rücken zukehrt. Die beiden trinken Champagner, und ich höre ein klirrendes Lachen.

Die fiese Kirsten!

Na warte, du Hexe.

Dieses Mal klaust du mir nicht den Kunden. *Dieses Mal nicht!!*

Entschlossenen Schrittes durchmesse ich das Restaurant. So. Das hier ist meine Baustelle. Erhobenen Hauptes baue ich mich vor dem Tisch auf.

»*I'm very sorry, Your Royal Highness*«, sage ich und wende sogleich den Kopf: »Kirsten, hast du dich nicht im Tisch geirrt?« Schneidender kann sogar die Stimme meiner Schwester nicht klingen.

Kirsten springt hastig auf und reißt ungeschickt ihre Serviette hoch, wobei ihr das noch halb gefüllte Glas auf den Schoß fällt. Ein hässlicher Fleck macht sich auf ihrem pinkfarbenen Minirock breit. »Oh, Juliane! Ich dachte, ich überbrücke dem Prinzen die Wartezeit, falls du wieder nicht kommst, wie damals, bei der Dirigentenvilla …«

»Vielen Dank, aber ich lasse nicht jeden Kunden im Regen stehen.« Mein eisiger Blick lässt sie ganz blass werden. »Übrigens – die Toiletten sind dort hinten.«

»Immobilien Glücksgriff«, sage ich mit festem Blick und zwinge mich zu einem bezaubernden Lächeln. »Leben im Paradies. Wir haben eben noch telefoniert. Es tut mir wirklich leid, dass ich mich so verspätet habe! Aber in ganz Österreich ist Stau. Und Bahnstreik.«

Bahnstreik? Das heißt, Georg kann gar nicht …

Der Prinz springt formvollendet auf, wir geben uns die Hand.

Endlich mal eine Männerhand, die gepflegt und manikürt ist und keine löchrigen Strickhandschuhe anhat. Ganz im Gegenteil, diese Hand hier weist sogar ein paar kobaltblaue und smaragdgrüne Ringe auf, und natürlich prangt am kräftigen, ziemlich behaarten Handgelenk eine goldene Rolex. Der ganze Mann ist eine Pracht.

Ein Morgen der Gegensätze, geht es mir durch den Kopf.

Der Prinz von Zamunda ist vielleicht Anfang vierzig und hat ein markantes Gesicht mit pechschwarzem Dreitagebart. Glänzend schwarze Haare fallen ihm in weichen Wellen über den schneeweißen Hemdkragen. Und ein schwarzes Augenpaar taxiert mich.

Überrascht blickt er zwischen der sich hastig verdünnisierenden Kirsten und mir hin und her. Dann nimmt sein Gesicht einen ausgesprochen freudig überraschten Ausdruck an, und er weist auf den Stuhl neben sich. »*Don't worry.* Je später der Morgen, desto schöner die Frauen. *Do you like champagne?*«

Das glaube ich nicht. Das glaube ich einfach nicht! So grauenvoll der Tag begonnen hat, so märchenhaft geht er weiter. Der Prinz von Zamunda ist ein bezaubernder Charmeur. Wir frühstücken Kaviar und Champagner, plaudern, lachen und flirten, dass sich die Balken biegen. Kinder nein, wenn ich das in meinem Club erzähle!

Dann steigen wir unter den Augen der völlig irritierten Pagen in seine schwarz glänzende Limousine und fahren – beide auf der Rückbank nebeneinandersitzend – zum Sonnbichl hinauf, wo die inzwischen perfekt eingerichtete Tennisspielervilla immer noch in der Morgensonne leuchtet.

Ich möchte mich ständig in den Arm kneifen, weil ich es gar nicht glauben kann! Hoffentlich lungert Georg hier nicht irgendwo herum. Ich meine, wenn die Bahn streikt, was wird ihm wohl einfallen?

Mit zitternden Fingern schließe ich das eiserne Tor zum Anwesen auf und entsichere gekonnt die Alarmanlage.

»Das ›Vorsicht bissiger Hund‹ müssen Sie nicht so wörtlich nehmen«, sage ich kokett, während ich automatisch die mannshohe Hecke absuche, »der einzige bissige Hund war der Tennisspieler selbst!«

Der Prinz von Zamunda lacht und lässt seine blendend weißen Zähne blitzen.

Wir schreiten langsam über den hellen Kies zur massivhölzernen Haustür.

»Hausierer und Bettler unerwünscht«, steht da passenderweise auf einem handgeschnitzten Holzschild.

Der Geruch von warmem Holz und Herbst strömt uns entgegen, und die Sonne lässt Vertäfelungen und Parkettböden glänzen.

Überall in der Eingangshalle hängen Bilder von dem Tennisspieler, wie er Trophäen küsst, wie er die Bundeskanzlerin küsst, wie er seine ehemalige Freundin küsst und wie er einen von ihm zerdepperten Tennisschläger küsst. Auf vielen marmornen Säulen stehen Silber- und Goldpokale, an den Wänden prangen ein paar Dutzend Goldmedaillen.

»Toller Mann!«, sagte der Prinz von Zamunda. »Ich sehe mir alle seine Spiele an!«

Okay. Gut. Dann wird er die Villa auch nehmen. Wollen wir also mal unser Gedicht aufsagen:

»Unter Verwendung hochwertiger Materialien und alten Holzes wurde dieses prächtige Landhaus erst Ende 2005 fertiggestellt. Wir haben es komplett nach den Wünschen des Tennisspielers bauen lassen«, lege ich los. Dass ich die schönsten Einrichtungsgegenstände eben noch mit einem Penner hereingeschleppt habe, erwähne ich natürlich nicht.

Wo der wohl jetzt ist …? Ob er nach mir Ausschau hält? Ob er … hier irgendwo im Garten herumschleicht? Oder durch eines der Fenster sieht?

Verwirrt versuche ich mich auf das Wesentliche zu konzentrieren. Mach deinen Job, Juliane. Und sonst gar nichts.

»Klassischer Landhausstil, der mit eleganten modernen Elementen perfekt kombiniert wurde, die Räume sind großzügig angelegt und zu jeder Tageszeit sonnendurchflutet.« Trotzdem müsste hier mal gelüftet werden, denke ich.

Es riecht ein bisschen muffig. Nach Georg.

Oder bin das etwa ich?

Wir schreiten die Marmortreppe hinauf, die jetzt mit den weichen, weißen Berberteppichen ausgelegt ist, in denen Georg genächtigt hat. Auf den Treppenabsätzen stehen riesige Blumenvasen mit künstlichen weißen Stoffblumen.

Ich kann nur hoffen, dass der Prinz erkältet ist. Oder irgendwie Polypen hat.

Ich komme mir vor wie in *»Plötzlich Prinzessin«*.

Schon sehe ich mich am Arm des Prinzen in einem Brautkleid aus weißer Spitze mit einem Schleier, der vierzig Meter lang ist, diese Treppen hinaufschreiten … Ach nein, wenn wir schon so weit sind, muss er mich, glaube ich, über die Schwelle tragen. Wenn ich dann meine zwei weichen Mädchenarme beglückt um seinen starken männlichen Nacken lege, habe ich natürlich keinen Schwitzfleck. Und die Schleppe wird getragen von der Pissnelke Kirsten und der Trockenpflaume Claudia, während Fanny Blumen wirft und Karsten Korzkamp im Garten steht und ärgerlich den Kinderwagen schaukelt, in dem Schiela Natascha brüllt wie am Spieß … Und Georg steht mit seinem Ohne-dich-ist-alles-doof-Bündel am Zaun und ist Zaungast.

»Hello?! Missis Hempel?«

»Ach so, ja. Sorry. Ähm …« – ich räuspere einen dummen Kloß von den Stimmbändern – »… die vier Bäder haben alle Marmorfliesen, Whirlpool oder Badewannen für zwei Personen mit integriertem Sternenhimmel, Stereoanlage und Champagner-Bar.« Schwungvoll öffne ich die Tür zum ersten Bad.

Plötzlich sehe ich mich in einem der riesigen, goldgerahmten Spiegel, und ich schnappe entsetzt nach Luft. Bin *ich* das? Ich habe immer noch Spuren von verwischter Wimperntusche unter den Augen und … o Gott!! Dieser riesige Schwitzfleck?

Auf einer verchromten Abstellfläche steht einsam und verlassen ein herbes Tennisspieler-Deo, mit dem ich kurzfristig liebäugele, aber der Prinz lässt mich nicht aus den kohlschwarzen Augen.

Ich kann ja schlecht sagen: »Sekunde mal eben«, meine Bluse aufknöpfen und mir das Männerdeo zwischen die Brüste sprühen … Nachher treiben wir es noch in der Besenkammer …!

Wir schreiten würdevoll weiter, und ich öffne wieder eine Tür zu einem großen cremefarbenen Zimmer, hinter der nun allerdings ein großes Doppelbett mit champagnerfarbenem Seidenüberwurf steht, was die Sache nicht gerade vereinfacht.

»Die vier Schlafzimmer sind mit original handgefertigten Bauernmöbeln ausgestattet.« Und einem seidenen Bettüberwurf. Den ich vor zwei Stunden hier noch ächzend und – zugegeben – mithilfe eines Penners drapiert habe.

Aber der Prinz schaut gar nicht auf die Bauernmöbel. Er schaut auf mich.

»So, ähm. ja. Was gibt es noch zu sagen …«

Mir wird auf einmal so heiß! Mein Gott, man müsste dringend mal die Fenster aufreißen in dieser Villa, wenn die Sonne reinscheint, ist es einfach unerträglich stickig hier drin …

Am liebsten würde ich mir jetzt alle Kleider vom Leib reißen – insoweit scheinen unsere Interessen übereinzustimmen, so wie der Prinz von Zamunda guckt! –, aber nur, um sofort eiskalt zu duschen!

Und meine gesamte Wäsche samt Bluse und Kostüm würde ich nur zu gern schnell in die Waschmaschine stecken.

An was erinnert mich das? Diese Szene kommt mir doch irgendwie bekannt vor …

Plötzlich durchzuckt mich schon wieder ein sehr störender Gedanke.

Georg! Ist er hier in der Nähe? Fast bilde ich mir ein, seine Anwesenheit zu spüren.

Ich schüttele den Kopf.

Nein, halt. Stopp. Der passt jetzt überhaupt nicht ins Bild.

Schnell schließe ich die Schlafzimmertür wieder: »Die Lage auf der Sonnenseite Kitzbühels ist natürlich absolut ruhig, und wenn Sie bitte einmal mit auf den Balkon kommen würden …« Vorsichtig lasse ich das Panoramafenster leise zur Seite gleiten. War da vorne nicht gerade noch ein Schatten, der hinter die Tanne gehuscht ist? »Der Blick auf die Stadt, den Hahnenkamm und den Wilden Kaiser ist, wie Sie sehen, traumhaft schön, und im Winter krabbeln die Schneeraupen noch bis spät in die Nacht wie Glühwürmchen über die schwarze Piste.« Wieso habe ich krabbeln gesagt? Ich lasse meinen Arm schwärmerisch schweifen, ziehe ihn aber in plötzlicher Wahrnehmung eines merkwürdigen Geruches, den meine Achselhöhlen ausströmen, wieder ein. O Gott! Ist das *peinlich*!

Als wären mir die Hände an den Schultern angewachsen, stehe ich etwas verlegen da: »Tja, und übrigens ganz und gar unverbaubar.«

Durch meinen Körper schießt jede Menge Adrenalin. Was die Sache mit dem Schwitzfleck auch nicht bereinigt.

Einmal einen dicken Wurm am Haken, und ich sehe scheiße aus!

»*You look so sweet*«, sagt der Prinz und strahlt mich an. »*I hope I'm not embarrassing you, but you are really cute!*«

Doch. Er bringt mich *wohl* in Verlegenheit.

Plötzlich streicht mir der Prinz über den Kopf und zwickt mich beherzt in die Wange.

Ja, was soll das denn jetzt?! Ist das bei Sultans im Morgenlande üblich?

Mann, was bin ich durch den Wind.

Mein Lächeln fällt etwas verkrampft aus, insbesondere weil er mich eindringlich mustert.

Da sehe ich Georgs Gesicht vor mir.

Warum muss ich denn immerfort an den Penner denken?

Bin ich denn noch ganz dicht?

Weil ich nach ihm *rieche*?

Oder weil ich mir ernsthaft Sorgen um ihn mache?

Jetzt könnte ich einmal einen Prinzen in der Hand haben, aber ich will lieber einen Bettler auf dem Dach.

Inzwischen ist es später Nachmittag. Der Prinz ist abgereist. Wir waren erst beim Notar und dann ziemlich lange auf der Bank. So eine Riesensumme Geld muss ja erst mal gezählt werden, und auch die diskrete Überweisung nach Monaco brauchte seine Zeit.

Schließlich überreichte der Prinz mir lächelnd den angekündigten Louis-Vuitton-Koffer, in den wir mit vereinten Kräften meine Provision schaufelten. Dann gab er mir noch einen Kuss auf jede Wange, wobei ich bemerkte, wie gut er roch. Nach einem sehr exquisiten orientalischen Parfum.

»Es war mir ein Vergnügen.« Er sah mir noch einmal ganz tief in die Augen: »Sie sind eine tolle Frau.«

Warum er das fand, ist mir ein totales Rätsel.

»Kann ich Sie noch irgendwohin mitnehmen?«

»Nein, danke. Ich gehe lieber zu Fuß.«

Endlich fuhr die schwarz glänzende Limousine mitsamt Prinz von Zamunda davon.

Jetzt stehe ich da mit meinem Lottogewinn und könnte eigentlich in Wuppertal eine Herrenboutique eröffnen. Oder mit meiner Tochter zu einer Papstaudienz reisen. Oder ihr ein Pferd kaufen. Oder endlich eine Luxuskreuzfahrt in die Karibik buchen!

Aber ich bin total erschöpft.

Warum freue ich mich denn nicht?

Warum mache ich denn keine Luftsprünge?

Warum rufe ich jetzt nicht in der Firma an und lasse den Champagner kalt stellen?

Mir ist nur nach einer Dusche.

Aber was das Aberwitzigste und Verrückteste ist – ich will wissen, wo Georg steckt.

Ja, ich bin ein Fall für die Klapse.

18

Mit meinem prall gefüllten Geldkoffer unter dem Arm wandere ich durch das belebte Kitzbühel in Richtung Arosa. Hier wimmelt es auf den Straßen von reichen Menschen in feinsten Designerklamotten, die vor den Schaufenstern der Edelboutiquen stehen bleiben, also brauche ich mir um meine Kohle keine Sorgen zu machen. Mein Auto ist hoffentlich aus der Waschanlage zurück und auch von innen tadellos gesäubert. Ich werde dem Pagen einen Schein zustecken, in mein Auto steigen und nach Hause fahren.

Oder etwa nicht?

Ungläubig schüttele ich den Kopf.

Nein, ich werde *nicht* zum Bahnhof fahren und schauen, ob der Penner da noch sitzt! Unwillkürlich fange ich an zu keuchen, als sich mein Schritt beschleunigt.

Wie konnte so einer wie Georg überhaupt zum Penner werden?

Wie war sein Weg in den Abgrund?

Ich meine, was muss passieren und wie lange dauert es, bis ein gebildeter, höflicher, eigentlich gut aussehender Mann in den besten Jahren mit einer Strickmütze und einem Einkaufswagen auf der Parkbank sitzt?

Er hört klassische Musik und sucht ansonsten die Stille.

Er ist gern allein.

Er kann Mathe.

Er ist freundlich zu Kindern.

Hat er was ausgefressen?

Aber was?

Irgendwas muss passiert sein!

Welche Menschen haben sich von ihm abgewendet, was muss er getan haben, dass sie ihn so fallen gelassen haben?

Woher stammt er? Hat er noch eine Mutter?

Komisch, dass ich das denke.

Habe ich denn … Muttergefühle für ihn?

Oder …

War er mal verheiratet? Vielleicht hat er Kinder?

Warum ist dieser Mann so tief gefallen? Und warum versucht er nicht, wieder auf die Beine zu kommen? Fehlt es ihm an Geld? Nachdenklich presse ich den Geldkoffer an mich.

Erregt er da gerade mein Mitleid? Quatsch!

Was erregt er denn dann in mir?

Widerwillen. Genau.

Er erregt ganz klar meinen Widerwillen. Jeder halbwegs gebildete Mensch kann sich am Riemen reißen und arbeiten.

Meine Schritte werden härter, die Absätze meiner Pumps knallen auf den Asphalt.

Warum versucht er nicht, Arbeit zu finden?

Ich arbeite doch auch bis zum Umfallen.

Oder geht das alles nicht mehr, wenn man erst mal auf einer Parkbank sitzt?

Hat man da überhaupt noch Selbstachtung? Traut man sich noch unter kultivierte Leute? Zu Ämtern und Beamten? Weisen sie ihm beim Arbeitsamt die Tür? Scheuchen sie ihn bereits aus der Wartehalle? Wovon lebt er, wenn nicht von meinen Gurkenbroten? Wo schläft er, wenn nicht in meinem Auto?

Wo wäscht er seine Klamotten, wenn nicht in meiner Waschmaschine? Und wo wäscht er sich selbst, wenn nicht in meinem Badezimmer? Wo übernachtet er, wenn nicht in meinen leer stehenden Villen?

Ich meine, der muss doch irgendwo ein Dach über dem Kopf gehabt haben, bevor er in mein Leben eindrang!

Was, wenn es Winter wird? Der kann doch nicht bei Eis und Schnee weiter auf seiner Parkbank hocken!

Je steiler es wird, desto wütender beschleunige ich meine Schritte.

Warum geht mir dieser Mann so nahe?

Irgendein fremder, aus dem Nichts aufgetauchter, gestrandeter Mensch, den mir das Schicksal immer wieder vor die Füße spült? Und von dem ich gerade mal den Vornamen weiß und sonst nichts!

Was tue ich denn da? Was, um Himmels willen, tue ich denn da?

Obwohl ich wirklich gern sofort nach Hause möchte, um *endlich* zu duschen und etwas zu essen, kurve ich mit dem Geldkoffer auf dem Beifahrersitz ein paarmal um den Bahnhof herum und bekomme Herzklopfen, wenn ich Georg zu entdecken glaube.

Ich bin ja bescheuert. Bescheuert herzgesteuert.

Ich weiß nicht, was ich will.

Weiß nicht, was ich tun soll.

So planlos war ich ja noch nie!

Wie heute Morgen fahre ich mindestens fünfmal sinnlos im Kreis herum.

Dabei könnte ich den Blinker setzen und auf die Hauptstraße nach Salzburg abbiegen! In einer Stunde könnte ich mitsamt dem Geldkoffer zu Hause sein!

Warum kann ich den Kerl nicht einfach seinem Schicksal überlassen?

Nein. Ich kann es einfach nicht.

Ärgerlich über mich selbst, steige ich schließlich mit wackeligen Beinen aus.

So. Klasse. Jetzt stehe ich in meinem Kostümchen in dieser Bahnhofsgegend und komme mir total deplatziert vor.

Soll ich den Koffer einfach im Auto lassen?

Ein paar finstere Gestalten, die sich hier gesenkten Blickes herumdrücken, machen mir die Entscheidung nicht gerade leicht. Durch mein scheinbar zielloses Im-Kreis-Fahren hat mein Mercedes-Bus schon genug Aufmerksamkeit erregt.

Nein, lieber nehme ich ihn mit. Dann sehe ich aus wie eine ganz normale Reisende. Ob der Bahnstreik schon beendet ist?

Mit wackeligen Beinen quäle ich mich die Stufen zur Unterführung hinab und folge dem beißenden Uringestank durch die dunklen, graffitibeschmierten Gänge, bis ich am letzten Bahnsteig angekommen bin. Dabei umklammere ich den Geldkoffer, dass mir die Hände wehtun.

Ich schleppe mich die Treppen wieder hoch.

Der Bahnsteig ist leer.

Okay. Georg ist weg.

Und das ist gut so.

Ich will gerade auf dem Absatz kehrtmachen, als ich jemanden entdecke.

Dort hinten, auf der allerletzten Bank, wo der Bahnsteig schon zu Ende ist, sitzt da Georg?

Die tief stehende Abendsonne blendet mich, und ich kneife die Augen zusammen. Ich nestele nach meiner Sonnenbrille und trippele nervös auf das männliche Wesen zu, das sich da auf der Bank breitgemacht hat.

Weit und breit sind keine anderen Fahrgäste zu sehen. Der Mann und ich sind die einzigen Menschen auf diesem Bahnsteig. Todesmutig trippele ich weiter auf ihn zu, der dunkelrot leuchtenden Abendsonne entgegen. Ich sehe nur seine Umrisse.

Wird er aufstehen und mir entgegenlaufen?

Und wenn ja, was *sage* ich dann?

Hallo, Georg, ich habe mich schon so nach dir gesehnt! Der Tag war so leer ohne dich! Ohne dich ist alles doof!

Bin ich noch ganz dicht?

Ich renne jetzt keinem *Penner* hinterher und frage ihn, ob ich ihn wieder mit nach Hause nehmen kann, oder? Das *träume* ich doch wohl nur!

Fünf Schritte von der Gestalt entfernt, erkenne ich, dass es nicht Georg ist. Es ist irgendein Kerl mit finsterem Blick. Er ist bullig, glatzköpfig, gepierct und tätowiert. In den Ohren hat er außer einer Menge Ohrringe auch noch Kopfhörer, aus denen dumpfe Rhythmen dröhnen.

Vor seiner Bank stehen ein paar Dosen Bier, und er glotzt mich aggressiv an.

Hilfe, wo *treibe ich mich denn plötzlich rum*?

Ich war noch nie so durcheinander. Wenn ich jetzt weglaufe, rennt er mir womöglich hinterher. Ich komme mir vor wie auf einem Förderband, gehe immer noch geradeaus auf ihn zu und dann wie selbstverständlich an ihm vorbei, damit er bloß keinen Verdacht schöpft.

Was soll ich tun, hier am Ende des Bahnsteiges, im gleißenden Sonnenlicht?

Ich gebe vor, etwas Wichtiges vergessen zu haben, schaue schnell auf die Armbanduhr, schüttele über mich selbst den Kopf und mache auf dem Absatz kehrt. Dabei streife ich den Typen mit einem »Tu-mir-nichts-ich-tu-dir-auch-nichts«-Blick und bemühe mich um ein verkrampftes Lächeln.

»Was grinst du so dämlich, du blöde Kuh?«, pöbelt der Kerl mich an. »Hab ich was im Gesicht, was dir nicht passt?«

Oh, das fängt aber nicht gut an. Gar nicht gut.

»Ähm, ich grinse nur über mich selbst. Ich habe vergessen, dass die Bahn streikt.«

»Willst du was auf die Fresse?«

»Ähm, nein, danke.«

»Willst du mich verarschen oder was?«

»Nein! Ich meine, ich habe Sie verwechselt.«

»Verwechselt? Isch bin unverwechselbar.«

»Nein, nein, ist schon gut!« Dabei umkrampfen meine Finger den Geldkoffer, dass die Knöchel weiß hervorstehen.

Gehetzt stöckele ich auf meinen Pumps über den Bahnsteig davon.

»Was hasse da inne Tasche?«, schreit er mir hinterher.

O Gott. Das darf jetzt nicht passieren! Bitte lass den Kerl zu besoffen sein, um zu erahnen, was da drin sein könnte! Ich schaue mich verstohlen um, während ich meine klappernden Schritte beschleunige.

»Bleib stehen, du verfickte Schlampe!« O nein. Keinesfalls. Das halte ich für keine gute Idee.

Der Lümmel steht auf und taumelt leicht. Eine Bierdose rollt auf die Schienen.

Er stößt ein paar weitere ordinäre Ausdrücke aus, die nie im Leben über Georgs Lippen kommen würden, und ich fange an zu rennen.

O Gott. Bitte. Lass mich jetzt nicht im Stich!

Da höre ich, wie er mir folgt. O Scheiße!! Er läuft mir nach! Was soll ich tun?

»Gib mir die Tasche, du Hure!«

Nein, das ist nicht nett. Das ist einfach nicht nett.

In dem Ton kommen wir nicht ins Gespräch. Ich entwickle ungeahnte Kräfte und renne um mein Leben, als ich auch schon spüre, wie er von hinten an meiner Tasche reißt. »Lass sie los, du Scheißhure! Du sollst mir die Tasche geben!«

»*Verpiss dich!*«, schreie ich, und mit plötzlicher Wut hole ich ganz weit aus und schleudere ihm die spitze Kante des Koffers mit voller Kraft ins Gesicht. Sie trifft ihn an der Stirn, und zu meinem grenzenlosen Entsetzen läuft ihm ein dicker Blutfaden über die Schläfe.

Wie ich zuschlagen kann! Das hätte ich nie von mir gedacht.

Der Kerl brüllt vor Schmerz und hält sich die Hände vor das Gesicht. Jammernd taumelt er zurück. Er ist offensichtlich wirklich stark alkoholisiert. Diese Schrecksekunde nutze ich, um mit stechenden Lungen davonzuhetzen.

Doch jetzt wird der Stier in ihm wach.

»Na warte, du Miststück!« Ich höre ihn schon wieder dicht hinter mir. »Ich bring dich um!«

»Hilfe«, schreie ich und knicke immer wieder mit meinen hochhackigen Schuhen um. »Ist hier denn niemand?!«

»Vorsicht, auf Gleis fünf fährt ein Schnellzug durch«, höre ich die Lautsprecherstimme, »bitte zurücktreten!«

In Panik stolpere ich weiter, höre schon mit warnendem Pfeifen den Zug nahen.

Rennt er noch hinter mir her? Wenn der Kerl mich jetzt von hinten zu fassen bekommt und auf die Gleise schubst … Wie von der Tarantel gestochen rase ich über den verlassenen Bahnsteig auf die Unterführung zu. In dem Moment sehe ich zwei Reisende mit Gepäck die Treppe heraufkommen. Gott sei Dank. Ich bin gerettet. Die Bahn streikt nicht mehr.

»Verpiss dich doch, du Schlampe!«, brüllt der Finsterling hinter mir her, und dann fliegt eine Bierdose ganz knapp an meinem rechten Ohr vorbei. Ich spüre den Luftzug und höre, wie die Bierdose auf das Bahngleis donnert, bis sie mit einem Knall zerbirst, als der Schnellzug auch schon darüberrast. Mit ohrenbetäubendem Lärm gleitet die stählerne Schlange an mir vorbei, das Bier spritzt mir an die Beine und den Kostümrock.

Warum tue ich mir das alles an? Was will ich mir denn beweisen?

Die beiden Reisenden gehen mit leicht angewidertem Gesicht an mir vorbei. Aha. Sie halten mich wahrscheinlich für eine Pennerin. So wie ich nach Bier stinke, kann man ihnen das nicht verübeln.

»Vorsicht auf Gleis vier«, verkündet die Lautsprecherstimme knarrend. »Der verspätete Zug nach Salzburg fährt nun ein.«

Die beiden Reisenden machen sich einsteigebereit. Sie werfen mir abfällige Blicke zu, und wenn ich ihnen in die Augen sehe, schauen sie schnell weg. Abschaum. Ich bin für sie Abschaum!

So muss sich Georg fühlen, wenn er auf seiner Bank unter der Trauerweide sitzt. Jeder noch so dämliche Passant darf ihm *solche* Blicke entgegenschleudern. Ist er immun dagegen? Besitzt er deshalb diese unglaubliche Gelassenheit? Erreicht ihn das alles gar nicht mehr?

Auf einmal wünsche ich mir nichts sehnlicher, als Georg noch einmal zu sehen. Ich möchte ihm so viele Fragen stellen und möchte mich für meine Borniertheit entschuldigen. Gleichzeitig habe ich eine Heidenwut auf ihn.

Der Zug kommt mit quietschenden Bremsen zum Stehen, und die Reisenden steigen ein. Der Mann dreht sich fragend nach mir um: »Wollen Sie nicht mit?«

»Nein«, sage ich schwach. Ich presse den Geldkoffer vor meine Brust: »Alles okay.«

Nichts ist okay. Plötzlich laufen mir die Tränen nur so über das Gesicht, große Tropfen landen auf meinem ohnehin schon durchweichten Kostümrock.

Die Türen fallen zu, und der Zug fährt langsam ab.

Jetzt sitze ich allein und frierend auf diesem hässlichen Bahnsteig und spüre die verächtlichen Blicke dieser Leute noch immer. Ich versuche, aufzustehen und die Treppe hinunterzugehen, aber es geht nicht. Wie gelähmt bleibe ich sitzen. Es ist so, als hätten sie mich geohrfeigt. Und wie ich für den besoffenen Kerl am Ende des Bahnsteigs beinahe zum Freiwild geworden bin!

Noch nie hat mich jemand so ordinär beschimpft, und noch nie hat mich jemand so verächtlich angeschaut.

So schnell kann es gehen, denke ich. So schnell.

Da spüre ich plötzlich eine Hand auf meiner Schulter, und ich versteife mich. Ich kneife die Augen zu und stelle mich tot.

Der Betrunkene hat sich von hinten angeschlichen! Ich bin so geschockt, dass ich nicht weiteratme. Er steht hinter mir. Ganz dicht. Er muss sich genähert haben, als der Zug so lärmte. Ich habe nichts bemerkt.

Jetzt wird er mich erwürgen.

In Todesangst greife ich mir an den Hals und lasse dabei die Tasche fallen.

»Nicht erschrecken«, sagt eine Stimme ganz sanft hinter mir. »Bitte nicht schon wieder erschrecken, Juliane. Der Typ ist weg. Ganz ruhig, keine Angst, er tut Ihnen nichts mehr.«

Die Hand streicht mir sanft über den Kopf.

Ich zucke zusammen und wirble herum. Mein Herz macht einen ganz unvernünftigen Satz, entschlossen wische ich mir die Tränen ab.

Und dann, völlig bescheuert herzgesteuert, springe ich auf und falle ihm um den Hals.

19

»Wo haben Sie denn die ganze Zeit gesteckt?«, frage ich, als ich mich wieder im Griff habe, während ich neben ihm über den Bahnhofsvorplatz stöckele wie eine erzürnte Mutter, die ihren ungeratenen Sohn von der Klassenfahrt abholt. Ich bin völlig erschrocken über meinen Gefühlsausbruch eben und versuche mit allen Mitteln, den gebührlichen Abstand zwischen uns wieder herzustellen.

»Ich habe mir Kitzbühel angesehen«, sagt Georg. »Die Bahn hat ja gestreikt. Da dachte ich, vielleicht laufen wir uns doch noch mal über den Weg. Und so war es ja auch.«

Er grinst zufrieden.

Der macht mich wahnsinnig.

Ich ärgere mir ein Loch in den Bauch. Der Kerl hat sich einen schönen Tag gemacht, während ich ununterbrochen an ihn denken musste und mich seinetwegen in Lebensgefahr begeben habe!

»Aha. Und warum sind Sie nicht in den einzigen Zug, der heute fuhr, eingestiegen?«, frage ich streng.

»Weil ich Sie um Ihr Leben rennen sah. Da dachte ich, ich könnte Ihnen behilflich sein. Ich habe mich dem Mann in den Weg gestellt. Und währenddessen ist der Zug leider abgefahren.«

Ich schnaufe. »Danke.«

»Oh, gern. Keine Ursache. Es wäre natürlich interessant zu erfahren, warum *Sie* am Bahnhof waren. Sie haben mich nicht zufällig gesucht?«

Er sieht mich von der Seite an, und ich denke gar nicht daran, seinen Blick zu erwidern. Stattdessen gehe ich zum Gegenangriff über.

»Und Sie wollen *nicht* zufällig in der Tennisspielervilla übernachten?«, frage ich mit schneidender Stimme.

»Es tut mir leid, dass Sie wegen mir immer so wütend werden.«

»Und ich werde wütend, weil *Sie mir* immer so *leidtun*! So wird ein Schuh draus!«

Ich bleibe stehen und schaue ihn an, wie er da steht, mit seinem viel zu weiten Mantel und seiner Wollmütze auf dem Kopf. Er richtet seine braunen Augen auf mich: »Ich wollte Sie nicht belästigen. Ehrlich. Und Sie müssen zugeben, dass ich Ihnen nicht nachgelaufen bin.«

Mir entfährt ein Schnauben. »Nein, ich bin *ihnen* nachgelaufen! Das ist ja das Schlimme!« Kopfschüttelnd laufe ich weiter, und er trabt neben mir her.

Wir sind an meinem Auto angekommen.

Die Sonne ist verschwunden, es wird ungemütlich frisch. Die Leute werfen befremdete Blicke auf uns, manche schütteln den Kopf.

Ja, wir sehen beide völlig heruntergekommen aus, frieren und sind hungrig.

So muss sich Georg ständig fühlen. Mit welcher Selbstherrlichkeit die Leute den Kopf schütteln! So als hätten sie das alleinige Anrecht auf bürgerliches Leben! Auf einmal fühle ich eine starke Zugehörigkeit zu Georg.

Fast trotzig werfe ich den Kopf in den Nacken.

Ich fröstele in meinem dünnen, durchnässten Kostüm, muss ganz dringend auf die Toilette, außerdem habe ich das Bedürfnis, mir die nassen Strümpfe und den klammen Rock auszuziehen und heiß zu duschen.

Plötzlich habe ich eine Idee. Eine absurde Idee, zugegeben.

»Glauben Sie ja nicht, dass das zur Gewohnheit wird!«, höre ich mich sagen, bevor ich mein zerrupftes Strumpfhosenbein ins Auto schwinge. »Aber wir können jetzt beide eine Dusche vertragen.«

»Also, ich bin da total flexibel«, antwortet Georg schlicht und steigt erfreut ein. Dann sieht er mich schweigend von der Seite an, während meine Hände, die das Lenkrad umklammern, leise zittern.

Kurze Zeit später stehen wir vor der Tennisspielervilla. Geschäftig mache ich mir in der Garage zu schaffen und fische den Schlüssel aus der Tasche des Motorrades.

Georg ist nicht ausgestiegen. Ich klopfe an die Scheibe. »Na, was ist? Wollen Sie jetzt duschen oder nicht?!«

Er schaut mich fragend an, aber dann rappelt er sich auf und steigt aus.

»Ich wusste nicht, dass Sie *hier* duschen wollen.«

»Also ins öffentliche Hallenbad wollte ich nicht. Schön die Schuhe abputzen«, sage ich im O-Ton Christiane, während ich die Alarmanlage ausschalte und mich unauffällig vor das Schild »Betteln und Hausieren verboten« stelle. Wie heute Morgen tritt Georg hinter mir ein.

Doch diesmal kommt er nicht als Möbelpacker und Handlanger, den ich herrisch zur Eile antreibe. Diesmal kommt er als Gast.

»Und *die* haben Sie heute an den Prinzen verkauft?«, fragt er beeindruckt.

Zu meinem Entsetzen spüre ich, wie ich rot werde.

Georg klopft fachmännisch gegen die massive Holzvertäfelung.

»Nach dem Kaufpreis zu fragen, halten Sie wahrscheinlich für vermessen.«

Ich muss lachen. »Aber nein! Fragen Sie ruhig! Aber leider ...« Ich breite mit gespieltem Bedauern die Arme aus: »Der Prinz von Zamunda ist Ihnen zuvorgekommen!« Dann kann ich nicht mehr an mich halten: »Sechs Millionen!«

Er schürzt die Lippen: »Ein stolzer Preis! Dann sind da in dem Koffer …« Er rechnet blitzschnell. »… 180 000 Euro. Respekt, Respekt.«

»Das ist die Hütte aber allemal wert«, gebe ich fachmännisch meinen Senf dazu. Dann beiße ich mir auf die Lippen. Was *rede* ich denn da?

Wir betreten ein bisschen verlegen die Bibliothek, und nachdem ich mit geübten Fingern an einem hinter Seidenvorhängen versteckten Dimmer gedreht habe, wird die ganze Pracht in warmes Licht getaucht. Ich räuspere mich verlegen. Ohne meine üblichen Immobilienmakler-Sprüche weiß ich gar nicht, was ich sagen soll.

»Wer geht zuerst ins Bad?«, entfährt es mir. In meiner Verwirrung schlage ich mir gegen die Stirn: »Ach Quatsch. Wir können ja gleichzeitig gehen.«

Er hebt erstaunt den Kopf: »Sie meinen, weil wir sowieso schon mal zusammen im Bad waren und uns gesehen haben, wie Gott uns schuf …?« Er nimmt seine Mütze ab, dreht sie in den Händen und setzt sie wieder auf. »Das ist durchaus ein nettes Angebot, aber ich möchte Ihnen wirklich nicht zu nahe treten.«

Jetzt werde ich knallrot und ich beeile mich, seinen Verdacht zu zerstreuen: »Was denken Sie denn?! Es gibt *vier* Bäder! *Das* meine ich!«

Also echt jetzt. Wütend über mich selbst, flüchte ich in das Kaminzimmer. Georg folgt mir auf dem Fuße und sieht sich interessiert um. Frisches Brennholz stapelt sich innerhalb der steinernen Umfriedung, ein paar fette Buddhafiguren meditieren auf dem Parkettboden, und bequeme, mit Leopardenfellen überzogene Ledersofas laden zum Verweilen ein.

»Halleluja«, sagt Georg langsam. »Und diesmal bin ich sogar eingeladen.«

Auf einmal erfüllt es mich mit Stolz, ihm eine Freude machen zu können, und mein Herz weitet sich fast schmerzhaft in meiner Brust.

Schließlich hat er mich vor dem schrecklichen Bahnhofsproleten gerettet. Und er hat mit Fanny Mathe gepaukt. Ich bin ihm etwas schuldig, denke ich, während ich ein paar Holzscheite in den Kamin lege.

Juliane, du spielst mit dem Feuer, geht es mir plötzlich durch den Kopf.

Was bist du ihm denn schuldig?

Nichts! Absolut nichts! Fahr nach Hause zu deinem Kind!

Du machst hier Sachen, die absolut nicht okay sind! Wenn das irgendjemand mitkriegt, bist du geliefert.

Ich zögere. Noch könnte ich alles rückgängig machen!

Noch könnte ich ihn rausschmeißen!

Könnte ich das wirklich? Wie oft habe ich ihn schon fortgejagt, und wie oft habe ich mich geschämt dafür?

Andererseits: Vielleicht klaut er mir, während ich dusche, die Provision und haut damit ab?

Georg scheint meine Gedanken nachzuvollziehen. »Vertrauen Sie mir, Juliane!«, sagt er. »Ich werde Ihre Gastfreundschaft nicht ausnutzen. Bitte. Sie brauchen eine Dusche.«

»Ich verlasse mich auf Sie«, sage ich streng. »Dass Sie mir hier nichts anrühren!«

Das war vielleicht zu herrisch. »Sie könnten höchstens mal schauen, ob es hier etwas zu essen gibt«, überspiele ich meinen Kommandoton von eben. »Ich sterbe vor Hunger.«

»Keine Bange«, steckt Georg die Kränkung weg. »Und wegen des Abendessens: Lassen Sie sich überraschen, schöne Frau!«

Mir schießt schon wieder die Röte ins Gesicht. Mit ausholender Geste zeige ich nach oben. »Ich nehme das rechte Bad. Und schließe von innen ab!«

Es ist zugegebenermaßen ein ziemlich prickelndes Gefühl, in der verspiegelten Luxusdusche eines bekannten Tennisspielers zu stehen, während über mir der künstliche Sternenhimmel leuchtet. Ich gerate in eine aberwitzige Stimmung. Am liebsten würde ich laut singen, aber ich trau mich nicht.

Meine fleckigen und nassen Sachen habe ich in die Badewanne geworfen und einfach heißes Wasser darüberlaufen lassen. Dann habe ich einen großzügigen Schuss Tennisspieler-Shampoo gegen Schuppen und Haarausfall dazugeschüttet.

So. Toll. Und was soll ich jetzt anziehen?

Das Zeug wird doch nie wieder trocken!

Eile mit Weile. Irgendwas wird mir schon einfallen. Sonst laufe ich halt im Bademantel rum. Macht Udo Jürgens auch immer.

Hallo?! *Ticke* ich noch ganz richtig?

Bin ich betrunken? Oder was ist mit mir los? Träume ich das alles nur? Das wäre vermutlich die beste Lösung.

Merkwürdigerweise finde ich es nämlich noch viel prickelnder, einen Penner dabeizuhaben. In einer Sechsmillionenvilla. Die seit heute dem Prinzen von Jordanien gehört. Das ist alles so herrlich verboten!

Während ich mich genüsslich einseife, stelle ich mir Christiane vor, wenn sie mich hier sehen könnte. Nackt und schutzlos. Einem Fremden ausgeliefert. Schade, dass ich das nicht in meinem Club erzählen kann.

Juliane! Bist du noch ganz dicht! Du wirfst dich einem fremden Herumtreiber zum Fraß vor! Was hast du eigentlich vor mit ihm? Hm?

Das ist ja das Spannende, denke ich wie in Trance. Dass ich absolut keine Ahnung habe, wie es weitergeht. Ich bin einfach nur unendlich erschöpft.

Am liebsten würde ich mich sofort in eines der Betten legen. Und nur noch pennen. Aber das könnte der Penner falsch verstehen.

Ich dusche ausgiebig, frottiere mich ab, creme mich sorgfältig mit einer teuren Lotion ein, hülle mich dann in einen flauschigen Bademantel, kämme mir die nassen Haare und schaue in den Spiegel.

Ja, Frau Hempel sieht endlich wieder manierlich aus. Nicht mehr bleich und übel riechend, sondern rosig und rein. Fast ein bisschen backfischhaft. So ähnlich wie Fanny, wenn sie frisch geduscht aus dem Bad kommt.

Und Frau Hempel hat so ein merkwürdiges Leuchten in den Augen.

Oder ist das der Sternenhimmel im Spiegel?

Juliane! *Juliane!*

Du hast 'ne Meise.

Überleg dir bitte, wie dieser Abend weitergehen soll!

Nein. Ich will nicht überlegen. Ich will heute Abend nicht mehr überlegen!

Immer muss ich überlegen, planen, organisieren, für andere mitdenken und dazu stets lächeln. Jetzt will ich einfach nur an mich denken.

So. Aus. Basta.

Juliaaane?!, höre ich Christiane empört quaken, als ich barfuß die Treppe hinunterschreite. Ich sehe sie aufgeregt hin und her rennen und den Schnabel wetzen: Kikeriki! »Juliaaane, *willst* du wohl sofort … du bist eine *Dame der Gesellschaft* und noch dazu *Mutter*!«, gackert mein Schwesterhuhn. Aber noch während ich schreite, löst Christiane sich in Luft auf.

Georg hat sich inzwischen ganz selbstverständlich in der Küche zu schaffen gemacht. Ich höre ihn rumoren und klappern, so als wäre er hier zu Hause. Neugierig folge ich einem köstlichen Duft aus Knoblauch und Zwiebeln. Er steht vor der riesengroßen Kochinsel und hantiert gekonnt mit gusseisernen Pfannen und Töpfen.

Georg hat inzwischen auch eine Dusche genommen. Unkompliziert, wie er ist, hat er sich offensichtlich ein paar Freizeitklamotten des Tennisspielers ausgeliehen: Er steckt in einer weißen Leinenhose, dicken Tennissocken (na ja, was sonst), einem sehr ansehnlichen dunkelblauen Poloshirt, unter dem ein weißes T-Shirt hervorblitzt, darüber trägt er einen grauen Kaschmirpullover mit V-Ausschnitt.

Auf einmal merke ich, wie gut er aussieht. Was für einen Riesenhunger ich habe. Und wie unbeschreiblich schön es ist, dass jemand für mich kocht.

»Na, so was!«, sage ich staunend. »Sie wollen mich wirklich verwöhnen?«

Er reicht mir ein Glas Weißwein, der so kalt ist, dass das Glas beschlägt, und lächelt mich freudig an. »Wenn sich die Gelegenheit bietet ...«

Verlegen lasse ich mich vorsichtig auf einem Barhocker vor der Kochinsel nieder. Dabei halte ich mir den Bademantel über dem Busen zu. Und über den Beinen auch.

Nicht dass er denkt ... ich meine, nicht dass er mich missversteht ...

Also bei meinem provozierenden Aufzug könnte er ja glatt glauben ...

Ich finde, ich sollte augenblicklich so einiges klarstellen.

Aber sein Gesichtsausdruck lässt mich schweigen.

»Auf Ihr Wohl, Juliane. Und Gratulation zu Ihrem heutigen Erfolg.« Er prostet mir zu und wendet sich dann wieder seinen brutzelnden Köstlichkeiten zu.

Eigentlich müsste ich jetzt Fanny anrufen. Sie wartet doch längst auf mich!

Aber ich bringe es nicht fertig. Unauffällig greife ich nach meinem Handy und schicke ihr eine SMS: »Bin noch im Stress, bitte geh schon mal ins Bett! Liebe dich! Mama.« Als Georg einen kleinen Teller mit Tomaten, Schafskäse und frischem Olivenbrot vor mich hinstellt, stecke ich das Handy schnell in die Bademanteltasche.

»Wo haben Sie das her?«, frage ich verblüfft.

»Vom Markt.« Er sieht mich ausdruckslos an.

»Vom *Markt*? Sie waren auf dem Markt?«

»Ich habe Ihnen doch gesagt, dass ich mir die Stadt angesehen habe.«

»Und da waren Sie Delikatessen einkaufen?!« Von meinem Fünfzigeuroschein, schießt es mir durch den Kopf. Für den er sich eine Fahrkarte kaufen sollte. Der Mann hat wirklich Nerven.

»In der Hoffnung, heute Abend mit Ihnen essen zu können.«

Mir bleibt die Spucke weg. »Sie haben also damit gerechnet, dass …«

»Pssst«, macht Georg und hebt sein Glas, um es leise an meines klirren zu lassen. »Ich habe mit nichts gerechnet. Ich habe es *gehofft* …«

Wir trinken beide einen Schluck eiskalten Weißwein. Dann legt er einen Tomatenschnitz auf ein Stück Schafskäse, reißt ein Stück Olivenbrot ab und schiebt mir das Ganze in den Mund. Eigentlich hatte ich den Mund geöffnet, um gerade irgendetwas Widerborstiges zu sagen, doch jetzt fresse ich Georg quasi aus der Hand. Ist das nicht eine viel zu intime Geste?

Isch möschte das nischt!

Einen kurzen Moment lang herrscht Schweigen, und wir sehen uns einfach nur an. Auf einmal fällt die Anspannung des Tages von mir ab.

Eine seltsame Art von Geborgenheit macht sich in mir breit. Es ist alles so selbstverständlich! Ich muss nicht funktionieren, keine Phrasen abspulen, nicht toll aussehen und kein Superweib sein. Ich muss nur hier sitzen.

Ich schließe die Augen, während sich der würzige, intensive Geschmack in meinem Mund ausbreitet. Hingebungsvoll fange ich an zu kauen. Dabei seufze ich laut auf. Ach, könnte ich doch für immer hier in der Tennisspielerküche sitzen bleiben!

»Könnt ich zum Augenblicke sagen …«, beginne ich mit vollem Mund.

»Verweile doch, du bist so schön?«, flüstert Georg mit rauer Stimme.

Nee. Faust kann er auch noch. Ich fange an zu grinsen.

Plötzlich spüre ich seinen Handrücken auf meiner Wange.

Ganz zart streicht er darüber.

Mir bleibt das Herz stehen.

Vorsichtshalber lasse ich die Augen geschlossen. Es entsteht eine kleine Pause.

Was jetzt? Eine wohlige Gänsehaut überzieht mich.

O-o! Wir werden doch jetzt nicht … ich meine, das träume ich doch alles nur? Mein Brustkorb hebt und senkt sich, und mir rauscht das Blut in den Ohren.

Ausgerechnet in dem Moment vibriert mein Handy in der Bademanteltasche.

Fanny. Uff. Das ist auch besser so.

»Ich muss drangehen«, sage ich mit belegter Stimme. Er tritt sofort zurück.

Wie in Trance erhebe ich mich: »Fanny? Hast du meine SMS bekommen?«

»Ja. Und ich gehe auch gleich ins Bett, aber …« Sie druckst herum: »Mami, ich muss dir etwas beichten. Sonst kann ich nicht einschlafen.«

»Oh. Oje.« Mein Herz beginnt zu rasen. »Bist du mit den Emos an der Salzach abgehangen?« Ist das der Preis für meine Provision?

Ich fange einen Blick von Georg auf, der gerade frischen Spinat in eine Pfanne gibt, was die Pfanne mit einem Zischen quittiert.

»Nein, spinnst du! Mit diesen Idioten gebe ich mich nicht ab!«

»Aber?« Irgendwie fällt mir ein Stein vom Herzen.

»Aber ich gebe mich mit jemand anderem ab, mit dem du auch nicht einverstanden bist.«

»Nämlich?« Schon wieder fängt mein Herz unrhythmisch an zu klopfen.

»Mami, ich mache mir Sorgen um den Penner.«

Schluck.

»Ähm ... warum?«, frage ich betont ahnungslos und versenke mich hastig in mein Weinglas. Die Dampfschwaden aus der heißen Pfanne hüllen mich gnädig ein.

»Er ist den ganzen Tag nicht auf seiner Bank gewesen. Aber sein Einkaufswagen steht da. Es muss ihm irgendwas passiert sein.«

Ich verschlucke mich und bekomme einen Hustenanfall. Georgs besorgter Blick ruht auf mir. Er legt den Kochlöffel beiseite und klopft mir auf den Rücken. Hastig wehre ich ab.

»Och«, ich versuche ganz ruhig zu wirken. »Der geht sicher nur spazieren.«

Georg zeigt fragend auf sich, und ich schüttele unwillig den Kopf. Ich gebe ihm ein Zeichen, dass er weiterkochen soll. Der Spinat dampft in der heißen Knoblauchbutter, und ich reiße ein Fenster auf.

»Nein, Mama, nein! Abends geht der *nie* spazieren! Es ist nämlich so, dass ... Mama, das wollte ich dir beichten. Du musst mir aber *versprechen*, nicht böse zu sein!«

»Ich bin nicht böse«, hauche ich, leise ahnend, was jetzt kommt.

»Ich schließe ihm nämlich um diese Zeit immer dein Auto auf. Und heute ist er nicht gekommen.«

Ich schweige.

»Hallo? Hallo, Mama? Bist du noch dran?«

»Ja«, huste ich und nehme schnell noch einen großen Schluck Wein. Und dann noch einen. »Ich bin einfach nur sprachlos.« Was ja auch stimmt.

»Mama, *du* hast gesagt, man muss armen Leuten helfen und darf nicht immer nur an sich denken.«

»Ja.« Ich winde mich wie ein Aal. »Aber es gibt natürlich Grenzen. Und Vereinbarungen, die man einhalten sollte.«

Georgs Blick ruht fast mitleidig auf mir.

Ich werde dunkelrot und drehe mich schnell weg. Ein seltsames Gefühl breitet sich in mir aus. Was *macht* der mit mir?

»Ich habe ihn ja auch nicht mehr ins Haus gelassen«, verteidigt sich Fanny unterdessen ahnungslos weiter. »Vom Auto war nie die Rede.«

»Du bist ein ganz raffiniertes Miststück«, sage ich so streng wie möglich.

»Er hat doch nur ein paar Mal in deinem Auto geschlafen. Das ist doch nicht so schlimm, oder?!«

»Nun ja … *erfreut* bin ich darüber natürlich nicht …« Mir zittert die Stimme. Ich weiß nicht, wohin ich schauen soll. Georg muss mein Herz ja förmlich unter dem Bademantel hämmern sehen! Und ich schäme mich in Grund und Boden.

»Ich habe so Angst, dass ihm was passiert ist«, heult Fanny jetzt los.

»Warum sollte ihm denn was passiert sein?« Georg, hör auf, mich so anzugucken! Das ist nicht fair! Ich *weiß*, dass ich meine Tochter anlüge, aber in welche Zwickmühle hast du mich denn gebracht?!

»Oder weißt du zufällig, wo er ist?«, fragt Fanny halb kleinlaut, halb hoffnungsvoll. »Ich meine, es könnte ja sein …«

Kleines Biest. Kleines, listiges, weibliches, von mir abstammendes Biest.

»Woher sollte ich das denn wissen?!«, stelle ich mich weiter stur.

Georg schenkt mir Wein nach. Dabei streift mich seine Hand, und mir stellen sich alle Härchen einzeln auf.

Wie komme ich aus *der* Nummer bloß wieder raus!

Was soll ich sagen?

Liebling, mach dir keine Sorgen. Wir kochen hier gerade was. Und wenn du nicht angerufen hättest, würden wir uns wahrscheinlich gerade küssen.

Oder wir wären schon im Schlafzimmer – nichts ist unmöglich, Toyoooooota!

»Ich dachte nur, weil er nämlich … letzte Nacht auch in deinem Auto war.«

Tadaaaaaa!

»Und du ja so früh losgefahren bist.«

Taderadaaaaa! Hmpf hmpf hmpf!

»Nun …« Ich raufe mir die Haare. »Mir ist nichts Besonderes aufgefallen. Ich kann ja mal gucken, ob er im Auto ist, dann hätte ich ihn ja dabei«, scherze ich, öffne klappernd das Fenster und mache es unnötig spannend. »Nein, im Auto ist er nicht.«

So. Was du kannst, kann ich auch.

Selbstzufrieden nehme ich wieder auf dem Barhocker Platz.

Mir beginnt dieses Spielchen Spaß zu machen.

Georg schüttelt den Kopf. Um seine Mundwinkel zuckt es. Er streckt die Hand bittend nach dem Handy aus, aber ich reiße es kopfschüttelnd weg.

»Du hast ihn also nicht der Polizei übergeben?«, jammert das liebe Kind.

»Aber nein! Wie könnte ich diesen harmlosen Mann der Polizei übergeben!« Mit funkelnden Augen schaue ich Georg an, unsere Blicke treffen sich mit ungeahnter Wucht.

Juliane, das ist kein Spiel mit dem Feuer mehr, das ist das mutwillige Anzünden einer ganzen Scheune!

Oder schlimmer: einer holzvertäfelten Tennisspielervilla!

»Aber wenn ihm was passiert ist!«

»Was soll ihm denn passiert sein?! Er ist schließlich erwachsen und kann auf sich selbst aufpassen!« Spielerisch mache ich

Georg ein Zeichen, dass ich ihn erwürgen werde, wenn dieses Telefonat zu Ende ist.

Während Fanny am anderen Ende weiterjammert, sehe ich, wie er auf mich zu kommt. Was hat er vor, mir wird ganz *heiß*, was *macht* er denn da?! Er fasst mich an den Hüften und zieht mit einem Lächeln den Gürtel meines Bademantels heraus. Dann legt er ihn mir um den Hals.

Hilfe! Wird er mich erwürgen? Und mein Kind muss alles mit anhören?

Es ist so unbeschreiblich erregend, was er da macht … Ich fühle mich ihm so herrlich ausgeliefert. Wie soll ich mir denn mit einer Hand … Ich japse und nestele an dem sich öffnenden Bademantel …

»*Mamaaa?*«

»Ähm, ja!«

»Ist alles in Ordnung?«

Nein! Nichts ist in Ordnung!

Mir wird so wunderlich zumut! Was *macht* der denn da? Wohin lässt er denn seine Finger gleiten? Während ich mit meinem *Kind* telefoniere!

Ähm … Kicher, nicht doch, Finger weg … Ähm jaaaaa …

»Es ist alles … ich bin hier gerade in einer Besprechung …«

Georgs Hand streicht über meinen Hals, um den die Schlinge liegt.

Das ist der Wahnsinn. So was habe ich noch nie … Wenn er jetzt Ernst macht!

Ich beginne vor Angst und vor Erregung zu zittern. Das geht ja *gar* nicht!

»Wir … wir suchen ihn morgen, ja?«, stammele ich halbherzig in den Hörer, während ich immer rascher atme. Seine Finger gleiten jetzt …

»Wir überlegen uns morgen in aller Ruhe …« Ich breche keuchend ab.

»O Mami, du bist die *Beste, Liebste, Tollste …*«

»Bis morgen, schlaf gut, ich liebe dich.«

Mein Blick trifft seinen, und mir gerinnt das Blut in den Adern.

Ich klappe das Handy zu.

Habe ich gerade ›Ich liebe dich‹ gesagt?

Bin ich denn wahnsinnig?! Irgendwie ist mein Hirn wie in Watte gepackt.

Georg streift mir den Bademantel von den Schultern und küsst lächelnd meinen Hals. Und dann wandert sein Mund tiefer. Und tiefer.

Er hat mir die Schlinge um den Hals ein wenig fester gezogen, was mich ganz verrückt macht – ja, wie bin ich denn drauf! –, und dann fängt er an, ganz zärtlich meine Brustwarzen zu küssen, immer abwechselnd. Es ist aberwitzig, was wir da tun. Als er sich plötzlich entschlossen seinen Gürtel aufmacht und sich der Tennisspielerhosen entledigt und der Unterhose … Ach du lieber Gott.

Das geht aber schnell. Ich meine, vor einer Minute stand er noch am Herd, komplett bekleidet, und jetzt … Georg sieht mich eindringlich an.

So habe ich ihn ja schon mal gesehen, in meinem Badezimmer, nur dass er sich damals das Kissen vorgehalten hat und ich ihn mit der Nagelschere bedrohte.

Das muss der Wein sein, dass ich das tue.

Das ist die schärfste und verrückteste Sache, die ich jemals …

Oh, ich will nicht darüber nachdenken.

Heute denke ich einfach nicht mehr nach.

Der Bademantel fällt zu Boden. Seine Hände gleiten über meinen Körper, und wir sinken gleichzeitig auf den warmen weißen Teppich vor dem Kachelofen. Der Widerschein der Flammen züngelt über unsere Körper, über unsere erhitzten, verwirrten Gesichter.

Er nimmt meinen Kopf in seine Hände und küsst mich mit unglaublich weichen Lippen auf den Mund. Seine Lippen öffnen meine, und als wir uns satt geküsst haben, dringt er in mich ein. Ich stöhne auf und dränge mich ihm entgegen, es ist so … unbeschreiblich schön und vertraut, und irgendwann klammere ich mich zuckend und mit einem lauten Aufschrei an ihn. Ich weiß nicht, wie lange wir so daliegen und nur den Atem des anderen am Hals spüren. Es scheint Stunden zu dauern, bis wir uns wieder rühren können.

20

Später, es ist sicherlich weit nach Mitternacht, sitzen wir mit einem Glas Rotwein in der Hand vor dem Kamin. Er hat mir eine weiche Decke um die Schultern gelegt und fürsorglich ein paar Kissen in den Rücken gesteckt. An das Sofa mit dem Leopardenfell gelehnt, genieße ich den Blick auf die Lichter der Stadt und einen ungetrübten Sternenhimmel. Der Mond ist eine schmale Sichel.

Ich bin einfach nur glücklich und wohlig erschöpft, aber an Schlaf ist nicht zu denken.

»Wie konnte einer wie du …« Ich beiße mir auf die Lippen und betrachte nachdenklich das tiefe Rot in meinem Glas, als ob mir die Frage so leichter fiele.

»Ich bin abgestürzt«, sagt Georg schlicht. Er lehnt mit dem Rücken an dem roten Ledersessel, der neben dem Kamin steht. Wegen der Flammen ist sein Gesicht immer abwechselnd hell beleuchtet und dann wieder fast im Dunkeln verschwunden. Seine Haare fallen ihm in weichen Wellen in die Stirn.

»Ja, aber wie kann einer wie du … so tief abstürzen?«

»Mit dem Flugzeug.«

»Oh. Ach so. So meinst du das.«

»Ja. Du etwa nicht?« Er grinst spitzbübisch und trinkt einen Schluck Wein.

»Na ja, also ehrlich gesagt … Wirklich, ein Flugzeugabsturz? Wann war das?«

»Vor fast genau zwölf Jahren. Im Oktober.« Er schaut kurz an die Decke, als wolle er sich davon überzeugen, dass er mir die

Geschichte tatsächlich erzählen will. Ich lasse ihm Zeit, dränge ihn nicht.

Diese Nacht wird lang. So viel ist klar.

»Die Fliegerei war meine Passion. Meine ganze Leidenschaft«, beginnt Georg, und plötzlich sehe ich seine Augen im Schein des Kaminfeuers feucht schimmern. »Ich hatte eine eigene Cessna, einen Viersitzer, und flog meine Auftraggeber zu ihren Businessterminen. Manchmal war ich an ein und demselben Tag in fünf verschiedenen Ländern. Eigentlich war ich eine Art Taxifahrer ...« Er versucht ein Lächeln. »Ein Taxifahrer der Lüfte. Man konnte mich buchen. Na ja, und eines Tages buchte mich mein bester Freund.«

Er schluckt und schaut wieder an die Decke.

Mein Herz klopft ziemlich heftig. Was kommt denn *da* jetzt für ein Hammer?

»In Stockholm war gerade ein Kongress für Zahnärzte, da hat Peter mich gebeten, ihn dorthin zu fliegen. Ich sagte zu, und als meine Frau davon hörte ...« Er verstummt kurz, als wolle er darüber nachdenken, ob er weitersprechen soll. »Sie hieß Anna und war Schwedin. Wir waren noch nicht lange verheiratet, und sie hatte immer Heimweh nach ihren Eltern. Sie war ein Model, bildschön, aber irgendwie doch noch ein Kind.«

Er macht eine Pause und blickt aus dem Fenster, wo sich der Sternenhimmel weit über die Berglandschaft spannt. Es sieht alles so wunderschön aus, und ich weiß nicht, ob ich träume oder ob Georg mir diese Geschichte wirklich erzählt.

»Ich hatte mich so wahnsinnig in sie verliebt, als ich sie auf dem Flughafen in Stockholm zum ersten Mal sah. Ich habe sie mit Blumen und Geschenken überhäuft ... Im Nachhinein glaube ich, dass ich sie ihren Eltern fast geraubt habe, als ich sie zur Heirat gedrängt habe. Sie muss sich so einsam gefühlt haben in unserer Frankfurter Wohnung, so weit weg von ihrer Familie.

Ich war immer unterwegs, und sie konnte noch nicht richtig Deutsch, einen neuen Job hatte sie auch noch nicht …«

Er verstummt erneut und schaut an die Decke, als suche er dort nach einer Erklärung für das, was er mir nun erzählen wird. »Ich habe sie mitgenommen.«

Okay. Okay. Wenn jetzt kommt, was ich befürchte, will ich den Rest der Geschichte, glaube ich, gar nicht mehr weiter hören. Mein Herz rast, und ich klammere mich an meinem Glas fest, dass es fast zerspringt. Bitte nicht weiterreden, Georg. Bitte nicht.

Er senkt den Kopf, sodass ich sein Gesicht nicht mehr erkennen kann.

Dann sprudelt es förmlich aus ihm heraus.

»Peter war auf dem Kongress, und sie hat ihre Eltern besucht und ihre Freundinnen. Ich hatte aber leider kaum Zeit für sie, musste von Stockholm aus noch zwei Banker nach Zürich fliegen. Und als ich Anna dann am Nachmittag wieder abholte, war sie ganz verändert, so aufgekratzt und glücklich. An dem Nachmittag haben wir noch im Haus ihrer Eltern gefeiert, und sie hat sich so gefreut … Na ja, und dann habe ich zum Aufbruch gedrängt, weil es dunkel wurde und man nicht mehr so einfach eine Starterlaubnis bekommt.«

Er macht eine kurze Pause, wofür ich dankbar bin. Ich atme ganz vorsichtig ein und aus.

»Also flogen wir um kurz nach sechs in Stockholm los. Ich hatte vollgetankt und mich in der Landessprache bei der Dame im Tower gemeldet. Ich weiß noch, wie stolz ich war über meine paar Brocken Schwedisch. Anna lachte und meinte, das sei noch verbesserungswürdig. Peter, mein bester Freund, der Zahnarzt, konnte übrigens Schwedisch. Er war der Einzige, mit dem Anna sich in ihrer Muttersprache unterhalten konnte.« Georg schweigt einen Moment und gibt sich einen Ruck, weiterzuerzählen. »Peter saß jedenfalls hinten und arbeitete an seinem Laptop, während Anna neben mir auf dem Beifahrersitz saß.

Ich starte also durch und ziehe die Schnauze nach oben, als ich einen fast unmerklichen Ruck bemerke, so wie wenn jemand an deinem Sicherheitsgurt zieht. Ich wollte Peter und Anna nicht beunruhigen und dachte, solange der Flieger in der Luft ist, gibt es kein Problem. Aber da kam wieder ein Ruck und dann noch einer. Ich spürte so eine Trägheit, als ob kein Benzin drin wäre. Ich hatte aber vollgetankt.

Dann ging alles ganz schnell. Die Propeller blieben stehen, und anschließend ging es in völliger Finsternis abwärts.

Ich habe instinktiv noch einen Gleitwinkel hinbekommen, dann spürte ich, wie ich mit den Flügeln die Bäume abrasierte. Als Nächstes rissen beide Flügel ab. Ich habe keine Sekunde das Steuer losgelassen, obwohl wir jetzt mit 400 Kilometern pro Stunde durch die Lichtung rasten. Dann prallten wir mehrmals mit unglaublicher Wucht auf dem Boden auf und schossen noch ein paar Hundert Meter weiter durch die völlige Dunkelheit. Ich sah noch Funken sprühen und dachte, mein Gott, das Kerosin. Wir überschlugen uns sicher ein Dutzend Mal, und endlich blieb die Kabine mit der Schnauze im Waldboden stecken. Das war eigenartig: zuerst dieses berstende Krachen, und dann war es plötzlich totenstill.

Peter und Anna hingen in ihren Gurten.

Anna war zum Glück erst mal bewusstlos, aber Peter schrie wie verrückt, er hatte schwere innere Verletzungen.«

Wieder macht er eine Pause, für die ich sehr dankbar bin.

Mir schlägt das Herz bis zum Hals, und ich starre auf Georgs flackernden Schatten, als wäre das nur ein furchtbarer Albtraum.

»Und was war mit dir?«, frage ich vorsichtig. Meine Hände krallen sich instinktiv in die Wolldecke.

»Ich hatte den Steuerknüppel im Unterleib, und die Pedale, die durch den immensen Aufprall aus der Verankerung gerissen wurden, haben mir die Beine zertrümmert. Außerdem hatte ich einen Schulter- und Schlüsselbeinbruch, eine Fraktur beider Arme und Schnittwunden im Gesicht, weil ich mit dem Kopf immer wieder gegen die Schalttafel geknallt war. Das Blut lief in Strömen an mir herunter. Ich wollte es wegwischen, konnte aber meine Arme nicht rühren. Du weißt nicht – lebst du? Oder bist du schon über die Ziellinie?

In so einer Situation realisiert man den Schmerz gar nicht mehr. Und ich dachte, wenn das der Tod ist, vor dem sich alle so fürchten, ist das ja gar nicht so schlimm …«

»Nicht so schlimm?! Du beschreibst gerade die blanke Hölle …«

»Nein, es war so ein Schwebezustand zwischen Tod und Leben, und ich wusste, dass ich für die beiden Personen da drin verantwortlich bin, sie waren die einzigen Menschen, die ich wirklich liebte, und deshalb wurde ich auch nicht ohnmächtig. Ich war jede Sekunde bei vollem Bewusstsein.

Irgendwann wurde mir klar, dass ich die Geräte abschalten muss, denn das Gefährlichste ist Feuer. Wir hatten 550 Liter Kerosin an Bord. Peter hinter mir schrie sich die Lunge aus dem Leib, und Anna kam wieder zu sich. Sie hatte wohl irrsinnige Schmerzen, schaffte es aber als Einzige, sich loszuschnallen. Dann hat sie sich auf mich fallen lassen – diesen Schmerz werde ich mein Leben lang nicht vergessen –, und ich habe ihr gesagt, welche Knöpfe sie drücken muss. Mit der Schulter habe ich den Notausstieg aufgedrückt – das war die Hölle! – und ihr gesagt, sie muss sofort raus, wir können jeden Moment in die Luft fliegen. Aber sie hat gemeint, ohne Peter geht sie nicht. Ich habe gesagt, sie muss sich da rausquetschen, auf den Waldboden fallen lassen und notfalls auf dem Bauch vom Flugzeug wegrobben. Doch Anna stand total unter Schock und hat immer wieder versucht, mit einem Feuerzeug Licht zu machen. Aber die Turbine hatte 800 Grad, da hätte kein Funke draufkommen dürfen.

Sie wollte immer Peter mitnehmen, aber der war zu dem Zeitpunkt schon ganz still. Anna habe ich irgendwann gegen ihren Willen aus der Luke gedrückt. Und das werde ich mir nie verzeihen. Dass sie nicht in meinen Armen gestorben ist.«

O Gott. *O Gott*. Mach, dass ich jetzt aufwache und alles nur ein Traum war.

Georg bricht ab und starrt wieder aus dem Fenster. Ich weiß nicht, ob ich mich rühren, ob ich ihn berühren oder etwas sagen darf.

Ich warte einfach nur ab, und das Hämmern meines Herzens ist das einzige Geräusch neben dem Prasseln des Kaminfeuers.

»Sie lag jedenfalls auf dem Waldboden, hat sich in Schmerzen gewunden und geblutet. Während ihres Todeskampfes hat sie nach Peter geschrien, nicht nach mir. In diesem Moment wurde mir klar, dass sie Peter geliebt hat und nicht mich.

Ja, und dann habe ich gerochen, dass das warme Nasse, in dem ich saß, nicht nur Blut ist, sondern auch Kerosin. Das lief ganz allmählich in der Kabine aus. Wenn sie das Feuerzeug angemacht hätte, wären wir beide sofort in die Luft geflogen.«

Ich ringe fassungslos nach Luft, und er flüstert rau: »Das wäre vielleicht auch besser gewesen, das habe ich inzwischen oft gedacht.«

»Aber du wurdest gerettet«, stoße ich mit Inbrunst aus. »Du lebst!«

»Das Einzige, was ich tun konnte, habe ich gemacht. Ich habe mir unter fürchterlichsten Schmerzen mit den Zähnen das Handy aus der Brusttasche gezogen und es irgendwann geschafft, auf die Wahlwiederholungstaste zu drücken. Ich glaube, das hat Stunden gedauert.

Das Handy durfte nicht runterfallen, in das Kerosin.

Meine schwedische Schwiegermutter, mit der wir ein paar Stunden zuvor noch gelacht und gefeiert hatten, hat mich nicht verstanden, als ich sagte, wir wären abgestürzt. Ich konnte nicht so gut Schwedisch, und sie nicht genügend Englisch.

Ja, da hing ich nun in der stockfinsteren Nacht, und neben mir auf dem eiskalten Waldboden ist Anna bei Nebel und Nieselregen verblutet. Ich hatte noch versucht, sie wach zu halten, und wir haben geredet. Ich habe gesagt, dass alles gut wird und ich sie mehr liebe als mein Leben. Dass wir noch mal neu anfangen und auch in Schweden leben können, wenn sie da so glücklich ist. Und da hat sie mir noch ein Geständnis gemacht.«

»Welches Geständnis«, flüstere ich tonlos.

»Bevor sie gestorben ist, hat sie mir noch gesagt, dass sie von Peter schwanger sei. Und dass sie mit Peter weiterleben wolle. Nicht mit mir.«

»Um Gottes willen«, stoße ich hervor, und meine Fingerknöchel sind weiß vor Anspannung. Plötzlich spüre ich, wie sich etwas Warmes, Feuchtes über mein Handgelenk ergießt und auf meinen Bademantel tropft. Da begreife ich, dass ich das Weinglas zerdrückt habe. Der Rotwein rinnt auf meinen Bademantel, und wenn der Berberteppich draufgeht, ist es mir auch egal. Georg betrachtet mit zusammengekniffenen Augen die Mondsichel: »Ja, das war die Stunde null. Währenddessen ist das Kerosin weiter angestiegen, Peter und Anna waren tot, und ich wollte auch nur noch sterben. Wir drei waren unzertrennlich gewesen. Ich habe Anna vergöttert und über alles geliebt und Peter auch.«

»Schrecklich«, stoße ich fassungslos hervor. »Einfach schrecklich!«

»Ich weiß nicht, wie lange ich da mehr tot als lebendig in den Trümmern meines Lebens lag. Ich konnte das Kerosin schon schmecken und hoffte immer, ohnmächtig zu werden, aber das geschah nicht.

Das Gefühl, in diesem Flugbenzin ersticken zu müssen, war fürchterlich, aber dass Anna und Peter sich geliebt haben und dass sie ein Kind von ihm erwartet hat, war noch viel schlimmer. In dem Moment wurde mir plötzlich klar, warum sie so aufgekratzt und glücklich gewesen war: Sie hatte es Peter und ihren Eltern gesagt, während ich die Banker in die Schweiz geflogen habe. Alle haben es gewusst, nur ich nicht … zu diesem Zeitpunkt war ich dann bereit zu sterben. Auch auf so eine grauenvolle Art. Ja, ich wollte im Kerosin ersticken. Doch auf einmal spürte ich eine nasse Hundezunge in meinem Gesicht, sah ein Licht aufblitzen und hörte Stimmen … Man hatte wohl einen Suchtrupp losgeschickt.«

Ich muss noch einmal tief durchatmen. Mein Rücken ist verspannt, und meine Beine sind schon lange eingeschlafen.

»Hat deine Schwiegermutter doch die Rettung alarmiert?«

»Ja. Sie dachte, dass Peter und Anna es mir während des Fluges gesagt haben und dass ich uns mit Absicht in den Tod reißen wollte. Da sind sie mit Suchtrupps losgezogen.«

»Und wie haben sie euch gefunden?« Ich halte vor Spannung den Atem an.

»Der Notsender ELT war aktiviert. Jedes Flugzeug hat so einen Crashsender. Wenn ein Flugzeug mit einer höheren Geschwindigkeit aufsetzt als bei einer normalen Landung, wird automatisch ein Notrufsignal an den nächstgelegenen Tower gesendet. Der Sender konnte nur erst nicht geortet werden: Der Suchtrupp hatte die Wälder zunächst vier Stunden zu Fuß durchforsten müssen.«

»So lange hast du mit diesen unvorstellbaren Schmerzen in dem Kerosin gesessen?«, frage ich entsetzt.

»Der schwedische Hundeführer sah, dass die beiden anderen tot waren, und ging erst mal wieder weg. Er hatte dort keinen Empfang für sein Funkgerät. Vielleicht dachte er, dass ich auch tot bin. Aber der Hund, der blieb bei mir …«

Hier bricht Georg wieder ab, und ich sehe, wie er energisch eine Träne wegblinzelt.

»Der Hund hat eine weitere Stunde lang bei mir ausgeharrt und mir immer wieder das Blut vom Gesicht geleckt. Irgendwann kamen über zwanzig Leute mit ein paar Tragen. Da war ja kein Weg und keine Straße, wir waren mitten in der schwedischen Pampa. Sie haben die beiden Toten gleich mitgenommen. Eine Ärztin hat mir erst mal ein paar Spritzen gegeben, Morphium und so. Dann haben sie mich schwankend und stolpernd fast drei Kilometer durch den nassen, nebligen Wald bis zum Rettungswagen getragen, und ich bin immer noch nicht ohnmächtig geworden. Ich habe immer gedacht, das gibt es nicht, dass man so einen Schmerz aushalten kann – aber ich konnte nicht aufhören, an Anna zu denken.«

Ich kann es jetzt auch nicht mehr aushalten.

»Georg, können wir eine Pause machen?«

Er scheint erst jetzt zu realisieren, dass wir hier in der Tennisspielervilla vor dem Kamin auf dem Teppich sitzen und dass es weit nach Mitternacht ist.

Ganz langsam kehrt er in die Wirklichkeit zurück: »Ich habe das alles noch nie einem Menschen erzählt«, sagt er erstaunt. »Und ich hätte nicht gedacht, dass ich es je tun würde.«

21

Als wir am nächsten Morgen zurückfahren, schweigen wir. Wir sind beide völlig erschöpft und aufgewühlt: Georg, weil er mir seine Geschichte erzählt hat, und ich, weil ich sie nun weiß. Was soll ich nur damit anfangen?

Jetzt habe ich eine Riesenverantwortung für Georg!

Er hat sich mir anvertraut. Und das Allerschlimmste ist: Ich habe mich in ihn verliebt. Ich bin völlig durch den Wind. Was soll ich denn jetzt machen?

Außerdem habe ich einen Kater. Ich fühle mich wie durch den Wolf gedreht. Meine Vernunft sagt mir, dass das alles nur ein völlig verrückter Ausrutscher war. Der Grund ist zu viel Alkohol auf nüchternen Magen. Mein Gefühl sagt mir, dass ich Georg nicht mehr aus meinem Leben verbannen kann. Nicht noch mal. Jetzt bin ich wirklich herzgesteuert!

Ist das Liebe? Fühlt sich so Liebe an?

Oder bin ich nur kurzfristig verknallt? In einen hochinteressanten, außergewöhnlichen, aber eben doch auch gescheiterten Menschen?

Ist es am Ende überhaupt keine Liebe, sondern einfach nur … Mitleid?

Habe ich aus … Mitleid … mit ihm geschlafen? Mich mit ihm nackt auf dem Teppich gewälzt? Mir wird erst heiß, dann kalt.

Ich schäme mich fürchterlich.

Zumal ich mich in dem notdürftig trocken geföhnten Kostüm, das mir nun knittrig und klamm am Leibe klebt, nicht gerade toll fühle.

Was habe ich nur gemacht? War das wirklich ich?

Und – mein Gott! – es war umwerfend! Bloß nicht darüber nachdenken, sonst werde ich verrückt! Sofort verdränge ich die süßen Erinnerungen, die sich in mein Herz schleichen wollen. Trotzdem zieht es sich schmerzlich zusammen. Mein Magen spielt ebenfalls verrückt.

Ich habe doch keine … Schmetterlinge im Bauch?

Wohl eher Motten.

Ich spinne wohl. Ich habe mich Hals über Kopf unsterblich in einen Penner verliebt.

Aber das muss ich ändern! Das muss ich sofort im Keim ersticken! Ich meine, er *passt* doch gar nicht zu mir!

Wie soll das gehen? Wie soll das funktionieren?

Aber er ist so *umwerfend* zärtlich und liebevoll … Schon wieder kehren meine Gedanken an den Kamin zurück, wo wir nach seiner Geschichte sofort wieder übereinander herfielen. Wir haben uns geliebt, als gäbe es kein Morgen, er hat mich gehalten, und ich habe mich an ihn geklammert, als könnte ich ihm all die Liebe zurückgeben, die er mit dem Flugzeugabsturz verloren hat. Nein, das war ein Traum.

Sonst nichts. Nur ein völlig verrückter, wilder, fantastischer, erotischer *Liebes*traum.

Ein Blick nach rechts überzeugt mich von der grausamen Wirklichkeit.

Georg hat wieder seine üblichen Pennersachen an. Die Tennisspielerklamotten hat er heute Morgen artig wieder in den Schrank gehängt.

Er hat die Küche tadellos aufgeräumt und wie immer keinerlei Spuren hinterlassen. Er ist ein Profi.

Aber in was?

Im Einbrechen!?

Im Schmarotzen!?

Im … Menschenbetrügen?

Beim frühmorgendlichen Aufbruch hätte ich fast meinen Geldkoffer vergessen. Er hat ihn mir höflich hinterhergetragen. Ich habe nicht gewagt, ihn zu öffnen oder gar das Geld zu zählen.

Ob er sich heimlich an dem Geldkoffer zu schaffen gemacht hat? Während ich im Bad war? Oder heute Morgen? Als ich mich um mein Kostüm gekümmert habe?

Zeit genug hatte er. Mehrmals. Liebe macht bekanntlich blind. Ihm blind zu vertrauen, ist mehr als naiv. Ich blöde Kuh. Er hätte die gesamte Kohle stehlen können! Und ich bin jetzt zu feige, die Tasche zu kontrollieren.

Das würde Georg nämlich kränken.

Aber wie komme ich nur dazu, ihm so grenzenlos zu vertrauen? Und was noch viel schlimmer ist: Warum vertraut er *mir*? Ausgerechnet *mir*?

Was hat ihn nur dazu gebracht, ausgerechnet mir seine tragische Geschichte anzuvertrauen? Was macht er sich für Hoffnungen? Kann ich die überhaupt erfüllen?

Mir zieht sich das Herz zusammen. Er ist mir *zugelaufen*, im wahrsten Sinne des Wortes. Aber er ist doch kein Hund, den man aus Mitleid aufnimmt!

Er ist ein *Mann*! Und was für einer, geht es mir schon wieder durch den Kopf, und auch durch andere Körperteile.

O Gott! Schon wieder dieser Adrenalinstoß, diese Mischung aus süßem Entzücken und rabenschwarzem Gewissen.

Wie bei einer Wehe versuche ich, die Magenkrämpfe wegzuatmen.

Ob es ihm wohl genauso ergeht? Ich wage nicht, ihn anzusehen.

Stur umklammere ich das Lenkrad und schaue geradeaus.

Bis gestern war Georg für mich *»der Penner«*. Über den habe ich manchmal nachgedacht, mich über ihn geärgert oder zumindest gewundert. Wegen ihm habe ich mit Fanny gestritten, aber ich bekam ihn doch immer wieder aus meinem Kopf heraus.

Das ist ab heute anders, fürchte ich.

Dabei *will* ich ihn wieder aus meinem Kopf herausbekommen! Ich *muss* in aus meinem Kopf bekommen! Und aus meinem *Herzen*!

Mit letzter Kraft versuche ich, wieder ganz nüchterne Geschäftsfrau zu sein. Was gestern war, war die berühmte Einmal-ist-keinmal-Ausnahme.

Die man am besten sofort wieder vergisst.

Ein sogenannter One-Night-Stand.

Natürlich gibt es keinerlei ähm … Zukunft für uns oder auch nur … ein Wiedersehen. Das muss ich ihm irgendwie klarmachen.

Auch nicht auf der Parkbank. Die Sache muss ein Ende haben.

Auch keine Gurkenbrote mehr.

Keine Rechenstunden mit Fanny.

Nichts.

Er sollte aus der Stadt verschwinden.

Ich habe keine Ahnung, was ich zu Hause mit ihm machen soll.

Ich wage immer noch nicht, ihn von der Seite anzusehen.

Wir haben schon die Hälfte des Rückwegs hinter uns, und noch hat keiner von uns ein Wort gesprochen.

Außer »Guten Morgen«. Wir haben so beschämt aneinander vorbeigesehen, als würden wir uns beide wünschen, das gestern – und heute – wäre nie geschehen.

Hoffentlich wünscht er sich das auch.

Bestimmt begreift er, dass er mir nur schaden würde, wenn er jetzt nicht für immer aus meinem Leben verschwindet.

Aber wie soll ich ihm das bloß beibringen?

Ich kann ihm ja schlecht die Parkbank unter der Trauerweide verbieten. Oder ihn polizeilich abführen lassen.

Ach verdammt, in was für einen Teufelskreis habe ich mich denn da begeben?

Was werde ich Fanny sagen, die ihn heute suchen will?

Das muss ein Ende haben. Und zwar sofort.

»So. Da wären wir. Da vorne ist deine Bank.« Ich schaue ihn zum ersten Mal heute wirklich an. »Ich wünsche dir einen schönen Tag.«

Mein Blick ist trotzig, kalt und entschlossen. Dabei bricht es mir fast das Herz.

Ich fühle mich entsetzlich elend. Am liebsten würde ich mich an seine Brust werfen und …

Der knallrote Mercedes-Bus mit der Aufschrift: »Immobilien Glücksgriff – Leben im Paradies« steht ziemlich auffällig am Rande des Parks.

Jeder Spaziergänger, jeder Radfahrer und jedes Schulkind kann ihn sehen.

»Ich wäre dir sehr zu Dank verpflichtet, wenn du dich mit dem Aussteigen ein bisschen beeilen könntest.« War *ich* das, die da gerade so eiskalte Worte gesagt hat?

Georgs Augen bohren sich in mein Herz.

»Tja …« Er senkt den Kopf: »Dann bleibt mir wieder mal nichts anderes übrig, als Danke zu sagen …«

O Gott. Jetzt muss ich ihn umarmen. Ich starre ihn an, mir schießen die Tränen in die Augen, ich möchte seine Hand nehmen, die wieder in diesen löchrigen Handschuhen steckt …

Nein!

»Georg, ich mag dich wirklich sehr, und das letzte Nacht …« Ich zwinge mich, ihn nicht anzusehen, weil ich dann nicht sagen könnte, was ich jetzt sagen *muss.* »… das darf nie wieder passieren. Ich werde es immer in meinem Herzen bewahren, aber aus uns *kann* nie etwas werden. Es ist sicher besser für uns beide, wenn wir uns nie wieder sehen. Und auch für Fanny«, füge ich noch hinzu.

So. Das war deutlich. Ich habe es gesagt. Er hat es kapiert.

Oder etwa nicht?

»Juliane, ich …« Seine Hand wandert unsicher zu mir herüber. Ich ignoriere sie.

Ich *kann* hier in der Parkallee nicht mit ihm Händchen halten. Am liebsten würde ich ihm das »Sie« wieder anbieten.

»Bitte, Georg.«

Entschlossen beuge ich mich zu ihm rüber und stoße die Beifahrertür auf.

»Bitte. Wenn du mich liebst, respektiere meine Entscheidung.«

»Du bereust es also?«

Jetzt sind sich unsere Gesichter ganz nahe.

Wie er mich *ansieht*! Warum zieht sich mein Herz so zusammen?

Ein stechender Schmerz fährt mir in die Brust.

Nein. Mitleid fühlt sich anders an.

Es ist Zuneigung. Und was für welche.

Ich *möchte* ihm ja helfen. Aber wie?

»Georg, ich bereue nichts. Es war wunderschön. Du hast so eine große Seele, und ich wäre unendlich glücklich, wenn ich diese Seele wieder ins Leben zurückgeholt hätte. Du *darfst* dich nicht so gehen lassen, Georg. Dafür bist du viel zu wertvoll! Bitte arbeite an dir! Komm ins Leben zurück!«

»Ja?« Georgs Stimme klingt so weich … so …

O Gott. Jetzt macht er sich Hoffnungen. Das *wollte* ich doch nicht!

»Georg, ich *muss* wissen, warum du es nach so langer Zeit immer noch nicht wieder geschafft hast. Ich will nicht sagen, *überwunden*, denn so etwas kann man nicht überwinden. Aber … warum hast du *dich aufgegeben*?«

Hin- und hergerissen zwischen Abschiedsschmerz und wirklichem Interesse an seinem Leben, beuge ich mich noch einmal vor und ziehe die Autotür wieder zu. Dabei streife ich seine Brust.

Er stöhnt leise auf, ich fühle sein Herz pochen. Dann sieht er mich zögernd an: »Das wäre eine lange Geschichte …«

»Dann erzähl sie mir. Zum Abschied. Bitte. Vielleicht kann ich dir helfen.«

Er sieht mich mit diesen unglaublich zärtlichen braunen Augen an, und mir wird schon wieder ganz heiß.

Ich setze eine entschlossene Miene auf und fahre in bemüht strengem Ton fort: »Du willst mir doch nicht weismachen, dass sich ein Mensch mit deiner Bildung und deinem männlichen … Charakter in seiner Rolle als Penner gefällt.« Ich hole tief Luft, blähe mich auf und sage in Christianes rechthaberischem Ton: »Hinfallen ist keine Schande. Aber liegen bleiben schon.« So. Puh. Jetzt ist es heraus.

Dabei wollte ich gar nicht so herzlos klingen.

Georg senkt den Blick und spielt mit seinen löchrigen Handschuhen.

»Also gut. Zwei Jahre Krankenhaus, mehrfache Ankündigungen, dass meine Beine amputiert werden müssen, dann doch ›nur‹ sechzehn Operationen. Rollstuhl, Psychotherapie. Schwere Depressionen, Schuldgefühle.«

»Aber deine Freunde, deine Familie …«

»Kein Besuch. Alle Kontakte abgebrochen.«

»Aber wieso denn?!«

»Alle machten mich für den Tod von Peter und Anna verantwortlich. Sie glaubten, ich hätte die Maschine in einer Art Amokflug absichtlich zum Abstürzen gebracht.

Hinzu kommt die finanzielle Katastrophe: drei Millionen Schulden durch den Totalschaden des Flugzeugs, plus die Zerstörung eines Birkenwaldes.«

»Aber …« Ich mache den Mund auf und schließe ihn wieder. Scheiße. Scheiße. Scheiße!!

»Die Versicherung zahlte nicht, da der Grund für den Absturz niemals gerichtlich geklärt wurde. Die Amokflug-Version passte allen bestens in den Kram. Annas Eltern haben mich auf fünf Millionen Euro Schadensersatz verklagt – Peters Eltern auf drei weitere. Natürlich hat man mir die Fluglizenz entzogen, und als ich nach fünf Jahren körperlich und seelisch wieder einigermaßen stabil war, wollte ich endlich wieder fliegen. Aber beruflich war der Zug längst abgefahren. Beziehungsweise der Flieger längst abgeflogen.« Ein kleines, gequältes Lächeln, dann schaut er mich mit gerunzelter Stirn an: »So. Schneller ging's nicht. Ich hoffe, ich habe dir nicht zu viel von deiner kostbaren Zeit gestohlen.«

Ich halte die Luft an.

»Und es *war* kein Amokflug, nein?«

»Nein. Ich habe Anna und Peter vertraut. Danach ist in mir alles zerbrochen.«

Das kommt mir irgendwie bekannt vor. Wir sind beide ziemlich auf die Schnauze gefallen mit unserem Vertrauen. Nur dass *ich* die Enttäuschung in kämpferische Energie verwandelt habe.

Aber man kann unsere Geschichten unmöglich miteinander vergleichen!! Wie komme ich nur dazu, ihn zu belehren und von ihm Rechenschaft zu verlangen?

Nun bin ich diejenige, die vorsichtig die Hand in seine Richtung wandern lässt.

Er zieht die seine weg. Na toll.

»Wer wärst du, wenn du könntest«, frage ich plötzlich und schlinge die Finger um meine Knie. »Ich meine, wenn du noch mal ganz von vorn anfangen könntest.«

Georg schweigt einen Moment lang, den Blick in die Ferne gerichtet. »Ich selbst«, sagt er schließlich mit einem Achselzucken. »Ich mag mich so, wie ich bin. Ich bin da, wo ich sein will, ich tue, was ich möchte.«

Ich fahre zu ihm herum: »Aber es muss doch etwas geben, wovon du träumst, etwas, das du noch erreichen willst!«

Er schüttelt lächelnd den Kopf: »Ich tue bereits, was ich tun wollte. Ich lebe. Und atme. Und höre die Vögel singen.«

Nee, jetzt nicht die Franz-von-Assisi-Nummer!

Wild entschlossen fummle ich mit zitternden Fingern so lange an dem Geldkoffer herum, bis er aufspringt.

Alle Scheine liegen sorgfältig gebündelt an ihrem Platz. 180 000 Euro.

Ich bin richtig *erleichtert* über meine Idee, ihm das Geld zu schenken. Dann habe ich nicht mehr so ein *erbärmlich* schlechtes Gewissen.

»Hier!« Ich halte ihm den gesamten Koffer hin. »Damit kommst du fürs Erste über die Runden.« Mein Herz rast. Ich verschenke soeben ein *Vermögen*!

Aber für ihn ist es der Neubeginn!

Ja. Er ist der Mann, der es wert ist. Er ist wundervoll. Er hat es verdient.

Als er nicht reagiert, ramme ich Georg den Koffer beinahe brutal gegen die Brust: »Jetzt nimm ihn schon!«

Wie vom Blitz getroffen starrt Georg mich an: »Ja, glaubst du etwa, ich habe es auf dein *Geld* abgesehen?«

O Gott. O Gott. Ich brenne vor Scham.

»Nein. Doch. Ich meine … Quatsch. Ich gebe dir das Geld gern.«

»Wie kommst du nur auf die Idee, dass ich jemals so viel Geld annehmen würde?« Georgs Gesichtszüge sind völlig eingefroren.

O nein! Das ist mehr, als ich in so kurzer Zeit verkraften kann.

Ich wollte ihn doch nicht *verletzen*! Ich wollte ihn *retten*!

»Dann nimm die Hälfte. Oder wenigstens ein paar Bündel. Hier!« Hilflos klatsche ich ihm ein paar Tausend Euro an die Brust. »Es ist doch nur gut gemeint!« Mir zittern die Hände.

Georg ist kalkweiß im Gesicht. »Ich *will* dein Geld nicht!«

Eine Frau mit Kinderwagen schaut neugierig in den Wagen und geht dann hastig weiter.

Mir schießen die Tränen in die Augen, und ich wische sie zornig weg. Mir wird bewusst, dass ich in meinem Auto, das jeder kennt, mitten auf der Parkallee heulend mit einem *Penner* zusammensitze und mit Geldbündeln werfe.

»Du hast mir deine tragische Geschichte erzählt, und jetzt bringe ich es nicht fertig, dich im Stich zu lassen. Aber das heißt noch lange nicht, dass wir ein Paar werden oder so was in der Art!«

»Damit habe ich nicht gerechnet.«

Nicht gerechnet. Aber gehofft.

»Nein?«

»Nein.«

Aha. So. Puh. Okay. Er hat gar nicht damit gerechnet. Und ich hatte damit gerechnet, dass *er* damit rechnen würde. Ganz schön peinlich.

»Bitte nimm das Geld. Hier!«

Mein sauer verdientes Geld!

Sei's drum.

Hauptsache, ich kann dieses Kapitel endlich abschließen! Wieder in mein normales Leben zurückkehren!

Und muss nie mehr darüber nachdenken!

Ich will mich regelrecht freikaufen.

»Bitte *nimm* es!«, flehe ich ihn geradezu an. »Du könntest deinen Flugschein machen. Und … na ja, für eine Cessna wird es nicht reichen …« Ich kratze mich verlegen an der Schläfe. »Aber du könntest dir eine Wohnung mieten oder so!«

»Danke, nein. Sehr nett – aber … wirklich nein.«

»Aber du *brauchst* es! Du musst noch einmal von vorne anfangen! – Du musst wieder unter Menschen!«

»Mit Geld?« Er schüttelt traurig lächelnd den Kopf. »Mit Geld kann man sich keine Menschen kaufen.«

O nein. Er hat alles so schrecklich missverstanden.

»Ich *will* dich nicht kaufen, Mann!«, schreie ich nun. »Ich will dich *loswerden*!«

Georg zuckt zurück, als hätte ich ihn ins Gesicht geschlagen.

Und das habe ich ja auch. Verbal.

»Ich meine, du kannst doch nicht für den Rest deines Lebens unter der Trauerweide sitzen!«

»Du siehst doch, dass ich es kann.« Jetzt hat Georg den Türgriff in der Hand. »Und das Einzige, was mir keiner nehmen kann, ist meine Würde.«

Er wirft mir einen letzten Blick zu, der mich bis ins Mark trifft und zutiefst beschämt.

Dann steigt er aus und wirft die Autotür hinter sich zu.

22

Wie ein geprügelter Hund quäle ich mich aus dem Auto. Jetzt eine heiße Dusche, dann die Decke über den Kopf, und anschließend will ich nur noch weinen.

Im Hausflur zucke ich zusammen. Es riecht nach Kölnischwasser.

Uff. Mein Schwesterhuhn Christiane ist da. Mir bleibt auch nichts erspart.

Bitte, lieber Gott, mach, dass sie sich in Luft auflöst.

Das ertrage ich jetzt nicht! Eine Migräneattacke vortäuschend, schleppe ich mich in mein Schlafzimmer, wo sie gerade Wäsche in die Schubladen räumt. Leider lässt sie mich nicht an sich vorbei ins Bad.

Mit aufgeregtem Gegacker hackt sie mit ihrem rot geschminkten Schnabel auf mich ein: »Wo warst du? Warum hast du mich nicht angerufen? Das Kind war über Nacht allein? Wie stellst du dir das vor? Das Kind ist in der Pubertät und braucht eine konsequente Führung, aber du denkst immer nur an dich und deine Karriere! Wäre es nicht an der Zeit, sich auch mal um andere zu kümmern und zum Beispiel mal zu fragen, wie es *mir* geht? Ich spiele hier dein Kindermädchen und deine Haushälterin und kriege keinen Dank und keinen Anruf. Ich fühle mich wie ein Putzlappen! Gack!«

»Und? Fertig?«

Erschöpft weiche ich in die Küche aus und lasse mich auf die Küchenbank sinken. Jetzt ist mir nach einem Kaffee. Aber sie flattert hinter mir her und blockiert die Kaffeemaschine, indem sie sich davor aufbaut.

Nein. Sie ist noch nicht fertig. Sie nimmt nur Anlauf und rennt flügelschlagend im Kreis: »Wie siehst du überhaupt aus? Man könnte meinen, du seist unter die Zigeuner gegangen. Und wo wir gerade beim Thema sind: Deine Tochter heult und macht sich Sorgen um diesen Penner, der gestern Abend nicht aufgetaucht ist. Sie war nämlich mit dem verabredet. Das muss man sich mal vorstellen, dass so ein Mädchen mit einem Penner im Park auf der Bank sitzt, weil die Mutter nie zu Hause ist. Dabei braucht das Mädchen dringend eine Bezugsperson, aber doch keinen *Penner*! Und dann ist diese *Freundin* aufgetaucht mit dem Piercing, die Mädchen sind in den Park gegangen und sind nicht wieder aufgetaucht. Ich habe die ganze Nacht kein Auge zugemacht …!«

Ich erstarre. »Fanny auch?«

»*Du* kümmerst dich ja nicht. Du bleibst ja auch über Nacht weg.«

»Sie war also nicht bei dir drüben?«

Das Handy klingelt, aber ich ignoriere es.

»Du hast mich ja nicht darum gebeten!«

»Aber du steckst doch sonst überall deinen Schna… deine Nase rein!«

»Also anrufen musst du schon, wenn du meine Hilfe brauchst. Ich kann ja nicht riechen, dass du nicht nach Hause kommst …«

Mein Gott. Mir wird ganz übel.

Ich kann es nicht fassen, dass ich meine Mutterpflichten so vernachlässigt habe.

Wie konnte ich so etwas Verantwortungsloses tun?

Und einfach in Kitzbühel bleiben? In einem Haus, das ich als Maklerin betreue? Und in dem ich überhaupt kein Recht hatte, zu übernachten? Wenn das jemand mitgekriegt hat, bin ich meine Lizenz los. Darüber habe ich meine zwölfjährige Tochter einfach vergessen!

Wie tief bin ich gesunken?

Ich habe mit einem Penner gepennt!

Ich unterdrücke ein Stöhnen und vergrabe mein Gesicht in den Händen.

Das Handy klingelt wieder, und in der Hoffnung, dass es Fanny ist, sage ich: »Immobilien Glücksgriff, Leben im Paradies.«

»Dr. Braunwald hier, grüß Gott, gnädige Frau!«

»Hallo«, raune ich schwach. Wer ist noch mal Dr. Braunwald?

Ach ja. Der Vater von den beiden jungen Ärzten, denen ich die Ordination an der Imbergstraße gezeigt habe.

Wie durch Nebel bekomme ich mit, dass seine Söhne Mark und Frank die moderne Arztpraxis doch nicht nehmen wollen.

»Es war zu viel Verkehr, und außerdem scheint uns die Gegend nicht ganz geheuer zu sein ... wenn sich schon auf der Baustelle Obdachlose herumtreiben, ist das natürlich keine gute Visitenkarte für einen renommierten Facharzt.«

»Ja. Natürlich«, höre ich mich sagen. »Ich melde mich, wenn ich Ihnen etwas Besseres zeigen kann.«

Wenn Dr. Braunwald wüsste! Ich selbst habe mit einem ... Penner die Nacht verbracht. Mit *dem* Penner.

Und meine Tochter völlig verwahrlosen lassen!

Betäubt starre ich meine Schwester an, die in einer Art Übersprunghandlung die Küchenlampe abwischt.

»Ach ja«, fährt sie ungerührt mit ihrem Gegacker fort, »gestern war übrigens Donnerstag, und du hattest Chorprobe. Aber du warst nicht da, und gerade eben hat deine Chorkollegin Heidi angerufen und gesagt, du kannst die Aufführung nicht mitsingen, weil du so unzuverlässig bist!«

Auch das noch. Mist. Aber das ist jetzt nicht mein größtes Problem. Christiane lässt genüsslich noch eine dickere Bombe platzen, die sie unter ihrem aufgeplusterten Gefieder hervorholt:

»Außerdem hat man dich mit einem Penner in deinem Auto gesehen! Die Frau mit dem Kinderwagen, die am Ende der Straße wohnt, kam bei mir vorbei und sagte, du hättest völlig verweint mit dem Mann in deinem Auto gestritten, ob du wohl Hilfe bräuchtest. Aber nachdem der Mann ja schon bei dir im Badezimmer war und du ihn mit Klamotten und Essen versorgst, genießt du diese Bekanntschaft anscheinend. Ich habe der jungen Frau also gesagt, dass er ein Freund von dir ist und du neuerdings solchen Umgang hast. Und ich kann nur sagen: Wie die Mutter, so die Tochter! Der Apfel fällt nicht weit vom Stamm!«

Endlich hält sie inne und hört auf, mit ihrem spitzen Schnabel auf mich einzuhacken. Ich starre sie mit offenem Mund an. Ich möchte etwas erwidern, mich rechtfertigen, zum Gegenangriff übergehen, aber nichts von dem gelingt mir.

O Gott, mir ist so schlecht. Meine Gedanken schlagen Kapriolen, Verzweiflung packt mich.

Georg! Du hast mein Leben total durcheinandergebracht!

Du hältst mir pausenlos den Spiegel vor, und ich schäme mich für alles, was ich getan habe! Dabei bin ich vor Liebe und Sehnsucht zu dir ganz krank!

So kann das nicht weitergehen. Meine heile Welt gerät ins Wanken, meine Familie zerfällt, meine Karriere droht den Bach runterzugehen. Mein guter Ruf ist ruiniert, ich gelte als unzuverlässig und zwielichtig!

Das kann nicht der Preis dafür sein, dass wir uns lieben, Georg.

Der Preis ist zu hoch! *Bitte* verschwinde aus meinem und aus Fannys Leben!

O Gott, sie wird ihn so vermissen! Er war wirklich ihr bester Freund!

Mir entfährt ein gequältes Wimmern, das Christiane immerhin dazu veranlasst zu schnattern: »Ist dir nicht gut, Juliane? Du siehst aus wie ausgespuckt!«

»Mir geht es nicht so besonders«, antworte ich schwach. »Um ehrlich zu sein, wäre ich jetzt gern ein bisschen allein.«

Mühsam schwanke ich ins Bad, wo ich auf den Badewannenrand sinke.

»Musst du dich übergeben, Juliane?« Christiane hämmert von außen an die Tür. »Bring vorher dein Chanel-Kostüm in Sicherheit! Das kann man nicht reinigen lassen!«

Mit letzter Kraft drehe ich den Schlüssel herum. Ihre entrüsteten Schritte entfernen sich, und ich höre sie in der Küche wütend mit Geschirr klappern.

Okay. Überleg, Frau. Du musst jetzt einen Entschluss fassen.

Und den dann auch konsequent umsetzen.

In mir reift ein wahnwitziger Gedanke. Meine Gehirnzellen arbeiten auf Hochtouren.

Mein Herz rast, aber genau das wäre es.

Ja. So könnte es gehen.

Ich werde ihm das verdammte Geld einfach in seinen Einkaufswagen legen. Ganz unten, versteckt unter seinen Plastiktüten. Niemand wird auch nur ahnen, dass eine so große Summe Geld darin liegt. Ich werde mich ganz unauffällig an den Wagen heranschleichen und den Koffer darin deponieren.

Dort wird Georg ihn finden und endlich verstehen.

Ja. Das mache ich. Jetzt. Wild entschlossen schnappe ich mir den Geldkoffer, ignoriere das Gezeter meiner Schwester und renne aus dem Haus.

Mein Herz rast, meine Zunge klebt am Gaumen und meine Haare kleben am Kopf, während ich im zerknitterten Businesskostüm von gestern auf meinen inzwischen arg mitgenommenen Riemchenpumps durch den Park hetze. Ich halte den Blick gesenkt, als ich mit meinem Koffer unter dem Arm in die Nähe der Trauerweide komme. Aus den Augenwinkeln sehe ich den altbekannten Einkaufswagen dort stehen. Wie erhofft, ist die Bank leer. Nervös schleiche ich mich an den Wagen heran.

Die Plastiktüten flattern im Wind.

Wie eine Diebin schaue ich mich um: Die Leute gehen unbeteiligt an mir vorbei. Keiner ahnt etwas von meiner inneren Zerrissenheit.

Als gerade mal niemand zu sehen ist, umklammere ich beherzt den Griff und schiebe den Wagen gänzlich unter die Trauerweide, wobei mir Zweige die Arme zerkratzen. Ratsch! Mist! Jetzt ist das schöne teure Chanel-Kostüm auch noch irgendwo eingerissen! Egal! Eilig stopfe ich den Geldkoffer unter die Plastiksäcke. Wird Georg ihn überhaupt finden? Doch. Er wird spüren, dass sein Wagen schwerer ist als sonst. Nicht darüber nachdenken, dazu ist jetzt keine Zeit. Den Wagen lasse ich im Schatten der Zweige im dichten Geäst stehen, damit Georg merkt, dass jemand sich daran zu schaffen gemacht hat. Rückwärts krieche ich wieder unter der Trauerweide hervor.

So. Das wär's. Bitte, lieber Georg, finde den Koffer. Sei mir nicht böse, ich will mich nicht freikaufen. Ich will dir nur einen kleinen, liebevollen Tritt geben und dich wieder zurück ins Leben schubsen. Vielleicht erscheint dir das heute brutal, aber ich tue es, weil ich ganz fest an dich glaube.

Nimm es als Abschiedsgeschenk, Georg. Bitte! Fang ein neues Leben damit an. Bitte vergiss mich. Nein, bitte vergiss mich nicht. Ich werde dich auch nie vergessen. Aber … es geht nicht. Es gibt kein Leben, in dem wir beide Platz haben. Ich bin unfassbar traurig.

Nach vorne schauen, Juliane. Alles wieder geradebiegen.

Jetzt ist nur noch Fanny wichtig. Wie in Trance hetze ich weiter.

Lieber Gott, bitte lass mich jetzt nicht Georg begegnen. Tränenblind stolpere ich über den Rasen.

Da vorne ist wieder diese Vicki, Fannys neue »Freundin«, sie albert mit einem anderen schwarzhaarigen Mädchen und einem schlaksigen Jungen herum.

Diesmal traue ich mich nicht, laut Fannys Namen zu rufen, aus Angst, sie könnte mich entdecken und möglicherweise weglaufen. Nein. Kein blonder Pferdeschwanz weit und breit.

Sie wird sich doch nicht von gestern auf heute die Haare pechschwarz gefärbt haben? Mein Herz will sich gar nicht wieder beruhigen! Wie eine Furie hetze ich hin und her und starre den Kindern ins Gesicht, die einfach nur albern kichern.

»Da ist die nervige Alte schon wieder!«

»Guckt mal, wie fertig die aussieht! Das schöne teure Kostümchen!«

»Die hat bestimmt gekifft, hahaha!«

»Eh, willst du Mitglied bei uns werden?«, lallt ein dünner Lulatsch auf einem Skateboard. Seine Jeans hängen ihm fast bis zu den Kniekehlen, sodass man seine schwarze Unterhose in Gänze bestaunen kann.

An seinem Gürtel prangt ein silberner Totenkopf.

»Dann musst du dir aber die Haare färben«, lacht eine dicke Pickelige. »Auf blonde Tussen stehen wir nicht!«

»Ey, pass auf, die ist vielleicht von der Polizei!« Einer tritt schnell eine Zigarette aus, ein anderer spuckt irgendwas aus.

Nachdem ich dreimal die ganze Gruppe abgesucht habe, stelle ich fest, dass Fanny nicht dabei ist. Ich nehme all meinen Mut zusammen und gehe zu Vicki hinüber, die inzwischen auf einer alten Decke mit dem jungen Kerl herumschmust. Das ist noch milde ausgedrückt: Sie lecken sich wie junge Hunde ab! Das scheinen sie cool zu finden.

Angewidert möchte ich mich abwenden, zwinge mich aber, sie anzusprechen. Ich räuspere mich: »Hallo, Vicki! Weißt du, wo meine Tochter Fanny ist?«

Vicki rappelt sich auf und schaut mich an, als hätte ich nicht alle Tassen im Schrank. »Ey, ham Sie sonst kein Problem?!«

»Hat sie heute hier mit euch übernachtet?«

»Quatsch! Wer erzählt denn so'n Scheiß!«, lallt Vicki und nimmt vor meinen Augen einen großen Schluck Bier.

Ihr Schmuserattenjunge lacht, und ich sehe ein paar ungepflegte Zähne.

»Die Kleine? Die war gestern Abend hier.«

»War sie *nicht*!« Vicki stößt dem Kerl ziemlich unsanft zwischen die Rippen.

»Die ist doch gleich wieder gegangen, du Depp!« Zu mir gewandt sagt Vicki ein wenig höflicher: »Die wollte noch 'n Spaziergang machen oder so. Sie meinte, sie sucht wen.«

Gespannt wie ein Flitzebogen starre ich die beiden an. »Hat sie auch gesagt, wen sie sucht?«

»Ihren Hund!«, lallt einer, der von hinten heranschwankt. »Wir suchen hier immer unseren Hund!«

Dröhnendes Gelächter ist die Folge.

Ich zucke zusammen und möchte mir die Ohren zuhalten.

»Müsstest du nicht eigentlich in der Schule sein?«, frage ich Vicki streng und wickle einen Grashalm um meinen Finger. »Du bist doch in Fannys Klasse!«

Statt einer Antwort geht Vicki zum Gegenangriff über.

»Frau Hempel, mich geht's ja nichts an, aber ich würde an Ihrer Stelle ein bisschen besser auf meine Tochter aufpassen«, posaunt Vicki hinaus.

Meine Augen werden zu schmalen Schlitzen. »Wie meinst du das?«

»Na wenn Sie's unbedingt wissen wollen ...« Sie bricht ab und trinkt einen Schluck Bier. »Ach, was soll's.«

Ich schüttele sie am Arm, den sie sofort heftig wegzieht: »Los, red weiter!«

»Na, ihr *Umgang*!«, äfft sie Christianes Stimme nach. »Mit was für *Läusen* … ähm … Leuten die sich abgibt!« Sie schlägt sich auf die Schenkel vor Lachen, und der ganze Pöbel johlt mit.

Jetzt weiß ich endgültig, wen sie meint. Georg. Sie zieht über *meinen* Georg her! Der niemals mit der Bierdose irgendwo herumsitzt, der gebildet ist, Charakter hat und *wahrlich* einen Grund hat, hier herumzuhängen. Aber diese nutzlosen jungen Gören, die noch nichts im Leben geleistet und erlebt haben …

Grußlos stolpere ich über die steile Böschung davon. Ich habe genug gehört.

23

Diesmal ist es mir völlig egal, ob ich Fanny in der Schule blamiere.

Ich klopfe heftig an die Klassentür und stolpere ungefragt hinein. Es herrscht eine angespannte, konzentrierte Stille, der Raum steht vor Schülerschweiß. Offensichtlich schreiben sie gerade eine Prüfungsarbeit!

Mein Blick irrt suchend im Raum umher.

Dreißig erstaunte Schüleraugenpaare ruhen befremdet auf mir. Na toll.

Der Rottweiler sitzt an seinem Pult und schaut mich fragend an: »Sie wünschen?«

»Äh, nichts, ich wollte nur gucken, ob meine Tochter hier ist …«

»Mamaaa!«, schallt es peinlichst berührt aus der vorletzten Reihe. Da sitzt sie, ganz hinten links am Fenster, und löst gerade komplizierte Gleichungen. Ihre Wangen sind gerötet, und mein plötzliches Auftauchen versetzt sie in Panik. »Was ist los?!« Sie springt auf. »Hast du ihn … gefunden?«

»O ja, alles bestens, er sitzt wie immer … also, ich wollte … ich soll dich schön grüßen!«

Die anderen Schüler fangen an zu kichern, einige nutzen die Unterbrechung geschickt aus, um ihren Hals zum Nachbarn zu verrenken.

Sofort fliegen Zettel und Zahlen durch die Luft.

Rottweiler springt auf. »Ruhe! Setzen!«

»Mamaaa! Wir schreiben hier eine Mathearbeit!«

»Ich muss Sie bitten, sofort den Raum zu verlassen«, bellt der Rottweiler und fletscht die Zähne. Gleich schnappt er zu.

»Ich wollte einfach nur wissen, wo du bist«, seufze ich, halb beschämt, halb erleichtert, und ziehe die Tür wieder hinter mir zu. Ich lehne mich an die Wand und sinke zu Boden.

Sie ist da drin. Sie schreibt ihre Arbeit. Sie hat noch einen blonden Pferdeschwanz. Sie ist noch kein Emo. Ich kann sie noch retten. Wir müssen hier weg, alle beide. Ich werde nur noch ein bisschen hier sitzen bleiben und warten, bis sich mein Kreislauf wieder beruhigt hat. So. Geht schon wieder. Ich rappele mich auf und bekämpfe ein leichtes Übelkeitsgefühl.

Da öffnet sich die Tür, und Fanny kommt herausgeschlüpft. Sie ist knallrot vor Aufregung. Besorgt schaut sie auf mich herab.

»Mama! Spinnst du? Wieso platzt du hier rein? Der Rottweiler ist voll sauer«, zischt sie mit einem Seitenblick auf die Klassentür. »Er sagt, das ist ganz klar ein Täuschungsversuch, und du hast mir schon mal meine Aufgaben ausgerechnet, als du ihm morgens um sieben eine Mail geschrieben hast. Jetzt hat er die Schnauze voll und bewertet meine Arbeit nicht!«

Sie sprüht vor Zorn. »Dabei hatte ich super gelernt mit Georg! Ich hätte eine Eins geschrieben!«

Mir sinkt das Herz in die Kniekehlen. *Alles* mache ich falsch, einfach alles!!

»Nein! Das wollte ich nicht! Mein Schatz, es tut mir so leid!«

Mit Entsetzen sehe ich zwei dicke Tränen über Fannys Wangen rollen.

»Liebes! Ich habe mir solche Sorgen um dich gemacht! Ich habe dich gesucht!«

»Hä? Seit wann suchst du mich morgens um halb elf in der Schule?« Ein wilder Schluchzer löst sich aus Fannys Brust. »Immer wenn du hier auftauchst, kriege ich Riesenärger mit dem Rottweiler!«

»Wo warst du heute Nacht?«, frage ich statt einer Antwort.

»Na, im Bett! Wo sonst?«, heult Fanny empört.

»In welchem?«, frage ich schwach und reiche ihr ein Taschentuch.

»Hallo, Mama?« Fanny wedelt mir mit der Hand vor dem Gesicht herum. »In meinem natürlich!« Sie schnäuzt sich die Nase. »Ich habe gelernt, bis mir die Augen zugefallen sind, und dann bin ich eingeschlafen!«

Wie *konnte* ich nur eine Sekunde an meinem zuverlässigen, klugen Mädchen zweifeln?

»Es tut mir so wahnsinnig leid«, stammele ich und versuche sie zu umarmen.

Sie entwindet sich und schaut mich zornig an. »Aber in welchem Bett warst *du*?«

Ich verdrehe die Augen und kämpfe gegen die Übelkeit an.

»In gar keinem …«, hauche ich schwach. »Ich hatte die ganze Nacht zu tun …«

»Mama, *du* lügst mich an, *du* spielst mir was vor. Ich *weiß*, dass du mir irgendwas verheimlichst und dass du ein schlechtes Gewissen hast. Aber jetzt dreh den Spieß nicht um und behaupte, dass du dir Sorgen um *mich* machst!« Wütend wendet sie sich von mir ab. »Du hast immer gesagt, wir beide haben keine Geheimnisse voreinander. Aber du machst *ständig* Dinge hinter meinem Rücken und mischst dich *dauernd* in mein Leben ein.« Jetzt rennt sie schon den Gang hinunter, und ihr Pferdeschwanz wippt wütend auf und ab.

»Fanny!«, rufe ich gedämpft. »Bitte lass uns doch reden!«

»Tauch hier nie wieder auf!«, brüllt Fanny, und dann höre ich nur noch ihre Schritte im Treppenhaus verhallen.

O nein. Dieser Albtraum nimmt immer noch kein Ende.

Ich bin zu schwach, um mich jetzt mit Rottweiler auseinanderzusetzen.

Ich traue mich da nicht noch mal rein.

Mühsam trotte ich auf den Ausgang zu.

Ich muss mit Rottweiler reden. Unbedingt.

Aber nicht heute.

Verschieben wir es doch auf morgen.

Als es gegen Mittag an der Haustür klingelt, erwache ich mit schalem Geschmack im Mund aus einer Art Totenstarre. Ich habe mir drei Aspirin reingezogen, das Telefon ausgesteckt und das Handy ausgemacht. Zuerst habe ich nur bewegungslos auf dem Rücken gelegen und fassungslos an die Decke gestarrt. Georg. Fanny. Christiane. Vicki. Der Rottweiler. Die Emos. Karsten. Der Prinz von Zamunda. Fanny. Georg. Fanny. Vicki. Georg.

Aber irgendwann muss ich eingeschlafen sein.

Mein Gott. Es klingelt schon wieder. Heftiger diesmal.

Wer ist das? Ich schaue mühsam auf den Wecker, der auf meinem Nachttisch steht. Halb drei.

Wer kann das sein?

O Gott. Mein Herz rast.

Das Jugendamt. Die Polizei. Oder … Mein Herz bockt wie ein Turnierpferd vor einem Hindernis … Georg???

Bringt er das Geld zurück?

Tief getroffen und verletzt?

Nein. Bitte.

Nicht Georg.

Jetzt klingelt es Sturm.

Stöhnend schlage die Decke zurück, schlüpfe in ein T-Shirt und ein Paar Jeans und spritze mir eine Ladung kaltes Wasser ins Gesicht. Den Blick in den Spiegel erspare ich mir.

Leicht schwankend schleppe ich mich zur Haustür und öffne sie einen Spaltbreit. Einerseits *hoffe* ich, dass es Georg ist. Andererseits fürchte ich mich davor.

Im Milchglas der Haustüre erkenne ich eine männliche Gestalt. Sie ist dunkel gekleidet und hat einen Aktenkoffer dabei … Ich hole tief Luft, ohne zu wissen, was ich sagen soll, und in mir zieht sich schon wieder alles zusammen vor Sehnsucht. Doch der Mund bleibt mir offen stehen.

Es ist nicht Georg. Es ist Stefan! Stefan Stör!

Was macht der denn hier?

Mit den Worten »Warum gehst du denn nicht ans Handy?«, drängt er sich herein.

Er ist groß, gepflegt, frisch rasiert und riecht nach einem teuren Rasierwasser. Seine Aktentasche stellt er hastig neben den Schirmständer.

Sein Blick gleitet irritiert über meine zerknitterte Wenigkeit. »Juliane, du siehst grauenvoll aus! Bist du überfallen worden?«

»Nein, mir geht es wunderbar!«, lüge ich und taumele ihm voran in die Küche, wo ich den Kühlschrank öffne und mir gierig eine Flasche Mineralwasser an den Mund setze.

»Mädchen, was machst du denn für Sachen!«

Dass er mich als mein Angestellter »Mädchen« nennt, ist ausgesprochen dreist.

Aber mir fehlt die Kraft, ihn in seine Schranken zu weisen, und außerdem fühle ich mich ungeschminkt schutzlos und nackt. Ganz kleinlaut höre ich mich fragen: »Ähm … wieso?« Warum lässt denn dieses Zittern in den Beinen nicht nach?

Stefan lässt sich auf die Küchenbank fallen. »Du solltest deine Mailbox abhören! Ich habe ungefähr zehnmal angerufen, die Trockenpflaume zwanzigmal.«

»Hört sich nach einem spannenden Angebot an«, sage ich und wische mir mit dem Handrücken den Mund ab. Entschlossen straffe ich die Schultern.

»Also, leg los!« Meine burschikose Art soll nur überspielen, wie kläglich mir zumute ist. Ich habe nämlich eine fürchterliche

Ahnung, die leider nichts mit einem tollen Geschäft zu tun hat, sondern ganz im Gegenteil.

»Du bist letzte Nacht beobachtet worden«, fällt Stefan mit der Tür ins Haus.

So, wie er mich ansieht, gefriert mir alles Blut in den Adern. »Und zwar in der Tennisspielervilla in Kitzbühel.«

Entsetzt starre ich Stefan an.

»Von wem? Ich meine, wobei …?«

»Angeblich von einer Nachbarin. Du sollst einem Sexualverbrecher zum Opfer gefallen sein. Sie behauptet gesehen zu haben, wie jemand versucht hat, dich zu erwürgen. Er hat dich zu Fall gebracht und sich auf dich geworfen. Mehr konnte die Nachbarin nicht erkennen.«

Die Schamesröte schießt mir ins Gesicht. Ich zittere, muss mich setzen, suche Halt an der Tischkante. Gleich falle ich in Ohnmacht.

Stefan schaut mich besorgt an. »Bist du sicher, dass du in Ordnung bist?«

»Mir geht's gut, danke.«

»Dein Auto stand die ganze Nacht vor der Tür. Die Kitzbühler Polizei hat bei uns angerufen und nach dir gefragt. Ich konnte denen nichts sagen, denn du warst die ganze Nacht verschwunden.«

Mist.

Meine paar noch funktionierenden Gehirnzellen fangen an zu kombinieren.

Eine Nachbarin? Da gibt es doch gar keine Nachbarn! Jedenfalls keine, die von ihrem Fenster in die Villa schauen könnte!

Mir kommt ein schrecklicher Verdacht.

Kirsten? Ist sie uns nachgefahren, hat sie mich den ganzen Tag beobachtet?

Wäre es wirklich eine Nachbarin gewesen, wäre die Polizei ja wohl sofort gekommen. Und zwar zum Haus. Sie hätte nicht erst am nächsten Morgen in der Firma angerufen. Das macht ja alles gar keinen Sinn.

Ich öffne den Mund und will genau das sagen, bringe aber kein Wort heraus.

»Die Nachbarin hat der Polizei auch gesagt, dass du sehr viel Geld bei dir hattest und dass es sich nur um einen Raubüberfall handeln könne.«

Na toll. Ich sitze ja so was von in der Klemme! Das war Kirsten. Sie wird mir Ärger machen. Sie weiß von dem Geld.

Das ist nichts als … Erpressung. Eine hinterlistige Erpressung. Sie will meinen guten Ruf zerstören. Bei meinen Mitarbeitern fängt sie an. Sie untergräbt meine Autorität.

Ich habe keine Wahl. Jetzt muss mir eine völlig harmlose Erklärung einfallen.

»Völliger Blödsinn«, stottere ich mit glühenden Wangen. »Ich bin gestern Abend nach dem Notartermin noch mal zur Villa gefahren, um einige Dinge zu erledigen, die der Käufer angeordnet hat. Der Mann, den die angebliche Nachbarin gesehen haben will, war ein … ähm … Handlanger. Jemand, der mir beim Tragen eines Teppichs geholfen hat.«

Stefan Stör starrt mich ungläubig an. »Warum hast du mich denn nicht angerufen? Ich hätte dir doch geholfen!« Mein Blick huscht wie wild durch den Raum, während ich verzweifelt nach einer Antwort suche.

»Ich wollte dich um diese Zeit nicht mehr stören. Du hast ja auch ein Privatleben.«

»Und wo hast du den …«, Stefan zieht das Wort übertrieben in die Länge, sodass es sich richtig zweideutig anhört, »… Handlanger aufgegabelt?«

Mist. Handlanger ist ja auch ein bescheuertes Wort. Jetzt heißt es cool bleiben.

»Am Bahnhof«, sage ich ein bisschen zu schnell.

»Du nimmst wildfremde Leute, die du am Bahnhof aufgabelst, mit in eine Luxusvilla?« Er wedelt mit der Hand vor seinem Gesicht herum.

Ich schaue ihm in die Augen, und es ist wie ein Kräftemessen.

»Ich habe ihn ja auch wieder mit rausgenommen.«

»Und was hat es mit dem Geldkoffer auf sich?«, fragt Stefan Stör plötzlich. Das Herz klopft mir bis zum Hals.

»Das Geld habe ich natürlich auf die Bank gebracht«, sage ich stur. »180 000 Euro lässt man ja nicht einfach irgendwo so rumliegen ...« Mir entfährt ein hysterischer Lacher, der sich eher wie ein Schluchzer anhört, und ich wische mir mit dem Handrücken über die Augen.

»Juliane! Weinst du etwa?« Stefan Stör beugt sich erschrocken zu mir herunter.

»Nein. Ich lache. Wenn du mich jetzt bitte entschuldigen würdest – meine Tochter kommt gerade heim.«

24

Puh. Ich stecke in der Scheiße.

Was mache ich jetzt nur? Ich massiere mir die Schläfen, als ich Fanny auch schon durch den Hausflur stampfen höre. Es bleibt keine Sekunde Zeit zum Nachdenken.

Im Gegenteil. Es kommt noch dicker.

Fanny ist völlig aufgewühlt. Mit blitzenden Augen knallt sie ihre Schultasche in die Ecke.

»Mama! Nicht nur, dass der Rottweiler meine Mathearbeit nicht bewertet, weil *du* ja mittendrin aufgetaucht bist und mir«, sie zeichnet ironisch Gänsefüßchen in die Luft, »die Lösungen gebracht hast, wie du es ja so gern tust …« Ihr Gesicht ist wutverzerrt, und ihre Stimme überschlägt sich.

»Sondern …?«, frage ich, ganz bewusst um einen ruhigen Ton bemüht.

»Mama! Warst du etwa bei den Emos? Die haben sich über mich kaputtgelacht!«

»Ähm … ja!« Vorsichtig versuche ich ihre Hand zu nehmen. »Ich wollte nur schauen, wo du bist!«

»In der *Schule*!«, brüllt Fanny mich an, und Tränen schießen ihr in die Augen. »Wie *immer*! Ich habe so *geübt* für diese Mathearbeit, und ich hätte einen *Einser* gehabt! Ich wollte dich überraschen!«

Sprachlos starre ich sie an.

»Und bei den Emos bin ich jetzt total die Lachnummer! Weil du dich immer in mein Leben einmischen musst!« Sie heult hemmungslos.

»Ich wollte nur nicht, dass du in falsche Kreise gerätst«, versuche ich eine Erklärung. Sie schlägt meine Hand weg, mit der ich ihr über den Kopf streichen will. »Pass doch lieber auf, in was für Kreise *du selbst gerätst*!«

Was soll ich tun? Ihr eine scheuern? Nein, das würde die Sache nur noch schlimmer machen.

»Ich glaube, wir beide müssen uns mal unterhalten«, sage ich mit Nachdruck. Ich versuche ruhig auszuatmen. »Von Frau zu Frau.«

»Du hast ja sowieso nie Zeit für mich!«, kommt es trotzig aus ihrem Mund.

»Fanny. Sieh mich an. Ich *habe* Zeit für dich.«

Wie aufs Stichwort klingelt mein Handy. Ich greife danach und stelle es ab.

Fanny hebt erstaunt den Blick und sieht mich aus tränenblinden Augen an.

Eine Weile sagt niemand von uns etwas.

Dann sinken wir uns in die Arme.

Stunden später ist unsere Beichte immer noch in vollem Gange.

Wir liegen inzwischen zusammen auf Fannys gemütlichem, großem Himmelbett.

Und zu Fannys grenzenlosem Entsetzen schildere ich ihr, wie Georgs Kopf gestern am frühen Morgen mitten im Tunnel im Rückspiegel auftauchte. Wie ich vor Schreck fast an die Tunnelwand gefahren wäre, ihn dann zuerst an der Autobahn stehen lassen wollte und ihn dann doch mitgenommen habe.

»Mama«, seufzt Fanny. »Das werde ich dir nie vergessen.«

Plötzlich setzt sie sich mit einem Ruck auf: »Mama! Wenn du ihn mitgenommen hast nach Kitzbühel, ist er dann jetzt … weg?«

In ihrer Stimme schwingt Panik mit.

Schon wieder hätte ich Gelegenheit zu lügen. Mit einer kleinen Notlüge könnte ich das ganze Thema Georg vom Tisch wischen. »Ja, er lebt jetzt wohl in Kitzbühel«, könnte ich sagen, und schon kämen keine Fragen mehr.

Ich *werde* aber nicht mehr lügen.

»Nein, ich habe ihn heute Morgen wieder mit nach Hause gebracht.«

»Oh! Dann steht er sicher gleich unter dem Fenster!« Sie will schon aufspringen und den Autoschlüssel holen, als sie sich wieder auf das Bett sinken lässt.

»Das geht jetzt sicherlich nicht mehr, mit dem Auto?«

»Nein, Fanny. Das geht jetzt nicht mehr.«

»Wo … wird er heute Nacht schlafen?«

»Ich weiß es nicht, Fanny. Aber wir können ihn nicht bei uns aufnehmen.«

»Warum eigentlich nicht?«, spricht Fanny das aus, was ich noch nicht mal zu denken wagte.

Mir entfährt ein tiefer Seufzer. Ich stütze mich auf den Ellbogen und schaue Fanny fest in die Augen: »Es ist etwas passiert, was nicht hätte passieren dürfen.«

Fanny springt auf, ihr Körper ist gespannt wie ein Flitzebogen.

»Ihr habt euch verknallt!«

Als ich schweige, beginnen ihre Augen zu leuchten. »Stimmt's«, bricht es aus ihr heraus, und sie rüttelt mich begeistert am Oberarm. »Mami! Du kannst es ruhig zugeben! Ich werde bald dreizehn!«

Ich streichele ihr mit dem Handrücken über die erhitzte Wange und schiebe ihr eine vorwitzige Haarsträhne aus dem Gesicht.

»Verknallt ist nicht der richtige Ausdruck«, versuche ich die Sache herunterzuspielen.

»Mama, weißt du, wie es im Englischen heißt? To *fall* in love!« Fanny schaut mich ernst und wissend an. »Da kann man gar nichts gegen machen! Das passiert einfach! Dafür musst du dich doch nicht schämen!«

»Ich schäme mich aber«, sage ich mit unterdrückter Stimme.

»Weil er ein … Penner ist?«

»Nein. Weil es ein ungleiches Spiel ist. Weil wir nicht in der gleichen Liga spielen.«

»Du bist dir also zu *fein* für ihn?!« Fanny verschränkt die Arme vor der Brust.

Ich schüttele stumm den Kopf.

»Mama, das ist ein *ganz feiner* Kerl! Der war früher mal Pilot!«

»Ich weiß«, flüstere ich schwach.

»Aber dann ist er abgestürzt, lange im Rollstuhl und so, und jetzt sitzt er auf der Bank. Mama! Das kann doch jedem passieren!«

»Ich weiß, mein Herz. Du bist so ein hilfsbereiter Mensch.«

»Mama! Wir können Georg doch jetzt nicht im Stich lassen«, reißt Fanny mich aus meinen trüben Gedanken. »Der hat doch nur *uns*!«

Entschlossen setze ich mich auf.

»Georg ist ein erwachsener Mann«, sage ich, um Festigkeit in der Stimme bemüht. »Ihm sind wirklich schlimme Dinge passiert, und ich habe ihm ein bisschen … also eigentlich eine ganze Menge … Geld gegeben, damit er sich eine Wohnung mieten kann.«

»Echt? *Das* hast du gemacht?« Fanny schaut mich erstaunt an und strahlt über das ganze Gesicht. »*Wie viel?*«

»Schatz, es ist wirklich eine ganze Menge, und wir sollten über solche Summen nicht reden.«

»*Wie viel?*« Sie zerrt neugierig an meinem Arm.

Sanft mache ich mich los. »Es ist so viel Geld, dass er für die nächsten Jahre über die Runden kommt. Wenn er wirklich wieder ins normale Leben zurückkehren will, kann er es damit schaffen.«

»O Mami! Du bist die Liebste, Beste, Süßeste, Tollste …« Endlich ist unser Kriegsbeil begraben. Da liegen wir nun, plaudern und kichern und gestehen uns gegenseitig immer mehr kleine Geheimnisse, die sich alle um Georg ranken.

Aber mein größtes Geheimnis, unsere gemeinsame Nacht in Kitzbühel, behalte ich für mich.

25

Wochen sind vergangen, und ich habe mich in Arbeit vergraben, um Georg zu vergessen.

Anfangs habe ich den Park gemieden, und irgendwann erwähnte Fanny beiläufig, dass sie Georg seit dem besagten Tag nicht mehr auf der Bank gesehen habe. Sicher habe er sich eine Wohnung gemietet und Arbeit gesucht.

Trotzdem bin ich daraufhin immer wieder, wie von unsichtbaren Händen geführt, unauffällig durch den Park geradelt oder gejoggt, um einen erwartungsvollen Blick auf die Bank zu werfen.

Aber sie war und blieb leer.

Keine Spur mehr von Georg. Keine Spur mehr von seinem Einkaufswagen.

Sosehr ich ihn auch vermisse: Es ist natürlich für uns alle das Beste so.

Fanny und ich sind uns wieder näher denn je.

Nachdem der Salzburger Touristenstrom endlich verebbt war und die letzten Immobilien im herbstlichen Sonnenschein an den Mann gebracht worden sind, habe ich mein längst überfälliges Versprechen gegenüber Fanny wahr gemacht.

Die Herbstferien waren einfach wunderbar. Wir haben eine Traumreise gemacht, nur Fanny und ich. Eine Super-Luxus-Kreuzfahrt. Auf einem amerikanischen Dampfer. Durchs Mittelmeer.

Das Tollste daran: Wir wurden von der Reederei *eingeladen*. Weil ich an Bord vor den schwerreichen Passagieren nämlich ein paar Diavorträge gehalten habe. Über die schönsten Liegenschaften und Altersresidenzen im Salzkammergut. Das Schiff hatte ausschließlich amerikanische Passagiere, und die sind ganz heiß auf tolle Häuser in Österreich. Sie haben alle »Sound of music« gesehen, ein Film, der in den Sechzigerjahren im Salzkammergut gedreht wurde. Mit der zauberhaften Julie Andrews als Kindermädchen, das eine siebenköpfige mutterlose Kinderschar zum Singen bringt, bevor sie den schmucken Admiral Christopher Lamberts heiratet und mit ihm über die Berge vor Hitler flieht.

Die Amerikaner lieben diesen Film und glauben, dass alle Kinder bei uns im Salzkammergut singend Hand in Hand mit ihren Kindermädchen über die Hügel wandern.

Was ja auch stimmt! Jedenfalls hängen sie *nicht* schwarz gekleidet und vollgekifft an der Salzach ab.

Während ich im großen Theater an der Dialeinwand meine *»stylish residence in an idyllic setting near the world famous Weißes Rössl am Wolfgangsee«* anpries, hat die Kasse wieder ordentlich geklingelt. Fanny nahm die Anmeldungen für Besichtigungstermine am Ausgang des Theaters entgegen, und nach spätestens zwei Tagen wusste ich, dass sie mal eine Top-Immobilienmaklerin werden wird.

Wir hatten natürlich auch sehr viel Freizeit.

Stundenlang lagen wir nebeneinander am Pool, lästerten über die reichen Amerikaner ab und kicherten wie die Backfische.

Wir hatten tolle Gespräche. Über Georg haben wir allerdings kein einziges Wort verloren. Fast, als hätten wir ein stilles Abkommen, dass dieses Thema, das uns fast auseinandergebracht hätte, jetzt für uns abgeschlossen ist.

Dass mir zwischenzeitlich das Herz schwer wurde und ich vor Sehnsucht am liebsten ins Meer gesprungen wäre, um zu ihm zu schwimmen, habe ich mir nicht anmerken lassen. Ich war die Fröhlichkeit und der Übermut in Person.

Vielleicht habe ich manchmal etwas zu schrill gelacht.

Abends ließen wir uns von den Gentleman-Hosts betanzen und flirteten heftig mit dem Kapitän. Wir genossen die Mitternachtsshow des Bordballetts und schliefen endlos lange in unserem blütenweißen Doppelbett, bis der Butler uns das weich gekochte Ei servierte. Es war so herrlich wie im Märchen.

Fanny hat mir übrigens ausführlich von Vicki erzählt. Ich habe Fanny sehr eindringlich geraten, sich nicht mit den falschen Leuten abzugeben.

Jetzt hat sie zwar wieder keine beste Freundin mehr, aber ich habe ihr gesagt, dass sie auf so eine Freundin wie Vicki getrost verzichten kann und dass *ich* ihre beste Freundin bin, solange sie keine bessere findet. So haben wir uns auch die ganze Reise lang gefühlt und benommen.

Besonders beeindruckend waren die Landausflüge, die wir bewusst zu zweit gemacht haben. Hand in Hand sind wir in den herrlichen Hafenstädten herumgeschlendert. Ich habe Fanny Florenz gezeigt und den Schiefen Turm von Pisa, wir haben in der Altstadt von Lucca in der Abendsonne gesessen und Eis gegessen, wir waren auf einem alten Weingut in der Toscana, haben bei der Weinlese geholfen und ein Erntedankfest miterlebt, und am Schluss waren wir sogar noch drei Tage in Rom. Zwischen Petersdom und Kapitol, Spanischer Treppe und dem berühmten Trevi-Brunnen, wo man sich heimlich was wünschen darf, bummelten wir herum und bestaunten das rege Treiben in dieser fantastischen Stadt.

Ich habe Fanny gefragt, was sie sich gewünscht hat, als sie die Münze über die rechte Schulter in den Brunnen geworfen hat, aber sie meinte, der Wunsch ginge sicher nicht in Erfüllung, wenn man darüber spricht.

Ich selbst habe mir ehrlich gesagt gewünscht, dass … ich Georg vergessen kann.

Wir sitzen in der Rom-Wien-Maschine und freuen uns wie die Schneekönige, dass wir eine Klasse höher gerutscht sind mit meiner Vielflieger-Karte und dass wir ein tolles Essen serviert bekommen – meine Güte, wir haben beide bestimmt zwei Kilo zugenommen. Während Fanny sich in das Bord-Kinoprogramm vertieft, stürze ich mich auf die heimische Tageszeitung. Als Erstes blättere ich die Immobilienanzeigen der *Salzburger Nachrichten* durch. Okay. Karsten und Kirsten. So weit das Auge reicht. Die beiden haben jetzt die Nase vorn. Aber das wird sich ändern. Mit unglaublich viel positiver Energie komme ich zurück ins Geschehen! Ab sofort belebt wieder die Konkurrenz das Geschäft!

Ich strecke mich in meinem bequemen Sessel aus und versuche, den Flug zu genießen.

Gedankenverloren blättere ich weiter und komme zu den Schlagzeilen des Lokalteils. Ich wippe mit den Fußspitzen, nippe an meinem Champagner und überfliege die Überschriften. Unwillkürlich muss ich lächeln. Na, da haben wir ja nichts verpasst.

Hier ist ein Trecker umgefallen und dort ein Dancing Star, hier hat ein Sturm gewütet, und dort ist eine Laterne umgeknickt ... Schläfrig blättere ich noch eine Seite um. »Große Hunde haben jetzt Maulkorbpflicht, schon wieder Ärger im Park, Mutter einer Dreizehnjährigen klagt an ...«

Gleich werde ich ein entspanntes Nickerchen machen ...

»Mädchen immer öfter aushäusig ... Jugendliche an der Salzach öffentliches Ärgernis ... Vorwurf sexueller Übergriffe ...«

Ich gähne und lasse die Zeitung sinken. Mit geschlossenen Augen döse ich vor mich hin. Ach, was war das für eine schöne Reise. Das sollten wir öfter tun, uns mal total ausklinken aus all dem Stress. Wie nahe wir uns doch wieder gekommen sind ... Wie bezaubernd Fanny doch war, und wie hübsch und erwachsen sie mittlerweile geworden ist ... Und zu diesen

Jugendlichen an der Salzach, das hat sie mir schließlich versprochen, da geht sie nicht mehr hin. Diese Vicki ist auch kein Thema mehr …

Moment. Habe ich das gerade gedacht oder gelesen?

Ich öffne wieder die Augen und blicke wie hypnotisiert in die Zeitung.

»Jugendliche an der Salzach … von den Anschuldigungen einer Dreizehnjährigen schwer belastet … Sachverhaltsdarstellung bei der Kripo Salzburg«, lese ich. Sofort richte ich mich auf und lasse die Rückenlehne nach vorn schnellen. »Verdächtigungen so schwerwiegend, dass in weiterer Folge Untersuchungshaft … der Verdächtige konnte keinen festen Wohnsitz nachweisen …«

Moment. Sofort bin ich hellwach.

Meine Finger fangen an zu zittern. Mein Herz beginnt zu rasen.

Nervös lese ich den ganzen Artikel noch einmal.

Er ist ziemlich klein und wäre neben der Maulkorb-Geschichte, die ein Foto von einem Kampfhund aufweist, fast nicht aufgefallen.

»Schwere Vorwürfe der Mutter einer Dreizehnjährigen. Am Salzachufer soll es zu sexuellen Übergriffen gekommen sein. Eine Schülerin, die dort nach eigener Aussage öfter mit ihrer Gruppe abhängt, gab an, von einem Obdachlosen auf einer Bank vergewaltigt worden zu sein. Amtsärztliche Gutachten belegen, dass die Minderjährige in letzter Zeit tatsächlich sexuellen Verkehr hatte. Passende DNA-Spuren seien allerdings keine gefunden worden. Ihre Mutter erstattete trotzdem Anzeige gegen den Mann, der Verdächtige wurde aufgrund der schweren Vorwürfe vorläufig festgenommen. Der Verdächtige, so ergaben mehrere Zeugenaussagen, sei häufig mit einem etwa zwölfjährigen Mädchen auf der Bank gesehen worden. Außerdem habe er einen persönlichen Gegenstand des Mädchens bei sich gehabt, der ein schwer belastendes Indiz sei. Bei einer Durchsuchung seiner Habseligkeiten wurde überdies noch ein mit Geld gefüllter Koffer der Marke ›Louis Vuitton‹ gefunden. Über die unverhältnismäßig hohe Summe wollte die Polizei keine Angaben machen. Der Beschuldigte, der keinen festen Wohnsitz angeben konnte, gab an, weder das Mädchen zu kennen noch zu wissen, wie das Geld in seinen Einkaufswagen gelangt ist. Die Beweisaufnahme läuft.«

Das ist …

Das ist doch nicht … Ich fasse mir an den Hals. Augenblicklich stellt sich dieselbe Panik ein wie früher.

Die Zeitung zittert mir in den Händen, und ich kann kaum schlucken.

Das kann doch nicht wahr sein. Nein, das *darf* einfach nicht wahr sein. Ich hätte mir diese Zeitung nie anschauen dürfen. Ich hätte diesen Artikel nie lesen dürfen.

Jetzt ist auf einmal alles wie vorher.

Ich versuche einen klaren Gedanken zu fassen.

Georg. Hat er das Geld etwa nicht gefunden? Und sich keine Wohnung gesucht? Hat er gar kein neues Leben angefangen?

Komm jetzt, Juliane. Nicht schon wieder durchdrehen. Du bist gerade so gut erholt. So. Schon besser. Denk doch mal nach.

Ich meine, es *muss* nicht Georg sein. Es gibt viele Obdachlose in der Stadt.

Vielleicht hat einer von ihnen Georg den Koffer gestohlen?

Diese Burschen sind doch mit allen Wassern gewaschen. Genau. Georg ist völlig unschuldig. Und längst über alle Berge. Es *ist* nicht Georg. Es ist irgendein anderer Obdachloser.

Meine Fantasie spielt mir einen Streich.

Außerdem ist Georg kein … Ich meine, er interessiert sich doch nicht für …

Mein Blick fällt auf Fanny, die rechts neben mir mit ihren Kopfhörern am Fenster sitzt und Bordfernsehen schaut. Sie lacht ab und zu auf, ihre Wangen sind leicht gebräunt, und sie wirkt so gelöst und heiter, als sei eine große Sorge von ihr abgefallen.

Hatte sie … War sie … Ich meine, sie hatte doch nicht … das hätte sie mir doch …

Ich habe ihr doch auch alles … also fast alles …

Nein. Das muss ich jetzt sofort wissen. Mit diesem entsetzlichen Verdacht kann ich keine Sekunde mehr stillsitzen. Ich rüttele den Arm meiner Tochter.

Erstaunt nimmt sie die Kopfhörer ab.

»Mama! Du bist ja so blass! Ist dir schlecht?« Hilfsbereit kramt sie nach der Kotztüte und hält sie mir hin.

»Lies das!« Mit zitternden Fingern tippe ich auf den Artikel.

»Kann das nicht warten? Der Film ist gerade so spannend!« Sie will sich schon wieder die Kopfhörer aufsetzen, aber ich halte ihr die Zeitung unter die Nase.

»Na und?«, sagt sie schließlich verwundert. »Dann müssen sie eben einen Maulkorb tragen. Ist doch okay!«

»Nein, der kleinere. Links daneben.«

Fanny liest wieder. Ich beobachte ihr Gesicht, sehe, wie ihre Lippen die Worte formen. Dieses Amtsdeutsch ist natürlich nicht so leicht zu verstehen, aber mein Mädchen ist schließlich nicht blöd.

Plötzlich begreift sie.

Mit schreckgeweiteten Augen starrt sie mich an. »Mama! Das ist Georg! Wir müssen ihm helfen!«

26

Eine Stunde später sitzen wir mit unserem Urlaubsgepäck und Magenschmerzen im Taxi.
Doch statt nach Hause fahren wir gleich zur Polizeidienststelle am Rudolfskai. Mir zittern die Beine, und ich kann vor lauter Aufregung kaum sprechen.

Nachdem wir uns mehrmals ausweisen und erklären mussten, was unser Begehr ist, werden wir endlich in ein leeres Besprechungszimmer geführt. Hier stehen wir nun mitsamt unserem Urlaubsgepäck, das der Situation etwas Groteskes verleiht, und warten auf einen Beamten. Fanny sieht sich bedrückt um.

Die Wände sind kahl und düster, in einer Ecke steht ein alter, trostlos wirkender Aktenschrank und daneben ein Heizkörper, der auch schon bessere Tage gesehen hat. Die zwei wackeligen Stühle vor dem zerkratzten Tisch sind abgewetzt und schmuddelig. Ein vorsintflutlicher Computer nimmt fast die Hälfte des Schreibtisches ein.

Ich denke an unsere geräumige und sonnige Schiffs-Luxuskabine und bekomme automatisch eine Gänsehaut.

Endlich betritt ein glatzköpfiger, dicklicher Beamter den Raum. Er sieht nicht so aus, als wäre er zum Scherzen aufgelegt. Immerhin baumeln Handschellen an seinem Gürtel, und eine Pistole trägt er auch im Halfter.

»Grüß Gott, die Damen. Was kann ich für Sie tun? Handy gestohlen? Fahrradschloss aufgebrochen? Busfahrkarte weg?« Er schaut ein bisschen herablassend zwischen Fanny und mir hin und her, so als wolle er sagen: »Was Besseres kriege ich hier sowieso nicht geboten.«

»Wir haben diese Sache mit der … ähm … sexuellen Belästigung in der Zeitung gelesen …«, hebe ich verzweifelt an. »Und wir wollen eine Aussage machen.« Ich setze ein möglichst überzeugendes Gesicht auf.

»Es geht um den Mann aus dem Park«, vervollständigt Fanny meine Einleitung.

Sofort ändert sich der Gesichtsausdruck des Dicken. Er drückt auf einen Knopf: »Sepp, kannst du mal kommen, ich brauch einen Zeugen.«

Oh. Die Sache scheint von äußerster Dringlichkeit zu sein. Er sieht uns doch wohl hoffentlich nicht als weitere Ankläger oder gar Tatzeugen?

Auf der Stelle kommt ein großer, jüngerer Kollege herein, dessen Haare interessant über den Ohren abstehen. Auch er ist mit Handschellen und Knarre ausgerüstet, lehnt sich an die Wand und steckt lässig die Hände in die Taschen.

»Die zwei Damen hier wollen in Sachen Sexualstraftat im Park eine Aussage machen.« Der Dicke pfeift und ruft in den Flur: »Harry, Protokoll!«

Jetzt kommt noch ein Dritter herein, ebenfalls bewaffnet und in Uniform. Der kleine Kerl mit Pomade im Haar setzt sich stumm an den riesigen alten Computer und sieht uns erwartungsvoll an.

Als Erstes müssen wir wieder mal unsere Namen sagen, unser Geburtsdatum, Religion, Wohnort und Beruf.

Das dauert. Der Kleine mit der Pomade im Haar kann nur das Zweifingersuchsystem.

Fanny platzt fast vor Ungeduld und tritt von einem Bein aufs andere.

»Immer mit der Ruhe, junges Fräulein. Oder wollen Sie verreisen?« Er zeigt auf das Gepäck.

»Wir *kommen* gerade aus dem Urlaub«, beginne ich. »Da haben wir auf dem Rückflug …«

»Und? Wo seid's g'wesen?«, will der an der Wand lehnende Sepp wissen.

»Das tut nichts zur Sache«, ersticke ich eine harmlose Plauderei im Keim. »Wir haben in der Zeitung gelesen, dass ein Obdachloser aus dem Park …«

»Ja?«, fragt der dicke Oberwachtmeister, der zuerst da war. »Ist das Mädel auch betroffen?« Er weist mit dem Kinn auf Fanny, und diese dreht sich errötend weg.

»Nein!«, beeile ich mich zu sagen. »Im Gegenteil! Wir glauben, dass wir die Unschuld des … verdächtigen Mannes bezeugen können, aber dafür müssen wir erst einmal wissen, wie er heißt!« Ich habe wirklich Mühe, den Satz zu Ende zu sprechen, so sehr zittert meine Stimme.

Der Lange, der an der Wand lehnt, zieht bedauernd die Schultern hoch: »Das können wir Ihnen leider nicht sagen. Datenschutz.«

»Ja, aber wir wollen ihn doch nicht belasten! Wir wollen ihn *ent*lasten!« Ich schlucke. »Natürlich nur, wenn wir wissen, dass wir von demselben sprechen!«

Wobei mir wegen des Geldkoffers ganz anders wird. Wenn der Georg als belastendes Indiz angerechnet wird, geht seine Verhaftung zu einem Großteil auf meine Kappe. Mir wird schlecht. Georg. Gefängnis. Zelle. Mit richtigen Kriminellen. Schnell, denk an etwas anderes. Sieh dir den Fußboden an.

Der Dicke geht jovial vor Fanny in die Hocke, wobei seine Kniegelenke hörbar krachen.

»Kleine. Wie sah der Mann denn aus, der dich belästigt hat? Erzähl mal. Beschreibe ihn doch mal.« Der hat den tiefen Teller auch nicht erfunden. So viel ist mir klar.

Fanny schaut mich Hilfe suchend an: »Muss ich?« Verlegen befingert sie einen Gummibaum, der dort im Schatten der Jalousie verkümmert.

»Ich glaube, Sie missverstehen da was«, mische ich mich ein. »Meine Tochter möchte jemanden verteidigen, der sie *nicht* belästigt hat, bei dem sie aber befürchtet, dass *er* der Angeklagte sein könnte, obwohl er unschuldig ist.«

Der Dicke stützt sich mit beiden Händen am Boden ab, weil er das Gleichgewicht zu verlieren droht. »Also wollen Sie uns jetzt bei den Ermittlungen behilflich sein oder nicht?« Ich merke, wie der Dicke in Wut kommt und anfängt zu schwitzen.

»Wie bitte?« Entsetzt sehe ich ihn an.

Der Typ an der Wand hüstelt.

»Also, er ist ungefähr so groß wie der da …« – Fanny zeigt auf den an der Wand lehnenden Kollegen, der sich sofort zu seiner vollen Größe aufrichtet – »… nee, nicht ganz so groß. Aber größer als Sie!« Sie zeigt auf den Dicken, der jetzt fast umfällt vor Gleichgewichtsproblemen. Er rappelt sich mühsam wieder auf, wobei er verlegen seine Uniform abklopft. »Und dünner.« Der Dicke zieht den Bauch ein, der Lange an der Wand grinst.

Der Kerl am Schreibtisch hackt umständlich in die Tasten, wobei er seine Kollegen so gründlich taxiert, als sähe er sie zum ersten Mal. Ich seufze. Das kann wirklich dauern.

Wenn ich daran denke, dass Georg jetzt im *Knast* sitzt! Wegen dieses Geldkoffers! Wegen mir! Mir wird so schwindelig, dass ich mit einer Pobacke auf einen der abgewetzten Stühle sinke und mich an der Schreibtischkante festhalten muss. O Gott, bin ich *blöd!* Warum habe ich ihm das Ding überhaupt in seinen Einkaufswagen gesteckt? Weil ich ein bisschen gute Fee spielen wollte? Weil ich mir so gut gefiel in dieser Rolle? Warum habe ich Georg nicht einfach so leben lassen, wie er wollte?

»Und was hatte er so *an*?«, fragt der Dicke mein überfordertes Kind.

»Das kann sie nicht wissen«, sage ich, »denn wir kommen gerade aus dem Urlaub.« Dabei weise ich erneut auf das Gepäck, das mitten im Raum steht.

»Gute Frau. Es müssen schon mehrere Indizien zusammenkommen, damit man Ihre Behauptung, den Verdächtigen zu *kennen*, auch einigermaßen verifizieren kann. Dass er mittelgroß und mitteldünn ist, wissen wir jetzt.« Mein Gefühl sagt mir, dass diese Polizisten und ich nicht besonders gut miteinander auskommen werden. Die Atmosphäre ist dermaßen abgekühlt, dass mir die Worte im Halse stecken bleiben. Fanny weint gleich, das spüre ich.

Der Lange an der Wand hat keine Geduld mehr.

»Was wollen Sie eigentlich hier?«, fragt er schlecht gelaunt.

»Das ist überhaupt nicht unsere Zuständigkeit«, sagt er beim Rausgehen zu seinen Kollegen. »Das ist ein Fall für die Kollegin von der Sitte.«

Kurz darauf finden wir uns im wesentlich freundlicheren Büro einer wesentlich netteren Beamtin in Zivil wieder, die uns erst mal einen Platz am Besprechungstisch anbietet und uns etwas zu trinken bringen lässt.

Sie heißt Charlotte Sandmann, hat eine blonde, flotte Frisur, ein offenes, herzliches Gesicht und eine angenehme Stimme. Sie ist schlank und sportlich, trägt eine hellblaue Hemdbluse und einen beigen Hosenanzug.

Nachdem sie sich unsere Geschichte angehört hat, stellt sie ihre Kaffeetasse ab und schaut Fanny freundlich an. »Wenn ich dich also richtig verstehe, möchtest du den Mann nicht zusätzlich belasten, sondern in Schutz nehmen?«

»Ja«, sagt Fanny bestimmt »Er ist absolut nett. Er kann Mathe. Und er ist Pilot.«

Frau Sandmann wirft mir einen zweifelnden Blick zu: »Das passt allerdings zu unserem Täterprofil.« Sie steht auf, geht in einen Nebenraum und kehrt mit Fannys Schmusekissen zurück: »Kommt dir das bekannt vor?«

Erschrocken zucke ich zusammen. Na toll. Gar nicht gut.

»Ja!«, schreit Fanny und reißt das Kissen an sich. »Das ist mein Lieblings-Schmusekissen!« Als sie den wissenden Blick von Frau Charlotte Sandmann bemerkt, fügt sie noch schnell hinzu: »Das habe ich ihm aber geschenkt! Zum Dank! Weil er so nett war!«

Frau Sandmann wirft mir einen weiteren bedeutungsschwangeren Blick zu, geht wieder in den Nebenraum und kommt mit meinem Geldkoffer zurück. »Und der hier?«

Mir fährt der nächste Schreck in die Glieder.

Ich lächle mit zusammengebissenen Zähnen. »Ähm … den habe *ich* ihm geschenkt.«

Frau Sandmann lässt die Schlösser aufschnappen. »Wissen Sie was da drin ist? 180 000 Euro!«

»Mama!«, lässt sich Fanny erschrocken vernehmen. »Die hast du ihm *heimlich* untergejubelt? Das macht ihn doch noch verdächtiger!«

»Er *ist* kein Kinderschänder!«, schreie ich nun verzweifelt. »Er ist auch kein *Dieb*! Das ist alles ein … groteskes, aberwitziges Missverständnis!«

»Darf ich fragen, in welcher … äh … Beziehung Sie zu dem Mann stehen?«

»In *keiner*!«, beeile ich mich zu beteuern. »Ich kenne ihn ja kaum!«

»Mama! Natürlich kennen wir ihn! Er ist unser *Freund*!«

Also, die letzte Bemerkung hätte ich mir wirklich sparen können. Ich komme mir vor wie Judas mit seinen blöden dreißig Silberlingen.

»Wie kommen Sie dann dazu, ihm so viel Geld zu schenken? Und warum sitzt er mit …« Sie lässt die sorgfältig gebündelten Scheine durch ihre Finger gleiten. »… 180 000 Euro in der Tasche im Park auf der Bank und schläft im Freien?«

Ich lasse den Kopf hängen. »Er hat von dem Geld gar nichts gewusst!«, flüstere ich.

»Mama! Bist du bescheuert?!«

Frau Sandmann macht ein Gesicht, als hätte ich nicht alle Tassen im Schrank.

»Wollen Sie damit sagen, dass Sie ihm das Geld ohne sein Wissen …« – sie malt Anführungszeichen in die Luft – »… ›geschenkt‹ haben? – Oder war es nicht eher Teil einer … wie auch immer gearteten … Abmachung? Weshalb haben Sie das Geld also heimlich in seinen Einkaufswagen gesteckt?«

Fanny verfolgt diesen Dialog wie ein Tennismatch. Ihr Kopf geht hin und her, und ihr Mund steht vor Erstaunen offen.

Georg. Ein bittersüßes Gefühl breitet sich in meinem Bauch aus. »Ich wollte, dass er aus unserem Leben verschwindet!«

»Also hat er Ihnen, beziehungsweise Ihrer Tochter, *doch* etwas getan …?«

O Gott. Das wird ja immer schlimmer. Das entwickelt sich nicht gut … Das entwickelt sich gar nicht gut!

»Ähm … *nein*, also nicht direkt. Er hat uns nichts *getan*, was wir nicht *gewollt* hätten …« Abrupt breche ich ab. Ich bin entsetzt, über die Worte, die mir gerade über die Lippen gekommen sind.

»Was haben Sie denn zum Beispiel *nicht* gewollt?«

Heftig atmend schaue ich Fanny an, die mir verzweifelt Zeichen macht, ich soll die Klappe halten und nicht alles noch schlimmer machen.

»Obwohl er eigentlich ziemlich oft eingebrochen ist.« Die Worte rutschen heraus, ohne dass ich etwas dagegen tun kann.

»Mama!«

»Ja, ist doch wahr! Zuerst fand ich ihn nackt in unserem Badezimmer …«

»Spinnst du?!«

Ich atme schwer.

»Ja, und zwar mit *deinem* Schmusekissen vor dem … Eingemachten.«

Frau Sandmann macht sich, inzwischen hochinteressiert, Notizen.

»Dann fand ich ihn immer mal wieder in einer leer stehenden Immobilie ...«

»Nackt oder angezogen?«

»Ähm ... angezogen. Also meistens. Eigentlich immer. Außer, wenn er gerade duschen war.«

Scheiße, Juliane, Scheiße! Was redest du denn da!!

»... ja?«, fordert mich die Kriminalbeamtin freundlich zum Weiterreden auf.

»... und am Ende in meinem Auto. Angezogen.«

Sie schaut von ihren Notizen auf. »Was hatte er denn dort verloren?«

»Er hat nur verschlafen«, mischt Fanny sich ein. »Ich hab ihm das Auto abends immer aufgemacht. Mit der Fernbedienung. Durchs Fenster.«

Frau Sandmann schreibt und schreibt.

Das ist aber gar nicht gut, das ist überhaupt nicht gut!

»Und wo war deine Mama da?«

»Och, die ist beruflich eigentlich ständig unterwegs!«

»Möchtest du vielleicht mal gerne mit mir alleine reden?«, fragt Frau Sandmann plötzlich freundlich. »Deine Mama kann vielleicht mal draußen warten.«

»Ja«, sagt Fanny entschieden, während ich gleichzeitig »Nein!« sage.

»Meine Tochter und ich haben *keine Geheimnisse* voreinander!«

»Stimmt das?«, will Frau Sandmann wissen und schaut meine Fanny fragend an.

Fanny presst die Lippen aufeinander und schüttelt den Kopf: »Jetzt nicht mehr.«

»Aha«, sagt Frau Sandmann mit einem Lächeln. »Aber vorher schon?!«

Ich habe mein Pulver an Phrasen und Lügen verschossen. Jetzt hilft nur noch die Wahrheit.

»Na ja, wir hatten beide …« Ich verstumme gleich wieder. »Also wir beide hatten in gewisser Weise, natürlich nur rein zufällig, etwas mit dem Mann aus dem Park zu tun. Aber das hatte *nichts* mit Sex zu tun!«, platze ich heraus und werde so rot, dass man mich für ein Glühwürmchen halten könnte. Augenblicklich bricht mir der Schweiß aus, und ich möchte mir am liebsten das Ohnedich-ist-alles-doof-Kissen in den Mund stopfen vor Peinlichkeit.

Fanny schaut mich plötzlich merkwürdig von der Seite an.

»Mama?!«

»Möchten *Sie* vielleicht mal mit mir alleine reden?«, fragt Frau Sandmann besorgt.

»Nein. Das heißt, ja.« Ich muss mir die Jacke ausziehen, so heiß wird mir plötzlich.

»Du hast *gerade* gesagt, wir hätten keine Geheimnisse voreinander!«, ruft Fanny aus.

»Genau. Stimmt. Haben wir nicht.« Puh. Jetzt schwitze ich nicht mehr so. Ich habe mich wieder unter Kontrolle.

Ich werfe Fanny einen Adlerblick zu, der sie augenblicklich zum Schweigen bringt.

»Äh, jetzt mal was anderes, was liegt eigentlich gegen Georg vor?«, frage ich ein wenig überfröhlich. »Wir sind nämlich gekommen, um ihn zu befreien!«

»Sie nennen ihn Georg?« Frau Sandmann macht sich schon wieder Notizen.

»Seinen Nachnamen wissen wir nicht.«

»Eigentlich darf ich Ihnen darüber keine Auskunft geben …« Frau Sandmann kaut an ihrem Kugelschreiber herum. »Aber nachdem Sie ihn ja offensichtlich beide sehr gut zu kennen scheinen …« Sie zögert, als wolle sie abwägen, ob es Sinn macht, uns in ihre kriminalpolizeilichen Ermittlungen einzuweihen. »Ein dreizehnjähriges Mädchen gibt an, von ihm vergewaltigt worden zu sein.«

»Ja. Das haben wir in der Zeitung gelesen.«

»Mehr darf ich Ihnen eigentlich nicht sagen ...«

»Dann sagen Sie es dem Gummibaum!«, sagt Fanny plötzlich. »Bitte. Wir hören auch gar nicht zu.«

Frau Sandmann grinst, dann wird ihr Gesicht mit einem Mal sehr ernst.

»Das Mädchen sagt, er hätte sie auf seine Bank gelockt, unter dem Vorwand, ihr bei den Mathematikaufgaben zu helfen.«

Mir wird heiß und kalt.

»Sie sei dann immer öfter zu ihm gegangen, daraufhin hätte er sich ihr genähert. Als sie nicht wollte, hat er sie unter die Trauerweide gezogen und ihr dort Gewalt angetan. Wir fanden tatsächlich ziemlich viele Spuren dort. Die Fußspuren passten zu seinen. Es gab auch welche einer jungen Frau, die sich heftig gewehrt haben muss. Das Mädchen hatte aber immer Turnschuhe an, die Fußspuren stammten jedoch von hochhackigen Pumps. Außerdem fanden wir Stofffetzen und lange blonde Haare.«

Mir wird ganz anders. Das waren *meine* Spuren! *Ich* habe den Wagen dorthin gezerrt und mich in den Ästen verheddert! Ganz deutlich erinnere ich mich noch an dieses »Ratsch«, als mein Kostüm an einem Zweig oder so was hängen blieb.

Ich möchte etwas sagen, bekomme aber kein Wort heraus.

»Sie sagt, er hätte sie dort vergewaltigt, und er würde das auch mit anderen Mädchen machen.«

Okay, jetzt will ich sterben.

»Aber das *stimmt* nicht«, ereifert sich Fanny. »Die Vicki will sich bloß wieder wichtigmachen!«

Frau Sandmann schaut überrascht auf. Und zwar mit einem Gesichtsausdruck, der mir gar nicht gefällt: »Woher weißt du denn, dass es die Vicki war?«

Fanny wird rot. »War sie es vielleicht nicht?«

Frau Sandmann lässt ein bedauerndes Schnalzen hören und zieht die Stirn in Falten: »Wir dürfen leider keine Namen preisgeben. Aber … nehmen wir mal an, es *wäre* die Vicki. Was würdest du dann dazu sagen?«

»Die Vicki hat schon längst Sex mit ihrem Freund. Ihre Mutter ist aber total streng und hat dafür überhaupt kein Verständnis. Und der Typ, mit dem sie … na ja … also … ähm …, der bekommt auch voll den Ärger, wenn das rauskommt, weil der irgendwie 'ne Lehre abgebrochen hat oder so …«

Ich weiß nicht, ob ich lachen oder weinen soll.

»Das klingt plausibel«, sagt Frau Sandmann anerkennend. »Wir haben nämlich keine passenden DNA-Spuren identifizieren können.«

»Aber dann darf Georg doch gar nicht in U-Haft sitzen!«, höre ich mich rufen.

»Sie sperren einen Unschuldigen ein!«

»Auf freien Fuß können wir ihn bei der Beweislage aber auch nicht setzen!«, entgegnet Frau Sandmann, während sie auf den Geldkoffer tippt. »Wissen Sie was? Ich würde Ihnen raten, sich sofort einen Anwalt zu nehmen. Und zwar einen guten.«

27

Als wir völlig übermüdet und fix und fertig zu Hause ankommen, sehe ich als Erstes, wie sich die Gardine im Hause gegenüber bewegt.

Na super. Auch das noch. Es ist Christiane, das Schwesterhuhn, das seit Stunden unserer harrt. Sie kommt herübergeflattert mit einer Riesenschachtel voller Post.

Ratlos sehe ich in den rot geöffneten Schnabel, während ihre spitzen Schreie in mein Ohr dringen … eine Einladung zu einem dringenden Elternabend, ob ich denn überhaupt schon wüsste, was passiert sei, die Kriminalpolizei sei hier gewesen und hätte mich und Fanny sprechen wollen, aber ich wäre ja nicht ans Handy gegangen. Und was es denn auf sich hätte mit dieser Vergewaltigung, das hätte ja in allen Zeitungen gestanden. Sie hätte da ja einen ganz bestimmten Verdacht, dass wir mit diesem Kriminellen unter einer Decke steckten … Hier holt sie empört Luft, pumpt ihr Gefieder neu auf und schnattert weiter: Die Amerikaner vom Schiff hätten auch schon angerufen, was für Versprechungen ich denen denn gemacht hätte? Sie hätte ja kein Wort verstanden, aber das Gefühl, dass die schon morgen bei uns im Vorgarten stehen würden. Diese Kirsten wäre ein paarmal mit ihrem Porsche vorgefahren, es gäbe da eine Angelegenheit zu besprechen wegen eines Raubüberfalls in einer Villa in Kitzbühel. Ich wäre nämlich beobachtet worden und wüsste schon, wovon sie spräche, und das würde alles noch Konsequenzen haben.

Mit fast roher Gewalt muss ich mein Schwesterhuhn aus der Haustür schieben. Kraftlos riegele ich die Haustür von innen ab.

Fanny hängt mir heulend am Rockzipfel und verlangt von mir, Georg jetzt sofort zu befreien. Sie möchte am liebsten eine Leiter holen, sie an die Gefängnismauer stellen und hinaufklettern.

Oder *wenigstens* eine Feile in einen Kuchen einbacken. Und dann mit dem Rotkäppchen-Korb ins Gefängnis gehen.

Oder Steinchen an das Gefängnisfenster werfen. Damit er merkt, dass wir wieder da sind.

»Tolle Idee! Was glaubst du eigentlich, was ich hier an Arbeit habe! Der ganze Schreibtisch ist voll! Die Mailbox quillt über! Und die Amerikaner stehen vor der Tür! Jetzt muss ich erst mal ein Dutzend Luxusresidenzen aus dem Hut zaubern!«

Fanny macht ein flehendes Gesicht: »Mami! Stell dir mal vor, *du* säßest im Knast! Und kein Schwein würde sich um dich kümmern!«

»Was soll ich denn tun?«, herrsche ich sie an. »Ich bin mit einem Bein selbst schon drin!« Widerwillig nehme ich das Telefon.

Natürlich ist an diesem späten Samstagabend kein Anwalt mehr zu erreichen.

Wir schlafen beide schlecht. Fanny liegt neben mir, sie mag nicht allein in ihrem Zimmer übernachten.

Schon um sechs wache ich auf und denke an Georg. Wie es dem jetzt wohl geht? Ob er gut geschlafen hat?

Das *darf* doch nicht wahr sein. Ich hatte ihn doch schon *fast* vergessen!

Jedenfalls war es mir auf der Reise gelungen, mehrmals täglich einige Minuten nicht an ihn zu denken!

Wütend ziehe ich mir die Decke über die Ohren.

Ob er auch an mich denkt? Mit welchen Gefühlen?

Vielleicht hasst er mich jetzt. Verübeln könnte ich ihm das nicht.

Ob er einen Anwalt hat?

Wahrscheinlich so eine Art Pflichtverteidiger. Sicher so ein lustloser Bursche, der bei der Anhörung seines Mandanten in ein Wurstbrot beißt. Jedenfalls keiner, der sich glühend für Georgs Freilassung interessiert.

Interessiere *ich* mich denn glühend dafür?

Wäre es nicht die ideale Lösung, wenn er hinter schwedischen Gardinen bliebe?

Ich meine, dann hätte er zumindest ein Dach über dem Kopf.

Es wird ja Winter … Allein dieser zynische Gedanke wird mir ein paar Jahrtausende Fegefeuer einbringen. Aber ich denke ihn weiter.

Dann könnten Fanny und ich zu unserem normalen Leben zurückkehren.

Und die Bank unter der Trauerweide bliebe leer. Ich könnte meine Fanny wieder sorglos in die Schule schicken, es gäbe keine plötzlich einberufenen Elternabende mehr, und sogar meine Joggingrunde könnte wieder an der Bank vorbeiführen. Ohne dass ich dabei immer an ihn denken müsste. Ohne mir überlegen zu müssen, was ich sage, wenn er da ist. Ohne mich zu fragen, wo er ist, wenn er nicht da ist. Denn dann wüsste ich ja, wo er ist. In *Sicherheit* …

Plötzlich durchzuckt mich ein schrecklicher Gedanke.

Er ist wegen Vergewaltigung einer Dreizehnjährigen da drin!

Ich habe mal gehört, dass Häftlinge, die sich an Kindern vergangen haben, für die anderen das *Allerletzte* sind!

Sie werden ihn doch nicht …

Ich meine, sie tun ihm doch nichts an?

Wann ist da eigentlich Besuchszeit?

Sonntags bestimmt.

Abrupt schlage ich die Decke zurück.

An einem Sonntagmorgen um acht ist es da vielleicht noch nicht so voll.

Die Justizvollzugsanstalt liegt mitten in der Altstadt, ein bisschen versteckt zwischen den Barmherzigen Brüdern und dem Gericht.

In der Morgensonne sieht man die vergitterten Fenster blinken. Kein einziger Häftling rüttelt an den Gitterstäben und brüllt: Ich will hier raus!

Es gibt zwei mögliche Eingänge, die aber beide verschlossen sind.

Zwei große Eisentore, an denen jeweils eine Kamera angebracht ist, laden auch nicht gerade zum Verweilen ein. Es gibt weder eine Klingel noch sonst eine Vorrichtung, mit der man sich bemerkbar machen könnte.

»Ein- und Ausfahrt immer frei halten!«, steht auf einem Schild.

Na prima. Das macht Mut. Ich gehe einmal um das Gebäude herum, und siehe da: An einem unscheinbaren Seiteneingang hängen die Besuchszeiten aus.

»Sonntags von 8–12 Uhr!«

Das nenne ich Glück im Unglück!

Vorsichtig schiebe ich die schwere Tür auf und finde mich in einem dunklen, muffigen Treppenhaus wieder. An der Wand links hängt ein ganz normaler Briefkasten: »Trempinsky«.

Nee. Hier bin ich falsch. Das ist ein Privathaus.

Schon will ich wieder umkehren, als mir eine Frau mittleren Alters mit einem Veilchen auf dem Auge entgegenkommt. Sie senkt den Blick, als sie mich sieht, und stapft grußlos die Treppe hinauf.

Oh! Hier könnte ich vielleicht doch richtig sein.

Es sei denn, es handelt sich bei der Dame um Frau Trempinsky. Doch im zweiten Stock bemerke ich ein Schild: »Privataufgang. Trempinksy. Kein Durchgang«.

Die Frau biegt zielstrebig links ab. Vorsichtig schleiche ich hinter ihr her. Die scheint öfter herzukommen. Die kennt sich hier aus.

Sie geht durch einen dunklen, muffigen Gang und klingelt schließlich an einer dicken Eisentür. Sofort geht ein Summer, und die Tür öffnet sich.

Jetzt oder nie!

Im Eilschritt laufe ich hinter ihr her und schlüpfe gerade noch so durch.

Während die Frau zielbewusst zu einer Glaswand geht, um ihren Ausweis vorzuzeigen und ihre Handtasche abzugeben, bleibe ich unschlüssig stehen.

Ich befinde mich in einem grünlich gehaltenen Flur, in dem hölzerne Wartebänke stehen.

An den Wänden hängen schmucklose DIN-A4-Blätter mit Aufschriften wie: »Hilfe für Strafentlassene. Wiedereingliederung in die Gesellschaft. Hilfe bei der Wohnungssuche, Jobsuche und bei Alkoholproblemen. Sozialhelfer informieren.« Das Ganze steht da noch auf Türkisch und in zwei anderen, mir ebenso unverständlichen Sprachen.

Mit Grausen wende ich mich ab. Kann mir mal jemand sagen, was ich hier eigentlich zu suchen habe?

Nun müsste ich weitergehen.

Doch mich verlässt der Mut.

Was soll ich tun?

Was soll ich sagen?

Will mich Georg überhaupt sehen?

Was mache ich hier?

Hier gehöre ich doch gar nicht hin!

Ich mache das alles sowieso nur wegen Fanny, versuche ich mir einzureden. Damit ich ihr sagen kann, ich hätte es wenigstens versucht! Damit sie Ruhe gibt und mir nicht den ganzen Sonntag die Ohren vollquengelt. Ich selbst bin ja zum Glück schon … also, ich denke nicht mehr dauernd an Georg. Jedenfalls nicht mehr so oft. Außer seit gestern natürlich. Da denke ich ununterbrochen an ihn. Und mir geht es alles andere als gut dabei.

Drei Schritte vor mir ist eine Sicherheitsschleuse wie am Flughafen. Dahinter stehen zwei Beamte mit ihren Absuchgeräten, mit denen sie sich gelangweilt auf die flache Hand schlagen. Nix los am frühen Morgen. Ich gehe noch zwei Schritte, als mich eine schnarrende Stimme erschreckt: »Bitte, Sie wünschen?«

Eingeschüchtert zucke ich zusammen.

Rechts von mir entdecke ich plötzlich eine gläserne Kabine, in der ein uniformierter Beamter an einer Tischplatte sitzt. Im Hintergrund sehe ich acht Monitore, die jeden Gang und jedes Tor des Gefängnisses im Visier haben. Der Mann hat mich also längst gesehen. Er hat seine hellbraunen Haare exakt auf Seitenscheitel gekämmt und trägt einen Schnauzbart. Er taxiert mich aus stahlgrauen Augen und lässt sich zu keiner freundlichen Begrüßung hinreißen. Von wegen: Guten Morgen, junge Frau, so einen netten Anblick haben wir ja nicht alle Tage, was kann ich für Sie tun? Also bin ich wohl an der Reihe.

»Ähm … hallo, erst mal … Ich weiß nicht, ob Sie es schon wissen, aber ich war noch nie in einem Gefängnis.« Er lacht nicht. Kein bisschen. Okay, okay. Nur keine Panik. Den kriege ich schon weich. »Tja. Ähm.« Ich zupfe verlegen an meinem Ohr. »Ich möchte gern jemanden besuchen.«

»Name?!«

»Welcher? Meiner oder der des Häftlings?«

Der Beamte scheint heute Morgen noch nicht zum Scherzen aufgelegt zu sein.

»Ausweis!?«, schnarrt er wieder, und ich beeile mich, meinen Pass hervorzukramen. Dann lege ich ihm schnell meine knallrote Visitenkarte mit der Aufschrift: »Immobilien Glücksgriff, Leben im Paradies« dazu.

Er betrachtet beides wie zwei ekelhafte Insekten und schaut mich noch unfreundlicher an: »In welcher Angelegenheit?«

»Wie … oh, nicht dass Sie glauben, ich wollte diese Immobilie erwerben oder hätte einen Kaufinteressenten …« Ich lache verlegen und drehe eine Haarsträhne um den Finger. Mann, der Kerl geht wohl zum Lachen in den Keller. Oder besser: in den Kerker. »... kleiner Scherz, hähä ... ich möchte jemanden besuchen.«

Er starrt mich unwillig an, als warte er auf ein weiteres Stichwort.

Ich schaue auf die Armbanduhr: »Es ist doch Besuchszeit, oder habe ich da was falsch verstanden?«

»Name?!«, schnarrt er wieder.

»Hempel. Juliane Hempel.«

»*Wen* wollen Sie besuchen?!« Der Mann kann ja richtig böse werden!

»Oh ... ach so, ja klar, das muss man ja am Eingang schon entscheiden ...«

Ich sehe mich suchend um, ob mich auch keiner belauscht, und wende mich dann vertraulich der Glasscheibe zu: »Georg. Ich möchte Georg besuchen.«

»Georg Wer?«

»Den Nachnamen weiß ich nicht. Aber er ist erst vor Kurzem hier eingeliefert worden. Also er ist ungefähr sooo groß und so um die vierzig. Er hat meistens eine Mütze auf und na ja ... einen Einkaufswagen dabei, und er hört gerne Bruckner.« Ich meine, so viele von der Sorte können die doch nicht beherbergen hier.

Der Beamte blättert in einer Liste: »Sie müssen mir schon den Nachnamen sagen.« Das Knistern seiner Papiere kommt durch den Lautsprecher sehr deutlich bei mir an.

Wieder einmal wird mir klar, dass ich von Georg so gut wie gar nichts weiß. Noch nicht mal, wie er mit Nachnamen heißt.

»Also, so viele Georgs können doch gar nicht hier eingecheckt haben«, versuche ich einen zweiten Anlauf.

»Wenn Sie seinen Nachnamen nicht wissen, haben Sie keine Chance.« Entsetzt starre ich ihn an.

Der Beamte weist wieder Richtung Ausgang. Nicht, dass ich nicht gern das Weite suchen würde, aber …

Nee. So geht das nicht. So kann ich Fanny nicht unter die Augen treten.

Jetzt, wo ich schon einmal hier bin, besuche ich auch Georg.

Da muss man gelassen bleiben, der Mann tut auch nur seine Pflicht.

»Es handelt sich um den Obdachlosen, der wegen einer angeblichen Vergewaltigung inhaftiert wurde«, stoße ich zwischen den Zähnen hervor. »Sein Name ist Georg. Und er ist hier drin!«

»Keine Chance. – Außer Sie wären Anwältin.«

»Rede ich undeutlich oder was? Habe ich je behauptet, Anwältin zu sein? Ich habe gesagt, dass ich jemanden besuchen will, und jetzt ist Besuchszeit!« Ich rede mich in Rage. Langsam fange ich an zu keifen wie Christiane. »Der Mann ist unschuldig, und er hat ein *Recht* darauf, Besuch zu empfangen. Ich habe auch keine Feile oder so was dabei, Sie können meine Handtasche gern kontrollieren! Ich will nur mit ihm *reden*! Wir sind doch ein Land, in dem die Menschenwürde noch was gilt«, fahre ich ein wenig wirr fort, »und die Würde des Menschen ist unantastbar!«

Ich verspüre den unbändigen Drang, dem Mann eine reinzuhauen. Aber das geht schon mal wegen der Glasscheibe nicht. Der Kerl macht gerade Anstalten, aus seinem Kabäuschen herauszukommen und mich mithilfe eines Gummiknüppels zu verscheuchen, als ich plötzlich den einen der beiden Sicherheitsbeamten hinter der Schleuse rufen höre: »Frau Hempel? Sind *Sie* das?«

Erschrocken fahre ich herum. Der Uniformierte steigt breitbeinig über eine Absperrung, woraufhin sofort der Alarm losgeht.

»Frau Hempel! Sie erkennen mich nicht mehr?!«

»Ähm … Ehrlich gesagt, war ich noch nie hier«, sage ich so harmlos wie möglich.

»Ich bin's! Joachim Tacke! Sie haben mir vor zehn Jahren das alte Bauernhaus am Irrsee vermietet! Ich bin dort total glücklich und in meiner Freizeit ein richtiger Bauer geworden! Ich habe Kühe, Hühner und sogar ein Schwein …«

»Oh«, sage ich und reibe mir verlegen die Nase. »Da habe ich aber Schwein.«

»Karli, lass die Frau durch«, sagt Joachim Tacke in Richtung Glaskabine. »Die Frau ist in Ordnung. Ich mach das hier.«

28

Kurz darauf finde ich mich in einem öden, grün verputzten Warteraum wieder, an dessen Wänden viele unleserliche Schmierereien zu sehen sind. Der freundliche Bauer vom Irrsee ist durch mehrere Sicherheitstüren verschwunden, um Georg aus seiner Zelle zu holen.

Mir klopft das Herz bis zum Hals. Ich sehe mich in dem schmucklosen Raum um. Kein Zahnarzt-Wartezimmer kann trostloser sein: Fünf oder sechs Plastikstühle stehen an der Wand aufgereiht, im Hintergrund befinden sich kleine Schließfächer, in denen der Besucher gefälligst seine Habseligkeiten zu lassen hat, vor allem Rauschgift, Waffen, Messer oder Handys.

Was mir am meisten zu schaffen macht, ist diese armselige Plastikkiste mit lieblos zusammengewürfeltem, kaputtem Spielzeug. »Die Anstalt übernimmt keine Haftung für eventuelle Unfälle mit diesem Spielzeug. Eltern haften für ihre Kinder!«

Außer mir sitzt noch eine dicke Frau mit Brille, Kopftuch und groben wollenen Strümpfen da. Sie macht einen leicht debilen Eindruck und grinst mich kumpelhaft an.

»Na? Tun Se auch Ihren Mann besuchen?« In ihrer Stimme liegt etwas Weinerliches. Kann aber auch sein, dass sie einfach nur besoffen ist. »Wat hatter denn aufm Kerbholz?«

Oh, das werde ich hier lieber nicht sagen. Da lasse ich mich besser auf gar nichts ein. Ich ringe mir ein knappes Lächeln ab und schweige. Solange man nicht durchblickt, denke ich, sollte man besser die Klappe halten.

Eine junge Frau mit einem quengeligen Kleinkind, dessen Rotznase dringend nach einem Taschentuch schreit, schlurft auch noch herein. Das Kind steckt in einem viel zu dicken Anorak und hat ein Ekzem im Gesicht. Die Frau lässt es auf den schmuddeligen Fußboden gleiten und reißt die Kiste mit dem Plastikspielzeug aus dem Regal. Sie schüttet den Inhalt lieblos dem Kind hin und lässt sich auf die Wartebank fallen, wo sie sofort eine SMS in ihr Handy hackt.

Wo bin ich hier nur hineingeraten?

Was tue ich hier?

Mit welchen Leuten verbringe ich meinen Sonntagmorgen?

»Meiner sitzt jetzt seit sieben Jahren in Haft«, teilt mir die Schlichtgestrickte ungefragt mit. »Wegen bewaffneten Raubüberfalls.«

Sie blickt mich stolz an. »Und ich habe jetzt sieben Jahre auf ihn gewartet.«

Ich bin beeindruckt. Toll. Da habe ich ja noch was vor mir.

Allerdings: Auf Georg warte ich keine sieben Minuten mehr!

»Und jetzt tun wir im Gefängnis heiraten.« Die Trulla strahlt mich an und entblößt ein paar völlig schiefe, gelbe Hexenzähne. »Ich war ihm immer treu.«

Na gut, denke ich. In deiner Situation sicher auch keine Meisterleistung.

Das Kleinkind nörgelt und steckt einen schmutzigen Legostein in den Mund. Die Mutter nimmt ihn wieder heraus und widmet sich ihrem Handy.

»Wir haben uns über dreitausend Briefe geschrieben«, fährt die lang Verlobte fort. »Er war nämlich bis jetzt im Hochsicherheitstrakt.«

»Donnerwetter«, gebe ich mich beeindruckt.

»Aber jetzt kann ich ihn besuchen. Einmal in der Woche. Da mache ich mich extra für ihn schick.«

»Toll.« Ich ringe mir ein scheues Lächeln ab.

»Da könnten Sie ein Buch drüber schreiben, über unsere Liebesgeschichte.«

Ich sehe nur kurz zu ihr hinüber und nicke. Dann blicke ich angestrengt an die Wand und lese die Zettel, die da hängen: »Gemeinsamer Gottesdienst mit Inhaftierten und deren Angehörigen! Jeden dritten Sonntag im Monat um 8 Uhr 30!« – »Gefängniszahnarzt: jeden ersten Montag im Monat. Nur mit Versicherungskarte.« – »Hilfe bei Gewalt in den Zellen: Bruder Anselm ist über die Notrufnummer … zu erreichen.«

Mich schaudert. Ich wende mich der anderen Wand zu.

»Besuchszeiten für U-Häftlinge: 15 Minuten pro Woche.

Besuchszeiten für fest Inhaftierte: 30 Minuten pro Woche.

Besuchszeiten für Anwälte: zweimal 20 Minuten pro Woche! – Tischgespräch nur nach schriftlicher Genehmigung des Staatsanwaltes. Für Angehörige grundsätzlich keine Tischgespräche.«

O Gott. Es ist alles so grauenvoll.

Ich halte das nicht aus. Ich habe nicht die geringste Ahnung, was ich tun soll, wenn ich von dieser Bank aufstehe.

Nein, das hier ist echt nicht meine Baustelle. Ich werde mich jetzt erheben, und dann werde ich ganz selbstverständlich hier rausspazieren, hinaus in den Sonnenschein, und mit Fanny einen schönen entspannten Sonntag verbringen. Und wenn sie mich fragt, wo ich war, dann … war ich eben joggen.

Oder … Brötchen holen. Ja, das werde ich jetzt tun.

In dem Moment öffnet sich die Tür, und mein Freund, der fröhliche Jungbauer vom Irrsee, steckt seinen Kopf herein: »Frau Hempel?! Ihr Insasse steht im Besucherraum bereit.«

Mein Insasse? Hallo? Nicht dass hier von völlig falschen Voraussetzungen ausgegangen wird! Ich kenne den Menschen nicht, geht es mir Petrus-mäßig durch den Kopf, und im gleichen Moment komme ich mir unsäglich schäbig vor.

Wie könnte ich Georg verleugnen? Er hat doch nur *mich*! Und durch meine Schuld ist er jetzt im Knast! *Natürlich* ist das *mein* Insasse.

Ich recke den Kopf. »Vielen Dank, Herr Tacke.«

Mit zitternden Knien erhebe ich mich eilig, zirpe noch ein hastiges »Wiedersehen!« in den Warteraum und lasse mich durch die Sicherheitskontrolle führen.

Mein Herz hämmert. Fast wird mir schlecht. Ich war in meinem ganzen Leben noch nicht so verunsichert. Ich betrete ... einen Knast! Einen mit echten Verbrechern und Gewalttätern vollgestopften Knast!

Rechts und links des Ganges liegen die Zellentüren. Winzige Gucklöcher sind nur von außen angebracht. Mein Jungbauer klirrt fröhlich mit einem riesigen Schlüsselbund und geht mir stolz voraus.

»Hier haben wir den offenen Vollzug«, er zeigt auf einen Gemeinschaftsraum, aus dem mich einige Gesellen grimmig anblicken, »diese Insassen genießen Vergünstigungen.«

»Ähm ... welcher Art?!«

»Sie dürfen sich frei im Trakt bewegen, können Karten spielen oder sich sogar einen Fernseher ausleihen. Allerdings müssen sie sich auf ein Programm einigen.« Er lacht. »Das ist für die meisten nicht so einfach. So hat immer der Zellenälteste das Sagen.«

»Aha.« Mich fröstelt. Er will mir doch jetzt nicht das Gefängnis ... zeigen?!

Aber Joachim Tacke ist so froh, mich nach vielen Jahren einmal wiederzusehen, dass er mir bereitwillig eine Zelle im geschlossenen Trakt aufschließt: »Hier liegen sie mit sechs Mann.«

Ein kahler Raum, in dem drei Stockbetten hintereinanderstehen, gähnt mich an.

Derbe Wolldecken, die mich an Jugendherbergen erinnern, liegen auf den Betten, und an den Gittern sind ebenso unflauschige Handtücher zum Trocknen aufgehängt. Über einem der drei Betten kleben ein paar Schnappschüsse von einer jungen Frau und ihrem Baby an der Wand.

Mir entfährt ein abgrundtiefer Seufzer. »Und wo sind die ... Insassen gerade?«

»Morgenappell. Im Innenhof.«

»Gut. Prima. Ja. Also ...«, ich lasse meinen Blick durch die Zelle schweifen, »das ist ... alles sehr ... imposant. Ich meine ... eindrucksvoll. Wenn ich jetzt bitte meinen ... ähm ... Bekannten, dessentwegen ich eigentlich gekommen bin, besuchen könnte ...«

»Klar. Natürlich. Kommen Sie.« Wir gehen durch weitere lange, kahle Gänge.

Als ein anerkennender Pfiff ertönt, spüre ich, dass ich aus den Luken in den Zellentüren beobachtet werde. Sofort mischt sich das Johlen und Pfeifen aus mehreren Männerkehlen darunter, und ich möchte vergehen vor Peinlichkeit und Scham. Aber ich gehe möglichst natürlich durch den Flur, so, als schritte ich bei einer Hausbesichtigung voran.

Und hier sehen Sie die großzügig angelegten Schlafzimmer, die von außen abschließbar sind. Sie enthalten praktische Hochbetten und integrierte Toilettenschüsseln hinter geschmackvollem Sichtschutz. Geselligkeit und Gruppendynamik werden hier großgeschrieben. Die Gemeinschaftsduschen befinden sich ...

Endlich schließt der Jungbauer einen Raum am Ende des Ganges auf.

Er ist in Orange gestrichen und enthält fünf identische Sitzplätze vor einer Glasscheibe. Man kann sich hier nicht berühren, nicht die Hand geben, nicht das Kind streicheln, geschweige denn seinen Liebsten umarmen.

Also … mir ist diese Glasscheibe nur recht.

»Das haben die Gefangenen immer wieder ausgenutzt«, erklärt der Jungbauer treuherzig, als er meinen entsetzten Blick bemerkt. »In den Windeln der Kinder hatten sie Rauschgift, in den Mündern der Kinder sogar oder in den Puppen, die die Kinder mitbrachten. Jetzt können sie sich nur noch durch die Glasscheibe unterhalten.«

Mein Blick fällt auf die hinterste Sprechzelle, in der die Frau mit dem blauen Auge, die vorhin im Treppenhaus vor mir her gegangen ist, auf der Stuhlkante hockt. Sie spricht mit einem glatzköpfigen, bulligen Kerl, der in Handschellen auf der anderen Seite der Glaswand sitzt. Hinter ihm steht ein Aufseher und schaut betont woanders hin.

In der mittleren Sprechbox nimmt soeben das junge Glück Platz: die Dicke in den Strickstrümpfen und ein finster aussehender Dürrer mit einer dicken Narbe an der Wange. Während sich jetzt auch noch die junge Frau mit dem quengelnden Kleinkind neben mir niederlässt, weist mir der Jungbauer lächelnd die erste Zelle zu. Irritiert schaue ich mich um. Jetzt bin ich eine von ihnen. Das kann doch gar nicht sein, ich meine … ich bin doch hier im völlig falschen Film!

Mit weichen Knien sinke ich auf den schmucklosen Holzstuhl. Mein Herz schlägt mir bis zum Hals. Gleich fällt es mir aus dem Mund. Hallo? Was mache ich hier? Warum hört dieser merkwürdige Traum nicht auf?

In dem Moment geht auch schon auf der anderen Seite der Glaswand die Tür auf.

Und da steht Georg.

29

Mir zieht sich das Herz zusammen. Er sieht so blass aus und so unglücklich.

»Ich bin's«, sage ich verlegen. »Überraschung.«

Ich breite die Arme aus, als ob ich ihn umarmen wollte. Dann fällt mir wieder ein, dass das gar nicht geht. Ich verschränke die Arme vor der Brust, weil mir nichts anderes einfällt.

Es entsteht eine seltsame Pause. Georg trägt wie die anderen Häftlinge einen dunkelblauen Sträflingsanzug. Ich vermisse seine Mütze. Und seine löchrigen Handschuhe. Sein Gesicht ist frisch rasiert, und seine Haare sind ganz kurz geschnitten. Er sieht völlig verändert aus.

Er mustert mich einen Moment aus zusammengekniffenen Augen. Sein Gesicht drückt völliges Unverständnis aus. So als wolle er sagen: »Die Frau und ich – das muss ein Irrtum sein.« Dann dreht sich Georg zu meinem Entsetzen um und klopft an die Tür, durch die er gerade gekommen ist. Was macht er bloß? Wo will er denn hin?

Verwirrt starre ich auf seinen Rücken, auf dem eine Sträflingsnummer steht.

Erwartungsvoll steht er an der Tür, die ihn wieder in sein unbekanntes Reich führen soll. *Er will mich nicht sehen!*

So gedemütigt habe ich mich noch nie gefühlt. Er hat mit mir abgeschlossen! Er ist mit mir fertig! So endgültig fertig, dass er mich sogar in dieser Ausnahmesituation nicht sehen will! Ich habe nicht geahnt, dass er mich so hasst.

Ich muss gestehen, ich bin verletzt. Georg behandelt *mich*, als wäre ich eine Aussätzige? Hallo?! Plötzlich verwandelt sich meine Verzweiflung in unbändige Wut.

Bevor ich überlegen kann, was ich sagen oder rufen soll, öffnet sich die Tür, und er macht Anstalten zu verschwinden.

Das kann er doch nicht machen! Ich meine, mich wie eine dumme Gans behandeln! Er ist in *mein* Leben geplatzt. Immer und immer wieder. In meinen Lieblingssupermarkt, in mein Badezimmer, in meine leer stehende Immobilie, in mein Auto, in mein … *Leben*!! Ich habe ihn nicht darum gebeten!! Und ich gutmütige bescheuerte Kuh wollte ihm helfen und habe mich dadurch in riesige Schwierigkeiten gebracht. Und meine Tochter Fanny ebenfalls.

»Georg, jetzt reiß dich verdammt noch mal zusammen!«, höre ich mich in rüdem Ton rufen. »Glaubst du, *Beleidigtsein* bringt dich jetzt weiter?«

O Gott. War *ich* das? Ich meine, war das *meine* Stimme, die da durch den Raum hallt? Ich höre mich an wie eine streitsüchtige Ehefrau!

Die anderen Besucher und Insassen schauen irritiert auf. Selbst die Aufseher, die betont desinteressiert an die Wand gestarrt haben, blicken auf. Täusche ich mich, oder greift einer von ihnen reflexartig zu seiner Waffe?

Georg zuckt zusammen.

Ganz langsam dreht er sich wieder zu mir um.

»Georg, *bitte*!«, stöhne ich verzweifelt. »Ich stehe zu dir! Ich lass dich nicht im Stich! Aber gib mir wenigstens eine Chance!«

Jetzt laufen mir die Tränen über die Wangen. Verdammt. Ich habe mich ja gar nicht mehr im Griff.

»Setz dich schon hin, *bitte*! Wir haben genau fünfzehn Minuten Zeit!« Ich schaue auf meine goldene Armbanduhr und füge panisch hinzu: »Dreizehn!«

Zu meinem großen Erstaunen setzt Georg sich auf seine Seite der Glasscheibe. Und legt die Hände vor sich auf die Holzablage. Ausdruckslos blickt er vor sich hin.

»Jetzt hör mir mal zu«, beginne ich und muss mich räuspern, weil ich so geschrien habe eben und meine normale Stimme gar nicht wiederfinde.

»Ich war im Urlaub. Mit Fanny. Zwei Wochen. Es war ...« – ich mache eine hilflose Handbewegung – »... toll, ich meine, wir hatten Zeit füreinander, haben uns zugehört und wieder zueinandergefunden ...« Warum schießen mir denn jetzt schon wieder die Tränen in die Augen? Georg sitzt da und tut so, als sei ich Luft.

»Und auf dem Rückflug habe ich blöderweise Zeitung gelesen ...« Mir versagt die Stimme. Ich wische mir mit dem Handrücken über die Augen. Jetzt mache ich schon einen genauso weinerlichen und hilflosen Eindruck wie die anderen hier.

Joachim Tacke, der bis jetzt an der Tür gestanden hat, tritt einen Schritt vor. »Geht's?«

»Ja klar«, schnaufe ich und krame nach einem Taschentuch. »Georg. Du *musst* mir sagen, dass du nichts mit dieser ... Anschuldigung ...« Ich senke die Stimme und beuge mich ganz nah an die Glasscheibe heran. »... mit diesem ... Mädchen ...«

Georg hebt zum ersten Mal den Blick. Ich verstumme. Der Blick sagt alles.

Nach einer Ewigkeit sagt Georg schließlich: »Weißt du, wie sie vermeintliche Kinderschänder hier drin behandeln?«

O Gott. *O Gott*! Mir gefriert das Blut in den Adern. »Georg, bitte sag, dass sie dir hier noch nichts angetan haben.«

»Es hilft mir, wenn ich dabei an dich denke.« Georg verstummt und schaut Hilfe suchend zur Decke, wobei ich sehe, dass seine Augen plötzlich ganz feucht geworden sind. »Ich bin der letzte Abschaum. Mit meiner Zahnbürste lassen sie mich die Toilette putzen. Und nachts ...«

Nein! Ich möchte schreien, aber ich kann es nicht.

»Aber ich *weiß*, dass du unschuldig bist!« Ohne zu merken, was ich da tue, lege ich die Hand auf die Glasscheibe, und er legt seine daran.

Wir starren uns an. Sein Gesicht ist dem meinen so nah wie damals in Kitzbühel. Nur dass eine schusssichere Scheibe dazwischen ist. Schließlich lasse ich meinen Kopf an die Scheibe sinken, und er legt seine Stirn an meine.

»Schön, dass du gekommen bist«, sagt er rau. »Du bist der einzige Mensch, der noch an mich glaubt. Ich denke jede Sekunde an dich. Jede Sekunde. Aber hier glaubt mir keiner«, sagt er tonlos. »Ich hatte ja den Geldkoffer im Gepäck! Der belastet mich zusätzlich. Ich bin für sie ein Lügner, Dieb und Kinderschänder.«

»Georg, ich wollte dir mit dem Geldkoffer nicht schaden! Wenn ich auch nur geahnt hätte, wie fatal das endet, hätte ich doch nie …« Ich schluchze fast, sodass Joachim Tacke schon wieder einen besorgten Blick auf mich wirft. »Ich wollte, dass du ein neues Leben anfängst!« Flehentlich blicke ich ihn an und spüre, dass mir die Tränen über die Wangen laufen. »Ich wollte, dass du aus unserem Leben verschwindest! Das habe ich dir alles erklärt!«

»Du wolltest, dass ich aus *deinem* Leben gehe.«

»Aber, Georg, so war das nicht gemeint! Ich wollte dich zurück ins Leben holen, aber nicht in *meines* … Ein Mann, der nichts aus seinem Leben macht, der die Chancen des Lebens nicht mehr nutzt, der …«, ich blinzele die Tränen weg, die mir nun heftig aus den Augen kullern, »der kommt für mich nicht infrage.«

Ich wende mich kurz ab, weil ich mich schnäuzen muss, und krame ungeschickt nach einem Tempo.

»Und deshalb habe ich dir eine Starthilfe geben wollen, damit du dich beruflich wieder neu orientieren kannst! Was weiß denn ich!« Ich wedele hilflos mit dem Taschentuch. »Erst mal eine

Wohnung mieten, irgendeine Umschulung, Ausbildung, mein *Gott*, ich weiß doch auch nicht, was!«

»Du wolltest mich loswerden. Dich freikaufen. Damit du ein gutes Gewissen hast.«

»Georg, hör *auf* damit! So kommen wir doch nicht weiter! Wenn du dich so hängen lässt …«

Meine Güte, das war gemein. Wie soll er Hoffnung schöpfen, wenn ich ihm hier wie eine keifende Mutter die Leviten lese?

»Du hast mich in den Knast gebracht!«, gibt er völlig verwirrt zurück. »Wie soll ich mich da *nicht* hängen lassen?«

»*Du* hast dich in den Knast gebracht! Wenn du einen festen Wohnsitz hättest, einen Arbeitsplatz und einen *Nachnamen* …« O Gott. So *wollte* ich nicht reden. Ich höre mich an wie Christiane.

»Obdachlose sind also automatisch Verbrecher …? Und gehören weggesperrt? Ist es *das*, was du denkst?«

»Quatsch, du weißt *genau*, dass ich nicht so ein Spießer bin …«

»Aber du *redest* wie ein Spießer.« Georg dreht sich weg, scheint seine Gesichtszüge unter Kontrolle bringen zu müssen, dann schaut er mich fordernd an: »Warum bist du überhaupt hier?«

»Weil ich mir *Sorgen* um dich mache, du Idiot! Bist du eigentlich taub? Aber im Gegensatz zu dir habe ich einen Beruf, die Amerikaner stehen schon vor der Tür, ich muss bis Weihnachten mindestens zwanzig Luxusvillen aus dem Boden stampfen, ich weiß gar nicht, wo mir der Kopf steht …«

»Vielen Dank, Frau Immobilienmaklerin!«

»Ja, eine *Luxusimmobilie* ist das hier nicht!«

Wir fallen uns förmlich gegenseitig ins Wort. Unsere schwitzigen Finger hinterlassen Spuren an dieser verdammten Scheibe, die so aufgeladen ist mit Spannungen und Missverständnissen, dass ich sie am liebsten in tausend Stücke schlagen würde!

Wie viele Streitereien und hässliche Wortwechsel diese Scheibe wohl schon stillschweigend erduldet hat? Und vielleicht ist hier auch schon so manche Liebeserklärung durchgegangen und so manch tröstendes Wort: »Ich hab dich lieb, bis zum nächsten Mal.« – »Halte durch, ich bin bei dir.«

»Noch drei Minuten«, verkündet Joachim Tacke bedauernd. »Bitte zum Ende kommen!«

Hilflos raufe ich mir die Haare und versuche mich zu konzentrieren.

»Georg. Sag mir *bitte*, was ich für dich tun kann!«

Er schaut mich sekundenlang ausdruckslos an. Schließlich sagt er: »Hol mich hier raus.«

Ich packe das Tempotaschentuch weg und sage, um Haltung bemüht: »Georg, das wird so schnell nicht gehen.«

»Aber du wirst mich doch nicht im Stich lassen?« Er bohrt seinen Blick förmlich in meinen. Ich will meine Augen abwenden, bringe es aber nicht fertig.

»Du bist in meinem Herzen«, höre ich mich antworten. »Und in Fannys auch.« Meine Güte, was hab ich denn jetzt gesagt. Aber es stimmt ja.

30

O Gott. Was mache ich? Was mache ich nur? Jetzt stehe ich wieder auf der Straße und habe keine Ahnung, wie ich Georg helfen soll.

Aber jetzt nach Hause gehen, das ist … unterlassene Hilfeleistung! Ich muss was tun! Und zwar *jetzt*! Nicht morgen, wenn die Büros wieder geöffnet haben! *Heute! Sofort! In diesem Moment!*

Wenn mein Kind da drin wäre. Dann würde ich doch auch nicht nach Hause gehen, nur weil Sonntag ist.

Überleg, Frau. Überleg. Du hast dich doch noch nie einfach wegschicken lassen. Die Besuchszeit ist vorbei, na und? Für die anderen vielleicht, aber nicht für dich. Du bist eine intelligente, sprachgewandte Frau. Du bist nicht auf der Nudelsuppe dahergeschwommen. Du hast Grips in der Birne. Und irgendwo hast du auch ein Herz in der Brust. Du bist schon mit ganz anderen Situationen fertig geworden.

Meine Gedanken rasen. Welche rechtlichen Möglichkeiten habe ich? Keine.

Das werden wir ja sehen.

Mit einem Ruck finde ich in die Realität zurück.

Entschlossen wende ich mich dem Eingang zu und steige die ausgetretenen Stiegen durch das düstere Treppenhaus erneut hinauf. Innerlich balle ich die Fäuste. Und wenn ich mich hier ankette und in Hungerstreik trete. Und wenn ich die Presse und das Fernsehen bestelle. Und wenn ich …

»Bitte, Sie wünschen? Ihre Besuchszeit ist vorbei!«

»Ich möchte zur Gefängnisdirektion.« Es gelingt mir, dies einigermaßen höflich zu sagen, aber meine Stimme ist eisig. Mein Gesichtsausdruck ist eindeutig. »*Jetzt!*«

Zu meinem Erstaunen lässt man mich diesmal sofort hinein. Der Wachhabende am Eingang drückt auf den Summer, die Glastür öffnet sich. Mein Jungbauer ist so schnell zur Stelle, dass man meinen könnte, er hätte nur auf mich gewartet.

»Frau Verdugo-Althöfer, die Direktorin erwartet Sie.« Ich überspiele meine Überraschung so gut ich kann.

Na bitte, denke ich. Geht doch. Ich muss nur entschlossen genug auftreten.

Joachim Tacke schreitet mit ernster Miene vor mir durch die kahlen Gänge. Diesmal will er nicht plaudern. Er scheint zu spüren, wie ernst es mir ist. Oder hat man unser Gespräch abgehört? Das würde bedeuten …

Rasselnd und klappernd schließt er Türen auf und hinter uns wieder zu.

Am Ende eines langen, düsteren Ganges klopft mein Jungbauer an eine Tür, und eine weibliche Stimme ruft freundlich: »Herein!«

So. Da stehe ich. Im Büro der Direktorin.

Sie ist groß und sehr schlank, etwa Ende vierzig. Ihre Uniform lässt sie hager wirken, sie trägt eine schwarze Krawatte zu einem hellblauen Hemd, auf dem ein paar goldene Abzeichen angebracht sind, eine dunkelblaue Hose mit Bundfalten, und ihre braunen schulterlangen Haare umrahmen ein schmales, besorgtes, gütiges Gesicht. Diese Frau schläft nicht gut. Sie nimmt die Probleme der ihr anvertrauten Menschen mit ins Bett. Sie ist keine, die ihren Job bei Feierabend mit der Uniform an den Nagel hängt.

»Hallo, ich bin Daniela Verdugo-Althöfer und froh, dass Sie zu mir kommen.« Ihr Händedruck ist überraschend fest für die zerbrechlich wirkende Hand. »Setzen Sie sich doch bitte. Frau Hempel, richtig?«

Ich nicke und kann es gar nicht fassen. Sollte in all dem Elend ein Hauch von Menschlichkeit und Güte vorhanden sein?

Das Büro strahlt trotz seiner Schlichtheit eine weibliche Note aus: Auf dem runden Tisch liegt eine dunkelrote Tischdecke, Blumen stehen darauf und ein Krug mit Wasser. Auf ihrem großen alten Schreibtisch stehen Fotos von ihrer Familie in kleinen Silberrahmen, und ein paar Teppiche bedecken den Boden. Ich bin ja so erleichtert, dass hier eine Frau das Zepter in der Hand hat!

»Danke, dass Sie sich Zeit nehmen«, beginne ich, während ich mich mit wackeligen Knien auf einen der Stühle sinken lasse. »Aber ich kann jetzt nicht einfach nach Hause gehen und so tun, als wenn nichts wäre.«

»Womit kann ich Ihnen helfen?«, fragt die Direktorin aufmunternd.

Auf einmal bin ich so erschöpft, dass ich mich nicht mehr rühren kann. »Ich habe so was noch nie gemacht … also jemanden im Gefängnis besucht. Und ich bin noch einigermaßen überwältigt …«

Sie nickt verständnisvoll, und schenkt mir ein Glas Wasser ein. »Sie haben Herrn Sander besucht?«, fragt sie freundlich und blättert in ihren Akten.

»Ich weiß nur seinen Vornamen. Georg«, gestehe ich verwirrt.

»In welcher Beziehung stehen Sie zu ihm?« Frau Verdugo-Althöfer blickt interessiert über den Rand ihrer Brille.

»Er ist mir quasi … zugelaufen.« Ich mache eine fahrige Handbewegung, die das Ganze irgendwie runterspielen soll. Ich fühle mich wie eine Schülerin, die ihrer Direktorin etwas beichten muss, einen dummen Streich oder eine geschwänzte Schulstunde.

»Sie sind also nicht mit ihm verwandt oder verschwägert?«

»Nein! Gott bewahre, nein!« Mir wird auf einmal ganz schwindelig, und ich muss einen Schluck Wasser trinken. »Wir kennen uns quasi kaum!«

»Und warum liegt er Ihnen dann so am Herzen?« Sie hält einen Moment lang meinen Blick fest, dann lächelt sie warm.

»Na ja …« Ich breite hilflos die Hände aus. »Ich hatte das Gefühl, dass er niemanden sonst hat, und das stimmt ja auch, er hat niemanden sonst. Und da fühle ich mich jetzt einfach ein bisschen verantwortlich für sein … Wohlergehen!«

»Das ist für eine Justizvollzugsanstalt ein dehnbarer Begriff.« Sie sagt das so trocken, dass ich unwillkürlich ein wenig lächeln muss.

»Er hat mir gesagt, dass er in einer Sechserzelle untergebracht ist.«

»Das stimmt«, bestätigt die Direktorin. »Leider verfügen wir hier in dieser Justizvollzugsanstalt nicht über die woanders üblichen Zweierzellen, die auch viel moderner eingerichtet sind«, sagt sie ruhig und freundlich. »Aber in ein paar Jahren wird das Gefängnis modernisiert und auf eine große Fläche in der Nähe der Autobahn verlegt.«

Ich springe so heftig auf, dass das Wasser aus dem Krug auf die Tischdecke spritzt und mein Glas bedenklich wackelt.

»Das nützt aber dann Georg nichts mehr! – Wissen Sie, was sie mit ihm machen?«

»Ich kann es mir vorstellen«, räumt sie ein. »Das ist leider so in der haftinternen Hierarchie. Kinderschänder sind für die anderen das Letzte, auch wenn ihre Schuld noch nicht bewiesen ist.«

Ich wirbele herum. »Aber das können Sie doch nicht einfach dulden!«

Sie seufzt. »Manchmal habe ich gar keine andere Wahl – bei diesen Platzproblemen …«

Okay. Jetzt könnte ich wirklich schreien. Wahrscheinlich fängt sie gleich noch mit der Politik an und mit den nächsten Landtagswahlen.

»Aber das sind Menschen, die da unschuldig gequält werden! Und zwar in diesem Moment!«, brülle ich plötzlich so laut los, dass ich selbst erschrecke. »Und wissen Sie was, ich *kenne* diesen Mann besser, als ich es eben zugeben wollte. Er ist ein absolut feiner Kerl, ein hilfsbereiter, gebildeter Mann, der es nach einem Flugzeugabsturz nicht mehr geschafft hat. Er hat seine schwangere Frau und seinen besten Freund verloren, er hat niemanden mehr, und ich bin von seiner Unschuld absolut überzeugt! Ich *verbürge* mich für ihn, mit meinem guten Namen …« Ach, was fasele ich denn da! »Aber eines sage ich Ihnen: Wenn dieser Mann noch tiefer in den Abgrund gerissen wird, kommt er wirklich nie wieder da raus!«

Frau Verdugo-Althöfer schaut mir direkt in die Augen. In ihrem Blick ist so etwas wie … Bewunderung zu lesen. Oder wenigstens Zustimmung. Irgendwie habe ich sie mit meinem Plädoyer beeindruckt. Sie erhebt sich und sieht auf die Uhr. »Sie haben recht. Und Sie haben Glück. In diesem Moment werden zwei Häftlinge entlassen. Da wird eine ganze Zweierzelle frei.«

»Das heißt, Sie werden …« Ich kann es gar nicht fassen.

Sie greift schon zum Hörer. »Inspektor Mayr? Den Neuzugang bitte sofort in die 43. Und zwar allein!«

»Das ist … das ist wirklich … ich danke Ihnen«, stoße ich erleichtert hervor.

Ich will sie umarmen. Sollte es wirklich etwas genützt haben, dass ich nicht gleichgültig nach Hause gegangen bin?

Es klopft, und ein Wärter steckt den Kopf zur Tür herein: »Der Piotr will sich unbedingt noch persönlich von Ihnen verabschieden!«

Frau Verdugo-Althöfer lacht, steht auf, und in diesem Moment kommt ein Hüne zur Tür herein. Er muss den Kopf einziehen, um nicht am Türrahmen anzustoßen. Der Häftling grinst über das ganze vernarbte Gesicht, entblößt ein paar Goldzähne und umarmt die Gefängnisdirektorin, dass man Angst hat, er zerquetscht sie gleich.

»Danke für die gute Behandlung«, stößt der Riese hervor. »Sie sind eine wundervolle Frau, und ich freue mich auf das nächste Mal.«

Sie lacht, befreit sich aus seiner Umarmung und schaut verschmitzt zu ihm auf. »Versuchen Sie es doch mal mit einem normalen Leben!«

»Nein, das habe ich nicht gelernt!«

Er winkt, wirft ihr noch eine Kusshand zu und geht dann, umringt von vier Aufsehern, dem Ausgang zu.

»Schauen Sie mal!« Die Direktorin dirigiert mich an das vergitterte Fenster ihres Büros, schiebt die Gardine zur Seite und lässt mich zusehen, wie unten im Hof das eiserne Tor aufgeschoben wird. Piotr verabschiedet sich von den Wärtern, und sie hauen ihm auf die Schulter, wie einem guten Kumpel. Die Eisentür schließt sich hinter ihm, und der Hüne schlendert die Straße hinunter.

»Das ist ein Berufskrimineller«, sagt Frau Verdugo-Althöfer, während sie ihm lächelnd winkt. »Der ist im Krieg in Bosnien aufgewachsen, hat keine Familie und nichts anderes erlebt als Gewalt, Mord und Totschlag. Der kommt bald wieder.« Sie winkt noch einmal, lässt dann die Gardine fallen und sagt schulterzuckend: »Hier bei uns fühlt er sich einfach am wohlsten. Wir geben ihm Arbeit, drei Mahlzeiten am Tag, ein Bett, einen geregelten Tagesablauf und ein paar Freiheiten.

Er darf ins Fitness-Studio, fernsehen und sonntags, wenn er will, in die Kapelle.«

Nicht zu fassen.

Noch nie habe ich so eine spontane Sympathie für eine fremde Frau verspürt. Aber diese hier hat Organisationstalent, Verstand, Erfahrung und Herz. Sie ist am richtigen Ort.

31

So. Jetzt wird gehandelt. Als Nächstes nehme ich mir diesen Mathematik- und Klassenlehrer zur Brust. Bevor auch nur ein Anwalt in dieser Stadt seine Pforten öffnet, möchte ich zuerst mit Rottweiler sprechen. Vielleicht kann er mir irgendetwas Aufschlussreiches zum Thema Vicki sagen. Wenn ich den mit im Boot habe, wird so manches leichter sein. Dann kommen wir vielleicht auch an die Mutter ran.

Gleich am nächsten Morgen habe ich bereits um halb acht einen Termin. Ich habe den Mann am Sonntagabend noch so lange mit Anrufen bombardiert, bis er eingewilligt hat, mich noch vor der ersten Schulstunde zu treffen.

Fanny fürchtet sich schrecklich davor, in ihrer Klasse als Verräterin zu gelten, und ich habe den restlichen Sonntagnachmittag damit verbracht, ihr zu erklären, dass man im Leben Prioritäten setzen muss. Auch ich überlasse meine Immobilienangelegenheiten, wenn auch schweren Herzens, vorübergehend Stefan Stör.

Der reibt sich die Hände, geht es doch bei den Amerikanern um Provisionen, von denen wir alle nur träumen können!

Aber Georg geht vor. Ich kann ihm nur helfen, wenn ich Fakten habe. Und da ist mein voller Einsatz gefragt.

Herr Rottmeier empfängt mich in einem ähnlich schmucklosen Kämmerlein, wie es das Gefängnis für Besucher bereithält. Die Wände dieser Zelle sind lila gestrichen, und an der Tür hängt eine Aufforderung, das winzige Fenster wegen der wiederholten Einbrüche in der Schule immer geschlossen zu halten.

Auf etwa vier Quadratmetern sitzen wir uns an einem kargen Holztisch gegenüber. Langsam bekomme ich klaustrophobische Anfälle.

»Fanny hat sich in letzter Zeit hervorragend gemacht«, teilt mir der Lehrer mit einiger Überraschung in der Stimme mit. »Von einer Fünf auf eine Zwei! Das erlebe ich auch nicht alle Tage!« Erfreut sieht er mich an: »Es besteht also kein Anlass zur Sorge!«

»Wegen Fanny mache ich mir auch keine Sorgen«, komme ich gleich zum Thema. »Aber wegen Vicki.«

»Vicki?« Täusche ich mich, oder schießt ihm die Röte ins Gesicht? Er springt auf und öffnet verbotswidrig das Fenster, woraufhin uns kalte Novemberluft um die Ohren schlägt. Rottmeier dreht sich wieder zu mir um und lässt sich auf seinen Schemel fallen: »Vicki! Das wäre allerdings ein Thema!« Er räuspert sich, öffnet seinen Hemdkragen und verschränkt die Arme vor der Brust: »Allerdings muss ich das mit Vickis Mutter besprechen, nicht mit Ihnen!«

»In diesem Falle geht mich das sehr wohl etwas an«, falle ich dem Lehrer ins Wort. »Wissen Sie, in welchen Kreisen Vicki sich aufhält?«

»Sie war schon in den beiden höheren Klassen eine Problemschülerin …« – Herr Rottmeier blättert in seinen Unterlagen –, »… allerdings haben mir ihre Klassenlehrer nicht gesagt, in welchen Kreisen sie sich aufhält …«

»Sie hängt an der Salzach ab. Mit den sogenannten ›Emos‹.«

»Nie gehört.«

»›Emo‹ für ›emotional‹«, kläre ich den Mann auf. »Diese Kinder fühlen sich missverstanden, sie ritzen sich die Arme und Beine auf, kiffen, trinken Bier, schwänzen die Schule. Im Grunde sehnen sie sich nach Aufmerksamkeit …«

»Die sie ja offensichtlich auch bekommen.« Herr Rottmeier macht ein völlig undurchsichtiges Gesicht und kratzt sich am Kopf.

»Ja, aber nicht von ihren Eltern und Familien! Die Öffentlichkeit regt sich über sie auf, sie blockieren die Promenade, belästigen Leute, werfen Knallkörper vor harmlose Spaziergänger, betteln um Geld für ihre streunenden Hunde …«

»Ich versuche, so gut es geht, mich in meiner wenigen Freizeit um die Problemkinder in meiner Klasse zu kümmern.«

»Das sollten Sie allerdings, als Klassenlehrer! Und bitte, kümmern Sie sich ganz besonders um Vicki! Sie schreit ja geradezu nach Aufmerksamkeit und Liebe«, ereifere ich mich. »Vielleicht können Sie bei dem Mädchen etwas erreichen!«

Herr Rottmeier zuckt zurück. »Frau Hempel, ich behandle alle meine Schüler und Schülerinnen gleich. Wenn einer Sorgen und Nöte hat, helfe ich ihm oder ihr gerne. Mehr kann ich dazu wirklich nicht sagen.«

»Aha.« Der Mann spricht in Rätseln. Habe ich ein Kissen im Mund oder was?

»Vicki hat einen Obdachlosen angezeigt«, empöre ich mich. »Wegen *Vergewaltigung*! Das kann man doch nicht mit so einer Bemerkung wegwischen!«

»Das müsste ich mit der Mutter von Vicki besprechen«, weist mich Rottweiler plötzlich rüde in die Schranken. »Und nicht mit Ihnen.«

»Wir können doch aber nicht den Kopf in den Sand …«

»Was haben Sie denn überhaupt mit diesem Kerl zu tun?«, herrscht Rottmeier mich auf einmal an. »Ist das ein Freund von Ihnen? Dass Ihre Tochter dauernd bei dem auf der Bank sitzt, weiß ja inzwischen die ganze Schule.«

Sein Blick durchbohrt mich, und ich fühle mich auf einmal ganz klein.

So muss sich meine arme Fanny immer fühlen, wenn er sie mit einer unlösbaren Mathematikaufgabe vor der ganzen Klasse bloßstellt.

»Moment«, sage ich, um Festigkeit in der Stimme bemüht. »Ich bin hier schließlich nicht im Kreuzverhör. Ich möchte, dass

Sie sich als Klassenlehrer um Vicki kümmern, wenn es ihre Mutter schon nicht tut.«

»Hört, hört«, spottet der Rottweiler. »Und das aus *Ihrem* Munde! Soweit ich weiß, haben *Sie sich auch nicht gerade aufopfernd* um Ihre Tochter Fanny gekümmert.«

»Wie dem auch sei«, lenke ich ein. »Sie sollten wissen, dass Vicki durch ihre unhaltbare Anschuldigung einen unschuldigen Menschen in den Knast gebracht hat.«

»Oh«, sagt Herr Rottmeier, und sein Gesicht nimmt plötzlich einen ganz anderen Ausdruck an. »Das war mir nicht bekannt.«

»Jetzt wissen Sie es«, sage ich knapp.

Die Augen des Lehrers werden zu Schlitzen. »Im Knast?! Sind Sie sicher?«

Jetzt kommt Leben in den Meister! Endlich!

Ich beuge mich aufgeregt vor: »Ich habe ihn besucht.«

»Sie haben den *Penner* besucht?! Wann?!«

»Gestern. Es geht ihm, gelinde gesagt, schlecht.« So, jetzt habe ich den Lehrer wohl endlich beeindruckt. Er wird ganz weiß, und seine Hände krallen sich an die Tischplatte. Täusche ich mich, oder ist das eine Schweißperle auf seiner Stirn?

»Herr Rottmeier, wenn Sie da nicht einschreiten, werde ich es tun!«

»Aber ...« Herr Rottmeier ist offensichtlich völlig überfordert. »Ich kann doch eine dreizehnjährige Schülerin, die noch neu in meiner Klasse ist, nicht fragen, ob sie schon Sex hat! Und mit wem!« Er rauft sich die Haare. »Das überschreitet ganz klar meine Kompetenzen!«

»Aber die Höhe von Kirchtürmen ausrechnen«, ereifere ich mich, »und den Lattenabstand von Gartenzäunen, das können Sie! Doch wenn etwas *wirklich* wichtig ist, dann überschreitet das Ihre Kompetenzen!« Ich springe auf, stemme die Arme in die Hüften. »Sie müssen etwas tun! Und zwar sofort!«

Herr Rottmeier wischt sich den Schweiß von der Stirn.

»Bitte, ich bin für das zuständig, was sich in den Räumen der Schule abspielt! Aber was die Jugendlichen in ihrer Freizeit machen, dafür bin ich beim besten Willen nicht verantwortlich! Das geht nur ihre Eltern was an.«

»Das sehe ich aber anders!«, rufe ich empört. »Wenn die Eltern den Kopf in den Sand stecken, dann sind Sie als Klassenlehrer in der Pflicht!«

»Seit wann sind Sie denn so eine engagierte Mutter?«, fragt er gereizt. »Sie kommen doch sonst zu keinem einzigen Elternsprechtag!«

»Also, das ist doch …« Ich bin erst mal sprachlos und sage dann: »Angriff ist die beste Verteidigung, oder?«

»Ich greife Sie nicht an, ich stelle nur fest, dass Sie sich in Belange einmischen, die Sie gar nichts angehen!«

»Wenn ein Unschuldiger im Gefängnis sitzt und ich davon weiß, dann geht mich das sehr wohl etwas an!«

»Warum liegt Ihnen denn dieser Penner überhaupt so am Herzen?«, fragt Herr Rottmeier und bohrt seinen Blick plötzlich in meine Augen.

Ich fühle mich in die Defensive gedrängt.

»Das wiederum geht Sie gar nichts an«, zische ich und spüre, dass ich rot werde.

Er springt auf und geht zwei Schritte, dann ist er schon an der Tür. »Wenn ich Ihnen einen Rat geben darf, Frau Hempel: Machen Sie einfach einen großen Bogen um den Park, genau wie ich. Dann müssen Sie das ganze Elend dort nicht sehen.«

»Ah!«, höhne ich. »So packt der Herr Mathematiklehrer also Probleme an! Einen großen Bogen darum herum machen! Bestimmt lassen Sie die Schüler ausrechnen, wie groß der Bogen sein muss, damit man nichts mehr sieht!«

Er reißt die Tür auf: »Bitte, ich muss jetzt in den Unterricht.«

»Und das ist alles?«, frage ich entgeistert. »Sie gehen jetzt zur Tagesordnung über?«

»Auf mich warten dreißig pubertierende Jugendliche«, antwortet er müde. »Ich würde jetzt auch lieber feine Immobilien besichtigen.« Mit einer energischen Geste winkt er mich zur Türe hinaus. »Aber ich wünsche Ihnen einen schönen Tag.«

Okay. Das war nichts. Hier kann ich keine Unterstützung erwarten. So ein Weichei, dieser Rottweiler. Laut rumbellen, an der Kette zerren und allen Angst einjagen. Aber keine Verantwortung übernehmen.

Und die Kinder mit Deltoiden und Trapezen quälen. Da fühlt er sich stark.

Aber mein Kampfgeist ist gerade erst erwacht!

Nicht mit mir!

Noch im Gehen rufe ich Charlotte Sandmann an, die Polizistin von der Sitte.

»Welchen Strafverteidiger können Sie mir empfehlen?«

Eine halbe Stunde später sitze ich bereits in seinem Büro. Es ist modern und nüchtern eingerichtet; der Blick aus den hohen Fenstern geht direkt hinüber zum Gefängnis. Hinter einem dieser vergitterten Fensterchen sitzt jetzt Georg. Wenigstens ist er jetzt allein, denke ich und werde von einer plötzlichen Sehnsucht nach ihm übermannt. In dem Moment betritt auch schon der Anwalt mit Schwung sein Büro und reißt mich aus meinen völlig unangebrachten Gefühlen.

Er heißt, wie schon auf seinem Messingschild am Hauseingang steht, Dr. Falk Huber und ist ein überraschend gut aussehender Mann. Er ist groß, athletisch, aber schlank, und seine fast ein bisschen zu langen Haare wellen sich grau-braun meliert über seinen Hemdkragen. Er trägt einen grauen Anzug, der exakt zu seinen stahlgrauen Augen passt. Nach einem kräftigen Händedruck setzt er sich zu mir an den großen runden Besprechungstisch.

»Was kann ich für Sie tun?«

Atemlos erzähle ich ihm meine Geschichte, lasse natürlich einige pikante Details weg, aber schildere im Wesentlichen, dass ich durch Zufall einen Penner an der Backe habe, für den ich mich nun menschlich und moralisch zuständig fühle und dem von einer kleinen vollgekifften Göre Unrecht angetan wurde, weshalb er jetzt in einer Einzelzelle im Knast vor sich hin schmort.

Der schöne Anwalt hört mir aufmerksam zu, wobei sich sein Blick ab und zu auf meine Beine verirrt.

Zwischendurch macht er sich ein paar Notizen, und ich stelle fest, dass er keinen Ehering am Finger trägt. Seine Hände sind kräftig und gepflegt, seine Schrift ist gerade und exakt. Danke, Charlotte Sandmann.

Natürlich kommt nach meinem Bericht wieder die obligatorische Frage: »In welcher Beziehung stehen Sie zu dem … ähm … Obdachlosen?«

»In *keiner*«, beeile ich mich zu sagen. »Der Mann *interessiert* mich überhaupt nicht. Aber mein Gerechtigkeitssinn *zwingt* mich, hier einzuschreiten. Ich kann doch nicht zusehen, wie jemand, der absolut nichts verbrochen hat, unschuldig im Gefängnis sitzt …« Wahrscheinlich werde ich ganz rot, während ich mich so ins Zeug lege. »Der Mann ist absolut freiheitsliebend und meidet schon Obdachlosenunterkünfte, weil er lieber allein ist.« Ich merke, wie mir die Röte ins Gesicht schießt, und schäme mich vor Georg ganz fürchterlich. Warum verleugne ich immer und überall meine Gefühle für ihn?

Dieser schöne Anwalt kann mir vielleicht über meine Gefühlsverirrungen hinweghelfen. Ja.

Falk Huber betrachtet mich fast ein wenig amüsiert.

»Normalerweise habe ich hier Ehefrauen oder Mütter von Straffälligen sitzen, aber dass sich jemand aus purem Gerechtigkeitssinn so vehement für jemanden einsetzt, den er überhaupt nicht kennt …«

»Ich habe nicht behauptet, dass ich ihn *gar* nicht kenne«, beeile ich mich zu sagen. »Ich kenne ihn flüchtig. Vom Joggen durch den Park.«

»Aha«, sagt Falk Huber und macht sich Notizen. »Näher kennen Sie ihn also nicht. Sie wissen nichts über seine Herkunft oder über seinen Charakter …«

Ich schüttele stumm den Kopf. Gleich fange ich an zu weinen.

»*Was* können wir tun?«, unterbreche ich ihn, bevor er allzu sehr in meiner Wunde bohrt. »Wie kriegen wir ihn da raus?«

»Als Erstes muss ich Ihnen fairerweise sagen, dass mein Stundenhonorar bei vierhundert Euro liegt«, informiert mich der gute Dr. Falk Huber. »Wollen Sie sich jetzt immer noch für diesen Herrn einsetzen?«

Ich schlucke.

Dieser Georg kostet mich ein Geld! Und Zeit und Kraft und Herzweh und … alles.

»Ja, natürlich!«, rufe ich aus. »Ich will keinen lahmen Pflichtverteidiger, der bei seinem Plädoyer ans nächste Fußballspiel denkt, sondern einen engagierten Spitzenanwalt, der mit allen Tricks arbeitet! Und nicht aufgibt, bis der Mann auf freiem Fuß ist! Habe ich mich deutlich ausgedrückt?!«

Jetzt habe ich mich aber in Rage geredet. Ich spüre, wie meine Wangen brennen. Täusche ich mich, oder zuckt es um die Mundwinkel des Anwalts? Er schaut mich an, als ob er sich ein Lachen verbeißen müsste.

Entschlossen legt er seinen edlen Kugelschreiber zur Seite und reibt sich unternehmungslustig die Hände: »Also dann! Packen wir es an!«

Na endlich! *Endlich* habe ich Hilfe! Ich seufze erleichtert und lehne mich fast entspannt zurück. Jetzt kann ich die Sache in erfahrene Hände legen!

Nachdem die ausgesprochen hübsche, kurzberockte Sekretärin Kaffee gebracht und mich mit ein bisschen zu interessierten

Seitenblicken gemustert hat und ich daraufhin meine seidenbestrumpften Beine ein bisschen zu provokant übereinandergeschlagen habe, können Dr. Falk Huber und ich endlich anfangen zu arbeiten.

Er blättert mit seinen kräftigen, männlichen Händen, die aus tadellosen Manschetten mit goldenen Manschettenknöpfen hervorschauen, im Strafgesetzbuch, während ich in meinem Kaffee rühre.

Welch ein Unterschied zu diesem schnöseligen Mathematiklehrer! Der hatte einen ausgeleierten Wollpulli, grobe braune Cordhosen und ausgetretene braune Schnürschuhe an. Und war kein bisschen motiviert. Der kriegt allerdings auch nicht vierhundert Euro die Stunde.

»Paragraf 201, Abschnitt zehn«, liest mir der Anwalt mit sonorer Stimme vor. »Vergewaltigung. Wer eine Person mit Gewalt, durch Entziehung der persönlichen Freiheit oder durch Drohung mit gegenwärtiger Gefahr für Leib oder Leben zur Vornahme oder Duldung des Beischlafes oder einer dem Beischlaf gleichzusetzenden geschlechtlichen Handlung nötigt, ist mit Freiheitsstrafe von sechs Monaten bis zu zehn Jahren zu bestrafen.«

Er unterbricht sich und schaut mich über den Rand seiner Lesebrille fragend an.

»Sie werden ja ganz blass! Geht es Ihnen gut?«

»Zehn Jahre?! Das überlebt der nicht!«

»Hat die Tat eine schwerwiegende Körperverletzung oder eine Schwangerschaft der vergewaltigten Person zur Folge oder wird die vergewaltigte Person durch die Tat längere Zeit hindurch in einen qualvollen Zustand versetzt oder in besonderer Weise erniedrigt, so ist der Täter mit einer Freiheitsstrafe von fünf bis zu fünfzehn Jahren, hat die Tat aber den Tod der vergewaltigten Person zur Folge, mit Freiheitsstrafe von zehn bis zwanzig Jahren oder mit lebenslanger Freiheitsstrafe zu bestrafen.«

»Halt!«, rufe ich entsetzt aus. »Moment!« Mir kommt ein ganz fürchterlicher Gedanke. »Schwangerschaft! Vielleicht ist Vicki schwanger!« Ich fasse mir an die heißen Wangen. »Natürlich! Sie sucht einen Schuldigen! Sie will eine Abtreibung durchsetzen! Nur so kann sie vor ihren Eltern mit der Nummer durchkommen!«

»Das halte ich durchaus für möglich«, bestätigt mich der Anwalt in meinem Verdacht. »Wenn Sie hundertprozentig sicher sind, dass Ihr Mann unschuldig ist …«

»Er *ist* nicht *mein Mann*!«, unterbreche ich Falk Huber schnell.

»Natürlich. Ihr … Bekannter.«

»Mein *flüchtiger* Bekannter«, stelle ich klar. Dieser Anwalt sieht viel zu gut aus, als dass man hier nicht sofort klare Grenzen ziehen sollte.

»Der *flüchtige* Bekannte, der Ihnen vierhundert Euro Honorar pro Stunde wert ist«, vervollständigt Dr. Falk Huber, um Ernsthaftigkeit bemüht, meine Aussage.

»Ja«, sage ich und trinke schnell einen Schluck Kaffee. »Wie kriegen wir ihn am schnellsten aus dem Knast?«

»Die Aufhebung der Untersuchungshaft kann nur vom Gericht veranlasst werden«, belehrt mich der Anwalt freundlich. »Wie Sie den Fall schildern, hat der Mann keine Arbeit und keinen festen Wohnsitz. Er wurde aufgrund des Beschlusses der Elternschaft aus der Klasse Ihrer Tochter bereits einmal polizeilich von der besagten Parkbank entfernt. Er hat sich nicht an die Auflagen gehalten. Da ist eine Untersuchungshaft gerechtfertigt.« Er schaut mich aus seinen grau-braun gesprenkelten Augen fast mitleidig an. »Man muss jetzt das Ergebnis der DNA abwarten … Was hat sich denn tatsächlich abgespielt …?«

»Das weiß ich natürlich auch nicht. In der Zeitung steht, dass man bisher keine passenden DNA-Spuren gefunden hat.«

»Das heißt aber noch lange nicht, dass das auch stimmt. Die Polizei ist verpflichtet, gewisse Details vor der Presse geheim zu halten.«

»Aha. Aber Georg ist so oder so unschuldig. Glauben Sie mir.«

»Woher wollen Sie das so genau wissen, wenn Sie ihn doch kaum kennen?«

»Ich … ähm … kenne ihn gut genug, um ihn charakterlich einschätzen zu können.«

»So so.« Herr Dr. Huber zieht eine Augenbraue hoch und mustert mich neugierig. »Wie kann man einen Menschen charakterlich einschätzen, wenn man nur an ihm vorbeijoggt?«

Nun fühle ich mich doch arg an die Wand gespielt.

»Wir haben schon mal geplaudert«, versuche ich den Ball flach zu halten. »Und er isst immer die Gurkenbrote meiner Tochter.«

»Also eine gewisse Beziehung ist durchaus entstanden.«

»Ja. Also, *nein*! Natürlich ist keine *Beziehung* entstanden! Es geht um dieses Mädchen, das da immer an der Salzach abhängt. Meine Tochter Fanny hat mir erzählt, was dort so alles abgeht!«

»Dieses Mädchen müsste sich im Krankenhaus einer Untersuchung unterziehen. Ihre Kleidung für Laboruntersuchungen zur Verfügung stellen und so weiter.«

Verdammt, ist das heikel. Mir wird ganz anders. In was für ein Wespennest steche ich denn hier? *Noch* könnte ich mich heraushalten, dem guten Rechtsanwalt vierhundert Euro überreichen und mich aus dem Staub machen.

Aber ich kann und will jetzt nicht mehr zurück.

Ich habe Georg versprochen, dass ich alles für ihn tun werde.

Nur … wie? Das hört sich so hoffnungslos an. Mir schießen die Tränen in die Augen. Unauffällig blinzle ich sie weg und beuge mich über meine Tasse.

»Das macht die natürlich nicht freiwillig«, murmele ich und rühre in meinem Kaffee. »Die Mutter blockiert, der Klassenlehrer blockiert …«

»Wir müssen an das Mädchen rankommen«, stellt der Anwalt sachlich fest und tut so, als habe er meine Verlegenheit nicht bemerkt. »Wie, haben Sie gesagt, heißt sie?«

»Vicki. Aber sie geht zurzeit nicht zur Schule, und der Lehrer fühlt sich nicht zuständig. Die Eltern gehen nicht ans Telefon.«

»Wenn sie Anklage erhoben hat, kommen wir über die Kripo an sie heran«, sagt Falk Huber, während seine schönen ringlosen Finger schon wieder im Strafgesetzbuch blättern. Ich bin ganz hin- und hergerissen. So ein schöner Mann! Sollten meine Gefühle für Georg schon wieder verfliegen? Waren sie wirklich nur aus Mitleid gespeist?

Falk Huber hat die Stelle gefunden. Er sieht mir direkt in die Augen: »Hier. Paragraf 297. Verleumdung. Wer einen anderen dadurch der Gefahr einer behördlichen Verfolgung aussetzt, dass er ihn einer von Amts wegen zu verfolgenden mit Strafe bedrohten Handlung oder der Verletzung einer Amts- oder Standespflicht falsch verdächtigt, ist, wenn er weiß, dass die Verdächtigung falsch ist, mit Freiheitsstrafe bis zu einem Jahr, wenn die fälschlich angelastete Handlung aber mit einer ein Jahr übersteigenden Freiheitsstrafe bedroht ist, mit Freiheitsstrafe von sechs Monaten bis zu fünf Jahren zu bestrafen. Nach Absatz 1 ist nicht zu bestrafen, wer freiwillig die Gefahr einer behördlichen Verfolgung beseitigt, bevor eine Behörde etwas zur Verfolgung des Verdächtigten unternommen hat.«

»Die beseitigt gar nichts freiwillig«, stelle ich klar.

»Das Problem ist, dass sie noch keine vierzehn ist«, sagt Falk Huber und schaut mich aus seinen grauen Augen ernsthaft an. »In diesem Fall wird es bei Gericht zu einer kontradiktorischen Vernehmung kommen.«

»Kontra … wie?«

»Hier. Paragraf 165. Bei der Vernehmung eines Zeugen ist in seinem Interesse, besonders mit Rücksicht auf sein geringes Alter oder seinen seelischen oder gesundheitlichen Zustand … und so weiter … die Gelegenheit zur Beteiligung derart zu beschränken, dass die Beteiligten des Verfahrens und ihrer Vertreter die Vernehmung unter Verwendung technischer Einrichtungen zur Wort- und Bildübertragung mitverfolgen und ihr Fragerecht ausüben können, ohne bei der Befragung anwesend zu sein. Insbesondere wenn der Zeuge das vierzehnte Lebensjahr noch nicht erreicht hat, kann in diesem Fall …« Er hebt den Blick. »Verstehen Sie das?«

»Nein.«

»Schauen Sie …« – er nimmt ein leeres Blatt Papier und zeichnet mir die Gerichtssituation auf – »… hier sitzt das Mädchen. Daneben …« – seine gepflegten schlanken Finger zeichnen mit dem goldenen Edelkuli behände ein paar Strichmännchen – »… sitzt die Person ihres Vertrauens. Ihre Mutter oder ihre Psychologin. Oder die Charlotte Sandmann von der Sitte.«

Frischer Optimismus durchflutet mich. »Das halte ich für das Beste«, murmele ich beeindruckt.

»Hier …« – er zeichnet eine Wand und einen kleinen Kasten – »… ist eine Kamera, die das Gespräch aufzeichnet, und im Gerichtssaal sitzt Ihr …« – er wirft mir einen prüfenden Blick zu – »… Bekannter.« Sein Blick ruht auf mir.

»*Flüchtiger* Bekannter«, stelle ich klar.

»Ihr *flüchtiger* Bekannter.« Er zuckt die Achseln und zeichnet ein weiteres Strichmännchen mit Bart, langen Haaren und einem Einkaufswagen. Ich muss fast ein bisschen kichern, weil ich das so witzig finde. »… und dessen Anwalt …« Wieder trifft mich sein Blick aus stahlgrauen Augen, und einen Moment lang setzt mein Herz aus.

Was wird das denn jetzt? Ich werde mich doch von ihm nicht durcheinanderbringen lassen!

»Zeichnen Sie sich nicht zu schön!«, sage ich bestimmt und trinke einen Schluck Kaffee. Schon besser. Schon viel besser. Langsam beginnt mir die Sache Spaß zu machen.

Sein Lächeln verrät eine winzige Spur Amüsement.

»Und wir verfolgen das Ganze auf einer Leinwand. Über ein Mikrofon kann ich der Psychologin vorschlagen, welche Fragen sie dem Mädchen stellen soll.«

»Und welche Fragen werden das sein?« Ich fühle mich auf einmal ein wenig unsicher.

»Das überlassen Sie am besten mir«, lächelt der Anwalt. »Und jetzt besorge ich Ihnen erst mal eine Besuchserlaubnis für Ihren … *flüchtigen* Bekannten. Damit Sie nicht jedes Mal bei der Gefängnisdirektion aufmarschieren müssen.« Er lächelt mich plötzlich ziemlich erheitert an: »Was Sie sich in den Kopf setzen, das ziehen Sie auch durch, was?«

»Klar«, antworte ich keck. »Sie nicht?«

32

Am nächsten Tag besuchen wir Georg gemeinsam, Fanny und ich. Mir wird ein wenig mulmig, als ich wieder in diesem grässlichen Besucherraum vor der Scheibe hocke. Die Luft hier drin ist zum Schneiden.

So ein verrücktes Gefühl! Da sitzen wir, Pobacke an Pobacke, auf einem Stuhl vor der Glaswand, Fanny umklammert ängstlich meine Hand, und Georg wird auf der anderen Seite hereingeführt. Wir müssen ja wirken wie eine Familie! Der Wärter, der heute Dienst hat, zieht sich diskret einen Schritt zurück, als Georg auf seinem Stuhl Platz nimmt und Fanny freudig überrascht anlächelt.

»Hallo, Fanny! Wie lieb von dir, dass du mitgekommen bist!«

Fanny starrt Georg durch die Glasscheibe an. Sie ist ganz blass, und ich fühle, wie ihr Knie zittert. Hoffentlich mute ich meinem Mädchen nicht zu viel zu?!

»Wie geht es dir?«, fragt Fanny verschüchtert. »Ist es auszuhalten?«

»Seit ich in einer Einzelzelle bin, ist es wunderbar«, beruhigt Georg sie lächelnd. »Am Anfang hatte ich ein bisschen Stress. So wie wenn man neu in einer Klasse ist und alle tricksen einen aus. Das kennst du ja bestimmt …«

Er wirft mir einen kurzen Blick zu, und ich begreife.

»Die anderen können ganz schön gemein sein«, sagt er erklärend zu Fanny.

»Aber langweilst du dich nicht in deiner Einzelzelle?«, fragt Fanny, und endlich kehrt etwas Farbe in ihr Gesicht zurück.

»Im Gegenteil! Sie haben hier eine Bibliothek, und ich habe mir schon ein paar interessante Bücher ausgeliehen! Man kann hier sogar ein Fernstudium machen! Außerdem darf ich fernsehen, obwohl ich das gar nicht möchte.«

»Wir haben dir einen Kassettenrekorder mitgebracht!« Eifrig fummelt Fanny in ihrem Jutesack mit der Aufschrift »Ohne dich ist alles doof«, den sie extra für Georg gepackt hat. »Und ein paar klassische Kassetten, die Mama noch auf dem Dachboden gefunden hat. Bruckner und Bach und so was.«

»Ein paar Gurkenbrote sind auch dabei«, sage ich und zeige auf die Tasche.

Wir wissen nicht, wie wir ihm unsere Gaben überreichen sollen, aber der Wärter, der alles aus den Augenwinkeln beobachtet hat, macht uns ein Zeichen, wir sollen es am Eingang abgeben. Fanny erhebt sich sofort. Wahrscheinlich ist sie ganz erleichtert, dass sie ein paar Schritte rennen darf.

»Georg, ich habe den besten Anwalt der Stadt«, zische ich verschwörerisch, als der Wärter sich erhebt und Fanny entgegengeht, die die Tasche zum Durchsuchen bringt. Ohne recht fassen zu können, was ich hier tue, raune ich: »Wir haben auch schon einen guten Plan, wie wir dich hier rauskriegen!«

»Aber eine Feile habt ihr mir nicht mitgebracht?«, sagt Georg und lächelt mich auf einmal so warmherzig an, dass ich ganz weiche Knie bekomme. »Du weißt gar nicht, was für ein riesengroßes Herz du hast.«

O nein. Keine. Vertraulichkeiten. Mehr. Ich bin einfach nur herzgesteuert. Ganz bescheuert herzgesteuert. Sachlich bleiben, Juliane.

»Georg, dieser Anwalt besucht dich heute noch, um alles mit dir durchzusprechen! Er ist gerade bei Gericht und spricht mit dem Staatsanwalt. Er will diese Vicki zwingen, sich im Krankenhaus untersuchen zu lassen! Wenn sie deine DNA-Spuren nicht finden, müssen sie dich laufen lassen!« Ich spüre, wie ich knallrot anlaufe. In diesem Moment durchzuckt mich nämlich der irrwitzige Gedanke, dass sie seine DNA-Spuren bei mir finden würden. Bei *mir*. Ich vergrabe das Gesicht in den Händen. O Gott. Wo bin ich hier nur reingeraten? Ich möchte meinen Kopf am liebsten an die Scheibe oder noch besser an seine Brust sinken lassen, aber das geht auf keinen Fall. Er passt nicht zu mir. Er ist nichts für mich. Wir leben in zwei verschiedenen Welten. Nie und nimmer kann aus uns etwas werden. Wie gut, dass die Scheibe zwischen uns ist.

Endlich kann ich mich wieder fangen, und ich flüstere mit halbwegs fester Stimme: »Halte durch, Georg! Du bist in guten Händen!«

»Ich weiß, dass ich bei dir in guten Händen bin.«

»Nicht bei mir! Bei *ihm*! Er heißt Dr. Falk Hu…«

»Warum tust du das für mich, Juliane?«, flüstert Georg und legt seine Hand an die Glasscheibe, dass ich fast das Gefühl habe, dass er meine Lippen berührt.

Ich zucke zurück. »Wehe, du sagst jetzt wieder, dass ich dich loswerden will!«

»Das sage ich nie wieder, Juliane. Es tut mir leid. Du bist so eine großartige, ungewöhnliche und mutige Frau.« Ich muss den Blick senken. O nein. Ich bin *keine* großartige und mutige Frau. Ich bin … einfach nur total durch den Wind. Sein Blick geht mir so unerträglich nahe, trotz oder gerade wegen dieser Glasscheibe, dass ich anfange zu faseln.

»Also, es ist nicht so, dass ich dich loswerden will, ich meine, ich will dich natürlich los … ach Quatsch, ich will dich freikriegen. Aber danach müssen wir wirklich schauen, was aus dir wird. Es ist nämlich so, dass …« Meine Stimme ist ein bisschen zu schrill. Ich weiß nicht, wo ich hinschauen soll. Alles ist so entsetzlich deprimierend!

In dem Moment kommt schon Fanny zurück und quetscht ihren schmalen Popo wieder neben meinen auf den Stuhl. Irritiert schaut sie zu den anderen Besuchern hinüber. Ihr verwirrter Blick scheint auszudrücken: »Sind wir jetzt auch solche Leute wie die?«

Ich weiß schon wieder nicht, ob das alles richtig ist, was ich da tue.

Aber Fanny wollte unbedingt mit! Sie wollte Georg besuchen, was soll ich denn da machen?! Und Georg ... er *freut* sich so, dass wir beide da sind.

Er hält uns wirklich für eine kleine heile Familie.

»Noch fünf Minuten«, ruft der Aufseher, und allgemeine Geschäftigkeit entsteht.

Wir plaudern noch etwas mit Fanny, das fast belanglos wirkt in Anbetracht der unerträglichen Spannung, die sich zwischen Georg und mir aufgebaut hat. Ich wundere mich, dass die Scheibe nicht beschlägt!

Dabei habe ich doch heute Abend ein supertolles Date und sollte mal langsam überlegen, was ich anziehen soll!

»Der Rottweiler war heute in der Schule total merkwürdig«, erzählt Fanny. »Er hat keine einzige Rechnung ohne Fehler auf die Reihe gekriegt. Sogar *ich* habe gemerkt, dass er vergessen hat, die Wurzel zu ziehen bei dem Pythagoras! Und stellt euch vor, es ist das allererste Mal, dass er vergessen hat, uns Hausaufgaben aufzugeben. Er hat uns einfach so laufen lassen und keinen von uns angebrüllt ...«

Sie plaudert und plappert, und Georg fragt sie ganz ernsthaft und interessiert nach dem Satz des Pythagoras. Die beiden fachsimpeln über rechtwinklige Dreiecke und wie man ihre Seiten ausrechnet oder so was, und ich beiße mir fast auf die Zunge, damit mir bloß nicht rausrutscht, mit wem ich heute Abend im Carpe Diem auf einen Drink verabredet bin: mit Dr. Falk Huber.

Es wird ein wahnsinnig netter Abend. Das Carpe Diem ist wie immer prall gefüllt, die Leute stehen lachend und plaudernd an der Bar oder hocken an diesen gemütlichen hohen Tischchen in den Fensternischen. Man betrachtet die Passanten in der Getreidegasse, tauscht den neuesten Klatsch aus, man flirtet und trinkt Prosecco aus diesen witzigen Gläsern, die so eine Beule für den Daumen haben, damit man sie besser halten kann. Ich liebe das Carpe Diem. Und erst recht liebe ich es, wenn ein gut aussehender Kerl darin auf mich wartet.

Mein schmucker Anwalt steht schon an der Bar und lächelt, als er mich entdeckt. Er sieht ungeheuer gut aus heute Abend: Seinen feinen Anzug aus der Kanzlei hat er eingetauscht gegen ein schwarzes Hemd mit offenem Kragen, schwarze Versace-Jeans und ein Daks-Tweedjackett. Als ich auf ihn zugehe, merke ich, dass ich auf einmal schrecklich nervös bin. Mein Mund ist ganz trocken und meine Knie, sie *schlackern* doch nicht etwa? Man sollte meinen, dass ich mich nach sieben Jahren als selbstständige Immobilienmaklerin doch etwas besser im Griff hätte. Dass ich etwas routinierter mit so einer Situation umgehen könnte.

Oder zittern sie etwa, weil ich wegen Georg so ein schlechtes Gewissen habe?

Ich komme mir unendlich schlecht vor, als ich Falk Huber entgegenschwebe. Der Mann ist noch viel größer, als ich ihn in Erinnerung habe!

Als ich die schwere Tür aufschieben will, versagen meine schwachen Ärmchen ihren Dienst. Mist. Ich sollte wirklich mal etwas Muskeltraining machen.

Falk Huber springt herbei und zieht die Türe so heftig auf, dass ich ihm fast in die Arme falle. Oh. Er riecht gut. Nach irgendeinem männlichen, herben, edlen Rasierwasser. Sehr fein jedenfalls. Nicht so … nach *Mensch* wie Georg.

»Guten Abend, schöne Frau! Wie geht's?«, überspielt Falk Huber unseren Zusammenprall und hält mich auf Armeslänge von sich ab. »Sie sehen ja noch fescher aus als gestern in meiner

Kanzlei!« Der Mann ist wirklich groß. Und was der für strahlend weiße Zähne hat! Falk blickt lächelnd auf mich herab.

»Wie geht es Ihrem … *flüchtigen* … Bekannten?«

»Also flüchtig ist ja nun ein sehr dehnbarer Begriff …«

Wir müssen beide schallend lachen. »Noch ist er ja nicht geflüchtet«, kichere ich, als Falk mir auch schon einen Barhocker unter den Po schiebt. »Aber ich hoffe, Sie verhelfen ihm bald zur Flucht!«

»Was trinken Sie?«

»Dasselbe wie Sie, wenn's recht ist!«

Falk bestellt mir mit einem gezielten Wink auch ein Bier, und das hübsche Mädel in der weißen Bluse reagiert sofort.

Plötzlich wird mir bewusst, dass ich seine Hände, die mich heute Morgen schon so fasziniert haben, ein bisschen zu auffällig anstarre. Er spielt mit seinem langen, schmalen Bierglas, und sein Daumen streicht immer wieder über diese angesagte, stylishe Kuhle, sodass mir ganz anders wird. Himmel, ist der Mann umwerfend! Oder will ich vielleicht nur mein störrisches, bockiges Herz mit aller Gewalt in eine andere Richtung drängen? Soll es endlich von Georg ablassen und einen *vernünftigen* Weg einschlagen?

Ich will irgendwas Unbekümmertes, Fröhliches sagen, aber mir fällt nichts ein.

»Ganz schön voll hier«, presse ich schließlich hervor.

Sehr originell. Juliane, du warst auch schon mal witziger.

»Mir gefällt's, wenn es so eng ist. Dann können wir beide näher zusammenrücken!« Falk zieht meinen Barhocker näher zu sich heran.

»Was haben Sie beim Staatsanwalt erreicht?«, beginne ich so beiläufig wie möglich, wobei ich leider ziemlich schreien muss, weil es hier so laut ist.

»Das Mädchen wird morgen dem Amtsarzt vorgeführt«, informiert mich Falk Huber und streift wie zufällig meinen Arm, als er das schmale Bierglas vor meiner Brust abstellt. »Richterliche Verfügung.«

»Das ist ja fantastisch!«, schreie ich begeistert. »Da werden sie feststellen, dass mein *flüchtiger* Bekannter ...« – hier mache ich Gänsefüßchen in die Luft und finde mich dabei wahnsinnig charmant – »... nichts mit der Sache zu tun hat!«

»Und wenn doch?«, fragt Falk Huber und schaut allen Ernstes besorgt auf mich herab. »Haben Sie darüber schon mal nachgedacht?«

Mein Herz fängt an zu hämmern. Ich muss es jetzt sagen. Er ist mein Anwalt, und ich zahle ihm viel Geld. Also schulde ich ihm auch die Wahrheit. Und nichts als die Wahrheit. Oder nicht?

»Also, da ist was Komisches passiert«, schreie ich gegen den Lärm an, »ähm, ich weiß nämlich aus ziemlich sicherer Quelle, dass mein ... hahaha ... flüchtiger Bekannter ... nicht pädophil veranlagt ist! Und auch nicht irgendwie sexuell gewalttätig«, füge ich mit gekünsteltem Lachen hinzu. »Das weiß ich von einer sehr ... ähm ... engen Freundin! Haha, lustig, nicht? Wie das Leben so spielt!«

»Aha«, nickt der Anwalt, ohne mich anzusehen.

»Was natürlich reiner Zufall ist«, schreie ich ihm ins Ohr und trinke schnell noch einen Schluck Bier. Georg, wie gut, dass du nicht hören kannst, wie ich hier versuche, mein Herz wie einen störrischen Hund an die Leine zu nehmen. Es will immer wieder zu dir traben!

»Sie setzen sich für jemanden ein, der obdachlos und arbeitslos ist und mit einer engen Freundin sexuelle Beziehungen hat?«

So, wie er es sagt, klingt es wirklich ein bisschen unwahrscheinlich. Ich überlege fieberhaft.

»Na ja, ich habe eben einen ausgeprägten Gerechtigkeitssinn.«

»Das sagten Sie gestern schon.« Seine Miene ist undurchdringlich. Er wirkt so, als könne er sich keinen Reim auf mich machen.

Und das kann ich selbst auch nicht!

Was ist nur mit mir los? Hier stehe ich mit einem Arnold Schwarzenegger in jung und schön und versuche ihm weiszumachen, dass ich für Georg nichts empfinde, sondern nur einen *ausgeprägten Gerechtigkeitssinn* habe?

»Wenn Sie die Sache erfolgreich erledigt haben, sprechen wir hoffentlich über angenehmere Dinge«, sage ich und versuche, die Sache auf die leichte Schulter zu nehmen.

»Dann ist der Penner sicher kein Thema mehr!«

Ich bin selbst überrascht, wie kalt ich bin.

Wenn Georg mich jetzt gehört hätte!

Oder wenn er mich jetzt sehen könnte!

Wie ich hier im kurzen Kostümrock und knappen Spitzentopp unter dem aufgeknöpften Jackett auf Tuchfühlung mit diesem Dr. Huber gehe und ihm kokett zu verstehen gebe, dass ich für ihn zu haben bin!

Wie *weh* würde ihm das tun?!

Mein Herz zieht sich so schmerzhaft zusammen, dass ich ganz schnell einen großen Schluck Bier nehmen muss.

So, Herz. Jetzt reicht's. Du bist krank. Du kannst dich doch nicht einfach gegen mein Hirn durchsetzen! Mein Hirn ist das Einzige, was noch funktioniert, und das übernimmt jetzt die Führung. Ich zerre innerlich an der Leine und reiße mein störrisches Herz in Richtung Falk. Guck mal. Der hier ist doch wirklich nicht zu verachten. Jetzt *schnupper* doch wenigstens mal an seinem Barhocker!

Falk schaut mich etwas verwundert an, so als könne er mithören. Habe ich etwa Selbstgespräche geführt? Ist es schon so schlimm mit mir?

Jetzt wird sofort etwas unternommen.

Dieser Mann passt zu mir. Passt, sitzt, wackelt und hat Luft. Der Rest wird sich schon einstellen. Los, Herz. Komm jetzt. Endlich einer, mit dem ich mich sehen lassen kann. Wir müssen ja nicht gleich heiraten …

Ein One-Night-Stand mit dem Superanwalt würde mir schon genügen. Dann wäre ich von Georg endgültig kuriert.

Mit hoffentlich gekonntem Augenaufschlag sehe ich meinen Traummann an. »Aber lassen Sie uns doch endlich das Thema wechseln!« Ich proste ihm zu, und der Falk prostet zurück. Wir trinken und strahlen uns an. Juliane, jetzt *mach* schon. Komm. Er ist doch toll!

Aber das Herz stolpert unwillig wie ein junger Hund hinter meinem Hirn her und will die Leine zerbeißen, an der das Hirn es ruppig hinter sich her zieht. Es strebt mit aller Macht in die andere Richtung. In Richtung Georg.

»Sie sind schon eine verdammt hinreißende Frau«, sagt Falk mit sonorer Stimme in mein Ohr. Dabei erschlägt mich fast sein herbes männliches Parfum. »Und so was schneit mir morgens um halb neun in die Kanzlei!«

»Ein blindes Huhn findet auch mal ein Korn!«, spiele ich den Ball zurück. »Und so blind sind Sie auch wieder nicht!« Kokett halte ich mir den Ausschnitt zu, auf den er schon die ganze Zeit schielt. Er stupst meinen Finger weg, und wir lachen uns kaputt. Herz und Hirn liefern sich einen erbitterten Kampf. Das Herz winselt sich die Seele aus dem Leib, und das Hirn brät ihm mit der Leine eins über: »Sei doch *vernünftig*! Der *steht* auf uns!«

»Auf *dich* vielleicht, aber nicht auf *mich*!«

Wurscht! Sitz!

»Warum trägst du keinen Ring?«, wage ich mich tollkühn vor.

»Weil es keine Frau in meinem Leben gibt!«

»Und das soll ich dir glauben?«, frage ich mit gespielter Strenge und strahle ihn an, damit bloß kein Missverständnis aufkommt.

»Und … gibt es einen Mann in deinem Leben?«, fragt er gespielt beiläufig zurück. Sanft hebt er mein Kinn, sodass mir gar nichts anderes übrig bleibt, als in seine stahlgrauen Augen zu sehen.

»Natürlich *nicht*«, gebe ich theatralisch zurück und muss die Augen schließen. Mir wird ganz heiß vor Scham. Aber ich trinke schnell einen Schluck kühles Bier.

»Auch keinen *flüchtigen* Bekannten?!« Falk legt den Arm in meinen Nacken und zieht mich zu sich heran. Oh! Das fühlt sich gut an!

»Lieber einen Falk im Nacken als einen Spatz im Knast!«, gebe ich zurück. Ups!

Mann, bin ich heute Abend gut in Form. Offensichtlich bin ich endlich wieder hirngesteuert. Mein Herz sitzt leise weinend vor dem Knast und heult den Mond an.

Falk schaut mich sprachlos an, offensichtlich ist er etwas perplex wegen meines Draufgängertums. Aber seit das Hirn die Führung übernommen hat, purzeln mir solche Sprüche nur so aus dem Mund.

Ich habe gar nicht mehr gewusst, wie schön es ist, hemmungslos zu flirten!

Aber ich habe »Herzblatt« im Fernsehen gesehen, ich weiß, wie das läuft.

Freche Frauen sind gefragt! Von wegen züchtiges Fräulein wartet schüchtern auf Avancen! Nee nee, die Zeiten sind vorbei! Und man sieht ja, wohin das führt, wenn man als Frau einfach dem Schicksal seinen Lauf lässt.

Dann passieren solche Sachen wie mit Georg. Jetzt will ich endlich selbst Entscheidungen treffen. Und damit fange ich heute Abend an.

Er ist ein fantastischer Mann. Abgesehen davon, dass er super aussieht, einen guten Beruf hat und irgendwie immer im richtigen Moment die richtigen Leute trifft ... Wir passen hervorragend zusammen! Komisch, dass wir uns vorher noch nie getroffen haben ... jedenfalls nicht wissentlich ...

Apropos: Seine Dachgartenwohnung in Riedenburg, gegenüber vom Magazin ... voll die angesagte Gegend. Ein Geheimtipp, das Ding!

Heute denke ich, nüchtern betrachtet, dass er wahrscheinlich gar keine Baugenehmigung dafür hatte, denn das Loft war mal eine Art Fabrik. Ein bisschen beschwipst muss ich wohl gewesen sein. Wir haben bei ihm zu Hause noch mehrere Weine verkostet – ich erinnere mich noch, wie wir Arm in Arm auf seiner Dachterrasse gestanden und den Mond betrachtet haben – oder war es eine Straßenlaterne? Ich muss ein klein wenig lächeln, aber innerlich bin ich einfach begeistert über diese unglaubliche Begegnung – wo wir auch so viele gemeinsame Bekannte haben. Also alle, die ich kenne, kennt er auch. Und umgekehrt. Wir sind im Grunde das ideale Paar. Was wir die Salzburger Gesellschaft aufmischen würden, wir zwei! Schon jeder Einzelne von uns beiden kann sich ja kaum vor Einladungen retten. Aber zu zweit …? Das wäre es. Meine Güte, dass Falk ausgerechnet jetzt auftaucht! Das nenne ich einen Wink des Schicksals. Fanny wäre auch begeistert von ihm, wenn sie ihn kennenlernen würde! Er würde ihr bestimmt auch Mathe erklären und Spanisch und Musiktheorie. Weil er alles weiß und kann. Er fährt Ski und spielt Golf, hat eine Segelyacht auf dem Attersee und spricht sechs Sprachen!

Ach, und sein prasselnder Kamin, seine Wahnsinns-Stereoanlage, aus der die ganze Nacht Jazzmusik tönte, und dann dieser unglaubliche Konzertflügel, auf dem dieser unglaubliche Mann sogar spielen konnte! Wie der abgerockt hat, voll cool! Und die schicke Einbauküche, in der er uns dann so gegen vier Uhr früh noch was in der Mikrowelle gezaubert hat!

Und was er mir alles erzählt hat, was er alles schon gemacht hat und wo er überall schon war!

Wirklich ein Wunder, dass wir uns noch nicht eher kennengelernt haben!

Wir sind aus dem gleichen Holz geschnitzt – na ja, also fast!

Und trotzdem – ich bin keine Frau für eine Nacht. Das habe ich ihm auch gesagt. Davon war er beeindruckt. Das fand er gut.

Wir haben beide ein bisschen verlegen da rumgestanden, irgendwie war die Luft raus, wir hatten unser Pulver verschossen. Ich war auf einmal wahnsinnig müde und leer. Er hat mir um fünf Uhr früh ein Taxi gerufen. Und das war auch besser so.

Wenn ich im Nachhinein über diesen Abend nachdenke, weiß ich auch, warum ich mich so leer gefühlt habe: Mein Herz war gar nicht dabei. Das saß vor dem Knast und weinte bitterlich.

33

Was für ein Wahnsinn. Da sitze ich in diesem Raum, von dem aus ich Vickis Vernehmung auf der Leinwand verfolgen kann: In einem Zimmer ist die vermeintliche Opferseite zu sehen – also Vicki, ihre Mutter und Charlotte Sandmann von der Sitte – und links davon, in einem ebenfalls abgetrennten Raum, die vermeintliche Täterseite – also Georg, der Angeklagte, und Falk, sein Anwalt. Dort sitzen auch der Untersuchungsrichter, die beiden Beisitzer und schräg rechts die Protokollführerin.

Die Verhandlung ist nicht öffentlich, was nur logisch ist bei dem jugendlichen Alter von Vicki. Ich selbst habe eigentlich in dieser kontradiktorischen Vernehmung nichts zu suchen, aber Falk, cool wie er nun mal ist, hat mich ganz unauffällig in einen weiteren kleinen Raum geschleust, von dem aus ich alles beobachten und verfolgen kann. Schließlich zahle ich ihm nicht nur vierhundert Euro in der Stunde, sondern wir sind – mehr oder weniger offiziell – irgendwie … befreundet. Um nicht zu sagen … liiert. Mein Herz weiß zwar noch nichts davon, aber es wird es schon noch begreifen. Meine beiden Gehirnhälften haben es jedenfalls schon beschlossen. Weil es das Beste für uns alle ist.

Natürlich hat Georg davon keine Ahnung. Weder von meiner Anwesenheit im Nebenraum noch von … na ja, Falk und mir. Das wäre ja auch nicht besonders fair, ihm das jetzt kurz vor seinem Prozess auf die Nase zu binden. Im Gegenteil: Fanny und ich haben ihn noch jeden Tag im Knast besucht und ihm

Mut gemacht. Ich glaube, Georg hat die Zeit im Knast nur deshalb überlebt, weil er uns hatte, Fanny und mich. Und Falk natürlich.

Wir sind uns ziemlich sicher, dass Falk ihn freibekommt.

Wie es dann weitergehen soll, weiß ich nicht. Solange Georg nicht bereit ist, etwas aus seinem Leben zu machen, werden wir uns nicht wiedersehen.

Das sagen mein Herz *und* mein Hirn.

Aber jetzt bin ich einfach nur wahnsinnig nervös: Der Richter erklärt die Verhandlung für eröffnet.

Charlotte Sandmann stellt Vicki ganz behutsam ein paar Fragen. Die sitzt, völlig schwarz gekleidet, mit schwarz umrandeten Augen und pechschwarz gefärbten Haaren trotzig auf ihrem Stuhl. Die Knie hat sie bis ans Kinn gezogen, an den Fingern kann ich viele scharfkantige Ringe aufblitzen sehen.

»Vicki, wir haben ja nun im Krankenhaus feststellen können, dass du tatsächlich sexuellen Verkehr hattest.«

Mit einem trotzigen Blick auf ihre Mutter, die leichenblass danebensitzt, nickt Vicki schließlich. »Ja. Weil der Mann aus dem Park mich vergewaltigt hat.«

Mein Herz rast. Ich sehe, wie Georg den Kopf schüttelt und wie Falk ihm beruhigend auf den Arm klopft. Der Richter und seine Beisitzer schauen wie gebannt auf den Bildschirm, die Protokollantin tippt eifrig.

»Wie war das denn nun ganz genau?«, fragt Charlotte Sandmann. »Ich würde einfach gern ein paar Einzelheiten wissen. Am besten, du fängst ganz von vorne an.«

»Ja, also … der Penner hat uns schon immer belästigt«, sagt Vicki mit stockender Stimme.

»Wer ist ›uns‹?«

»Ja, also … auch meine Freundin, die mit mir in eine Klasse geht.«

»Wie heißt die Freundin?«

»Fanny. Fanny Hempel.« Vicki zieht die Nase hoch und wischt sich mit dem Handrücken darüber.

Mir bleibt fast das Herz stehen, als ich den Namen meiner Tochter höre. Vicki weiß ja nicht, dass ich hier sitze. Ich weiß aber, dass Vicki lügt.

Trotzdem. In so einer formellen Verhandlung hört sich das Ganze doch noch mal anders an. Mein Gesicht glüht, als ich versuche, Georgs Miene zu ergründen.

Georg vergräbt fassungslos das Gesicht in seinen Händen, und der große starke Falk, der in seiner Anwaltsrobe einfach toll aussieht, tätschelt ihm aufmunternd den Rücken und flüstert beruhigend auf ihn ein.

Das alles kann Vicki in ihrem Verhörzimmer ja nicht sehen, sodass sie ungehemmt weiterspricht: »Mit Fanny hat eigentlich alles angefangen.«

»Wieso denn das?«

»Die Fanny saß schon im Sommer immer bei dem Typen auf der Bank.«

»Warum? Was hatten die beiden denn miteinander zu besprechen?«

»Sie hat ihm ihr Frühstück gegeben.«

»Freiwillig?«

»Weiß nicht.«

»Was hat er denn mit der Fanny gemacht?«

»Mathe und so.«

»Mathe?!«

Vicki zuckt die Achseln: »Die Fanny war erst ziemlich schlecht in Mathe, und dann war sie plötzlich total gut in Mathe.«

»Genau wie du …«, sagt plötzlich die Mutter. »Von einem Fünfer auf einen Zweier!«

Vicki geht auf diese Bemerkung nicht ein. Zu Charlotte Sandmann sagt sie: »Die Fanny hat, glaube ich, auch ein paarmal auf seinem Schoß gesessen.«

Ich beobachte Falk, wie er über sein Mikro mit Charlotte Sandmann spricht. Sie hat einen Knopf im Ohr, hört also zu und fragt Vicki dann: »Bist du da sicher oder glaubst du das nur?«

Vicki wischt sich mit dem Ärmel über das Gesicht: »Das weiß ich. Die Fanny hat ihm sogar ihr Schmusekissen geschenkt.«

O Gott. Das fängt nicht gut an. Das fängt gar nicht gut an.

»Warum hat sie das gemacht?«, will Charlotte Sandmann wissen.

»Sie hat mir gesagt, dass sie den total mag und so. Der war auch bei ihr zu Hause und alles.«

»Was heißt: und alles?«

»Sie hat den ins Badezimmer gelassen, und er hat sich in ihrem Zimmer nackt ausgezogen.«

Ach du Scheiße. Mir wird ganz heiß und kalt vor Peinlichkeit.

Falk spricht wieder etwas ins Mikrofon, und Charlotte Sandmann richtet dann seine Frage an Vicki: »Warum hat denn Fanny den Mann nicht angezeigt?«

Vicki zuckt die Achseln. »Keine Ahnung! Ich glaube, die kriegt sonst total Ärger mit ihrer Mutter. Die Mutter ist nämlich nie zu Hause, und die Fanny hat das alles hinter dem Rücken ihrer Mutter gemacht.«

Der Lauscher an der Wand … Ich winde mich auf meinem Stuhl und frage mich, ob es gut war, dass ich mich hier reingeschlichen habe.

Wie auf ein Stichwort mischt sich Vickis Mutter ein: »Wir haben das ja alles bereits auf einem Elternabend besprochen, weil wir das haben kommen sehen. Wir haben darüber abgestimmt, ob der Mann von der Parkbank entfernt werden soll. Nur die Mutter von Fanny hat sich als Einzige enthalten.«

Ein kurzer Blick zu Georg: Der hebt den Kopf um ein paar Zentimeter.

»Aber der Penner ist ja einfach wiedergekommen, und die Polizei war machtlos!« Jetzt fängt sie an zu heulen: »Die lässt unsere Kinder ins offene Messer laufen! So ein hergelaufener Verbrecher darf sich einfach an unseren kleinen Mädchen vergreifen! Und die Mutter von Fanny interessiert das noch nicht mal, ist das nicht schrecklich?«

Charlotte Sandmann schiebt ihr die Kleenex-Box rüber, die für solche Fälle schon in Reichweite steht. Ich muss auch fast heulen. So wie Vicki und ihre Mutter das schildern, ist Georg ein hinterhältiger Triebverbrecher, dem wir alle zum Opfer gefallen sind! Und ich bin eine kaltherzige Rabenmutter, die sich um nichts gekümmert hat!

Falk spricht wieder unauffällig in sein Mikrofon, und Charlotte Sandmann fängt die Frage auf.

»Vicki. Das, was er mit der Fanny Hempel gemacht hat, weißt du ja nur vom Hörensagen. Aber was er mit dir gemacht hat, hast du ja am eigenen Leib gespürt.«

»Ja«, sagt Vicki und starrt an die Wand. Sie zieht ihre Ärmel noch weiter über das Handgelenk und vergräbt ihre Fäuste darin.

»Was denn genau?«

»Ja, also, ich wollte eigentlich nur zur Schule gehen, und er saß da auf seiner Bank.«

»Um wie viel Uhr war das genau?«

»So um sieben rum. War schon dunkel.«

»Du meinst es war *noch* dunkel.«

»Ähm … nee …« Vicki wirkt kurzfristig irritiert. »Abends.«

»Wieso gehst du denn abends um sieben zur Schule?«

Pause. Vicki ist total perplex. »Nee, das war dann wohl auf dem Rückweg.«

»Aber so spät hat doch niemand mehr Schule!«

»Nee, das war wegen der Nachhilfe.« Vicki wird nun sehr unruhig und kaut wie verrückt auf ihrem silbernen Kettenarmband herum, an dem lauter Totenköpfe baumeln.

»Du hast doch gar keine Nachhilfe«, mischt Vickis Mutter sich schnupfend und prustend ein. »Die können wir uns doch gar nicht mehr leisten!«

»Der Penner hat uns immer Nachhilfe gegeben«, sagt Vicki nach kurzem Zögern.

»In Mathe. Dafür wollte er dann ...«

Mein Herz rast. Nein. Das stimmt nicht. Sag, dass das nicht stimmt.

»Ja?« Charlotte Sandmann beugt sich interessiert vor.

»Na ja. Sie wissen schon. Das, was er halt gemacht hat.«

»Es wäre schön, wenn du mir das jetzt mal genauer schildern könntest«, fordert Charlotte Sandmann sie milde auf. »Deiner Mutter hast du es ja auch schon erzählt.«

Vickis Mutter heult mittlerweile ihr viertes Kleenex voll, und ich versuche einen Kloß von der Größe eines Tennisballes herunterzuschlucken. So wie sich die Situation jetzt darstellt, habe ich mich vielleicht doch in Georg geirrt? Vielleicht hat er den Mädchen *tatsächlich* etwas angetan? Vielleicht schütze ich wirklich einen Verbrecher?

Mein Herz holpert, und meine schweißnassen Hände zittern. Mit einem Seitenblick auf Georg und Falk stelle ich fest, dass die beiden zum Bersten angespannt sind. Georg verkrampft die Hände im Schoß, Falk spielt nervös mit seinem Kugelschreiber. In meinen Schläfen rauscht es so laut, dass ich fast nichts mehr verstehe.

»Also er hat mich unter diesen Baum gezerrt«, beginnt Vicki. »Und da hat er mir dann meine Klamotten runtergerissen ...«

»Moment mal. Er hat gar nicht erst mit dir gesprochen?«

»Doch. Er hat gefragt, was ich denn so spät hier noch mache, so ganz allein, und wo denn die anderen sind. Ich hab gesagt, die sind heute nicht hier, und dann hat er mich zu sich auf die Bank gezogen und hat angefangen, mich zu begrapschen.«

»Aber du hast dich natürlich gewehrt?«

»Klar. Ich hab auch um Hilfe geschrien. War aber keiner da.«

Ich zittere. Lieber Gott, mach, dass sie lügt. Mach, dass Georg das nicht wirklich getan hat!

»Was für Klamotten hattest du denn an?«, fragt Charlotte Sandmann.

»Na, was ich immer anhab«, gibt Vicki leicht verunsichert zurück.

»Meine üblichen Sachen.«

»Schwarz?«

»Na logo.«

»Und die Unterwäsche? Wie sah die aus?«

»Na, auch schwarz. Also schwarz-weiß gemustert. So wie meine Schuhe und mein Halstuch.«

Zu meiner grenzenlosen Überraschung holt Charlotte Sandmann nun einen Stofffetzen hervor. Er ist aprikosenfarben, mit Seidenapplikationen an den Rändern. Zerrissen und stark verschmutzt.

»Hattest du das hier an?«

Vicki stutzt, schaut sich das Stückchen Stoff an und nickt schließlich.

»Ja. Genau das.«

»Schau es dir mal genau an. Schwarz-weiß ist das nicht!« Charlotte hält es Vicki hin, und sie betrachtet es wie ein ekliges Insekt.

Ihre Mutter nimmt es Vicki aus der Hand und betrachtet es kritisch. »Was ist das? – Solche Sachen hast du doch sonst nicht an!«

»Hat mein Freund mir geschenkt.«

»Dein Freund schenkt dir solche Unterwäsche? Findest du die nicht uncool?«

Vicki zuckt die Achseln: »Schon …«

»Aber?«

»Nix.«

Verdammt, denke ich. So kommen die nicht weiter. Das führt ja in die ganz falsche Richtung.

»Und das hattest du also genau an jenem Abend an. Weißt du noch das Datum?«

»Nö.«

»Es war der 19. September«, sagt die Mutter. »Zwei Tage vor der Mathematikarbeit. In der hat sie dann eine Zwei geschrieben.«

Moment. Mein Herz setzt aus. Der 19. September, das war doch … da waren wir doch … Da habe ich doch das Haus in Kitzbühel verkauft! Ich meine, ich sehe ja noch das Datum unter der Unterschrift vom Prinzen von Zamunda! Da *kann* Georg abends um sieben ja gar nicht auf der Bank gesessen haben, denn er war mit mir in der Villa, und wir haben … wir haben … Heiße Röte schießt mir ins Gesicht, und mein Herz rast schon wieder in Gegenden, wo es nichts zu suchen hat.

Am liebsten würde ich gegen die Scheibe hämmern und mich einmischen, aber außer Falk weiß ja niemand, dass ich hier in dem Stübchen hocke.

Würde ich wirklich in aller Öffentlichkeit zugeben, dass Georg und ich zusammen waren? Mein Herz schreit: Na klar, und mein Hirn sagt: Nie und nimmer.

»Wir haben keine Spuren von Sperma darin gefunden«, sagt Charlotte Sandmann, »aber dafür von Bier.«

»Na bitte, da sehen Sie«, sagt die Mutter. »Das passt ja zu dem Penner.«

»Aber du und deine Clique, ihr trinkt ja auch schon gern mal Bier?!«, sagt Charlotte an Vicki gewandt.

Vicki zuckt mit den Schultern und schweigt.

Der Stofffetzen wird nun auf den Tisch gelegt, und ich kann ihn genau sehen.

Mein Herz setzt aus: Das ist doch … von *meinem* Chanel-Kostüm! Das ich in Kitzbühel anhatte! An dem Abend des 19. September! Als der Kerl am Bahnhof die Bierdose nach mir geworfen hat!

Auf der Rückfahrt trug ich es ja wieder, halbwegs gereinigt, aber noch zerknittert, und ich hatte es auch noch an, als ich Georg den Geldkoffer in den Wagen steckte! Da bin ich doch ganz tief unter die Trauerweide gekrabbelt, damit mich niemand sehen kann! Auf einmal erinnere ich mich wieder an das ratschende Geräusch, als ich an einem spitzen Ast hängen blieb!

Das darf doch nicht wahr sein! Dass dieses kleine Biest jetzt *meinen* Stofffetzen als Beweis für *ihre* angebliche Vergewaltigung missbraucht!

Wie gut, dass man nicht Georgs Spuren daran gefunden hat, denke ich aufatmend. Das hätte um *ein Haar* passieren können. Und dann wäre Georg wirklich dran gewesen! Schon beim Gedanken daran dreht sich mir der Magen um.

»Wir haben dich ja inzwischen im Krankenhaus untersuchen lassen«, sagt Charlotte sanft zu Vicki, »und festgestellt, dass du schwanger bist.«

Bingo. Deshalb also der ganze Aufstand. Sie muss abtreiben und weiß nicht, wie sie es ihren Eltern sonst erklären soll. Georg ist das ahnungslose, unschuldige Opfer.

Ich weiß nicht, ob ich lachen oder weinen soll. Oder beides. Mein Blick gleitet zu Georg und Falk hinüber, die nun angeregt miteinander flüstern. Georg schüttelt immer wieder fassungslos den Kopf, Falk macht sich Notizen.

Der Richter, die Beisitzer und die Protokollantin starren unterdessen weiter auf die Leinwand, wo man sieht, wie sich Vicki windet.

»In der wievielten Woche bist du jetzt?«

»In der neunten.«

»Und du möchtest das Kind wirklich nicht bekommen?!«

»Von einem *Penner*?«, schreit Vickis Mutter. »Ja, wollen Sie unsere Familie endgültig in den sozialen Abgrund stürzen? Wissen Sie eigentlich, durch welche Hölle wir alle gehen, seit die arme Vicki vergewaltigt worden ist?«

Ich sehe, wie Georg zusammenzuckt und wie Falk ihm den Arm auf die Schulter legt. Vickis Mutter kann gar nicht mehr aufhören zu schreien und zu heulen.

Automatisch ducke ich mich. Das hier ist alles so bizarr! Da ist das kleine Biest also wirklich schwanger. Und sie braucht jetzt einen Schuldigen. Nur mit dieser Nummer kommt sie durch. Aber irgendwas ist faul.

Alle meine Sinne sind in Alarmbereitschaft. Noch nie war mir dermaßen unbehaglich zumute. Ich hole ein paarmal tief Luft, um mich für das Kommende zu wappnen.

Vickis Mutter krallt die Finger so in die Kleenex-Tücher, als ob sie jemanden entmannen wollte.

»Dieser Mann gehört hinter Schloss und Riegel«, schreit sie unter Verzweiflungstränen, »und zwar für den Rest seines Lebens! Er hat das Leben meiner Tochter zerstört, und ein Ungeborenes hat er bald auch noch auf dem Gewissen! Mit diesem Mord müssen wir nun weiterleben!«

»Vielleicht wird es gar nicht zu einer Abtreibung kommen«, sagt Charlotte Sandmann beruhigend. »Ab der elften Woche lässt sich die Vaterschaftsfrage medizinisch klären. Bitte denk also darüber nach, ob vielleicht nicht doch ein anderer Mann infrage kommt.«

»Wer sollte denn da infrage kommen!«, kreischt die Mutter. »Ich glaube meiner Vicki! Die hat mich noch nie angelogen!«

Mir rast das Herz. Ich kann mich nicht bewegen. Das Ganze kommt mir vor wie ein schlechter Film. Aber ich kann ihn nicht wegzappen!

»Worauf warten Sie denn noch? Wir haben doch Beweise genug! Meine Tochter wurde vergewaltigt! Hier ist der Stoff von ihrer Unterwäsche, den Sie am Tatort gefunden haben! Und das Datum stimmt doch genau mit dem Stand der Schwangerschaft überein!«

Die Richter stecken nun auch die Köpfe zusammen, diskutieren und nicken, und die Protokollantin tippt mit fliegenden Fingern.

Mir klebt die Zunge am Gaumen. Das sieht nicht gut aus. Gar nicht gut.

Falk! So tu doch was! Wofür bezahle ich dich denn! Du bist doch ein Staranwalt!

Georg ist leichenblass geworden. Er schüttelt nur immer wieder stumm den Kopf, aber die Richter scheinen ihm nun endgültig nicht mehr zu glauben.

Plötzlich wird mir siedend heiß. Der Schweiß steht mir auf der Oberlippe.

Georg könnte jetzt sagen, dass er an dem Abend in Kitzbühel war. Mit *mir*. Er könnte mich als Zeugin vorladen lassen. Dann müsste ich hier Farbe bekennen.

Aber er tut es nicht. Er verrät mich nicht. Weil er weiß, dass er damit meinen Ruf zerstören würde. Meine Karriere. Meine ehrgeizigen Pläne.

Aber wie oft habe ich ihn verleugnet und verraten! Ich schäme mich so!

Falk spricht jetzt wieder in sein Mikrofon, Charlotte Sandmann nickt.

Vicki sitzt zusammengekrümmt da, ihr Gesicht hat sie in ihrem Schoß vergraben.

»Und bist du ganz sicher, dass du nicht mit deinem Freund geschlafen hast?«, fährt Charlotte Sandmann fort. »In einer Disco am Rudolfskai vielleicht? Da passiert es doch schon mal, dass sie einem Mädchen was ins Glas tun, und dann weiß es am

Schluss gar nicht mehr genau, was passiert ist … Du musst wissen, Vicki, dass du mit deinen Aussagen einen Menschen sehr belastest.«

Vicki schüttelt den Kopf wie eine Marionette, an deren Fäden unsichtbar jemand zieht.

»Wenn du bei deiner Aussage bleibst, muss dieser Mann jahrelang ins Gefängnis. Das ist dir schon klar, nicht wahr?«

»Natürlich ist ihr das klar!«, schreit Vickis Mutter. »Und da gehört er auch hin!«

Vicki taucht mit ihrem Gesicht überhaupt nicht mehr aus ihrem Versteck auf. Sie wiegt nur ihren Oberkörper hin und her, wie ein verhaltensgestörtes Kind.

O mein Gott. So weit darf es nicht kommen! Irgendwas muss doch geschehen!

Georg scheint aufgegeben zu haben. Er hat den Kopf gesenkt und schaut nur noch auf seine Schuhspitzen. Er wirkt so verlassen, wie er noch nicht mal in der Besucherzelle im Gefängnis gewirkt hat. So von Gott und aller Welt verlassen!

Ich presse die Fäuste vor den Mund. Jetzt ist es an *mir*, die Wahrheit zu sagen! An *mir*! Mein Herz zerrt an der Leine, die das Hirn immer noch mit aller Kraft festzuhalten versucht.

Warum zögere ich denn noch? Ich muss ihm doch helfen!

Aber ich bin offiziell gar nicht anwesend! Die Verhandlung ist nicht öffentlich! Falk kommt in Teufels Küche, wenn es herauskommt, dass er mich hier in den Nebenraum geschleust hat! Das kann ihn seinen Job kosten!

Und was es *mich* alles kosten wird …

Nein, ich kann nicht. Das letzte bisschen Verstand sagt mir, dass ich mich jetzt zusammenreißen muss, und hält meinem Herzen den Mund zu.

Falk! *Du* bist an der Reihe! Sag doch was! Du kassierst ein Megahonorar!

Na endlich!

Falk spricht wieder in sein Mikrofon, Charlotte Sandmann lauscht und gibt die Frage schließlich weiter. »An diesem Abend, am 19. September, als du zum Mathematik-Nachhilfeunterricht gegangen bist, wo war denn da dein Freund?«

»Jetzt lassen Sie meine Tochter doch endlich in Ruhe«, begehrt nun wie aufs Stichwort die Mutter auf. »Sie sehen doch, dass das Mädchen total am Boden zerstört ist! Sie haben doch alle Beweise – was zögern Sie dann noch, den Mann endlich hinter Schloss und Riegel zu bringen? Wir haben von Anfang an gewusst, dass er hinter kleinen Mädchen her ist, und wir haben alles versucht, ihn von dieser Bank wegzukriegen, aber die Polizei hat einfach zugeschaut und ihn gewähren lassen … Aber das wird ein Nachspiel haben, jetzt ist mir sowieso alles egal, ich gehe an die Presse, wenn Sie jetzt nicht *endlich handeln …*«

Endlich handeln. Endlich handeln. *Endlich handeln!,* dröhnt mir ihre hysterische Stimme in den Ohren.

Und plötzlich zerreißt die Kette, an der mein Herz angebunden war. Das Hirn lässt los und schaut fassungslos zu, wie ich aufspringe.

Wie ferngesteuert. Wie in Trance.

Ich weiß nicht, was ich tue. Wahrscheinlich träume ich das alles nur.

Aber ich tue es.

In meinem Kopf hämmert es wie verrückt.

Und ich hämmere auch. An die Scheibe. Mit beiden Fäusten. Ich hämmere und klopfe und brülle und schreie, und es ist mir ganz egal, wie verboten es ist, dass ich hier alles mit angehört und gesehen habe. Ich merke nur, wie mein Herz endlich seine alte Kraft zurückgewinnt. Und meine Stimmbänder erst!

Die Köpfe der Richter und Beisitzer und auch die Köpfe von Falk und Georg wenden sich der blinden Scheibe zu, hinter der ich stehe und Krach schlage.

Sie haben mich bemerkt.

Ich renne zur Tür, haste orientierungslos den Flur entlang, bis ich die Tür sehe, über der »Ruhe! Verhandlung läuft!« steht, und die reiße ich einfach auf. Mein eigenes Keuchen dröhnt mir in den Ohren.

Da sitzen sie.

Ich sehe eine Sekunde lang in Georgs gequältes Gesicht, seine Augen wirken leer, und ich schaue schnell wieder weg.

Falk beugt sich vor, sagt: »Kurze Unterbrechung« in sein Mikrofon und schaltet es dann ab.

Georg zuckt zusammen, ich sehe aus den Augenwinkeln, wie er eine andere Sitzposition sucht, so überrumpelt ist er. Seine Augen weiten sich, und sein Blick schenkt mir eine Wärme, die mich schwach werden lässt. Meine Güte, was mache ich. *Was mache ich!*

Mir war noch nie so schlecht. Und gleichzeitig war ich noch nie so sicher, das Richtige zu tun.

Auch wenn es mich meine Karriere kostet. Und meinen guten Ruf. Es ist mir egal, was Falk von mir denkt. Es ist mir egal, wenn die ganze Stadt erfährt, dass ich was mit einem stadtbekannten Penner hatte.

Ich stehe dazu.

Georg zuliebe.

Er ist unschuldig.

Mit zitternden Knien taste ich mich ein paar Stufen hinab, wobei ich mich am Geländer festhalten muss, bis ich vor dem Richter stehe.

Der würdevolle alte Herr mit den weißen Haaren und der Brille ist offensichtlich aus dem Konzept geraten: »Wer hat Sie hier hereingelassen?«

Ich fahre mir nervös durch die Haare, weiß nicht, was ich sagen soll, und fühle mich wieder wie ein Schulmädchen, das vor dem Direktor steht, weil es etwas ungeheuer Verbotenes getan hat. Aber verdammt, das hier ist meine Baustelle, jetzt, wo sowieso schon alles in Schutt und Asche liegt, wird endlich aufgeräumt.

»Ähm … hohes Gericht, werte Beisitzer, werte Anwesende … äh …« Wie geht das immer im Fernsehen? »Mein Name ist Juliane Hempel … Ich war noch nie vor Gericht, und ich bitte, mein Hereinplatzen zu entschuldigen …«, plappere ich los und spüre, wie sich dunkelrote Flecken an meinem Hals hochziehen wie kleine Giftschlangen. »Mich hat niemand hereingelassen, ich bin einfach … ähm … Aber ich bin die Mutter von der besagten Fanny, der … ähm … Freundin von Vicki.« Ich zeige auf die Scheibe zum Nebenzimmer. »Und ich bitte, mich als Zeugin zu verhören. Ähm. Zu vernehmen. Zu vereidigen.« Mist. Das war bestimmt voll daneben. Plötzlich wird mir klar, wie lächerlich ich mich verhalte.

Der Richter schaut mich streng über seine Brille hinweg an.

»Das geht so nicht, junge Frau … da müssen Sie schon auf eine Vorladung warten … Und die muss Ihnen offiziell zugestellt werden. Aber das können Sie jetzt gerne beantragen.« Er wendet sich seinen Beisitzern zu, diese beratschlagen sich und nicken zustimmend.

Lässt er mich jetzt abführen? Und was passiert dann mit Georg?

»O nein, Euer Ehren. Das hier kann keine Minute mehr warten. Ich möchte eine Aussage machen. Und zwar jetzt. Vorher gehe ich hier nicht weg!« Ich klammere mich an seinen Schreibtisch, dass die Knöchel an meinen Händen ganz weiß werden.

Mir wird ganz heiß, bestimmt falle ich gleich in Ohnmacht. Falk. Den habe ich jetzt total blamiert.

Der wird mich in den Wind schießen.

Aber er fängt sich sofort und sagt: »Ich beantrage, Frau Hempel als Zeugin zu hören.«

Mein Gesicht glüht, und Tränen verschleiern mir die Sicht, als mein Blick den von Georg kreuzt. Täusche ich mich, oder sehe ich so etwas wie einen Funken Hochachtung in seinem Gesicht? Auf jeden Fall Hoffnung. Und ... Liebe.

Wenn ich *einmal* in liebende Augen geblickt habe, dann in diesem Moment.

Ich schaue schnell weg, versuche, Herz und Hirn wieder in Einklang zu bringen.

Der Richter räuspert sich, putzt seine Brille, tauscht Blicke mit seinen nickenden Beisitzern und zeigt schließlich auf meine Wenigkeit: »Bitte. Wenn es nicht zu lange dauert.«

»Ähm, also gut. Ja. Der Stofffetzen da ...« Ich zeige mit der Hand aufs Nebenzimmer, in dem die ahnungslose Vicki und ihre Mutter vor sich hin weinen, während Charlotte Sandmann auf weitere Anweisungen wartet. »Tja also, das klingt jetzt etwas konfus, aber der gehört mir. Also, der war an *meinem* Kostüm. Das kann ich beweisen. Ich habe es zu Hause.«

Ich höre, wie die Richter nach Luft schnappen, aber es ist mir egal. Das hier ist das Beste, was ich je gemacht habe.

»Aha. Und wieso wurde er dann unter der Trauerweide im Park gefunden?«

»Weil ich ...« Mir verschlägt es die Sprache. Was mache ich denn jetzt für ein Fass auf? Wenn ich A sage, muss ich auch B sagen ... und schlimmer noch, C! Wahrscheinlich kann ich die Klappe nicht halten, bis ich bei Z angelangt bin!

»Weil ich unter der Trauerweide war«, stoße ich verzweifelt hervor. »Und zwar am Morgen des 20. September.«

»Was hatten Sie am 20. September unter der Trauerweide zu suchen?«

»Nichts. Ich habe Georg den Geldkoffer in den Einkaufswagen gesteckt. Ohne sein Wissen. Er hat mich nie darum gebeten. Ich habe es aus freien Stücken getan.«

»Warum in aller Welt steckt eine ... ähm ... elegante Frau wie Sie einem ... Obdachlosen einen Geldkoffer mit immerhin ...« Er schaut in seine Unterlagen. »... 180 000 Euro in den Wagen?«

»Weil ich ... das Bedürfnis dazu hatte«, antworte ich. »Ich habe ihn inzwischen kennengelernt. Wahrscheinlich hat sich niemand je die Mühe gemacht, einem Obdachlosen zuzuhören und ihn zu fragen, wie es dazu kommen konnte, dass er unter der Trauerweide sitzt. In diesem Fall ...« Ich weise mit dem Kinn in Richtung Georg, vermeide aber, ihn oder gar Falk anzusehen. »In diesem Fall ist ein Mensch im wahrsten Sinne des Wortes abgestürzt.«

Ich muss schlucken, räuspere mich und hoffe, nicht allzu viel wirres Zeug geredet zu haben. Konzentriert versuche ich den Faden wieder aufzunehmen.

»Ich wollte, dass er sich beruflich wieder etwas aufbaut. Er ist kein schlechter Mensch. Im Gegenteil, er ist sogar ein fantastischer Mensch. Er ist gebildet und er hat ... Herzenswärme. Ich habe viel von ihm gelernt. Und ich fühle mich für ihn ... zuständig.«

Mann, was zittern mir die Beine. Ich kann mich kaum halten auf meinen Stöckelschuhen. Immer noch klammere ich mich an die Tischplatte des Richters.

»Wir hören Ihnen zu.« Der Richter nickt mir begütigend zu. »Fahren Sie fort.«

»Er hatte einen Flugzeugabsturz. Und das kann jedem passieren. Er hat ... durch welche Umstände auch immer ... nicht wieder ins sogenannte ›normale Leben‹ zurückgefunden. Das mag uns, die wir hier alle gesicherte Berufe haben und unseren Platz in der Gesellschaft, fragwürdig vorkommen. Wir waren noch nie in der Situation, auf einer Parkbank wohnen zu müssen. Wir waren auch noch nie eines so schäbigen Verbrechens angeklagt. Ich kann einfach nicht mitansehen, wie man einen

Menschen wie Georg für Dinge zur Rechenschaft ziehen will, die er nicht verbrochen hat. Er hat jetzt wochenlang in diesem mittelalterlichen Knast gesessen, und wenn ich mich nicht um ihn gekümmert hätte, wäre er darin wohl zugrunde gegangen.«

Ich bin plötzlich den Tränen nahe, und bevor ich umkippe, angele ich mir einfach einen Stuhl.

»Dann beweisen Sie uns mal seine Unschuld«, sagt der Richter ungerührt.

»Das Mädchen lügt«, sage ich mit fester Stimme. »Georg war mit *mir* zusammen, an jenem 19. September. Ich habe ihn mit nach Kitzbühel genommen, und wir haben die Nacht zusammen in einer … ähm … Villa verbracht.«

So. Jetzt ist die Bombe geplatzt.

Falk starrt mich an, Georg starrt mich an, und die Richter starren mich auch an.

Es entsteht ein verwirrtes Schweigen im Saal.

Selbst die Protokollführerin starrt mich tatenlos an. Ihre Hände liegen ganz still in ihrem Schoß.

Ich zucke die Schultern: »Tja. Das war es, was ich sagen wollte.« Ich versuche aufzustehen und wende mich zum Gehen. Dabei gerate ich ins Taumeln. Mir ist ganz schön schwindelig. Ich atme tief durch.

Okay. Das mag mich jetzt meine Karriere gekostet haben, mein Ansehen und natürlich meine Chancen bei Falk, aber ich konnte nicht anders.

»Moment!«, ruft der Richter, und ich mache auf dem Absatz halt. »Wenn der Angeklagte für den besagten Abend ein Alibi hat und Sie für den Stofffetzen und den Geldkoffer verantwortlich sind, der ja ein sehr belastendes Indiz war, *wer* ist dann für Vickis Schwangerschaft verantwortlich? Mit *wem* war Vicki denn nun wirklich am Abend des 19. September zusammen?«

Alle schweigen perplex.

Meine Blicke kreuzen die von Georg, und wir lächeln uns eine Sekunde lang an. Meine Lippen zittern, so als müsste ich jeden Moment weinen, und ich sehe eine Träne über seine unrasierte stoppelige Wange kullern.

Ich schaue schnell weg.

Falk spricht etwas in sein Mikrofon, und nun kommt wieder Leben in die Dreiergruppe im Nebenzimmer.

Ich höre, wie Charlotte Sandmann Mutter und Tochter erklärt, dass gerade jemand Georgs Alibi untermauert hat. »Er war es nicht. Und die Besitzerin des Stofffetzens ist auch aufgetaucht. Sie hat soeben ausgesagt.«

Vicki zuckt zusammen, die Mutter redet auf sie ein, Charlotte Sandmann hält sich das eine Ohr zu, damit sie den kleinen Knopf in ihrem anderen besser hören kann.

Falk spricht wieder ins Mikrofon, ich höre, wie er nach dem Freund fragt, nach der Diskothek und der Möglichkeit, dass jemand Vicki was ins Glas getan haben könnte.

Vicki schüttelt den Kopf. Ich möchte sie anbrüllen, dass sie endlich aufhören soll zu lügen! Sie hat doch von nichts eine Ahnung, bei ihrer ganzen Sauferei und Herumtreiberei! Sie *weiß* doch überhaupt nicht, mit wem sie geschlafen hat, das dumme Ding!

»Vicki«, sagt Charlotte Sandmann. »Du hast jemanden stark belastet, du hast ihm vorgeworfen, er hätte dein Leben ruiniert, dabei hättest *du* ihm fast das Leben ruiniert. Nun sei ehrlich, Vicki. *Wer* ist der Vater deines Kindes? Du bist es dem *Kind* schuldig, dass du die Wahrheit sagst! Oder soll dein Kind eine Lügnerin zur Mutter haben?«

Auf einmal geht ein Ruck durch Vicki. Sie schaut geradewegs in die Kamera: »Okay. Wenn ihr es genau wissen wollt: Ich war wirklich bei der Nachhilfe. Abends. In der Schule. Aber wir haben nicht nur Mathe gemacht, der Rottw…, der Wolfgang und ich. Er hat gesagt, er lässt mich in die nächste Klasse aufsteigen, wenn ich … wenn ich … nix sage. Und ich hab nix gesagt.«

Ach du Scheiße. Ich muss mich setzen. Ich sinke auf die Stufe, über die ich gerade dem Ausgang entgegenschweben wollte. Mein eleganter Abgang ist misslungen. Meine Beine fühlen sich an wie aus Gummi. Ich glaube, nie wieder aufstehen zu können.

»Und als ich ihm gesagt habe, dass ich meine Regel nicht krieg, da hat er gesagt, wir schieben es dem Penner in die Schuhe, und das funktioniert schon. Meine Eltern werden mir dann erlauben, dass ich abtreibe. Und er gibt mir einen Zweier, wenn ich nix sag, dann kann ich Matura machen und studieren. Er hat gesagt, er hat mich vor dem sozialen Untergang gerettet, und ich kann ihm dankbar sein.«

Eine tonnenschwere Last drückt mich zu Boden. Ich kann keinen Laut von mir geben. Ich kann mich nicht rühren. Ich kann noch nicht mal zu Georg sehen.

Auch dem Richter scheinen die Worte zu fehlen. Die Beisitzer schütteln stumm den Kopf, und die Protokollantin scheint vergessen zu haben, dass sie zehn Finger besitzt.

Mir zittern die Hände, und ich merke zu meinem Schrecken, wie mir die Tränen über die Wangen laufen.

Der Klassenlehrer meiner eigenen Tochter!

Darum hat er bei unserem Vieraugengespräch so merkwürdig reagiert! Darum ist er so hellhörig geworden, als ich sagte, dass Georg im Gefängnis sitzt! Und deshalb war er hinterher im Unterricht so durch den Wind!

Mein Gott, denke ich, es hätte auch Fanny treffen können.

Meine kleine, unschuldige, vertrauensselige Fanny.

Verstört ringe ich nach Luft.

Sie ist ihm anvertraut, genau wie die anderen dreißig jungen Menschen, und er hat sich das schwächste Schäfchen ausgesucht, das gestrauchelte, schwarze Schaf, das auf der Salzachböschung seinen Halt verloren hatte.

Das schwächste. Ich schnappe verzweifelt nach Luft.

Was für ein erbärmlicher Mensch.

Mit der Zeit macht mein Entsetzen Erleichterung Platz. Das heißt, Georgs Unschuld ist endgültig bewiesen! Georg ist frei!

Georg ist auf der Stelle frei!

34

Jetzt, wo ich zurückdenke an den Tag der Verhandlung, wird mir ganz kalt.

Georg, Falk und ich standen noch eine Weile vor dem Gerichtsgebäude, ich fühlte mich so ähnlich wie nach meiner Scheidung, nur wusste ich in dem Moment nicht, von wem ich mich gerade hatte scheiden lassen. Falk hielt den Geldkoffer, den der Richter ihm ausgehändigt hatte, und fragte etwas verlegen, wem er den denn nun geben solle. Ich zeigte auf Georg, und Georg zeigte auf mich, und so stellte Falk den Koffer einfach zwischen uns auf den Boden. Wir waren alle drei schrecklich verlegen, gratulierten uns und wussten nicht, was wir sagen sollten. Falk wollte den Arm um mich legen, weil ich fröstelte, aber aus irgendeinem Grund wich ich ihm aus. Wir tauschten noch ein paar Belanglosigkeiten aus, und Falk fragte in ziemlich sachlichem Ton, an welche Adresse er die Rechnung schicken solle. Georg und ich schauten beide wie auf Kommando auf den Geldkoffer, und dann haben wir Falk seine insgesamt 15 600 Euro in bar ausgezahlt. Mitten auf dem belebten Vorplatz vor den Barmherzigen Brüdern, und Falk fragte, ob wir eine Quittung bräuchten, aber Georg und ich sahen uns an und schüttelten nur den Kopf. Unsere Blicke waren gleißender als die goldene Kuppel der Kajetanerkirche vor uns, und auf einmal fiel Falk ein, dass er noch einen wichtigen Termin hätte.

Georg und ich, wir fröstelten vor uns hin und wussten nicht, wie wir einen halbwegs würdigen Abschied hinkriegen sollten.

Allerdings wollte ich mit Georg auf keinen Fall irgendwohin gehen, ins Café oder so, denn dann wären wir uns in die Arme gefallen und nie wieder voneinander losgekommen. Mein Herz riss an der Leine und schrie, dass ich Georg mit nach Hause nehmen und ihn in die heiße Badewanne stecken, ihm eine heiße Hühnersuppe kochen und ihm das Gästebett frisch beziehen soll. Aber das Hirn zeigte ihm einen Vogel. »Und dann?«, fragte das Hirn. *Und dann???*

Nein, die Vernunft musste siegen.

Es musste ein Abschied für immer sein.

»Georg, ich *muss* mich wieder um meine Karriere kümmern. Sonst kann ich meine Firma schließen. Und du musst dich um *deine* Zukunft kümmern. Um dein Leben«, stammelte ich verlegen und traute mich nicht, ihm in die Augen zu sehen. Mit dem Fuß malte ich kleine Kreise auf den Asphalt.

»Du hast alles für mich riskiert«, hat Georg daraufhin gesagt. Ich wusste nicht, was ich darauf sagen sollte, und zuckte nur stumm mit den Schultern, genau wie vorhin Vicki. Am liebsten hätte ich meine Knie umschlugen, mein Gesicht im Schoß vergraben und an meinem Totenkopf-Armband genagt. Aber ich habe ja keines.

»Wie kann ich das jemals wiedergutmachen?«, fragte Georg und nahm meine Hand. Ich wollte sie wegziehen, aber es gelang mir nicht.

Da standen wir, Hand in Hand, mitten im vorweihnachtlichen Treiben auf dem Gerichtsvorplatz, und müssen ein merkwürdiges Bild abgegeben haben, wir zwei. Ich in meinem schicken Kostümchen und er in seinen Lumpen. Sämtliche Passanten gafften uns verwundert an.

»Bitte, nimm diesmal den Koffer und denk nicht wieder, dass ich mich freikaufen will«, habe ich gemurmelt. »Sieh ihn als Chance für einen Neuanfang. Tu es für mich!«

»Für dich tue ich alles«, sagte Georg und sah mich mit seinen großen braunen Augen so innig an, dass ich ganz schnell wieder weggucken musste.

Mein Herz wollte etwas Liebevolles, Hoffnungsvolles sagen, aber mein Hirn diktierte meinem Mund: »Georg, es kann nichts aus uns werden. Du musst jetzt aus meinem Leben gehen. Und zwar endgültig. Ich flehe dich an.«

Er hat mich nur schweigend angestarrt.

Wie aufs Stichwort ging in diesem Moment die Eisentür zum Gefängnis auf, und jemand in Uniform brachte rasselnd und klappernd Georgs Einkaufswagen mit seinen Plastiktüten heraus. Mit zitternden Fingern quittierte Georg den Empfang seiner Habseligkeiten.

Ich habe ihn schweigend dabei beobachtet, wie er seine Mütze aus einer der Tüten klaubte und sie sich auf den Kopf setzte. Jetzt sah er wieder aus wie der Penner von der Bank.

Die Leute stießen sich in die Rippen und tuschelten. Ich wollte vor Peinlichkeit im Boden versinken.

»Georg, bitte versprich mir, dass du nie wieder auf dieser Bank sitzen wirst«, beschwor ich ihn. »Bitte fang ein neues Leben an. Mit dem Geld wirst du es schaffen! Du weißt jetzt, dass es Menschen gibt, die an dich glauben«, fügte ich dann noch etwas lahm hinzu.

»Darf ich es als Leihgabe betrachten?«, fragte er schließlich zögernd.

»Meinetwegen, betrachte es als was du willst!« Die Blicke der Leute waren schon sehr unangenehm, als ich ihm den Koffer in den Wagen hob und ihn fürsorglich unter seine Plastiktüten stopfte. »Damals unter der Trauerweide lief das etwas diskreter ab«, es solle scherzhaft klingen, »aber dafür habe ich mir das Kostüm zerrissen.«

»Danke, dass du das alles für mich getan hast.«

»Du hast auch ziemlich viel für mich getan«, murmelte ich verlegen und putzte mir umständlich die Nase. »Ich habe viel von dir gelernt.«

Bevor ich mich abwandte, reichte ich ihm die Hand. Er hatte schon wieder seine löchrigen Handschuhe an.

»Wie machen wir es?«, fragte ich, weil ich seinen Blick keine Sekunde länger ertragen konnte. »Ich gehe rechts rum und du links?«

Er hat stumm genickt, und dann ist er mit seinem Einkaufswagen rechts über den Mozartsteg gegangen.

Wenn ich die Augen zumache, höre ich jetzt noch das grässliche Klappern und Rasseln.

Das ist nun schon einige Wochen her. Bald ist Weihnachten.

Georg ist nie wieder auf der Bank aufgetaucht. Das wäre auch gar nicht gegangen. Es ist bitterkalt.

Salzburg liegt unter einer dicken Schneeschicht, alles ist so romantisch und märchenhaft wie jedes Jahr ... Und auf dem Christkindlmarkt verkaufen wir vom Club der Unternehmerinnen wieder Glühwein für einen guten Zweck, und wir haben eine Menge Spaß dabei. Ständig tauchen irgendwelche Bekannte auf und halten ein Schwätzchen mit mir. Zu meiner Überraschung ist vor Kurzem auch der wirklich supergut aussehende Falk Huber vorbeigekommen, im Pelzmantel mit Pelzmütze, echt schick. Seine neue Freundin war auch dabei, eine wirklich toll aussehende zierliche Frau mit lockigen blonden Haaren, die ein eigenes Fingernagelstudio am Mirabellplatz hat. Ihre modische Größe 34 hat das Mädchen in sehr teuer wirkende, sexy Klamotten gehüllt, eine sonnenbankgebräunte Haut hat sie, auch ihre Lippen wirken ein kleines bisschen aufgespritzt, genau wie ihr Busen, der steht nicht wirklich in Relation zu ihrer Wespentaille, aber mein Gott, was soll's. Sie sind ein schönes Paar. Sie passen einfach ganz toll zusammen. Zwei elegante, erfolgreiche, gut verdienende, voll in die Gesellschaft integrierte schöne Menschen.

Man muss auch gönnen können.

Beim Glühwein für einen guten Zweck haben die beiden mir lachend erzählt, dass sie sich im wahrsten Sinne des Wortes über seinen Zehennägeln kennengelernt haben, als sie ihm nämlich eine Pediküre verabreicht hat. Na ja. Wie so was eben passiert.

Über unsere ganze Georg-Geschichte haben wir nicht mehr gesprochen.

Jetzt kann ich eigentlich nur noch einen dicken Strich unter alles ziehen.

Fanny hat eine neue Klassenlehrerin: Sie ist ganz reizend, hat viel Verständnis für die »aufgedrehten Hühner«, wie sie immer sagt, und unterrichtet mit viel Geduld und Humor Mathematik. Vicki hat die Schule verlassen. Sie ist in einem Werkschulheim draußen auf dem Land, wo sie demnächst ihr Baby auf die Welt bringen wird.

Was aus dem Rottweiler geworden ist, weiß ich nicht. Vielleicht sitzt er in diesem schrecklichen mittelalterlichen Knast. Hoffentlich ist er in einer Sechserzelle. Vielleicht unterrichtet er ja auch die Knackis in Mathe und lässt sie den Abstand der Gitterstäbe am Fenster ausrechnen. Kleiner Scherz.

Apropos »aufgedrehte Hühner«: Meine ungeliebte Halbschwester Christiane hat einen Frührentner aus Bad Reichenhall kennengelernt, und mit dem verbringt sie neuerdings sehr viel Zeit im Casino. Dort gackern und scharren sie nun gemeinsam am Roulettetisch, schlagen mit den Flügeln und legen vielleicht irgendwann mal ein Ei.

35

Okay. Eine Liegenschaft am Wörthersee. Südufer, Seegrundstück, durch hohe Hecken blickgeschützt, abseits der Straße, eigene Zufahrt.« Mit fliegenden Fingern tippe ich die Informationen in meinen Computer. »Jugendstil-Villa, 700 Quadratmeter Wohnfläche, 800-Hektar-Grundstück, nur vom See aus einsehbar, keine Nachbarn. Halbinsel bei Maria Wörth, Abendsonne, eigener Badesteg.«

Das sind die Momente, in denen ich meinen Beruf ganz besonders liebe. Die anfängliche Herausforderung. Und dann die Lösung. Der *eine* Volltreffer. Der in kurzer Zeit gefunden werden muss.

Ich starre auf meine Notizen und denke angestrengt nach.

»Sagen Sie mir noch ein paar Details über den Verkäufer. Warum so eilig?«

Und dann fängt das Blut so richtig an zu pulsieren.

»Aha. Der Schlagersänger. Finanzielle Schwierigkeiten. Verstehe. Top Secret. Natürlich. Sofort. Noch vor Jahresende. Wegen der Steuern.«

In meinem Kopf arbeitet es fieberhaft. Endlich bietet sich mir wieder eine ganz große, einmalige Gelegenheit. Diesmal darf mir niemand zuvorkommen. Gleich *jetzt* muss ich nach Kärnten fahren.

Ich schaue auf die Uhr. Das wird knapp. Die Straßen sind verschneit, und was mit dem Ferienverkehr in der Flachau ist, weiß ich nicht.

Durch zehn Tunnel muss ich fahren! Ich kann nur hoffen, dass die Deutschen noch nicht unterwegs in den Süden sind.

Dann stehe ich stundenlang im Stau. Schneekettenpflicht für Lkw … O Gott. Die werden überall auf dem Seitenstreifen stehen und den Verkehr aufhalten.

Aber egal. Das muss ich wagen. Ich schaffe das.

Schon werfe ich Autoschlüssel, Handy, Laptop und die soeben gefaxten Baupläne in meine schwarze Aktentasche. Da purzelt mir eine Einladung daraus entgegen.

Verdammt. Das Chorkonzert in der Schule. Wann war das noch mal?

Aber doch bitte nicht *heute*?!

Eigentlich hatte ich Fanny hoch und heilig versprochen, bei ihrem Weihnachtskonzert dabei zu sein. Aber da muss ich realistisch bleiben. Das ist nicht zu schaffen.

Sie wird es verstehen. Sie ist so ein verständiges, kluges Mädchen. Ich werde ihr alles erklären.

Es ist doch nur ein Schülerkonzert! Fanny singt doch nur im Chor! Sie wird doch nicht ernsthaft von mir erwarten, dass ich … Ach verdammt! Ich muss sie anrufen.

Sie geht nicht an ihr Handy. Natürlich. Sie probt den ganzen Nachmittag. Ich seufze. Tut mir leid, aber der Job geht vor!

Kurzerhand schicke ich ihr eine SMS. Die wird sie zwischen Probe und Konzert sicher lesen. Natürlich wird sie traurig sein. Aber … ich zucke die Achseln.

Alleinerziehende Mütter können sich nicht immer nach ihrem Herzen entscheiden! Sonst rollt der Rubel überhaupt nicht mehr!

»Kann leider nicht kommen, muss dringend nach Kärnten, bin erst heute Nacht zurück. Oder morgen Mittag. Sing schön. Liebe dich, Mami.«

Hektisch werfe ich das Handy auf das Bett. Was ziehe ich an? Es muss wetterfest sein, aber auch elegant. Dieser Schlagersänger ist ein Womanizer.

Vielleicht unterschreibt er schon heute? Ich sollte mit ihm essen gehen. Und meinen Charme spielen lassen.

Mein Herz klopft. Ich werfe einen hastigen Blick in den Spiegel. Ja, das bin ich. Juliane Hempel. Die coole Geschäftsfrau, die zur rechten Zeit am rechten Ort ist. Und sich durch nichts aus der Ruhe bringen lässt. Durch fast nichts.

Tut mir leid, Fanny. Werde bloß nicht so wie deine Mutter, denke ich halb schuldbewusst, während ich mir das nagelneue hellbraune, gefütterte Winterkostüm mit dem Pelzbesatz am Kragen und den dazu passenden weichen Stiefeln anziehe. Heirate du bloß den richtigen Mann, und erspare dir und deinen Kindern so ein hektisches Leben!

Wenn ich dieses Riesenprojekt noch vor Jahresende unter Dach und Fach kriege, steht meine Firma wieder auf Platz eins.

Hektisch blättere ich in meinem Notizbuch vom Schiff und starre dann auf meine Aufzeichnungen. Ich gehe alle Namen und Adressen der amerikanischen Millionäre durch, die ich auf der Kreuzfahrt im Herbst kennengelernt habe. Wer von denen wäre willens, noch vor Silvester ein Zwölf-Millionen-Dollar-Objekt zu kaufen? Und vor allen Dingen: Wer fliegt mal eben schnell zwischen den Jahren von Amerika nach Kärnten?

Es muss jemand sein, der einen Privatjet hat. Und den so eine achtstellige Summe nur ein Lächeln kostet.

Ich gehe die steinreichen alten Leute in Gedanken der Reihe nach durch. Die meisten haben schon bei Karsten etwas gekauft. Mist. Und dann habe ich einen Geistesblitz.

Klar. Genau. Bingo. Volltreffer. Ich schlage mir mit der Hand gegen die Stirn.

Die Millers. Der freundliche Herr mit der Privat-Bank. Aus New York. Das reizende Ehepaar, das drei erwachsene Söhne und sieben Enkel hat.

Die suchten doch etwas in »good old Europe«, in einer warmen Gegend, am See, etwas, wohin sie sich zurückziehen und als Großfamilie unbehelligt den Sommer genießen können.

Ja. Meine Finger wühlen hektisch in dem Kästchen mit den Visitenkarten. Die rufe ich an. Wie spät ist es jetzt bei denen?

Mist. Noch sehr früh morgens. Aber wer nicht wagt, der nicht gewinnt.

Es dauert gar nicht so lange, bis ich den alten Mister Miller persönlich am Apparat habe. Er freut sich außerordentlich, so kurz vor Weihnachten noch einen Anruf aus seinem geliebten Österreich zu erhalten, und ich verpacke meine Immobilie am Wörthersee als ganz tolle Weihnachtsüberraschung. Ich erzähle ihm von den finanziellen Schwierigkeiten des in Deutschland sehr bekannten Schlagersängers, und dass die Zwölf-Millionen-Dollar-Liegenschaft ein echtes Schnäppchen ist, allerdings noch vor Jahresende einen solventen Käufer finden muss. Sofort ist er hellauf begeistert.

»Wie geht es Ihrer wunderbaren Tochter Fanny?«, fragt der alte Herr, und ich muss schlucken. Da trifft er einen empfindlichen Nerv. Mein Magen zieht sich nervös zusammen, und ich versuche meiner Stimme einen ganz normalen Klang zu verleihen.

»Großartig«, beeile ich mich zu sagen. »Sie singt heute Abend in der Schule bei einem Chorkonzert.«

»Sie müssen sehr stolz auf Ihre talentierte Tochter sein!«, sagt Mister Miller. »Sie sitzen sicher in der ersten Reihe!«

»O ja … ähm … wenn sich das zeitlich ausgeht.«

Hast du eine Ahnung, Mann. Heute Abend stehe ich irgendwo im Stau. Oder penne in der Villa. Allein … Mein Herz will schon wieder irgendwohin flattern, wo es nicht hingehört.

»Und das reizende Fräulein Tochter ist sicher auch sehr stolz auf seine erfolgreiche Mutter?!«

»Bestimmt!«, gurre ich in den Hörer. Dabei beiße ich mir auf die Zunge.

Wenn Mister Miller wüsste, dass ich Fanny schon wieder alleinlassen und enttäuschen werde! Dass sie mich heute Abend in der Aula vergeblich suchen wird! Dass sie dann mit dem Bus einsam und traurig nach Hause fahren und allein ins Bett gehen wird, mit ihren zwölf Jahren!

Ich darf gar nicht darüber nachdenken, sonst bricht mir das Herz. Aber ein Mister Miller hatte stets die ihn liebende Ehefrau an seiner Seite, die ihm den Rücken freihielt und sich um die Kinder kümmerte, sodass er nun, im Herbst seines Lebens, seine heile Familie genießen kann. Und ich? Werde vor schlechtem Gewissen vergehen. Und Fanny wird mich vermutlich später nicht mehr angucken. Weil ich sie in den entscheidenden Momenten ihres Lebens im Stich gelassen habe.

Aber solche private Details haben in meinen Geschäftsgesprächen nichts verloren.

Wir verabreden ein Treffen am Wörthersee nach Weihnachten, und ich verspreche, bis dahin alles Nötige in die Wege geleitet zu haben. Nachdem wir uns frohe Weihnachten gewünscht und die besten Grüße für die Familie ausgerichtet haben, legen wir auf.

Kurz darauf sitze ich schon im Auto. Der Stadtverkehr wälzt sich wegen des vorweihnachtlichen Staus träge durch die Straßen. Na, ob das heute noch was wird?! Nervös beiße ich mir auf die Unterlippe.

Ich habe ihn! Ich habe den solventen Käufer an der Angel!

Nun gilt es nur noch, alles professionell vorzubereiten.

Die Immobilie muss besichtigt, ein Exposé muss verfasst werden, ich muss mir die alleinigen Vermittlungsrechte sichern und einen Notartermin vereinbaren. Das alles ist heute nicht mehr zu schaffen. Ich werde die Nacht in Kärnten verbringen müssen! Mist! Aber Fanny wird es verstehen. Noch einmal versuche ich, sie übers Handy zu erreichen, aber sie geht nicht dran.

Immer wieder hat Fanny mir in letzter Zeit von ihrem Chorkonzert vorgeschwärmt, mir ihren Part daraus vorgesungen. Ich habe sogar ihre Übungs-CD im Wagen.

Mit gemischten Gefühlen lege ich sie ein. Mir kommen die Tränen. Es klingt so … weihnachtlich, so feierlich. Gar nicht nach der Hektik und dem Terminstress, denen ich mich schon wieder ausgeliefert habe.

Mit einem Blick in den Rückspiegel stelle ich fest, dass mein sorgfältig aufgelegtes Make-up in Gefahr gerät, wenn ich jetzt weiterheule.

Nein, das war keine gute Idee. Kurzerhand lasse ich die CD wieder auswerfen, und sofort meldet sich der Verkehrsbericht. Überall ist Stau zu erwarten, wegen Schneefalls, Glatteis und überfrierender Nässe und wegen der beginnenden Weihnachtsferien.

Na toll.

Im Schritttempo schiebe ich mich die Maxglaner Hauptstraße entlang, um an der Anschlussstelle Flughafen auf die Autobahn Richtung Villach zu fahren.

Meine Hände umklammern das Lenkrad. Heute Abend kommen die Eltern aller Kinder. Nur von Fanny nicht.

Noch könnte ich umkehren!

Noch könnte ich ganz normal in die Stadt zurückfahren und heute Abend in Fannys Konzert sitzen!

Entschieden schüttele ich den Kopf.

Nein. Das geht nicht.

Das geht einfach nicht!

Ich habe seit Monaten endlich wieder einen richtig dicken Fisch an der Angel, alles ist eingetütet, und ich *muss da heute hin*! Ich kann diese Sache unmöglich schleifen lassen! Es geht um Stunden!

Das ist in meinem Beruf nun mal so.

Da hilft auch keine mütterliche Gefühlsduselei!

Endlich nähere ich mich dem Flughafen, wo der Verkehr sich hoffentlich aufteilt. Hier stehen Hunderte von Bussen, um die skandinavischen, englischen und russischen Feriengäste, die mit billigen Charterflügen angereist sind, in ihre Skiorte zu bringen. Oje. Die werden die Autobahn zusätzlich verstopfen. Die fahren ja unglücklicherweise alle in dieselbe Richtung!

So ein Mist! Warum müssen bei denen ausgerechnet *heute* die Ferien anfangen? Der Kerl vor mir scheint auch alle Zeit der Welt zu haben!

»*MANN, FAHR DOCH! GRÜNER WIRD'S NICHT*«

Der Schneeregen nimmt mir die Sicht. Und meine Tränen auch. Ich schalte den Scheibenwischer auf Schnelllauf. Knirschend verteilt er die pappigen Flocken auf meiner Windschutzscheibe. Ich schalte das Gebläse an, weil mir so kalt wird. Sofort beschlägt die Scheibe, und ich sehe nichts mehr. Verdammt! Ist die Ampel da vorne jetzt wieder rot oder kann ich doch noch … Ich muss irgendwie zu Potte kommen hier! Reflexartig gebe ich Gas.

Rums! Ein knirschendes Geräusch ist zu hören und das Splittern von Glas. Die Sicherheitsgurte reißen mich in meinen Sitz zurück.

Oh, verdammt! Oh, verfluchte, verfluchte Scheiße! Haben sich denn alle gegen mich verschworen!? Ich bin doch jetzt nicht in meinen Vordermann reingefahren?

Entsetzt reiße ich die Tür auf. Und was ich sehe, lässt meine Knie weich werden: Ich habe den Kleinwagen vor mir fast platt gemacht! Zum Glück ist dem Bäuerlein, das fassungslos aussteigt, nichts passiert. Aber jetzt muss ich auch noch am Unfallort bleiben und auf die Polizei warten! Auch mein eigener Wagen hat eine dicke Beule – es ist zum Wahnsinnigwerden!

»Es tut mir leid, es tut mir so leid!« Entschuldigend hebe ich die Hände und gehe auf den armen Mann zu. »Bitte, lassen Sie uns das so schnell wie möglich klären …«

Hinter uns hupt es unwillig, und die Ersten scheren aus und umrunden uns wie ein lästiges Hindernis.

Schon ertönt das Martinshorn, und ein Polizeiwagen schlängelt sich vor zur Unfallstelle. Die beiden Polizisten, die da mit hochgeschlagenem Kragen auf mich zukommen, sehen nicht so aus, als wären sie zum Spaßen aufgelegt.

»Ausweis, Papiere bitte!«

Mit zitternden Fingern krame ich im Handschuhfach nach meinem Führerschein, dem Fahrzeugschein und meinem Personalausweis.

»Ich bin schuld, ich bin ganz alleine schuld!«, nehme ich den unwirschen Gesellen schon mal den Wind aus den Segeln. »Es tut mir wahnsinnig leid. Ich war irre in Eile, und dann habe ich Gas gegeben, weil ich glaubte, mein Vordermann packt die Ampel noch …«

»Frau Hempel! Sind Sie das?«, fragt der eine Beamte mit Blick auf mein auffälliges Gefährt mit der Aufschrift »Immobilien Glücksgriff – Leben im Paradies«. Er scheint gar nicht mehr so sauer zu sein wie noch vor dreißig Sekunden. »Sie haben mir meine Altbauwohnung in der Steingasse vermittelt. Erinnern Sie sich nicht?«

»Nein.«

»Ein wahrer Glücksgriff, wirklich! Ich fühle mich sehr wohl da, und inzwischen habe ich eine Dachterrasse gebaut und einen Wahnsinnsblick auf die Altstadt und Abendsonne, und alle meine Freunde beneiden mich …«

»Äh, wie schön für Sie …«

»Ja, dann räumen wir wohl als Erstes mal die Unfallstelle!«

Mein netter Polizist ruft über Funk einen Abschleppwagen, und binnen zehn Minuten sind unsere beiden Fahrzeuge von der Hauptverkehrsstraße entfernt.

Ich bin so schrecklich verwirrt, dass ich einfach nur meinem freundlichen Polizisten folge, der uns schließlich in die Halle des Flughafens dirigiert, um das Protokoll aufzunehmen. Der andere Polizist kümmert sich inzwischen um das schimpfende Bäuerlein.

»Hier ist es wenigstens warm, und es gibt heißen Kaffee!«, lächelt meiner mich an. »So, die Frau Immobilien-Hempel! Wohin sollte es denn gehen so eilig?«

»Nach Kärnten«, antworte ich, nehme dankend den heißen Kaffee entgegen und kämpfe mit den Tränen. »Da hätte ich ein Super-Geschäft gemacht!« Ich versuche ein klägliches Lächeln. »Aber das geht mir jetzt endgültig durch die Lappen!« Ich zucke mit den Schultern: »Es sollte wohl nicht sein! War auch ein alberner Gedanke, ausgerechnet heute ... Aber ich bin mit einem berühmten Schlagersänger verabredet, der die Villa aus steuerlichen Gründen noch in diesem Jahr loswerden muss.« Hilflos schaue ich ihn an.

»Warum nehmen Sie denn nicht einen Flieger?«, fragt der Beamte, als sei es das Selbstverständlichste von der Welt. »Dann sind Sie in einer halben Stunde da!«

»Einen was?«

»Einen Flieger! Schauen Sie mal! Die ganzen Russen hier und die Skandinavier, die hier ankommen, für die stehen lauter Lufttaxis bereit!«

»Lufttaxi?« Ich verstehe nur Bahnhof. »Ich denke, die fahren alle mit den Billigbussen ...«

»Ja, die Pauschaltouristen! Aber die Individualreisenden, die steigen jetzt auf einen Privatflieger um. Der bringt sie direkt in ihre Skiorte, da stehen sie noch heute auf den Bretteln!«

Na, der Polizist gefällt mir! Das ist das Schöne an meinem Beruf, dass man sich Freunde fürs Leben macht. Auch wenn man sie schon längst vergessen hat. Aber mich vergessen sie nicht.

»Das hört sich gut an ...«, stammele ich verlegen, »... aber da werde ich wohl ausgerechnet heute keinen mehr bekommen?«

»Fragen kostet nix!« Der nette Beamte springt schon auf und spricht in sein Funkgerät. »Du, Harry, i hätt da a ganz a nette Bekannte, die müsste geschäftlich dringend nach ...« Er sieht mich fragend an.

»Kärnten«, rufe ich, neue Hoffnung schöpfend. »Wörthersee, um genau zu sein.«

»An den schönen Wörthersee!« Mein aufgeräumter Polizist lauscht eine Sekunde. »Keiner? Alle im Einsatz? Kannst du nicht noch mal nachfragen …? Ja, ich *weiß*, dass das kein Skigebiet ist. Ja, da ist zurzeit tote Hose, das kannst du laut sagen. Na, da kann sie nicht Stand-by … das ist mir schon klar!« Er schiebt sich seine Mütze in den Nacken und kratzt sich am Kopf.

Dachte ich mir doch. Ausgerechnet heute und ausgerechnet an den Wörthersee. Da fährt wirklich kein einziger Mensch Ski. Resigniert stelle ich meinen Kaffee ab. Das ist ein Wink des Schicksals, dass ich auf Fannys Konzert gehen soll.

Mein Polizist lauscht, dann verzieht sich sein Gesicht zu einem erfreuten Lächeln.

»Was? Also doch …? Und was ist der Haken?« Er hört aufmerksam zu, schaut mich fragend an, und ich zucke resigniert die Achseln. Was soll's.

»Naa, die macht einen ganz mutigen Eindruck … Ich glaub, die macht das!«

Wie? Was meint er? Also ein Dach soll das Ding schon haben! Und zwei Flügel!

»Eine Maschine ist noch frei!«, freut sich mein Freund und Helfer. »Eine klitzekleine allerdings nur! Ein Zweisitzer!«

»Ja und? Wo ist das Problem?«

»Sie müssten neben dem Piloten sitzen, und der hat gerade erst seine Prüfung gemacht.«

»Hahaha. Das nenn ich Galgenhumor.« Immer zu einem Scherz aufgelegt, die Polizei.

»Nein, im Ernst: Der Mann muss einen Passagierflug absolvieren, damit er seine Papiere zusammenkriegt.«

Ich zögere keine Sekunde. *Das* ist meine Chance. In meinem Beruf darf man nicht zimperlich sein.

»Ja. Okay. Mach ich. Wenn ich ihm nicht irgendwelche Schaltknüppel halten muss …« Verdattert stolpere ich hinter dem Polizisten her, der uns bereits einen Weg durch die vermummten Menschenmassen mit ihrem ganzen Gepäck bahnt. »Man macht alles irgendwann zum ersten Mal!«, schreie ich, um Tapferkeit bemüht.

Wir rennen hinüber zum Hangar neun, wo die kleinen Privatflieger stehen.

In der Halle drängeln sich ein paar reiche Russen vor den Abfertigungsschaltern, wo sie ihre Papiere zeigen und ihre Privatflüge buchen. Dicke Louis-Vuitton-Koffer werden verladen, Skier, Pelze, sogar kläffende Schoßhunde, die vor Kälte und Angst zittern in ihren Reisekäfigen.

Was offenbar für alle hier gilt: Zeit ist Geld.

»Hier entlang, Frau Hempel!« Mein netter Polizist schleust mich durch die Schlangen, öffnet eine Tür nach draußen. Eiskalter Wind schlägt uns entgegen.

»Äh … und welches Flugzeug steht jetzt zur Debatte?«, frage ich bange.

»Das dort hinten.«

»Wie … dieser winzige Grashüpfer?« Nun wird mir doch etwas bänglich zumute. Der macht nicht den Eindruck, als könne er zwei Menschen bei diesem Wetter sicher über die Alpen tragen …

»Ein Zweisitzer. Wie ich bereits sagte. Kommen Sie. Der Pilot ist ein alter Freund von mir … aus Zeiten, in denen er noch in meinem Revier …« Den Rest verstehe ich nicht.

Wir kämpfen uns durch die Windböen und Schneeflocken, und ich halte mir den Mantelkragen zu. Mein Herz fängt unruhig an zu schlagen. Das hier wird bestimmt nicht witzig. Aber ich *muss* da durch. Jetzt bloß keine Zweifel aufkommen lassen.

»Woher kennen Sie den Piloten noch mal?«, versuche ich ein unverfängliches Gespräch.

»Von seiner früheren Tätigkeit«, sagt der Polizist lachend. »Aber keine Sorge. Er hat alle seine Testflüge erfolgreich hinter sich gebracht.«

Mehr erfahre ich nicht, denn wir sind schon bei dem Grashüpfer angekommen, der sich Flieger nennt.

Nein. Beim besten Willen. Hier steige ich nicht ein. Alles, was recht ist.

Der Pilot kehrt uns den Rücken zu und kontrolliert irgendwelche Geräte. Er trägt eine schwarze Fliegerjacke und eine Schirmmütze mit Ohrenklappen. Prüfend geht er um das Flugzeug herum, checkt das Öl, die Geschwindigkeitsmesser, die Scheibenwischer oder sonst was. Mein Gott, mir werden die Knie weich, das sieht gar nicht gut aus, das erinnert mich an … Nein. Das ist jetzt eine Halluzination. Der sieht doch nicht aus wie …

Das ist doch nicht …

Mein Herz setzt aus. Entweder ich falle jetzt hier auf dem Rollfeld in Ohnmacht, oder …

Ich muss die Augen schließen.

»Hallo, Georg, hier ist dein blinder Passagier!«, höre ich den Polizisten scherzen.

Georg? Hat er Georg gesagt? Ich meine, das träume ich doch jetzt alles nur?

Ich erstarre und umklammere immer noch meinen Mantelkragen. Das ist jetzt nicht wahr. In meinem Kopf explodiert ein Gedankenfeuerwerk. Das ist jetzt nicht … er hat alle Prüfungen neu gemacht?

Von dem … Geld, das ich ihm damals … Das würde bedeuten … Vorsichtig öffne ich die Augen und luge hinter meinem Mantelkragen hervor.

Und da steht er. Und lächelt mich scheu an. Scheu und auch ein bisschen stolz.

Georg.

ER ist mein Pilot?

Ich mache den Mund auf und schließe ihn wieder. Ich versuche, gefasst zu sein, mir meine Panik nicht anmerken zu lassen. Er hat mir vertraut. Er hat es wieder geschafft. Jetzt muss ich ihm vertrauen.

Aber Gott im Himmel! Er ist ein Bruchpilot! Ich meine, er ist *ABGESTÜRZT*! Bei so einem Wetter!

Das ist ja alles ein schreckliches *Déjà-vu*!

Ich werde doch jetzt nicht … ich kann doch nicht.

Hilfe suchend fasse ich mir an den Hals.

»Juliane«, sagt Georg rau. Er kommt auf mich zu und nimmt meine klammen, eiskalten Hände in die seinen.

»Georg«, krächze ich heiser. »So ein Zufall!« Meine Schläfen pulsieren.

»He! Kennt ihr euch etwa schon?«, freut sich der nette Polizist.

»Von seiner früheren Tätigkeit«, sage ich und versuche, so gelassen wie möglich zu klingen.

Georg schaut mich fragend an.

»Ich habe gehört, du hast einen wichtigen Termin am Wörthersee.«

»Ähm … ja, das stimmt schon, aber wenn ich es mir so recht überlege, hat das auch Zeit …«

»O nein, sie hat *keine* Zeit«, mischt sich der Polizist nun ein. »Sie hatte solche Eile, dass sie ihren Vordermann über den Haufen gefahren hat. Also, Georg, jetzt pack die Frau in deinen Flieger und bring sie zu ihrem Termin!«

Er tippt sich grüßend an die Mütze und schlendert pfeifend über den Flugplatz davon.

Jetzt stehe ich da.

Mit Georg. Allein.

Der Wind pfeift, die Schneeflocken tanzen. Der Untersberg ist im Nebel verschwunden. Na toll.

Georg öffnet die Tür zu seinem winzigen Flieger und reicht mir die Hand. »Bitte einzusteigen.«

»Ähm … Georg, ich … ich wusste nicht, dass *du* … Also nimm es bitte nicht persönlich, aber …« Ich beiße mir auf die Lippen. Mist. Wie komm ich nur aus der Nummer raus, ohne ihn schon wieder zu verletzen?

Um Zeit zu gewinnen, gehe ich ein paar Schritte um das Flugzeug herum und tue so, als würde ich es fachmännisch begutachten.

Georg ist mein Pilot. Georg hat es wieder geschafft. Ich würde am liebsten laut lachen, tanzen, schreien, weinen oder sonst was Verrücktes tun.

Aber ich darf jetzt nicht die Nerven verlieren.

Mit unglaublicher Selbstüberwindung klettere ich in diesen Flieger.

So. Da sitze ich nun. Furchterregend viele unbekannte Schalter und Knöpfe sind da vor meinen Augen, alle mit englischen Abkürzungen beschriftet. Es riecht befremdlich. Georg verriegelt von außen die Tür.

Jetzt geht nichts mehr. Jetzt gibt es kein Zurück.

Georg kommt um das Flugzeug herum und schwingt sich auf den Pilotensitz. Er beugt sich über mich und hilft mir beim Anschnallen.

O Gott. Mein Herz rast. Vor Angst, vor Freude, vor Georgs Nähe. Ich weiß nicht, was ich sagen soll. Eigentlich sollten wir jetzt sofort losfliegen. Schließlich geht es ums Geschäft. Andererseits – doch da hat mein Herz das Ruder schon wieder übernommen.

Er sieht so gut aus. Er hat zugenommen, ist kräftiger geworden. Ein ganzer Mann.

Nur jetzt nicht darüber nachdenken …!

Jetzt nicht darüber nachdenken …

Georg setzt sich Kopfhörer auf und checkt jeden einzelnen Schalter, wobei er seinem unsichtbaren Gesprächspartner erzählt, dass alles in Ordnung ist. »Roger«, sagt er immer wieder. Es klingt konzentriert und unglaublich souverän. Ich wage kaum zu atmen.

Dann geht ein kleiner Ruck durch die Maschine. Wir ... wir starten doch nicht?

Kann ich noch ...

Gibt es da noch einen winzigen Fluchtweg, einen Zeitpunkt, in dem ich noch ...

»Roger.« Georg drückt zielbewusst verschiedene Knöpfe, Kontrolllampen fangen an zu blinken, der Propeller beginnt sich zu drehen.

Hilfe, denke ich. Hilfe, ich will nicht!!

Aber Georg braucht mein Vertrauen. Meine Hände verkrampfen sich nervös in meinem Schoß, Hilfe suchend klammere ich mich an meinem Sitz fest.

O Gott. Wir setzen uns in Bewegung.

Ganz langsam tuckert dieses ... Ding mit zitternder Schnauze dem Rollfeld entgegen. Alles liegt im Nebel, Schneeflocken rieseln unablässig auf das bisschen Windschutzscheibe, durch die man nur den wolkenverhangenen Himmel sieht.

Georg hat nun das letzte Mal »Roger« gesagt, nimmt den Kopfhörer ab und schaut mich von der Seite an. Seine rechte Hand streicht mir sanft über die Wange.

»Hab keine Angst«, sagt er rau. Er versucht, seine Freude zu verbergen, aber sein Gesichtsausdruck verrät, wie stolz und glücklich er ist. Auf diesen Moment hat er lange gewartet. Ich schaue ihn halb zweifelnd, halb vertrauensvoll an, wie ein Kind, das sowieso nichts selbst entscheiden kann.

»Hab ich auch nicht«, behaupte ich mit brüchiger Stimme und hoffe, dass er nicht merkt, wie sehr mir meine Knie zittern.

»Ich müsste nur heute Abend wieder in Salzburg sein«, versuche ich einen geschäftsmäßigen Ton anzuschlagen.

»Das passt gut«, sagt Georg und sieht mich ganz merkwürdig an. »Ich nämlich auch.«

Mein Herz setzt für eine Sekunde aus. »Hast du eine ... ähm ... Verabredung? Mit einer ...«

»Ja. Genau. Eine Verabredung. Mit einer wundervollen jungen Frau.« Er schickt mir einen Blick aus seinen braunen Augen, dass ich den Schmerz körperlich spüre.

O nein. Ich wusste es. Natürlich hat er längst eine andere. Eine entzückende junge Frau. Wie seine Augen leuchten, wenn er von ihr spricht! Es tut so weh! Mein Herz zieht sich wie unter einem Messerstich reflexartig in sein Schneckenhaus zurück.

»Ich habe nämlich eine Einladung. Zu einem Chorkonzert.«

Ein klitzekleines Lächeln umspielt seine Mundwinkel. »Gehst du da zufällig auch hin?«

Mir bleibt das Nasse unter der Zunge weg. Das Herz kriecht ganz langsam wieder aus seinem Schneckenhaus.

»*Du* hast eine *Einladung*? Von Fanny? Das heißt, wir wären uns sowieso ...«

»Wenn deine Konzertkarte für den Platz neben meinem ist, und davon gehe ich aus, wären wir uns heute Abend sowieso begegnet.«

Ich versuche, ein hysterisches Auflachen zu verschlucken.

Dann schweigen wir beide.

Georg lauscht auf die Stimme aus seinem Kopfhörer, den er sich mit einer Hand ans Ohr hält. Die andere Hand liegt immer noch an meiner Wange.

Es folgt ein langes Schweigen. Er *muss* doch hören, wie sehr mein Herz hämmert, trotz des Lärms hier drinnen, oder wenigstens *fühlen* muss er es, wie meine Halsschlagader an seinem Arm pulsiert!

Als ich es nicht mehr ertragen kann, drehe ich den Kopf und sehe Georg an.

Und auf einmal wird mir alles klar.

Wir gehören zusammen.

Er und ich und Fanny. Wir sind eine Einheit.

Warum habe ich mich nur so lange dagegen gewehrt?

»Du kannst dir nicht vorstellen, wie lange ich auf diesen Moment gewartet habe«, sagt Georg, als könnte er meine Gedanken lesen. Er sieht mir so liebevoll in die Augen, dass mir ein wohliger Schauer über den ganzen Körper läuft.

Da ist keine Angst mehr, kein Nervenkitzel, sondern Geborgenheit, Vertrauen. Und die unbändige Freude auf die Zukunft.

Es dauert eine Weile, bis ich antworte. Ich versuche, die letzten acht Monate noch einmal Revue passieren zu lassen. Ich denke daran, wie ich ihn das erste Mal sah. Im Supermarkt. Wie er dann immer auf der Bank saß. Im Park. Unter der Trauerweide. Und die Freiheit sein einziger Besitz war.

Wie sein Fuß in meinem Badezimmer aufgetaucht ist. Und sein zweites Bein und … ähm … alles Weitere. Wie ich ihn mit der Nagelschere bedroht habe.

Wie er zum ersten Mal in gepflegten Klamotten in meinem Schlafzimmer stand.

Wie ich ihn ausgesetzt habe, auf dem Parkplatz an der Autobahn.

Und ihn später am Bahnhof gesucht habe.

Wie er dann vor der glutroten Abendsonne auftauchte und mich zum ersten Mal in die Arme nahm.

Wie wir in der Villa des Tennisspielers an der Bar in der Küche saßen und er für mich gekocht hat.

Wie wir dann später vor dem Kamin …

»Du hast mich schon einmal fliegen lassen«, höre ich mich sagen. Ich lege die Finger meiner linken Hand ganz sanft auf seine Lippen, und er küsst sie.

»Ich möchte noch oft mit dir fliegen!«

In diesem Moment bekommt er die Starterlaubnis. Mit beiden Händen umfasst er das Steuer, ein Ruck geht durch unsere kleine Maschine, alles zittert und vibriert, und ich stoße einen leisen Schrei aus, der in ein befreites Lachen mündet. Hilfe suchend klammere ich mich an seinem Ärmel fest, und er lacht auch. Er lacht befreit und glücklich, wir werden schneller und schneller, es schüttelt uns durch, dann hebt sich plötzlich die spitze Schnauze, wir rasen ins graue Nichts, die Propeller rotieren so schnell, dass ihre Umrisse verschwimmen, und ich sehe nur noch etwas Ganzes, Rundes, das zuverlässig schnurrt, das funktioniert, das uns abheben und die Schwerkraft verlieren lässt.

Die Wolkenfetzen scheinen uns trotzen zu wollen, unser kleiner Flieger tanzt auf ihnen herum, wir steigen und sinken wie in einer Achterbahn, fallen in Luftlöcher und setzen uns gegen sie durch. Wir steigen unaufhörlich, und ich habe keine Angst, ich bin bei ihm, und er hat die Fäden sicher in der Hand, mein und sein Leben hängen daran, aber dann zerreißen die Wolkenfetzen in immer kleinere Teile, lösen sich nach und nach auf, entlassen uns in die sonnige Freiheit, bis sie schließlich ganz unter uns liegen.

Über uns breitet sich der wolkenlose blaue Himmel aus.

DANK

Mein großer Dank gilt nun schon zum dritten Mal dem fantastischen Team vom Diana-Verlag, allen voran Britta Hansen, die mit strengem Blick die Geschicke meiner Romanhelden kontrolliert, aber meist recht hat, Doris Schuck, die mich zu den abenteuerlichsten Flecken des deutschen Sprachraums zu Lesungen schickt, Claudia Limmer, die auf mich aufpasst, was meinen Umgang mit der Presse anbelangt, Bettina Breitling, die sich um die Verfilmungen kümmert, Petra Metzger, die die Hörbücher verantwortet, und natürlich Verlagschef Uli Genzler, der zu jeder Zeit zwischen Superweib und Schleuderprogramm an mich geglaubt hat.

Dass diese Geschichte wirklich von A bis Z erdacht ist, beweist die Liste der Menschen, bei denen ich mich für ihre wertvolle Unterstützung bedanken möchte:

Marlies Muhr, für ihre Auskunftsbereitschaft und den Einblick in das Leben einer Superluxus-Immobilienmaklerin.

Kriminalkommissar Alexander Müller, der mir nicht nur viele Informationen gab, sondern regelrecht Lust hatte, die Geschichte mit mir weiterzuspinnen.

Abteilungsinspektor Johann Bründlinger vom Landespolizeikommando Salzburg, der den Spruch »Die Polizei, dein Freund und Helfer« noch wörtlich nimmt.

Kriminalkommissarin Ariane Winkler von der Sitte, bei der ich einfach so beim Joggen hereinplatzen durfte und die mir wertvolle Tipps und Anregungen gab.

Sepp Mörtel, mein »Bruchpilot«, der mir haarklein die Geschichte seines Flugzeugabsturzes erzählt hat und inzwischen wieder fliegt.

Strafverteidiger und Anwalt Mag. Kurt Jellinek, der mir ausführlich Auskunft über die Rechtslage in meiner Geschichte gegeben hat.

Gefängnisdirektorin Frau Göll von der Justizvollzugsanstalt Salzburg, die mir Einblick in ihre heiligen Mauern gewährt und mich sogar zu einer Lesung im Knast eingeladen hat.

Helmut Fritz, mein Freund und ehemaliger Nachbar, der mich über die Alpen geflogen hat – ohne abzustürzen!

Georg und Wolfgang, die Männer aus dem Park. Für ihre Bereitwilligkeit, mir aus ihrem Leben zu erzählen.

Dominik Kaaser, der mehrmals geduldig meinen Computer reparierte und mir den USB-Stick installiert hat, damit auch hier nie wieder was abstürzt.

Meine vier Kinder, die bei jeder Romanentstehung mitfiebern und ihre Ideen dazu beitragen – für ihr Verständnis und ihre Liebe.

Mein Mann Engelbert. Für seine Geduld, Fürsorge und Unterstützung.